아는 만큼 보인다

한 권으로 읽는 나의 문화유산답사기

일러두기

1. 이 책은 1993년부터 2017년까지 출간된 『나의 문화유산답사기』 국내편 열 권에서 한국미의 정수를
   보여주는 전국의 명작과 명소를 다룬 글을 가려뽑아 구성했다.
2. 원문을 그대로 싣지 않고 현황에 맞게 사실과 정보를 다듬었으며, 수록 글 원문과 도판의 출처는 권
   말에 따로 밝혔다.
3. 그림(화첩) 등의 작품 제목은 〈 〉로, 글과 시 등의 제목은 「 」로, 서적명은 『 』로 표시했다.
4. 2021년 11월부터 문화재 등급과 이름만 표기하고 문화재 지정번호를 붙이지 않는 방침이 시행 중이
   지만, 독자들이 오랜 관행에 익숙해 있는데다 문화재 관리번호는 특정한 유물을 지칭하는 고유번호
   의 성격을 갖고 있기 때문에 이 책은 필요한 경우에 번호를 표기했다.

한 권으로 읽는 나의 문화유산답사기

아는 만큼 보인다

유홍준 지음

창비

아는 만큼 보인다

『나의 문화유산답사기』출간 30주년을 맞이했다. 첫 책이 출간된 것은 1993년 5월이었고 이후 국내편 12권, 일본편 5권, 중국편 3권, 모두 20권이 발간되었다. 첫 책을 펴낼 때만 해도 나의 답사기 시리즈가 이렇게 오래 이어질 것이라고는 상상도 하지 못했다.

돌이켜 보건대 당시에는 문화유산이라는 개념도 익숙지 않았다. 흔히 고적, 유적, 유물, 문화재라 불리고 있었고 세상 사람들의 관심사에서 멀리 있었다. 답사도 역사학과의 현장 수업을 일컫는 제한된 용어였고 일반적으로 여행이라고 말하며 명산대천과 관광명소를 찾아가는 기행문은 있어도 답사기라는 형식은 없었다. 이런 상황에서 『나의 문화유산답사기』라는 무덤덤한 제목에 컬러를 배제한 단색조의 표지로 책을 펴냈으니 판매는 그리 염두에 두지 않았음을 알 만하지 않은가.

이 책의 집필은 1권 서문에서 밝혔듯이 미술사가로서 전국에 산재해 있는 문화유산을 연구하면서 느낀 것을 동시대를 살고 있는 분들에게 알려드린다는 마음에서 비롯되었다. 그래서 나는 "전 국토가 박물관이다"라는 기치를 내걸고 문화유산의 내재적 가치는 그냥 다가오는 것이 아니라 "아는 만큼 보인다"라는 말로 관심을 이끌었다. 그리고 조선시대 한 문인의 말을 이끌어 "사랑하면 알게 되고 알면 보이나니 그때 보이는 것은 전과 같지 않으리라"라며 독자들에게 우리 문화유산에 대한 사랑을 호소했던 것이다.

그런데 1권을 펴내자마자 독자들의 반응이 뜨거워 1년 만에 100만 부를 돌파하며 밀리언셀러 반열에 올랐다. 『나의 문화유산답사기』는 출판에 그치지 않고 독자들의 현장 답사로 이어졌다. '남도답사 일번지'로 쓴 강진과 해남은 그해 여름에만 50만 명이 다녀갔다. 그로 인해 나는 명예 강진군민증을 수여받았다. 실로 뜻밖의 열풍이었고 사회적 현상이었다.

출판평론가와 사회학자들은 이 답사기 현상을 1990년대 초 일어난 우리 정치·경제·사회·문화의 변화상이 반영된 결과라고 분석하고 있다. 정치적으로는 길고 험난했던 민주화운동의 결실로 1992년에 문민정부가 태어났고, 경제적으로는 1994년에 1인당 국민소득이 1만 달러를 넘어서 중진국으로 발돋움하고 있었고, 사회적으로는 마이카 시대가 도래하여 1991년엔 자가용 보유 차량이 700만 대를 넘어섰다고 한다. 그리고 문화적으로는 그동안 서구 선진국 문명을 동경하며 이를 모방하기 급급하던 데서 바야흐로 자기 자신을 돌아보기 시작하던 때였다는 것이다. 1993년에 영화 「서편제」가 100만 관객을 돌파하여 한국영화사에 새 이정표를 세웠고, 야생꽃 연구가 김태정의 『우리가 정말 알아야 할 우리꽃 100가지』가 공전의 베스트셀러가 되었다. 당시 텔레비전의 한 광고에서는 인간문화재 박동진이 "우리 것이 좋은 것이여!"를 외치기도 했다.

그런 노력으로 우리는 더 이상 문화적 열등감에 빠지지 않고 세계와 호흡하며 우리의 당대 문화를 창조해왔다. 그 결과 오늘날 우리는 경제적으로 더욱 발전하여 국민소득 3만 달러를 넘어 선진국 대열에 진입했고 반도체, 전자, 자동차, 조선 산업에서 세계 일류의 기업이 나타났다. 스포츠에서도 음악 콩쿠르에서도 젊은이들이 두각을 나타내고 있으며 영화 「기생충」과 BTS와 블랙핑크가 상징하는 K-컬처가 거센 한류를 타고 세계로 퍼져나가고 있다.

우리 문화를 배우기 위하여 세계 각지에서 유학생들이 몰려들어오고 있고 서구를 비롯한 세계 각국에서 한글을 가르치는 한글학교가 대성황을 이루고 있다. 나는 이러한 K-컬처의 뿌리는 우리 문화에 대한 자신감에서 나왔다고 믿으며 나의 답사기가 그 일익을 담당한 것에 큰 보람을 느끼고 있다.

그러나 『나의 문화유산답사기』는 30년 전의 산물이다. 비록 아직도 시리즈가 이어지고 있지만 신세대들, 특히 MZ세대들이 접하기 쉬운 책이 아니다. 우선 분량이 엄청나 부담스러울 뿐만 아니라 거기에 실려 있는 정보가 모두 다 필요한 것도 아니다. 그렇다고 내가 지금 이들을 위해 새로운 책을 펴낼 수 있는 처지도 아니다. 이에 나는 창비 편집부의 제안을 받아들여 답사기 시리즈 중 대표적인 글을 가려 뽑아 '한 권으로 읽는 나의 문화유산답사기'를 펴내게 되었다.

이 책은 지역과 시대와 문화유산의 성격을 고려하여 14편의 글을 선별하여 실었다. 기존의 『나의 문화유산답사기』는 크게 두 가지 형식으로 쓰였다. 하나는 그 지역의 자연 풍광과 역사 그리고 문화유산이 어우러진 모습을 기행문 형식으로 쓴 국토예찬이고 또 하나는 움직일 수 없는 문화유산의 명작을 해설한 것이다. 이에 제1부는 '사랑하면 알게 된다'로, 제2부는 '검이불루 화이불치'로 제목을 달고 각기 7편씩 실었다.

'검이불루 화이불치(儉而不陋 華而不侈)'는 '검소하지만 누추하지 않았고 화려하지만 사치스럽지 않았다'는 뜻으로 김부식의 『삼국사기』

「백제본기」온조왕 15년(기원전 4)에 실려 있으며 정도전이 경복궁을 지으면서 그대로 인용했다. 이 구절은 백제의 미이면서 조선의 미이면서 한국의 미의 특질이다.

이렇게 『나의 문화유산답사기』 다이제스트 판을 펴내게 되니 사실상 내가 지난 30년 동안 전국을 누비며 풀어놓은 이야기의 에센스를 다 모은 것 같은 기분이 든다. 그리고 내 책을 부담스러워하던 신세대들에게도 이제는 같은 하늘 아래에 살고 있는 나 같은 기성세대의 이야기도 들어봐달라고 서슴없이 권할 수 있을 것 같다. 나아가 이런 자랑스러운 우리 문화유산의 미학을 당신들의 새로운 문화 창조의 밑거름으로 삼아달라고 간절히 부탁드리고 싶다.

나는 본래 책을 펴내면서 편집자의 수고로움에 대하여는 좀처럼 이야기하지 않았지만 이 책만큼은 창비의 기획으로 출간되었기에 강일우 대표, 황혜숙 이사, 이하림 차장, 박주용 팀장 그리고 편집 담당자 김새롬에게 깊이 감사드리는 마음을 기록해둔다.

그리고 『나의 문화유산답사기』를 사랑해주신 기존 독자 분들께도 회상의 독서가 되기를 간절히 바란다.

2023. 6. 9.
유 홍 준

차례

2부 검이불루 화이불치

1부

사랑하면 알게 된다

아름다운 월출산과 남도의 봄

잃어버린 옛 정취의 미련

국토의 최남단, 전라남도 강진과 해남을 『나의 문화유산답사기』제1장 제1절로 삼은 것은 결코 무작위의 선택이 아니다. 답사라면 사람들은 으레 경주·부여·공주 같은 옛 왕도의 화려한 유물을 구경 가는 일로 생각할 것이며, 나 또한 답사의 초심자 시절에는 그런 줄로만 알았다.

그러나 지난 세월 내가 답사의 광(狂)이 되어 제철이면 나를 부르는 곳을 따라 가고 또 가고, 그리하여 나에게 다가온 저 문화유산의 느낌을 확인하고 확대하기를 되풀이하는 동안 나도 모르는 사이 수없이 여러 번 다녀온 곳이 바로 이 강진·해남땅이다.

강진과 해남은 우리 역사 속에서 단 한 번도 무대의 전면에 부상하여 화려한 스포트라이트를 받아본 일 없었으니 그 옛날의 영화를 말해주는 대단한 유적과 유물이 남아 있을 리 만무한 곳이며, 지금도 반도의 오지로 어쩌다 나 같은 답사객의 발길이나 닿는 이 조용한 시골은 그 옛날 은둔자의 낙향지이거나 유배객의 귀양지였을 따름이다.

그러나 월출산, 도갑사, 월남사터, 무위사, 다산초당, 백련사, 칠량면의 옹기마을, 사당리의 고려청자 가마터, 해남 대흥사와 일지암, 고산 윤선도 고택인 녹우당, 그리고 달마산 미황사와 땅끝〔土末〕에 이르는 이 답삿길을 나는 언제부터인가 '남도답사 일번지'라고 명명하였다. 사실 그 표현에서 지역적 편애라는 혐의를 피할 수만 있다면 나는 '남도답사 일번지'가 아니라 '남한답사 일번지'라고 불렀을 답사의 진수처다.

거기에는 뜻있게 살다간 사람들의 살을 베어내는 듯한 아픔과 그 아픔 속에서 키워낸 진주 같은 무형의 문화유산이 있고, 저항과 항쟁과 유배의 땅에 서린 역사의 체취가 살아있으며, 이름 없는 도공, 이름 없는 농투성이들이 지금도 그렇게 살아가는 꿋꿋함과 애잔함이 동시에 느껴지는 향토의 흙내음이 있으며, 무엇보다도 조국강산의 아름다움을 가장 극명하게 보여주는 산과 바다와 들판이 있기에 나는 주저 없이 '일번지'라는 제목을 내걸었던 것이다.

그렇다면 나의 '남도답사 일번지'는 어디에서 시작해야 할 것인가? 지난 나의 이곳 답사는 민주식 교수, 그리고 영남대학교 대학원 미학·미술사학과 학생 15명과 함께였다. 일행 모두 강진땅이 초행길이라는 이들은 '남도답사 일번지'의 겨우 3분의 1을 답사하고서도 황홀한 문화 충격을 받았다고 한다. 그 답사가 끝나고 한참이 지나서도 "마치 꿈결 속에 다녀온 미지의 고향 같다"는 정직한 고백을 듣고, 나는 그 초행자들의 눈을 빌려 '일번지'의 자랑을 담아 이 글을 쓸 수 있게 되었다.

남도의 황토, 남도의 들판

나주평야의 넓은 들 저편으로는 완만한 산등성의 여린 곡선이 시야로 들어온다. 들판은 넓고 평평한데도 산은 가깝게 다가오니 참으로 이상스럽다. 나는 이곳을 지날 때마다 마치 길게 엎드려 누운 사람의 등허리 곡선처럼 느슨하면서도 완급과 강약이 있는 리듬을 느낀다. 말끝을 당기며 "~잉" 소리를 내는 남도 사투리의 여운과도 같고, 구성진 육자배기의 끊길 듯 이어지는 가락같이도 느껴진다. 그것은 나만이 느끼는 별스런 감정이 아니었다. 김아무개라는 졸업생이 내게 이렇게 말을 걸어온다.

"남도땅의 산등성은 참으로 포근하게 감싸주는 아늑함이 있네요. 경산의 압량벌이나 안동 쪽에서는 평퍼짐하거나 육중한 것이 가로막아 저런 따스함을 못 느끼거든요."

인간은 자신이 경험한 만큼만 느끼는 법이다. 그 경험의 폭은 반드시 지적인 것에 국한되지 않는다. 그것은 시각적 경험, 삶의 체험 모두를 말한다. 지금 말한 그 졸업생은 이제 들판의 이미지에 새로운 시각적 경험을 얻게 된 것이다. 남도의 들판을 시각적으로 경험해본 사람과 그렇지 않은 사람은 산과 들 그 자체뿐 아니라 풍경화나 산수화를 보는 시각에서도 정서 반응의 차이를 보일 수밖에 없다. 답사와 여행이 중요하고 매력적인 큰 이유가 바로 여기에 있다.

달리는 차창 밖 풍경이 산비탈의 과수밭으로 펼쳐졌을 때 우리 일행은 남도의 황토를 가까이서 볼 수 있었다. 누런 황토가 아닌 시뻘건 남도의 황토를 처음 보는 사람들에게는 그 자체로 시각적 충격일 수밖에

없었을 것이다. 전라북도 정읍·부안, 고창땅 갑오농민전쟁의 현장 황토
현에 가본다면 더욱 실감할 남도의 붉은 황토는 그날따라 습기를 머금
은 채 검붉게 피어오르고 있었다.

우리 현대미술에 관심이 많은 한 학생이 망연히 창밖을 바라보다가
내게 감탄 어린 고백을 한다.

> "저는 손장섭, 강연균, 임옥상 같은 호남의 화가들이 풍경 속에 그
> 리는 시뻘건 들판이 남도의 역사적 아픔과 한을 담아낸 조형적 변형
> 인 줄 알았는데, 여기 와보니 그것 자체가 리얼리티였네요. 정말로 강
> 렬한 빛깔이네요."

나의 학생들은 이처럼 시각적으로 감성적으로 정직하고, 무엇인가 느
낄 줄 아는 답사의 모범생들이었다. 대학생 시절 나 역시 처음 남도땅을
밟았을 때, 나에게 다가온 가장 큰 감동은 남도의 포근한 들판과 느릿한
산등성이의 곡선 그리고 저 황토의 붉은빛이었다.

월출산의 조형성

처음 보는 사람에게 월출산은 마냥 신기하기만 하다. 완만한 곡선의
산등성이 끊기듯 이어지더니 너른 벌판에 어떻게 저러한 골산(骨山)이
첩첩이 쌓여 바닥부터 송두리째 몸을 내보이고 있는 것일까? 그것은 신
령스럽기도 하고, 조형적이기도 하면서 한편으로는 대단히 회화적이다.

계절에 따라, 시각에 따라, 보는 방향에 따라 월출산의 느낌과 아름다
움은 다르기 마련이지만 겨울날 산봉우리에 하얀 눈이 덮여 있을 때, 아
침 햇살이 역광으로 비칠 때, 그리고 저녁나절 옅은 안개가 봉우리 사이

| **차창 밖으로 비친 월출산** | 저녁 안개가 내려앉으면서 산의 두께를 느낄 수 있을 때 월출산은 더욱 신비롭고 아름답다.

사이로 비치면서, 마치 수묵 산수화의 번지기 효과처럼 공간감이 살아날 때는 그것 자체가 완벽한 풍경화가 된다.

현대미술에 관심이 많은 학생이 내게 또 물었다.

"호남 화단에 수많은 산수화가, 풍경화가가 있는데 왜 월출산을 그리는 화가는 없나요? 혹시 있습니까?"

없다! 아니, 있기는 있다. 어쩌다 전라남도 도전(道展)의 도록이나, 개인전 팸플릿에서 슬쩍 본 적은 있다. 그러나 그것은 월출산의 혼을 그린 것은 아니었다. 무덤덤한 풍경화에 지나지 않았다. 그렇기에 아직껏 이 명산의 화가는 없는 셈이다. 광주, 목포, 영암, 강진, 해남 어디를 가나 집집마다, 식당, 다방 심지어는 담배가게에도 그림과 글씨가 주렁주렁 걸려 있다. 액자 하나라도 걸 줄 아는 것이 남도 사람들의 풍류인 것만은 틀림없지만 남도의 황토와 아름다운 산등성, 너른 들판, 야생초, 동백꽃, 월출산 같은 그림은 눈에 띄지 않는다.

월출산 도갑사

월출산의 대표적인 절집 도갑사(道岬寺)의 정취는 아침나절 산안개가 걷힐 때 가장 아름답다고 기억한다. 매표소에서 돌담을 끼고 계곡을 따라 조금 가다보면 비스듬히 출입문이 나 있는 것을 볼 수 있는데 이 해탈문(解脫門)은 국보 제50호로 일찍부터 문화재로 지정되어 있다. 조선 초기의 목조건축으로 집의 생김새가 특이하고 주심포·다포 양식의 공존이라는 건축사적 의의를 모르는 바 아니지만 이 정도 건물에 국보라는 가치를 부여한 것에 나는 선뜻 동의할 수가 없다. 시대가 오래되고 드물다고 해서 국보가 되는 것은 아니리라.

도갑사 경내로 들어서면 한적하고 소담스런 분위기가 무위사만은 못해도 그 나름의 운치가 없는 것은 아니었는데 근래에 들어와서 조용한 산사들이 너나없이 장대하게 보이려고 밀어젖히는 허장성세의 유행이 도갑사에도 미치어 주위의 옛집과 나무를 모조리 쳐버리니 시원스럽기는커녕 허전하기만 하다. 그래서 대웅전 한쪽 켠 나무숲에 둘러쳐져 있던 묘각화상(妙覺和尙)의 탑비가 덩그러니 온몸을 드러내고 있어 쓸쓸한 기분마저 감돈다. 이 비석의 주인공이나 생김새에 특별한 해설이 필요할 것 같지는 않다. 다만 비문에는 특이하게도 석수(石手)와 야장(冶匠)의 이름까지 새겨져 있어서 나는 항시 그것을 신기하게 생각하고 있다. 이런 경우는 아주 드문 일인데, 이 비석은 1629년에 세워진 것인바,

| **도갑사 경내** | 도갑사 경내는 아주 조용하고 정갈한 분위기를 지니고 있다. 남도의 산사들은 소담스런 분위기가 있어서 더욱 정감이 간다. 오늘날에는 이층 대웅보전이 들어서는 등 큰 불사를 하여 호젓한 산사의 정취를 느낄 수 없다.

17세기의 다른 비문에서도 몇 개 더 볼 수 있을 뿐이니 임진왜란 이후 세상이 변하면서 잠시 있었던 일인지도 모르겠다.

대웅전 뒤쪽 대밭을 지나는 오솔길은 곧장 월출산으로 오르는 길이 되는데, 계곡을 따라 표지판대로 오르면 미륵전이라는 아주 가난하게 생긴 옛 당우가 하나 나온다. 낮게 둘러진 담장도 허름한 모습이지만 그 운치만은 살아 있으니 사람들은 여기에서 곧잘 사진을 찍는다. 미륵전 안에는 미륵님이 모셔져 있는 것이 아니라 고려 말의 석조 석가여래좌상(보물 제89호)이 오른손으로 땅을 가리키는 항마촉지인(降魔觸地印)을 하고 있다. 석가를 모셔놓고도 미륵전이라고 부르던 것이 조선 후기의 불교였다. 부처님의 교리보다도 그저 세상을 구원하는 미륵님이면 그만이던 말세의 신앙이 남긴 흔적인 것이다. 이 석조 석가여래좌상은 그 생김이 미남형이어서 개성적인 고려 불상 중 예외적으로 잘생긴 편에 속한다.

도갑사 관음32응신도

사실 도갑사의 불화로 말할 것 같으면 생각할수록 아쉬움이 남는 조선시대 불화의 최고 명작이 봉안되어 있었다. 지금은 일본 교토(京都)의 대찰인 지은원(知恩院, 지온인)에 소장되어 있는 〈관음32응신도(觀音三十二應身圖)〉다. 높이 2.3미터, 폭 1.3미터의 비교적 대작인 이 두루마리 탱화는 화려한 고려 불화의 전통과 조선 전기의 산수화풍이 어우러진 둘도 없는 명작으로 1550년 인종 왕비인 공의왕대비(恭懿王大妃)가 돌아가신 인종의 명복을 빌기 위하여 이자실(李自實)에게 그리게 하여 이곳 도갑사에 봉안했다.

〈관음32응신도〉란 『묘법연화경(妙法蓮華經)』의 「관세음보살 보문품(普門品)」에서 관세음보살이 32가지로 변신하여 그때마다 다른 모습으로 중생을 구제한다는 내용을 그림으로 풀어낸 것이다. 중앙에 관세음보살을 절벽 위에 편안히 앉아 있는 유희좌(遊戲座)의 모습으로 그리고 그 아래로는 무수한 산봉우리가 펼쳐지면서 중생이 도적을 만났을 때, 옥에 갇혔을 때, 바다에서 풍랑을 만났을 때 등 때마다 관음의 도움을 받는 그림이 동시 축약으로 담겨 있다. 각 장면은 바위, 소나무, 전각, 인물 들로 이루어진 낱폭의 산수인물도라 할 만큼 회화성이 아주 높은데 바위에는 경전의 내용을 마치 암각 글씨인 양 금물로 써넣어 각 장면의 의미를 명확히 하였다.

더욱이 이 탱화는 붉은빛을 띠는 경면주사로 쓴, 1550년에 왕대비가 인종의 명복을 빌기 위해 이 그림을 그려 월출산 도갑사에 봉안한다는

| 관음32응신도 | 이자실이 그린 이 탱화는 조선시대 불화의 최고 명작으로, 불화이면서 산수인물화의 멋도 함께 보여준다.

관기(款記)가 우측 상단에 분명하고 또 좌측 하단에는 신(臣) 이자실이 목수경사(沐手敬寫, 손을 씻고 삼가 그림)하여 바친다고 적혀 있어 제작 동기, 봉안 장소, 화가의 이름까지 모두가 밝혀진 조선시대 회화사의 기념비적 작품이다. 1996년 호암미술관에서 열린 '조선 전기 국보전' 때 모처럼 국내에 공개되어 많은 미술사가와 관객들이 〈몽유도원도〉 못지않게 이 작품에서 큰 감명을 받았다. 이 그림을 그린 이자실이 과연 누구인가에 대해서는 아직 확언하기 힘들지만 고 이동주 선생은 여러 전거를 들어 〈송하보월도〉를 그린 노비 출신의 화가인 학포(學圃) 이상좌(李上佐)일 가능성이 높다고 했는데, 나 또한 그렇게 생각하고 있다.

이런 명화가 어떻게 일본으로 건너가게 되었을까? 나는 임진왜란, 또는 그 직전 이 일대에 빈발하던 왜변(倭變) 때 왜구들이 약탈해 간 것으로 생각하고 있다. 16세기 후반 강진·영암 일대에 일어났던 왜변의 상황은 벽초 홍명희의 『임꺽정』 제3권 양반편 마지막 장에 잘 그려져 있다. 활 잘 쏘는 이봉학이와 돌팔매질 잘하는 배돌석이가 재주 시합한 곳이 바로 영암성이었다. 왜구의 침입이 그렇게 잦았고 그들은 우리 사찰의 범종과 불화를 가져다 일본 사찰에 거금을 받고 팔아넘기곤 했던 것이다. 그러나 이제 와서 그들이 이 그림을 반환해줄 리 만무인지라 잃어버린 문화유산의 이야기로만 남을 수밖에 없어 아쉽기 그지없다(근래에는 실물대 정밀 복사본을 만들어 도갑사 성보박물관에 전시해놓고 있다).

미륵전에서 내려와 다시 산 위쪽으로 몇 걸음 더 올라가면 도갑사를 일으킨 도선(道詵)과 중창한 수미(守眉)선사 두분의 공적을 새긴 높이 4.8미터의 거대한 비석을 볼 수 있다. 이 비석을 받치고 있는 돌거북은 아마도 우리나라 비석거북 중에서 가장 큰 것이 아닐까 싶은 거대한 모습이다. 게다가 고개를 왼쪽으로 틀게 하여 생동감도 표출하였고 흰 대리석 비의 용머리 부분도 아주 정교하여 볼 만한 물건인데 겨우 지방문

| **도선국사비** | 전설 속의 스님 도선국사의 일대기를 새긴 이 비석은 17세기에 세워진 것이
지만 그 규모의 장대함과 조각의 섬세함이 볼 만하다.

화재로 지정되어 있다가 2004년 보물 제1395호로 지정되었다. 비문을
보면 이 비석 제작에 17년이 걸렸다고 하니 옛 사람들의 공력과 시간 개
념에는 퍽이나 지긋한 면이 있었다는 생각을 한다. 글을 지은 분은 삼전
도비를 쓴 바 있는 영의정 이경석(李景奭, 1595~1671)이고, 글씨는 한석
봉의 제자 오준(吳竣, 1587~1666)이 썼다.

이것으로 도갑사의 볼거리는 다 본 셈인데 사실 더욱 중요한 것은 따로 있으니, 월출산이 낳은 불세출의 인물 도선국사를 말하지 않는다면 여기를 다녀간 의미가 반감된다. 그리고 영암 월출산이 내세우는 또 하나의 인물, 백제 왕인(王仁) 박사의 유허지가 도갑사 남쪽 성기동(聖基洞)에 있는데 한번은 가볼 만하다. 왕인 박사는 백제 고이왕 52년(285)에 일본에 한문(천자문)을 전해주어 일본의 문명이 발전할 수 있는 인프라를 제공했던 백제인이다.

그러나 그가 영암 출신임을 크게 내세워 자랑하는 방식에 대해 나는 조금은 생각을 달리한다. 왕인을 추앙할 사람들은 우리보다 일본인이다. 아펜젤러는 한국 개화사에서 이름난 것이지 미국 현대사에 족적을 남긴 인물이 아닌 것처럼. 실제로 일본 도쿄의 우에노 공원을 거닐다가 길가에 세워진 왕인 박사 추모비를 보면 일본 사람들의 고마워하는 마음을 엿볼 수 있었다. 영암의 왕인 박사 유적지도 이처럼 조용하고 차분한 사적지로 만들었으면 마음으로 생각게 하는 바가 더 깊고 그윽했을 성싶다. 그러나 자못 거대한 기념관으로 치장해놓고 보니 혹시 식민지 시절 일본에 당했던 아픔의 정신적 보상을 이런 식으로 찾으려는 것이 아닌가 싶어 애처로운 마음에 오히려 발길이 한 번에 그치고 말았다.

무위사 극락보전의 아름다움

남도답사 일번지의 첫 기착지로 나는 항상 무위사(無爲寺)를 택했다. 바삐 움직이는 도회적 삶에 익숙한 사람들은 무위사에 당도하는 순간 세상에는 이처럼 소담하고, 한적하고, 검소하고, 질박한 아름다움도 있다는 사실에 스스로 놀라곤 한다. 더욱이 그 소박함은 가난의 미가 아니라 단아한 아름다움이라는 것을 배우게 된다.

| **무위사 극락보전** | 조선 초에 세워진 대표적인 목조건축으로 맞배지붕의 단아한 기품을 잃지 않으면서 불당의 엄숙성도 유지하고 있다.

    월남리에서 강진 쪽으로 불과 3킬로미터. 길가에는 '국보 제13호'라는 큰 글씨와 이발소 그림풍의 관음보살상 입간판이 오른쪽으로 화살표를 해놓고 있다. 여기서 월출산 쪽으로 다시 3킬로미터.

    우리는 이 입구부터 걸어가야 옳았다. 비탈길을 계단식 논으로 경작해 흙과 함께 살고 있는 농부들의 일하는 모습, 그 일하는 사람들이 옹기종기 모여사는 동그만 마을과 마을. 그리고 저 위쪽 마을, 오래된 한옥과 연꽃이 장엄하게 피어난다는 백운동(白雲洞)의 연못도 구경하고, 가다가 모정(茅亭)에 쉬면서 촌로의 강한 남도 사투리도 들어보았어야 했다. 그러다 산모퉁이를 도는 순간 월출산의 동남쪽 봉우리가 환상의 나라 입간판처럼 피어올랐을 것이다. 우리는 이 행복한 40분간의 산책로를, 무감각하게도 문명의 이기를 이용하여 5분 만에 지나 무위사 천왕문 앞

| **극락보전의 측면관** | 극락보전은 측면관이 아주 아름답다. 기둥과 들보를 노출하면서 조화로운 면 분할로 집의 단정한 멋을 은근히 풍기고 있다.

에 당도해버렸다. 그것은 편리가 아니라 경박성이라고 해야 할 것이다.

천왕문을 지나면 곧바로 경내, 오른쪽으로는 허름한 슬라브집 요사채가 궁색해 보이지만 정면에 보이는 정면 세 칸의 맞배지붕 주심포집이 그렇게 아담하고 의젓하게 보일 수가 없다. 조선 성종 7년(1476) 무렵에 지은 우리나라의 대표적인 목조건축의 하나다.

세상의 국보 중에는 국보답지 못한 것이 적지 않지만 무위사 극락보전은 국보 제13호의 영예에 유감없이 답하고 있다.

예산 수덕사 대웅전, 안동 봉정사 극락전, 영주 부석사 조사당 같은 고려시대 맞배지붕 주심포집의 엄숙함을 그대로 이어받으면서 한편으로는 조선시대 종묘나 명륜당 대성전에서 보이는 단아함이 여기 그대로 살아 있다. 거기에다 권위보다도 친근함을 주기 위함인지 용마루의 직선을 슬쩍 둥글린 것이 더더욱 매력적이다. 치장이 드러나지 않은 문살에도 조선 초가 아니면 볼 수 없는 단정함이 살아 있다.

내가 어떤 미사여구를 동원한다 해도 이 한적한 절집의 분위기에 척 어울리는 저 소담하고 단정한 극락보전의 아름다움을 반도 전하지 못할 것 같다. 언제 어느 때 보아도 극락보전은 나에게 "너도 인생을 가꾸려면 내 모습처럼 되어보렴" 하는 조용한 충언을 들려주는 것 같다.

그러나 나의 학생들은 극락보전의 낮은 목소리를 못 듣는 것 같았다. 본래 단순한 미는 얼른 눈에 들어오지 않는 법이다. 나는 학생들을 법당 안으로 들어가게 하였다.

무위사 벽화

극락보전 안에는 성종 7년에 그림을 끝맺었다는 화기(畵記)가 있는 아미타여래삼존벽화와 〈수월관음도(水月觀音圖)〉가 원화 그대로 보존되어 있다. 이것은 두루마리 탱화가 아닌 토벽의 붙박이 벽화로 그려진 가장 오래된 후불(後佛)벽화로, 화려하고 섬세했던 고려 불화의 전통을 유감없이 이어받은 명작 중의 명작이다. 무위사 벽화 이래로 고려 불화의 전통은 맥을 잃게 되고 우리가 대부분의 절집에서 볼 수 있는 후불 탱화들은 모두 임진왜란 이후 18~19세기의 것이니 그 기법과 분위기의 차이는 엄청난 것이다.

그러나 무위사 벽화는 역시 조선시대 불화답게 고려 불화의 엄격한 상하 2단 구도를 포기하고 화면을 꽉 채우는 원형 구도로 바뀌었다. 고려 불화라면 협시보살(脇侍菩薩, 부처를 곁에서 모시는 보살)로 설정한 관음과 지장보살을 아미타여래 무릎 아래로 그려 위계질서를 강조하면서 부처의 권위를 극대화했겠지만, 무위사 벽화에서는 협시보살이 양옆에 서고 그 위로는 6인의 나한상이 구름 속에 싸이면서 부처님을 중심으로 행

복한 친화관계를 유지하고 있다. 같은 불화라도 상하 2단 구도와 원형 구도는 이처럼 신앙 형태상의 차이를 반영하게 되니 미술이 그 시대를 드러내는 것은 꼭 내용만이 아니라 이처럼 형식에서도 마찬가지다. 극락보전 안벽에는 이외에도 많은 벽화가 그려져 있었다. 그러나 세월이 흘러 곧 허물어질 지경에 이르게 되어 1974년부터 해체 보수를 시도하였고 오늘날에는 그 벽화들을 통째로 들어내어 한쪽에 벽화보존각을 지어놓고 일반인들에게 개방하고 있다.

후불벽화의 뒷면, 그러니까 극락보전의 작은 뒷문 쪽에도 벽화가 그려져 있다. 백의관음이 손에 버드나무와 정병(淨甁, 목이 긴 물병)을 들고 구름 위에 떠 있는데 아래쪽에는 선재동자(善財童子)가 무릎을 꿇고 물음을 구하고 있는 그림이다. 박락이 심하여 아름답다는 인상은 찾기 어려우나 그 도상은 역시 고려 불화의 전통이라 의의는 있다.

남도의 봄, 남도의 원색

무위사 극락보전 뒤 언덕에는 해묵은 동백나무의 동백꽃이 윤기 나는 진초록 잎 사이로 점점이 선홍빛을 내뿜고, 목이 부러지듯 잔인하게 벌어진 꽃송이들은 풀밭에 누워 피를 토하고 있었다. 그리고 강진읍 묵은 동네 토담 위로는 키 큰 살구나무에서 하얀 꽃잎이 떨어져내리고 있었다. 이것이 바로 남도의 봄빛이었다. 한껏 끌어안고 싶은 남도의 봄빛은 조선의 원색을 보여준다. 산그늘마다 연분홍 진달래가 햇살을 받으며 밝은 광채를 발하고, 길가엔 개나리가 아직도 노란 꽃을 머금은 채 연둣빛 새순을 피우고 있었다. 피고 지는 저 꽃잎의 화사한 빛깔이 어쩌

| **극락보전의 벽화** | 고려 불화의 화려하고 섬세한 기법이 그대로 남아 있는 조선 초 벽화의 대표작으로 꼽히고 있다.

다 때가 되면 한번쯤 입어보는 남도의 연회복이라면, 남도땅의 평상복은 시뻘건 황토에 일렁이는 보리밭의 초록 물결 그리고 간간이 악센트를 가하듯 심겨 있는 노오란 유채꽃, 장다리꽃이다.

한반도에서 일조량이 가장 풍부하다는 강진의 하늘빛은 언제나 맑다. 강진만 구강포의 푸르름보다도 더 진한 하늘빛이다. 그것은 우리가 알고 있는 청색의 원색이다. 색상표에서 제시하는바 사이언(C) 100퍼센트이다. 솔밭과 동백나무숲이 어우러지며 보리밭 물결이 자아내는 그 빛깔은 노란색과 청색 100퍼센트가 합쳐진 초록의 원색이다. 유채꽃, 장다리꽃, 개나리꽃은 100퍼센트 노랑(Y)의 원색이며, 선홍색 동백꽃잎은 100퍼센트 마젠타(M)이다. 그 파랑, 그 초록, 그 노랑, 그 빨강의 원색을 구사하며 그림을 그리는 화가는 남도의 봄 이외에 아무도 없다. 그 원색을 변주하여 흑갈색 황토와 연분홍 진달래, 누우런 바다갈대밭을 그려낸 화가도 남도의 봄 이외엔 아무도 없다.

서양 사람들이 그들의 자연 빛에 맞추어 만든 먼셀 색상표에 눈이 익어버렸고, 그 수치에 맞추어 제조된 물감과 잉크로 그림 그리는 일, 인쇄하는 일, 그렇게 제작된 제품에 익숙한 우리의 눈에 저 남도의 봄날이 그려보인 원색의 향연은 차라리 이국적이고, 저 먼 옛날 단원 김홍도, 혜원 신윤복 그림에서나 본 조선왕조의 원색으로 느껴진다. 하물며 연지빛, 등황빛, 치자빛, 쪽빛의 청순한 색감을 여기서 더 논해 무엇할까. 남도의 봄, 그것은 우리가 영원히 간직해야 할 자연의 원색이고 우리의 원색인 것이다. 나는 그날 그 원색의 물결 속을 거닐고 있었다.

---

* 도갑사의 〈관음32응신도〉를 그린 화공 이자실이 누구인가에 대해서는 계속 추측이 이어지다가 2014년 서화 수장가 김광국의 『석농화원(石農畫苑)』 「보유편(補遺編)」을 통해서 이자실이 16세기의 화원 이상좌와 동일 인물임이 입증되었다.

달빛 아래 만대루에 올라

건진국시와 헛제삿밥

여행이건 답사건 집을 떠난 사람에게 가장 큰 어려움은 어디 가서 잘 것인가이고 그다음 문제는 무얼 먹는가이다. 그러나 이왕 맛있는 향토식을 맛보고자 한다면 그것은 문제가 아니라 때론 큰 기대가 된다. 안동에는 향토식이 따로 있어서 그것이 이 지역 답사의 한차례 먹을거리가 된다.

법흥동 임청각에서 굴다리로 철둑을 빠져나오면 바로 눈앞엔 안동댐 보조댐이 나타나고 댐 건너편 산자락으로는 민속박물관과 민속경관지(야외박물관)가 한눈에 들어온다. 안동댐으로 수몰될 운명에 있던 건물 중 예안의 선성현(宣城縣) 객사, 월영대(月映臺), 석빙고 같은 준수한 건물들을 옮겨놓았고 까치구멍집, 도투마리집, 통나무집 같은 안동 지방의

| **민속경관지** | 안동댐 수몰지구에서 옮겨놓은 전통가옥이 즐비하여 그것만도 볼거리인데, 여기서 헛제삿밥과 건진 국시를 맛볼 수 있다.

민가들에서 안동의 향토음식을 팔고 있다. '죽은 집'이 아니라 '산 집'으로 그렇게 이용하고 있다는 점이 여간 슬기로운 게 아니다. 그래서 나는 안동 답사 때면 항시 여기에 와서 헛제삿밥이든 건진국시든 안동의 향토식을 한 그릇 들고 간다. 그렇게 해야 외지의 답사객들은 안동의 살내음을 점점 진하게 느낄 수 있다.

건진국시는 '건진 국수'의 사투리로 밀가루와 콩가루를 거의 같은 비율로 섞어 반죽해서 푹 삶았다가 국수가 물 위에 뜨면 건져서 찬물에 헹구어 식혀낸다. 그래서 건진국수라고 한다. 찬물에 받아낸 국수는 은어 달인 국물에 말고 그 위에 애호박을 썰어서 기름에 볶은 꾸미를 얹은 다음, 다시 실고추와 파, 지단을 채로 썰어 고명으로 얹는다. 그 담박한 맛은 그야말로 양반 음식이라 자랑할 만하다. 특히 안동 국수는 조밥 한 공기와 상추쌈이 함께 나오므로 매끈한 국숫발과 거친 조가 서로 맛을 돋우며 국수만 먹으면 배가 쉬 꺼져 허한 것을 보완해준다. 그래서 안동 사람들은 다른 지역 국수를 먹고 나면 항시 서운타고 말하곤 한다.

헛제삿밥도 별미 중 별미이다. 본래 제사 지낸 다음 음복하던 제삿밥을 그대로 밤참으로 즐겨 먹곤 했는데 오늘날에는 헛제삿밥이라 하여 별미로 정착하게 되었다. 제사도 지내지 않고 먹는 제삿밥이라고 해서 헛제삿밥이라고 하는 것이다. 헛제삿밥은 일종의 패스트푸드여서 사람마다 찬이 따로 나오는데 나물이 큰 반찬인지라 콩나물, 숙주, 도라지, 무나물 무침 등이 철 따라 서너 가지씩 나온다. 산적으로는 쇠고기, 상어, 문어가 오르며 탕국으로는 무(안동에서는 무꾸라고 한다)를 네모나게 썰어넣고 끓인 쇠고깃국이 나온다. 그런데 안동 헛제삿밥은 탕국이 사람마다 나오지 않고 상에 하나만 나와 시원스레 들이마실 수 없으니 나는 항시 그게 서운하다.

헛제삿밥에는 간고등어가 성냥갑 반만하게 썰려 나오는데 이것이 또한 안동의 별미다. 본래 특산품이란 생산지에서 만들어내는 것이지만 반대로 소비지가 역창출하는 예외도 있다. 간고등어가 바로 그런 대표적인 예다. 간고등어는 생산지에선 별로 중요하지도 따지지도 않지만 안동에 와야 많고, 또 안동시장에 와야 제맛 나는 것을 구할 수 있다. 그 이유는 다음과 같다.

안동은 내륙 중의 내륙인지라 뱃길이 닿지 않아 냉동 시설이 없던 옛날에는 생선을 구할 길이 없었다. 그래서 고등어에 굵은 왕소금을 잔뜩 뿌려 절여서 가져와야 상하지 않을 수 있었으니 그렇게 만든 자반고등어는 짜도 보통 짠 게 아니다. 그래도 이 간고등어는 안동 사람들의 밑반찬으로 애용되어 반의반 토막을 썰어놓고 온 식구가 밥을 먹기도 한다. 전라도 음식으로 치면 밥맛 돋우는 젓갈 구실도 하는 셈이다. 그 간고등어 중에서도 뱃자반이라고 해서 배에서 금방 잡은 싱싱한 놈을 곧장 소금에 절인 것은 진짜 별미이다(대구에서는 이를 제자리간이라고 한다).

팔도 성주의 본향, 제비원

안동 시내에서 영주로 가는 5번 국도를 타고 북쪽으로 6킬로미터쯤 가면 느릿한 고갯마루 너머 오른쪽 산기슭 암벽에 새겨진 커다란 마애불을 길에서도 훤하게 바라볼 수 있다. 이 불상은 '안동 이천동(泥川洞) 마애여래입상'(보물 제115호)이라는 공식 명칭을 갖고 있지만, 조선시대에 제비원이라는 역원(驛院, 오늘날의 여관)이 있던 자리여서 흔히 제비원 석불로 통한다. 과거에는 독한 안동 '제비원 소주'(1962년 생산 중단)로 이름이 알려지기도 했지만 원래 제비원의 이미지는 단연코 이 석불에 있다고 해야 할 것이다.

멀리서 바라보면 큰 바위에 몸체를 표현하고 그 위에 얼굴을 조각하여 얹어놓은 것으로 보이지만, 예불 드리는 바로 앞으로 다가가면 이 불상은 두 개의 큰 바위 사이에 기도 드리는 공간을 설정해놓고 있음을 알게 된다. 이는 신령스런 바위를 신령스런 부처님으로 전환한 것이리라. 그래서 그런지 이 불상에는 자비롭고 원만할 뿐 아니라, 근엄한 절대자가 아닌 주술성까지 느껴지는 샤먼의 전통이 살아 있다. 어떤 때 보면 옛 제비원 주막에 계셨을 주모의 얼굴 같기도 하고, 어떤 때 보면 산신 사당을 지키는 무녀 같기도 하다. 이를 미술사적으로 풀이하면 파격적이고 도전적이며 지방적 성격을 강조한 고려 불상의 전형이다. 그런데 최근에 고쳐 쓴 문화재 안내판에는 이렇게 설명되어 있다.

긴 눈과 두터운 입술 등의 얼굴에는 잔잔한 미소가 흐르고 있어 고려시대에 조성된 괴체화(塊體化)된 불상에서 느껴지던 미련스러움이 보이지 않는다.

한동안 안내문에는 느낌은 적지 않고 복잡한 구조만 설명해놓더니 요즘에는 글 쓰는 사람의 주관적 인상을 서슴없이 표현하면서 '미련스럽다'는 과격한 단어까지 공식적으로 사용하고 있다. 혹자는 이런 것이 유아무개 답사기의 악영향이라고도 한다. 요컨대 제비원 석불은 고려시대의 여타 매너리즘 경향의 불상과는 달리 파격적이라 할 정도로 확실한 자기 이미지를 갖고 있다.

바로 이 점 때문에 제비원 석불은 많고 많은 전설을 갖게 됐다. 임재해(林在海) 교수가 「성주의 본향, 제비원의 노래와 전설」(『한국 민속과 전통의 세계』, 지식산업사 1991)에서 조사·발표한 것을 보면, 제비원 석불이 불심 많은 착한 연이(燕伊) 아가씨의 화신이라는 설화로 인해 이 석불을 모신 절 이름이 연미사(燕尾寺)가 되었다는 이야기, 임진왜란 때 이여송이 우리 산천의 지맥을 끊고 다닐 때 이 불상의 목을 잘랐다는 설 등등이 주저리주저리 얽혀 있다. 그중 가장 중요한 사실 하나는 우리나라 무가(巫歌) 중 「성주풀이」라는, 성주님께 치성 드리는 성주굿 노래는 어느 지역이든 성주의 본향(本鄕)을 따지는 대목에서는 모두가 이 제비원 석불을 지목하고 있다는 사실이다.

성주님 본향이 어디메냐/경상도 안동땅/제비원이 본일러라/제비원의 솔씨 받아 (…)

그래서 안동은 불교 문화, 양반 문화의 본향임과 동시에 민속 문화의 본향이라고도 말하고 있는 것이다.

안동 언어생활의 전통성

제비원에서 내리막길을 타고 조금 더 내려가다보면 우리는 이내 저전동(苧田洞)에 닿게 된다. 저전동은 지금도 할머니 할아버지 들은 '모시밭'이라고 짧고 빠르게 발음하는 예쁜 이름의 옛 마을이다. 말이 나왔으니 말인데, 안동은 언어생활에서도 전통을 고수하는 집념을 보여준다. 저전(苧田)을 모시밭이라고 하듯 천전(川前)보다 내앞, 수곡(水谷)·박곡(朴谷)보다 무실(물실)·박실, 온혜(溫惠)보다 더운골 등이 입에 익숙하다. 언젠가 와룡면 일대를 누비고 다니는데 윗골, 고누골, 음지마, 양지마, 가장실, 가느실, 밤실, 짓실, 대밭골, 택골, 도장골, 잣골, 오리실, 건너나별, 고불고개 등 듣기만 하여도 향토적 서정이 물씬 일어나는 동네 이름을 보면서 얼마나 기뻤는지 모른다. 얼핏 생각하기에 안동 양반들은 한자어를 많이 썼을 듯한데 이처럼 한글 이름을 많이 보유하고 있는 것은 한글이고 한자고 한번 접수한 것은 무조건 끝까지 지키고 보는 전통 고수의 저력 때문이다. 그래서 안동 사람들은 일상에서는 순우리말을 많이 쓰다가 품위와 권위를 찾을 때는 한자어를 많이 쓰는 독특함이 있다. 예를 들어 평소에는 '더운골 할배' '건네 아재' 하고 친숙하게 말하다가도 저전 장질(長姪), 춘양 삼종숙(三從叔, 9촌 아저씨) 하면서 힘주어 말하기도 한다.

안동에는 손자를 교육하면서 "니 그라믄 인(人) 안 된다"며 '사람 안 된다'는 말을 끝까지 안 쓰는 할배도 있었다. 한번은 어느 종갓집에 가서 이 구석 저 구석 사진 좀 찍을 요량으로 연줄을 대서 종손을 찾아뵙고 인사를 드릴 때 큰절까지 하여 소기의 목적을 달성한 적이 있었다. 나중

| 제비원 석불 | 제비원 고갯마루 겹겹의 바위를 이용해 조성한 고려시대 석불이다. 파격적이고 개성적인 고려 불상의 좋은 본보기인데 「성주풀이」에서 무당의 본향을 여기로 지목한 것이 아주 흥미롭다.

| 병산에서 내려다본 병산서원 전경 | 밖에서 본 병산서원은 여느 서원 건축과 큰 차이를 못 느끼는 평범한 서원으로 보인다. 그러나 내부에서 보면 사정이 달라진다.

에 소개해준 분께 답사 잘했노라고 감사의 전화를 드렸더니 오히려 그쪽에서 내 덕에 종손에게 좋은 인사를 받았다고 고마워했다. 그래서 종손이 뭐라고 칭찬하더냐고 했더니 "그 유교수 작인이더구먼" 하더라는 것이다. 사람됨〔作人〕을 그렇게 한자어 '작인'으로 굳이 만들어 쓰기도 한다. 경상도 사투리로 혼났다를 '시껍했다'고 하는데 이 말의 유래가 식겁(食怯), 즉 겁먹었다는 말이니 분명 안동에서 만들어 퍼뜨린 것 같다.

병산서원으로 가는 길

관광 안동의 명소로 가장 널리 알려진 곳은 하회마을이다. 실제로 하회의 풍산 류씨 동성마을은 우리나라에서 가장 잘 보존된 민속촌이다.

그러나 하회의 답사적 가치는 어떤 면에서는 하회마을보다도 풍산들판의 꽃뫼라고도 불리는 화산(花山) 뒤편 병산서원(屛山書院)이 더 크다고 할 수 있다. 병산서원은 1572년 서애 류성룡이 풍산 읍내에 있던 풍산 류씨 교육기관인 풍악서당(豐岳書堂)을 이곳 병산으로 옮겨 지은 것이다. 이후 1614년에는 정경세를 비롯한 서애의 제자들이 류성룡을 모신 존덕사(尊德祠)를 지었고, 1629년에는 서애의 셋째 아들인 수암 류진을 배향했으며 1863년엔 병산서원이라는 사액을 받았다. 그리고 1868년 대원군의 서원 철폐 때도 건재했던 조선시대 5대 서원의 하나이다.

병산서원은 그런 인문적·역사적 의의 말고 미술사적으로 말한다 해도 우리나라에서 가장 아름다운 서원 건축이자 한국건축사의 백미이다. 병산서원은 건축 그 자체로도 최고이고, 자연환경과 어울림에서도 최고이며, 생생하게 보존되고 있는 유물의 건강 상태도 최고이고, 거기에 다다르는 진입로의 아름다움도 최고이다.

병산서원은 하회 입구에서 마을로 가는 길을 버리고 왼쪽으로 낙동강을 따라 십 리(약 4킬로미터) 남짓 걸어가면 나온다. 옛날에는 시골 버스, 경운기나 다니는 비포장 흙길이어서 그것이 병산서원 보존의 큰 비결이었는데, 슬프게도 이 비책 아닌 비책은 곧 무너지게 되어 있다. 그것이 이 글을 쓰는 순간에도 안타깝기 그지없다.

병산서원 답삿길에 나는 항시 이 십릿길을 걸어다녔다. 다리가 아프고 피곤하면 고갯마루까지만 차를 타고 가서는 거기부터 오릿길이라도 걸었다. 병산서원은 반드시 걸어가야만 병산서원에 간 뜻과 건축적·원림적(園林的) 사고가 맞아떨어진다. 그곳에 이르는 길은 절집 입구의 진입로와 같아서 만약 선암사, 송광사, 해인사, 내소사를 자동차를 타고 곧장 들어갔을 때 그 마음이 어떠할까를 생각해본다면 왜 걸어야 하는가에 대한 답이 저절로 구해질 것이다.

| **병산서원 복례문** | 병산서원 바깥 출입문인 외삼문은 아주 단아하고 조촐한 모습이다.

병산서원 가는 길은 사뭇 왼쪽으로 낙동강과 풍산들을 두고 걷게 된다. 오른쪽 산비탈은 사과 과수원 아니면 콩밭이어서 시골의 정취를 더해만 준다. 여름이면 볕 가릴 가로수조차 없는 높은 고개를 넘을 때 진땀이 흐르지만 낙동강 푸른 물에 흰빛 갈매기가 훨훨 날아가는 것을 보면 더운 줄도, 다리 아픈 줄도 모르고 유유히 걸으면서 이 좋은 길을 자동차 타고 후딱 들어간 인생들이 왠지 불쌍하기만 하다 싶은 측은지심도 일어난다.

벌써 오래전 일이다. 동양철학을 전공하는 소장학자들의 모임이 병산서원에서 열리는데 기왕이면 답사를 겸하자는 여론이 일어 이광호(李光虎), 허남진(許南進) 교수가 나를 초청하는 바람에 나는 친구 따라 강남 가듯 여기에 또 오게 됐다. 그때 길이 서울부터 크게 막혀 어둔 녘에야 풍산에 도착했는데, 아무리 일정이 바빠도 이 길은 걸어야 한다는 나의 주장으로 이 '천진한 동양철학자'들은 죄없이 다리품을 팔게 됐다. 그런 중에도 인재와 귀신은 따로 있어서 다섯인가 여섯인가의 다른 '노련한 동양철학자'들은 문명의 이기를 이용하는 게 문명인이라며 차를 타고 먼저 가버렸다. 먼저 간 자의 흙먼지를 뒤집어쓰고 일없이 걷는 동안 남겨진 '천진한 동양철학자'들은 뭔가 나에게 속은 듯한 느낌을 갖는지, 아니면 어디 속는 셈 치고 따라보자는 것인지 시무룩이 발끝만 보고 걷고 있었다. 나는 그때 침묵의 무게가 얼마나 부담스러웠는지 모른다. 그렇게 어느 정도 걷다가 마침내 고갯마루에 올라 낙동강을 저 아래 발치로 내려다보게 되자 누가 먼저 소리를 질렀는지 "우아―"하는 탄성이 일어났고, 그 탄성은 데모꾼들 복창처럼 하늘을 덮었다. 침묵은 그렇게 깨졌고 운동화 코끝만 보며 떨구었던 고개는 먼 데 병산과 풍산들을 번갈아보며 분주히 움직였다. 누군가는 정지용의 「향수」를 콧노래로 부르고 있었다. 그러고는 우리가 걸었는지 말았는지 발에 아무런 느낌도 없이 줄곧 낙동강을 내려다보면서 비탈을 내려와 솔밭과 마주한 병산서원에 당도하니 먼저 도착한 대여섯 명이 더욱 불쌍해 보였다. 걸어온 자는 활기찬 목소리로 그 걸어온 기쁨을 이야기하는데 타고 온 자는 힘없이 부러운 눈초리로 그 즐거움을 말하는 입만 쳐다본다. 그것만으로도 타고 온 자는 벌써 후회스럽고 억울한데 누군가가 놀린다.

"타고 온 자가 문명인이냐, 걸어온 자가 문명인이냐?"

이에 더 이상 못 참겠던지 차 타고 먼저 온 한 '노련한 동양철학자'가 느긋하게 답한다.

"편하게 타고 오면서도 걷는 맛까지 다 느낀 자가 문명인이다."

| 서원 대청마루에서 내다본 전경 | 마루에 앉아 앞을 내다보면 동재·서재가 좌우로 늘어서고 정면에는 만대루가 병산을 배경으로 늠름히 자리하고 있음을 볼 수 있다. 건축은 이처럼 사용자 입장에서 볼 때 제멋을 찾을 수 있다.

서원 건축의 기본구조

　그리하여 병산서원에 당도하면 몇 채의 민가와 민박집 그리고 병산서원 고사(庫舍)가 먼저 우리를 맞이한다. 주차장에 들어서면 왼쪽으로는 유유히 흐르는 낙동강과 모래밭, 그 앞으로는 잘생긴 강변의 솔밭이 포진하고, 그 오른쪽으로 병산서원이 아늑하게 자리잡고 있다. 외견상으로 병산서원은 장해 보일 것도, 거해 보일 것도, 아름답게 보일 것도 없다. 그저 외삼문(外三門)을 가운데 두고 기와돌담을 반듯하게 두른 여느 서원과 다를 바 없다. 본래 서원의 구조는 매우 간명하게 되어 있다.

　1543년, 주세붕(周世鵬)이 세운 소수서원을 기폭제로 하여 전국으로 퍼져나간 서원은 그 구조가 거의 공식화되었을 정도로 아주 정형적이다. 크게 선현을 제사 지내는 사당과 교육을 실시하는 강당 그리고 원생들이 숙식하는 기숙사로 이루어진다. 이외에 부속건물로 문집의 원판을 수장하는 장판고(藏板庫), 제사를 준비하는 전사청(典祀廳) 그리고 휴식과 강학의 복합 공간으로서 누각(樓閣)과 어느 건물에나 당연히 있을 뒷간이 있으며, 서원을 관리하고 식사를 준비하는 관리소인 고사는 별채로 구성된다. 건물의 배치 방법은 성균관 문묘와 각 고을의 향교가 비슷하다. 남북 일직선의 축선상에 외삼문, 누각, 강당, 내삼문(內三門), 사당을 일직선으로 세우고 강당 앞마당 좌우로 동재(東齋, 유생들이 거처하던 동쪽 집)와 서재(西齋, 서쪽 집), 강당 뒤뜰에 전사청과 장판고를 두며 기와돌담을 낮고 반듯하게 두른다. 사당과 강당은 구별하여 내삼문 좌우로 담장을 쳐서 일반의 출입을 막는다. 강학 공간은 선비 정신에 입각하여 검소하고 단아하게 처리하여 단청도 금하고 공포에 장식을 가하지도 않는다. 그러나 사당은 권위를 위해 단청도 입히고 태극 문양을 그려넣기도 한다.

이런 단순한 구조에 큰 변화가 있을 것 같지도 않고, 그 멋이 대개 비슷할 것 같으나 절대 그렇지 않다. 어디가 달라도 다르며, 공간 분할의 크기가 약간만 차이나도 이미지상 엄청난 변화를 가져온다.

병산서원의 공간 운영

병산서원 또한 그런 전형적인 서원 배치에서 조금도 벗어나 있지 않다. 그러나 병산서원은 주변의 경관을 배경으로 하여 자리 잡은 것이 아니라 이 빼어난 강산의 경관을 적극적으로 끌어안으며 배치되어 있다는 점에서 건축적·원림적 사고의 탁월성을 보여준다.

병산서원이 낙동강 백사장과 병산을 마주하고 있다고 해서 그 공간이 곧 병산서원의 정원이 되는 것은 물론 아니다. 이를 끌어들이는 건축적 장치를 해야 자연 공간이 건축 공간으로 전환될 수 있는데 그 역할을 충실히 수행하고 있는 것이 만대루(晚對樓)이다. 병산서원의 낱낱 건물은 이 만대루를 향하여 포진하고 있다고 해도 과언이 아닐 정도로 여기에 중심이 두어져 있다.

서원에 출입하는 동선을 따라가보면 만대루의 위상은 더욱 분명해진다. 외삼문을 열고 만대루 아래로 난 계단을 따라 서원 안마당으로 들어서면 좌우로 시위하듯 서 있는 동재, 서재를 옆에 두고 돌계단을 올라 강당 마루에 이르게 된다.

강당 누마루에 올라앉으면 양옆으로는 한 단 아래로 동재와 서재가 지붕머리까지 드러내면서 시립하듯 다소곳이 자리하고 있다. 동재는 동직재(動直齋), 서재는 정허재(靜虛齋)라 하여 서로 마주보고 있는데 그 뜻을 알 듯 모를 듯하여 답사객들은 고개를 갸우뚱하곤 한다. 서원마다 공통적으로 동재는 상급생이, 서재는 하급생이 숙식하던 당시의 학생 기숙사인 만큼 그 이름들에 담긴 의미는 유학의 경전이나 유명 저서에서 유래한다.

'동직'과 '정허'는 성리학의 기초를 닦은 주돈이의 『통서』에 나오는 "무욕즉정허동직(無慾則靜虛動直)"에서 나온 것으로 "욕심이 없으면 고요할 때 마음이 저절로 비워지고(정허), 움직일 때는 자연스럽게 몸이 곧아진다(동직)"라는 의미다. 공부에 임할 때 사사로운 욕심을 버리고 몸과 마음을 바르게 하자는 뜻은 지금도 유효하다. 학생이라면 모름지기 이 경구를 마음속에 간직하고 한결같이 학업에 정진해야 함을 강조한 것이었다.

강당에서 고개를 들어 앞을 내다보면 홀연히 만대루 넓은 마루 너머로 백사장이 아련히 들어오는데 그 너머 병산의 그림자를 다 받아낸 낙동강이 초록빛을 띠며 긴 띠를 두르듯 흐르는 모습이 눈에 들어온다. 순

| **만대루** | 병산서원 건축의 핵심은 만대루이다. 200명을 수용하고도 남음이 있는 이 시원한 누마루는 낙동강과 병산의 풍광을 건축적으로 끌어안는 구실을 한다.

간 마음 같아선 당장 만대루로 달려가서 더 시원한 조망을 보고 싶어진다. 만대루에서의 조망, 그것이 병산서원 자리 잡음의 핵심인 것이다.

만대루에 중심을 두는 건물 배치는 건물의 레벨 선정에서도 완연히 나타난다. 병산서원이 올라앉은 뒷산은 화산(花山)이다. 이 화산의 낮은 구릉을 타고 외삼문에서 만대루, 만대루에서 강당, 강당에서 내삼문, 내삼문에서 존덕사로 레벨이 올라간다. 하지만 이는 단조로운 기하학적 수치의 증폭으로 이루어지지 않았다. 이 공간 운영을 자세히 따져보면, 사당은 위로 추켜올리듯 모셨는데, 만대루 누마루는 앞마당에서 볼 때는 위쪽으로, 그러나 강당에서 볼 때는 한참 내려보게 레벨이 잡혀 있다. 사당은 상주하고 상용하는 공간이 아니라 일종의 권위와 상징 공간이니 다소 과장된 모습을 취했지만 만대루는 정반대로 봄부터 가을까지 상용

| 만대루 나무 계단 | 만대루로 오르는 계단은 통나무를 깎아 만든 비스듬한 사다리로 기능도 좋고 멋도 만점이다.

하는 공간이므로 그 기능을 최대치로 살려낸 것이다.

　나는 병산서원에 오면 대부분의 시간을 이 만대루에서 보내면서 이 공간의 슬기로움에 감탄한다. 그리고 그 슬기로움이 어디에서 나왔는가를 생각해본 적이 있다. 나는 만대루의 성공은 병산서원의 중정(中庭)이 갖는 마당의 기능을 이 누마루가 차출함으로써 건물 전체에서 핵심적 위치로 부각되었기 때문이라는 결론에 도달했다.

　실제로 병산서원처럼 마당의 기능이 약하고 누마루의 기능이 강화된 예를 찾아보기 힘들다. 병산서원에 들어가 강당 마루에서 보건, 동재 서재의 툇마루 앞에서 보건, 마당으로 떨어진 시선은 곧바로 농구공 튀듯 '원 바운드로 튀어 만대루에 골인'한다. 병산서원의 구조는 이런 각도에서 세밀하게 분석해볼 필요가 있다.

　이제 병산서원을 우리나라 내로라하는 다른 서원과 비교해보자. 소수서원과 도산서원은 그 구조가 복잡하여 명쾌하지 못하며, 회재(晦齋) 이 언적(李彦迪)의 안강 옥산서원은 계류(溪流)에 앉은 자리는 빼어나나 서 원의 터가 좁아 공간 운영에 활기가 없고, 남명(南冥) 조식(曺植)의 덕천 서원은 지리산 덕천강의 깊고 호쾌한 기상이 서렸지만 건물이 배치된 간격이 넓어 허전한 데가 있으며, 한훤당(寒暄堂) 김굉필(金宏弼)의 현 풍 도동서원은 공간 배치와 스케일은 탁월하나 누마루의 건축적 운용이 병산서원에 미치지 못한다는 흠이 있다.

이에 비하여 병산서원은 주변의 경관과 건물이 만대루를 통하여 혼 연히 하나가 되는 조화와 통일이 구현된 결과이니 이 모든 점을 감안하 여 병산서원이 한국 서원 건축의 최고봉이라고 주장하는 것이다.

병산서원에서의 하룻밤

병산서원에는 마스터플랜뿐 아니라 디테일에서도 감탄을 자아내는 아름다움이 있다. 우선 만대루로 오르는 두 개의 통나무 계단은 그 자체 가 감동적이다. 그런 통나무 계단은 세계에 다시는 없을 것이다. 병산서 원의 외삼문 돌담 모서리에 있는 2인용 뒷간은 '뒷간 연구가'이기도 한 민속학자 김광언(金光彦) 교수가 보증하는바 최고의 명작 뒷간이다. 깔 끔하고 단정한 면 분할과 갸름한 타원형의 밑창은 뛰어난 기하학적 구 성이다.

그러나 병산서원 뒷간의 묘미는 울 밖에 있는 머슴 뒷간과 비교할 때 더욱 절묘해진다. 서원관리소 격인 고사 앞마당 텃밭 한쪽 곁에는 달팽 이 울타리로 하늘이 열린 야외용 뒷간이 있는데 사용자는 틀림없이 머 슴이었을 것인지라 우리는 '머슴 뒷간'이라고 부른다. 이 머슴 뒷간은 그 자체도 운치가 있지만 이 안쪽 양반네들 뒷간과 잘 대비되고 있어서

| **뒷간** |　병산서원 돌담 모서리에 있는 이 뒷간은 그 내부가 아주 슬기롭고 깔끔하게 되어 있다.

| **머슴 뒷간** |　서원 바깥 텃밭 한쪽에 있는 이 야외용 달팽이 모양의 뒷간은 '머슴 뒷간'이라는 애칭을 갖고 있다.

더욱 재미있게 다가온다.

그리고 병산서원의 아름다움은 별채로 앉아 있는 전사청 건물과 아늑한 울타리에서도 발견된다. 여름날 이 전사청 안팎에 피어나는 늙은 목백일홍꽃은 화려하다 못해 장엄하기 그지없다.

이처럼 병산서원의 아름다움에 대한 예찬은 끝도 없는데 나는 병산서원이 어느 서원도 따를 수 없이 깨끗하고 건강하게 보존되어 있음을 또 말하지 않을 수 없다. 예전엔 해마다 여름이면 여기에서 건축학교가 열렸는데 만대루 넓은 누각에는 200여 명이 앉아 수강하는데도 오히려 공간에 남음이 있었다. 강당의 마루는 항상 마른걸레질을 해서 윤기를 잃지 않았고, 동재와 서재 그리고 원장실은 추운 날이면 장작불을 때어 흙벽이 바스러지는 일이 없다. 그 싱싱한 보존의 비결은 서원을 지금도 사람이 기거하는 양 아침저녁으로 쓸고 닦고 여름이면 문을 활짝 열어주고 겨울이면 군불을 때어주는 것이며, 그렇게 방문객들의 체온이 나무 마루와 토벽에 서려 병산서원은 이제껏 옛 모습을 지켜오고 있다. 그런 데에는 무엇보다도 지극정성으로 고사를 지키는 류시석 아저씨의 노고를 빼놓을 수 없다. 서애의 후손으로 풍산 류씨 가문의 인물 많음은 유명하지만 문화유산 보호에 힘쓰신 시자 석자 아저씨 같은 분은 병산서원만큼이나 세상에 다시 없는 귀한 분이다.

서원집에 민박하면 아저씨는 밤늦도록 만대루에 앉아 달을 희롱하는 것을 허락해주시고, 강변에 나가 모닥불 피우도록 장작을 마련해주시기도 한다. 강변의 모닥불 놀이는 듣기만 하여도 그 낭만적 정취를 능히 상상할 수 있을 것이다. 잘 마른 장작이 불꽃을 튀며 달아오를 때 불길 너머 반대쪽에 있는 사람들을 보면 얼굴이 발갛게 상기되어 있다. 타오르는 불꽃을 보면 그 빛깔은 노란색이다. 그런데 우리에겐 이상하게도 불꽃은 빨간색으로 각인되어 있고 불자동차(소방차) 색도 그렇다. 참 이상스러운 일이다. 그러나 불꽃은 노란색이다. 답사를 다니면서 이런 모닥불을 심심치 않게 피워보면서 나는 장작의 성격을 조금은 알게 됐다. 그중 신기한 것은 자작나무 장작은 휘발성이 강해서 파드득 소리를 내며 강하게 피어오르고, 사과나무 장작은 불꽃이 파랗고 예쁘기 그지없음을 알게 된 것이다. 어느 답사 때였다. 모닥불이 시들해질 즈음, 나는 미리 준비한 사과나무 가지를 불속에 던졌다. 그날따라 사과나무 가지는 불꽃을 둥글게 만들면서 사파이어 빛보다 더 푸른 광채를 발했다. 누군가가 그 불꽃의 아름다움을 말했을 때 주위 사람들은 모두 뒤질세라 감탄사를 발하며 화답했다. 무슨 나무냐고 묻기에 내가 사과나무임을 말하자 가만히 듣고 있던 예술마당 솔 답사회 회장인 영남정형외과 정재명 원장이 빙그레 웃고만 있는 것이 보였다. 왜 웃냐고 물으니 정회장은 새로 지은 병원의 벽난로에 대구, 경산의 사과 과수원에서 가지치기로 수거한 사과나무 장작만 쓰고 있다는 것이다. 그러니 나는 한국전력 앞에서 촛불 자랑한 격이었다. 인생도처유상수(人生到處有上手), 세상엔 그런 식으로 상수(上手) 위에 또 상수가 있는 법이다.

모닥불이 다 꺼지고 우리들이 잠자리에 들려 할 때 회원들은 모래를 끼얹어 남은 불씨를 끄려고 했다. 나는 큰 몸동작으로 팔을 저으며 그러지 못하게 말렸다. 내일 아침엔 서원 아저씨가 치우러 나올 것이니 그냥 가라고 했다. 이튿날 아침 아저씨는 삼태기에 재를 쓸어담아 지게에 지고 와서는 머슴 뒷간에 두엄으로 뿌려놓았다. 열 번이면 열 번을 꼭 그렇게 하시는 것이었다.

---

* 2019년 유네스코 세계유산위원회는 "오늘날까지 한국에서 교육과 사회적 관습 형태로 지속되어온 성리학과 관련된 문화적 전통의 증거"라며 안동 병산서원과 도산서원을 비롯하여 영주 소수서원, 경주 옥산서원, 달성 도동서원, 함양 남계서원, 장성 필암서원, 정읍 무성서원, 논산 돈암서원 9곳을 '한국의 서원'이라는 이름으로 세계유산 목록에 등재했다.

자연과 인공의 행복한 조화

누정의 미학

광주광역시의 동북 방향, 무등산 북쪽 기슭과 맞대고 있는 담양군 고서면과 봉산면 일대에는 참으로 많은 누각과 정자 그리고 원림 들이 곳곳에 자리 잡고 있다. 면앙정(俛仰亭), 송강정(松江亭), 명옥헌(鳴玉軒), 소쇄원(瀟灑園), 환벽당(環碧堂), 취가정(醉歌亭), 식영정(息影亭), 거기에 송강 정철의 별서까지 들러보는 답사 코스는 조선시대 조원(造園, 정원이나 공원)의 아름다움을 맛볼 수 있는 황금 코스이며, 이른바 조선시대 호남가단(歌壇)이라 불리는 가사(歌辭)문학의 본고장이니 국문학도들에게는 필수의 답사 코스가 된다.

우리나라에서는 일찍부터 정자 문화가 발달했다. 16세기, 중종 대에 편찬된 『신증동국여지승람(新增東國輿地勝覽)』에 기록된 이름난 누정

(樓亭, 누각과 정자)의 수가 885개나 될 정도이다. 그리고 그 숫자의 반이 영남과 호남에 퍼져 있는 데서 드러나듯 누정은 따뜻한 남쪽에서 더욱 발달했다.

정자는 휴식처이자 사람이 모이는 공간이다. 한가할 때 홀로 거기에서 휴식을 취하거나 마음을 정리해보기도 하고, 때로는 여럿이 오붓하게 모여 정서를 교감하고 흥을 돋우던 장소다. 재미나는 이야기로 길고 무더운 여름밤을 보내기도 했고, 정치적 문제를 놓고 열띤 토론을 벌이기도 했고, 기분이 나면 노래 한 곡 뽑기도 했다. 게다가 조선시대 지식인들은 흥이 나면 언제고 시 한 수쯤은 거뜬히 지어낼 수 있을 정도로 문학의 생활화가 이루어져 있었다. 마치 우리 시대의 사람들이 유행가를 부르듯이 그들의 시작(詩作)은 일반화되어 있었던 것이다. 그러니 옛 정자는 문학의 산실이기도 했다. 이것이 곧 우리 정자 문화의 내용이다.

이러한 정자를 세우는 데 가장 중요한 사항은 말할 것도 없이 위치 설정이었다. 마을 어귀 사람들이 편안히 모일 수 있는 한쪽 켠, 전망이 좋은 언덕, 강변의 한쪽…… 우리가 지나가다 잠시 머물고 싶은 생각이 드는 곳에는 어김없이 정자가 세워져 있다.

답사의 초보자들은 이름난 정자에 다다르면 정자의 건물부터 유심히 살핀다. 그렇게 하는 것이 답사라고 생각하는 습성 때문이다. 그러나 중요한 것은 그 건물이 아니라 위치이니 정자의 누마루에 걸터앉아 주변을 조용히 둘러보는 맛, 그것이 본질이다.

원림의 미학

원림(園林)으로 말할 것 같으면 그 의미와 미학이 더욱 깊어진다. 원림이란 일종의 정원이지만 원림과 정원의 뜻은 사뭇 다르다. 정원(庭園)

이라는 말은 일본인들이 메이지 시대에 만들어낸 것으로 우리에게는 식민지 시대에 이식된 단어다. 그래서 1982년 '한국정원학회'가 창립되면서 공식적으로 채택한 표기는 정원(庭園)이 아니라 정원(庭苑)이다. 고려·조선시대에는 가원(家園), 임원(林園), 화원(花園), 임천(林泉), 원림(園林), 궁원(宮苑) 등이 두루 쓰였다. 그 표현이야 어찌 됐든 정원이 일반적으로 도심 속의 주택에서 인위적인 조경 작업을 통하여 동산[園]의 분위기를 연출한 것이라면, 원림은 교외—옛날에는 성 밖[城外]—에서 동산[園]과 숲[林]의 자연 상태를 그대로 조경으로 삼으면서 적절한 위치에 집칸과 정자를 배치한 것이다. 그러니까 정원과 원림에서 자연과 인공의 관계는 정반대다. 우리가 찾아갈 소쇄원과 명옥헌은 정원이 아닌 원림이다.

인간은 사물을 통하여 언어를 만들어낸다. 그리고 반대로 언어를 통하여 사물을 인식한다. 그리하여 어휘력은 인간 정신의 고양과 정서의 함양에 크게 기여한다. 이뿐만 아니라 풍부한 어휘력은 사물에 대한 관찰과 인식이 남다름을 의미하는 것이기도 하다. 예를 들어 이누이트들은 눈[雪]의 종류를 70여 가지로 분류한다고 하니 열대인이 알고 있는 눈과는 너무도 큰 차이가 있는 셈이다.

정원이라는 단어를 알고 있는 사람은 그 단어만 들어도 그것이 내포하는 의미와 사례와 서정을 일으킬 수 있다. 마찬가지로 원림이라는 낱말 뜻을 알게 된 현명한 독자들은 그 정취가 얼마나 풍성할까를 능히 상상해낼 수 있으리라 믿는다. 그런 의미에서 원림을 본 일이 없을지언정 원림이라는 단어를 알고 있다는 사실 자체가 우리 시대의 각박한 일상 속에서 상큼한 청량제 역할을 할 수 있다. 그러나 원림이라는 단어는 이미 죽어버린 지 오래된 낱말이며 어느 국어사전도 이 낱말 풀이를 제대로 해내지 못했다. 이런 현상을 나는 항상 가슴 아프게 생각하고 있다.

전라남도 담양군 남면 지곡리, 광주광역시 무등산 북쪽 산자락과 마주한 이 동네에는 증암천이라는 제법 큰 냇물이 저 아래쪽 광주댐의 너른 호수로 흘러들어간다. 이 지곡리 일대에는 소쇄원, 식영정, 환벽당, 취가정이 냇물 좌우 언덕에 자리 잡아 서로가 서로를 마주 보고, 비껴보고 있으니 이 유서 깊은 동네의 풍광을 내가 자세히 묘사하지 않아도 단박에 느낄 수 있으리라 믿는다. 그중에서도 소쇄원은 현존하는 우리나라 원림 중에서 단연코 으뜸이라 할 것이니.

소쇄원의 조영 내력

소쇄원을 조영한 분은 양산보(梁山甫, 1503~57)였다. 양산보의 본관은 제주, 자는 언진(彦鎭)이라 했으며 연산군 9년에 이곳에서 양사원(梁泗源)의 세 아들 중 장남으로 태어났다. 부친의 행적은 확실히 알려진 바 없는데 그의 호가 창암(蒼巖)이라 하여 그가 살던 동네를 창암촌이라 부른다.

양산보는 나이 15세 되던 1517년에 아버지를 따라 서울로 올라가 정암(靜庵) 조광조(趙光祖, 1482~1519)의 문하생이 되었다. 그 2년 뒤인 1519년 스승 조광조가 대사헌으로 있을 때, 현량과(賢良科)를 실시하여 자기 문하의 이른바 신진사류를 대거 등용한 일이 있었는데 양산보도 이때 급제하였다. 그러나 바로 이 해에 조광조가 능주로 유배되는 기묘사화가 일어나자 양산보는 낙향하여 창암촌으로 되돌아왔다. 조광조의 제자인 학포 양팽손이 화순으로 낙향한 것도 스승의 유배처 가까이로 따라오기 위해서였듯 양산보도 스승을 따라 내려온 것이었다. 그러나 조광조는 결국 그해 겨울에 사약을 받아 죽었으며 이후 양산보는 두문불출하고 55세로 일생을 마칠 때까지 고향에서 은일자적한 삶을 보내게 되었다. 그를 처사공(處士公)이라고 부르게 된 것도 이런 연유였다.

| 대봉대 | 입구가 항시 열려 있는 소쇄원으로 들어서면 제일 먼저 만나는 건물이 대봉대이다. 초가 정자로 방문객은 여기에 걸터앉아 소쇄원의 전경을 살필 수 있다. 대문이 따로 없는 열린 공간이다.

　양산보가 낙향한 후 언제부터 이 소쇄원을 짓기 시작했는지는 확실치 않지만 정동오 교수는 『한국의 정원』(민음사 1986)에서 양산보가 그의 나이 30대에 초가정자를 짓기 시작한 후 40세 때 면앙정 송순(宋純)의 도움으로 소쇄원을 완성했을 거라고 추정하고 있다. 조선건축사 내지 조선정원사 연구에서 소쇄원의 창건 시기를 밝히는 것은 중요한 과제인데, 송강(松江) 정철(鄭澈, 1536~93)이 쓴 「소쇄원 초정(草亭)에 부치는 시」에 이렇게 언급되어 있다.

　　내가 태어나던 해에 이 정자를 세워
　　사람이 가고 오고 마흔 해로다.
　　시냇물 서늘히 벽오동 아래로 흐르니
　　손님이 와서 취하고는 깨지도 않네.

송강이 태어난 해가 1536년이니 양산보의 이때 나이는 34세, 창암촌으로 낙향한 지 17년 되던 해다. 송강이 이 시를 쓴 1575년은 그가 소쇄원 옆 지실마을로 잠시 낙향해 있을 때였다.

소쇄원에 관한 기록은 비교적 풍부한데 『소쇄원사실(事實)』에 실려있는 「처사공실기(處士公實記)」를 보면 양산보의 은일자적 자세와 소쇄원 조성 배경을 엿볼 수 있다.

선생은 일찍이 도연명(陶淵明)과 주무숙(周茂叔)을 존경하여 도연명의 「귀거래사(歸去來辭)」와 주무숙의 「애련설(愛蓮說)」 같은 책을 항시 서재 좌우에 두고 있었다고 한다. 도연명을 좋아한 것은 그가 은일처사의 모범이었기 때문일 것이며 주무숙을 존경한 까닭은 그의 은사 조광조가 흠모한 분이라는 사실 때문이었다.

소쇄원의 뜻과 그 정신

양산보가 원림의 이름을 소쇄원이라 하고 사랑채와 서재가 붙은 집을 '제월당(霽月堂)', 계곡 가까이 세운 누정을 '광풍각(光風閣)'이라고 한 것은, 송나라 때 명필인 황정견이 주무숙의 인물됨을 "흉회쇄락 여광풍제월(胸懷灑落 如光風霽月)," 뜻을 풀자면 "가슴에 품은 뜻의 맑고 맑음이 마치 비 갠 뒤 해가 뜨며 부는 청량한 바람과도 같고 밝은 날의 달빛과도 같네"라고 한 데에서 따왔다.

그리고 「처사공실기」에는, 양산보가 어렸을 때 이곳 계곡에서 놀다

| **광풍각** | 소쇄원의 중심이 되는 계곡의 한가운데에 단칸 정자를 짓고 광풍각이라고 했다. 두 사람이 겨우 누울 수 있는 작은 방은 겨울철 난방을 고려함이고, 사방으로 두른 마루는 여름날을 위함이다.

가 물오리가 헤엄치는 대로 따라 올라가게 되었는데 지금 소쇄원 자리에 이르자 작은 폭포와 못을 이루며 계곡이 깊어지고 주위의 풍광이 너무도 수려하여 거기에서 미역도 감고 이리저리 뛰놀며 언젠가는 여기에 와서 살 뜻을 세웠다고 전한다. 그후 사화로 낙향하게 되자 이 소쇄원을 만들게 되었는데, 그는 자손들에게 "절대로 남에게 팔지 말 것"과 "돌 하나 계곡 한구석 내 손길, 내 발자국 닿지 않은 곳이 없으니 하나도 상함이 없게 할 것"을 당부하였다고 한다. 옛날 당나라 때 이덕유(李德裕)가 별장 평천장(平泉莊)을 만들고 그랬다는 사실을 환기시키면서.

세월이 흘러 소쇄원의 집들은 낡고 헐어 무너지고 게다가 전란 속에 피해를 입어 옛 모습을 잃었지만, 1755년에 이 원림의 구조와 건물 배치를 자세히 그린 〈소쇄원도〉를 목판화로 남겨두어 우리는 그 원모습을 남김없이 복원해볼 수 있게 되었다. 더욱이 퇴락해버렸을지언정 그 분위기는 그대로 살아 있어 조선시대 원림 중 가장 보존 상태가 좋은 것으로 평가되며, 그 후손들은 15대째 내려오도록 처사공의 유언대로 남에게 팔지 않았다. 이제 소쇄원은 나라가 인정해준 유적이기도 하다. 1975년 소쇄원은 전라남도 지정문화재가 되었고, 1983년에 사적 304호로 지정되었다가 2008년 명승 제40호로 재분류되어 그 생명은 나라와 함께하게 되었다.

소쇄원 원림은 현재 1,400평으로 계곡을 낀 야산에 조성되었다. 이 원림의 마스터플랜은 양산보가 어린 시절에 미역 감으며 뛰놀았다는 너럭바위로 흐르는 계곡이 갑자기 골이 깊어지면서 작은 폭포와 못을 이루는 부분을 중심으로 삼았다. 그 옆에 광풍각이라는 정자를 짓고, 위쪽 양지바른 곳에는 사랑채와 서재를 겸한 제월당을 세웠다. 또한 곁의 지석마을과는 기와를 얹은 흙돌담을 ㄱ자로 돌려 차단하고, 한쪽에는 화단을 2단으로 쌓아 매화와 꽃가지를 심은 '매대(梅臺)'를 설치하였다.

| **제월당** | 양지바른 언덕에 사랑채와 서재를 겸한 제월당이 이 집의 주 건물이다.

계곡의 자연스런 흐름에 인공을 가하여 못을 넓히고 물살의 방향을 나무 홈통으로 바꾸어 수차(水車)를 돌리기도 하며 물확을 만들어 물고기들이 항시 거기에 모이게도 하였다.

여름날에 시원스런 벽오동과 목백일홍, 봄날에 아름다운 꽃이 피는 매화와 복사나무, 가을날 단풍이 진하게 물드는 단풍나무가 적절히 배치되어 계절의 빛깔까지 맞추었으니 그 조원의 공교로움을 나는 이루 다 묘사할 수가 없다.

소쇄원의 아름다움을 글로써 형언키 어려운 것은 나뿐만이 아니었다. 기대승(奇大升), 송순, 정철, 백광훈(白光勳), 고경명(高敬命), 김인후(金麟厚)라면 당대의 명유(名儒), 명문(名文), 명류(名流)라 할 것인데 그들이 모두 소쇄원을 찬양한 시를 남긴 분들이니 이로써도 소쇄원의 성가가 얼마나 높았는가를 증명할 수 있다. 특히 양산보와 사돈이었던 김인후

| 화단을 2단으로 쌓은 매대 | 담벽에는 훗날 송시열이 '소쇄처사 양공지려'라는 일종의 문패를 써서 달게 했다.

는 소쇄원을 48가지로 노래하고도 모자라서 10편의 시를 또 지었으니 알 만한 일이 아닌가.

그중에서 「꿈에 소쇄원을 노닐다」라는 시를 지었던 고경명이 1574년에 쓴 『유서석록(遊瑞石錄)』은 내가 못다 표현한 소쇄원의 구조와 아름다움을 대신해줄 것으로 믿는다.

소쇄원은 양산인 모씨의 구업(舊業)이다. 계곡물이 집 동쪽으로부터 와서 문과 담을 통해 뜰 아래를 따라 흘러간다. 위에는 외나무다리가 있는데 외나무다리 아래의 돌 위에는 저절로 웅덩이가 이루어져 이름하여 조담(槽潭)이라 한다. 이것이 쏟아져서 작은 폭포가 되니 영롱함이 마치 가야금, 거문고 소리 같다. 조담 위에는 노송이 서려 있는데 마치 덮개가 기울어 못의 수면을 가로 지나가듯 한다. 조

| 돌다리 담장 | 흙돌담 밑으로 개울이 흘러갈 수 있도록 설계하여 자연을 거스르지 않는 인공미를 절묘하게 연출했다.

그만 폭포의 서쪽에는 작은 집이 있는데 완연히 그림으로 꾸민 배 모양이다. 그 남쪽에는 돌을 포개어 높여서 작은 정자를 지었으니 그 모습을 펼치면 우산과 같다. 처마 앞에는 벽오동이 있는데 해묵은 연륜에 가지가 반이 썩었다. 정자 아래에는 작은 못을 파서 쪼갠 나무로 계곡물을 끌어 여기에 대었다. 못 서쪽에는 연못이 있는데 돌로 벽돌을 깔아 작은 못의 물을 끌어 대나무 아래로 지나게 하였다. 연지의 북쪽에는 또 작은 방아가 있다. 어느 구석을 보아도 수려하지 않은 곳이 없으니 하서 김인후는 이를 48가지로 노래하였다.

자연과 인공의 행복한 조화

소쇄원 원림은 결국 자연의 풍치를 그대로 살리면서 곳곳에 인공을 가하여 자연과 인공의 행복한 조화 공간을 창출한 점에 그 미덕이 있다.

소쇄원에 설치된 집과 담장 그리고 화단과 물살의 방향 바꿈 그 모두가 인공의 정성과 공교로움을 다하고 있다. 하지만 사람의 손길은 자연을 정복하거나 자연을 경영한다는 느낌이 아니라 자연 속에 행복하게 파묻히고자 하는 온정을 심어놓은 모습이기에 우리는 조선시대 원림의 미학이라는 하나의 미적 규범을 거기서 배우고 감탄하게 된다.

소쇄원에 처음 가보는 사람들은 우선 길이가 50미터나 되는 기와 지붕을 얹은 긴 흙돌담의 아이디어에 놀라게 된다. 가지런하게 잘 쌓은 이 흙돌담은 소쇄원과 지석마을을 갈라놓는 경계 구실을 하고 있지만, 안에서 바라볼 때는 소쇄원을 더없이 아늑한 공간으로 감싸주는 기능을 한다. 본래 자연 그대로의 상태라는 것은 두려움 내지 무서움을 유발한다. 그러나 인간의 손길이 적절히 닿아 있을 때 우리의 정서는 안정을 찾는다. 그러니까 담장은 외부 공간과의 차단, 온화한 내부 공간의 조성, 자연에 가한 인간의 손길이라는 3중 효과를 갖고 있다.

그런데 담장에는 필연적으로 폐쇄감이 있기 마련이니 자연과 인공의 조화로움을 파괴할 소지가 거기에 도사리고 있다. 그 문제를 소쇄원은 두 가지 방법으로 해결하였다. 하나는 대문이 없는 개방 공간, 이른바 오픈 스페이스로 풀어버린 것이다. 또 하나는, ㄱ자로 둘러친 담장의 북쪽 편은 계곡을 가로지르게 되어 있는데 마치 돌다리를 놓듯이 받침돌이 담장을 고이고 있어서 담장 밑으로 냇물이 자연 그대로 흐르게 해놓은 것이다. 절묘한 개방성이며, 자연을 거스르지 않겠다는 인공의 겸손이 바로 이런 곳에서도 드러나고 있다. 그래서 김인후는 「소쇄원 48영

| **소쇄원 계곡** | 소쇄원 원림은 계곡의 자연스런 흐름에 인공을 가해 못을 넓히고 물살의 방향을 나무 홈통으로 바꾸어 수차를 돌리기도 했다.

가(詠歌)」중「담장을 뚫고 흐르는 계곡물」에서 이렇게 노래하였다.

걸음걸음 물결을 보며 걷자니
한 걸음에 시 한 수 생각은 깊어지는데
흐르는 물의 근원을 알 수 없으니
물끄러미 담장 밑 계류만 바라보네.

이 천연스러움의 발상이 어떻게 가능했을지 생각해본다. 양산보는 건축가가 아니었다. 그럼에도 어느 조원 설계가보다도 탁월한 구상과 섬세한 디자인을 보여준 슬기와 힘이 어디에서 나왔을까?

나는 이것을 조선시대 사대부 문화의 위대한 강점이라고 생각하고 있다. 사대부는 군자로서 살아가는 길을 끊임없이 반성하면서 삶을 영위하는 확고한 도덕률을 갖추고 있었다. 그들이 지향한 바는 전문인·기능인이 아니라 총체적 지식인으로서 문사철(文史哲)을 겸비한 사람이었으며, 그리하여 그 지식으로 세상을 경륜하고, 그 안목으로 시를 짓고 거문고를 뜯고 글씨를 쓰고 집을 짓고 사랑방을 디자인하였던 것이다. 심지어는 전쟁조차도 전문성보다는 총체성에 입각하여 대처했다. 우리 시대의 전문인들이 잃어버린 바로 그 총체성을 우리는 이곳 소쇄원에서 배워야 마땅할 것이다.

소쇄원의 어느 겨울날

나는 이 글을 쓰면서 소쇄원의 구조를 낱낱이 설명하는 일을 애시당초 포기해버렸다. 그것은 내 능력 밖의 일이기도 하거니와 문자매체로는 불가능한 일이라고 생각했기 때문이다. 그렇다고 나는 독자의 상상력에 맡겨버릴 의사가 있는 것도 아니다.

소쇄원의 입구는 울창한 대밭으로 시작된다. 여기는 담양땅, 우리나라 죽림의 종가터가 아니던가. 하늘을 찌를 듯이 뻗어오른 수죽(脩竹)의 안쪽은 언제나 어둠에 덮여 그 깊이를 좀처럼 알 수 없다. 한여름 아무리 무더운 남도의 땡볕이라도 소쇄원 들어가는 길의 대밭에서는 청신한 그늘이 더위를 씻어준다. 어쩌다 소슬바람이 불어 댓잎끼리 스치는 소리라도 가볍게 들리면 그것은 영락없이 대청마루에 올라서는 여인의 치마 끄는 소리와 같다. 그러나 나는 소쇄원의 겨울을 더 좋아한다.

1985년 겨울, 유난히도 눈이 많이 내린 섣달 스무날, 나는 처음으로 문화유산 답사의 인솔자가 되어 그림 그리는 친구와 후배 그리고 젊은 미술학도 45명을 이끌고 남도를 순례하는 첫 기착지로 소쇄원에 들렀다. 그때 나의 답사팀 모두는 소쇄원 입구 대밭으로 들어서는 순간 일제히 탄성을 질렀다. 천지가 하얗게 눈으로 덮인 세상에 대밭만이 의연히 청정한 푸른빛을 발하고 있음에 대한 감동이었을 것이다. 대나무가 겨울에도 푸르다는 것이야 모를 리 있었으리요마는 모두가 상상을 초월하는 이 황홀한 실경에 감복했다.

그때 답사객 중에는 연세대 한국어학당에 다니던 말레이시아 학생이 한 명 있었다. 그는 소쇄원 대밭에 감탄하는 일행들을 이상하다는 듯이 쳐다보면서 하는 말이 "대나무가 이렇게 작은 것도 있네요. 말레이시아 대나무는 전봇대보다 더 굵어요" 하며 두 손을 펴서 한아름 안아 보이는 것이었다. 그 바람에 답사객들은 한바탕 웃으면서 모처럼의 흥취를 잃어버리고 "김샜다"를 연발하고 말았다. 그 대신 말레이시아 학생은 하얀 눈에 큰 감동을 받았다고 했다. 그는 스노우(snow)라는 단어와 사진만 보았을 뿐 생전 처음 보는 눈이 이렇게 아름다운 줄은 정말 몰랐다고 몇 번이고 되뇌곤 했다.

| **소쇄원 입구 대밭** | 소쇄원 입구는 이처럼 시원스런 대밭으로 이어져 답사객들은 초입부터 청신한 기분을 만끽하게 된다.

잃어버린 자미탄의 여름

소쇄원·식영정·취가정·환벽당을 품에 안고 광주댐 너른 호수로 흘러 들어가는 증암천을 그 옛날에는 자미탄(紫薇灘)이라 불렀다. '자미'는 목백일홍나무의 별칭이고 '탄'은 여울이라는 뜻이니 개울 양옆으로 늘어선 목백일홍의 아름다움으로 얻은 이름일 것이다.

목백일홍은 순우리말로는 배롱나무라고 부르는데 따뜻한 남쪽이 원산지여서 차령산맥 북쪽에서는 정원수로 가꾸는 게 아니라면 살 수 없다. 그래서 나 같은 서울 사람에겐 배롱나무의 아름다움이 차라리 남녘을 향한 향수의 상징같이 각인되어 있다.

배롱나무는 낙엽교목 또는 관목으로 분류될 정도로 키가 크지 않은 나무이다. 하지만 해묵은 배롱나무에는 작은 거인과도 같은 늠름한 기

품이 배어 있다. 줄기는 약간 경사지게 구부러지면서 자라고, 가지는 옆으로 넓게 퍼져서 불균형한 부정형을 이룬다. 그런데 그 줄기와 가지는 아주 단단하고 매끄럽고 윤기가 나면서 고귀한 멋이 가득하여 한 터럭의 속기(俗氣)도 없고 한편으론 가벼운 색태(色態)를 드러내는 날렵한 멋으로 가득하다. 잎이 다 떨어진 겨울날의 배롱나무는 나신(裸身)과도 같아서 어찌 보면 뼈마디를 드러낸 무용수의 몸매 같기도 하고, 사람의 손이 닿으면 가지 끝을 파르르 떤다고 부끄럼나무라고도 하고 간지럼나무라고도 한다. 일본 사람들은 이 배롱나무를 사루스베리(さるすべり), 원숭이도 미끄러지는 나무라고 부른다.

배롱나무의 진짜 아름다움은 한여름 꽃이 만개할 때이다. 배롱나무꽃은 작은 꽃송이가 한데 어울려 포도송이를 올려세운 모양으로 피어나는데 7월이 되면 나무 아래쪽부터 피어오르기 시작하여 9월까지 100일간 붉은빛을 발한다. 그래서 백일홍이라는 이름이 붙었고, 저 꽃이 다 지면 벼가 익는다고 해서 쌀밥나무라는 별명도 얻었다. 탐스런 꽃송이가 윤기 나는 가지 위로 무리지어 피어날 때면 그 화사함에 취하지 않을 인간이 없다. 본래 화려함에는 으레 번잡스러움이 뒤따르게 마련이지만 배롱나무의 청순한 맑은 빛에서는 오히려 정숙한 분위기마저 느끼게 되니 아무리 격조 높은 화가인들 이처럼 맑은 밝고 화사한 색감을 구사할 수 있을 것인가.

나는 배롱나무꽃이 한여름 땡볕에 피어난다는 사실에 더욱 큰 매력을 느낀다. 춘삼월이 되면 대부분의 나무는 잎이 채 나기도 전에 앞을 다투어 꽃부터 피우며 갖은 맵시를 자랑하다가 5월이면 벌써 연둣빛 신록에 묻혀버리고 마는데, 배롱나무는 그 빛깔 있는 계절에는 미동도 하지 않고 묵묵히 자신을 준비하고서는 세상이 꽃에 대한 감각을 잃어갈 즈음에 장장 석달하고도 열흘을 피어 보이니 인간세상에서 대기만성하

는 분들의 모습이 그런 것 아닌가 싶기도 하다. 그래서 나는 배롱나무를
볼 적이면 곱디곱게 늙은 비구니 스님의 잔잔한 미소 같은 청아(淸雅)한
기품을 느끼곤 한다.

식영정, 그림자가 쉬고 있는 정자의 숨은 뜻

자미탄 여울가에 있는 정자 중 언덕배기 벼랑에 위치하여 가장 좋은
전망을 갖고 있는 것은 식영정(息影亭)이다. 별뫼라고도 부르는 성산(星
山)을 마주 대한 탁 트인 자리에 정면 두 칸, 측면 두 칸의 골기와 팔각지
붕에 한 칸짜리 서재와 넓은 툇마루로 구성된 정자이다.

주위에는 아름드리 노송이 에워싸고 있는데 훤칠하게 뻗어 올라간
모습이 그렇게 시원스럽고 아름답게 보일 수가 없다. 낙락장송이라는
말에 어울리는 듬직한 소나무도 있고, 마치 이상좌의 〈송하보월도(松下
步月圖)〉에 나오는 멋쟁이 소나무, 곁가지가 현애(懸崖, 낭떠러지)를 치며
늘어지는 꺾임새를 자랑하는 소나무도 있다. 그리고 뒤뜰로 돌아서면
배롱나무 노목들이 몇 그루 심어져 있으니 자미탄의 옛 모습을 여기서
상상해볼 수도 있다.

식영정 툇마루에 앉아 절벽 아래쪽 자미탄 여울을 내려다보면, 아직
도 그물을 갖고 물고기를 잡는 동네 아이들을 볼 수도 있고, 천둥벌거숭
이로 미역 감는 모습이 펼쳐질 때도 있다. 시야를 멀리 여울 아래쪽으로
돌리면 광주호가 한눈에 들어온다. 인공호수로 근래에 만들어진 호수
이니 그 옛날 식영정 주인은 보지 못했을 풍광이 우리의 눈맛을 시원스
럽게 해준다. 언제 어느 때 보아도 잔잔한 호숫물은 햇빛에 반사하며 어
른거린다. 그것은 엷은 시정(詩情)의 세계가 아니라 깊은 사색의 세계로
이끌어가는 평온이다.

식영정, 이 정자의 이름을 나는 한동안 '그림자도 쉬어간다'는 뜻으로 새기고 이 정자의 이름이 서정적이라는 생각을 해왔다. 그러나 옛 식영정 주인이 쓴 기문(記文)을 읽어보니 전혀 그런 것이 아니라 '그림자가 쉬고 있다'는 자못 심오한 뜻이 들어 있었다. 식영정은 서하당(棲霞堂) 김성원(金成遠)이 그의 장인어른인 석천(石川) 임억령(林億齡)을 위해 지어올린 집인데, 정자의 이름을 지으면서 장인 사위 사이에 그림자 이야기가 오갔던 모양이다. 그 내용이 『식영정기(息影亭記)』에는 이렇게 실려 있다.

『장자(莊子)』에서 말하기를 옛날에 자기 그림자를 두려워하는 사람이 있었는데 그 사람은 이 그림자에서 벗어나려고 죽을 힘을 다하여 달아났다. 그런데 그림자는 이 사람이 빨리 뛰면 빨리 쫓아오고 천천히 뛰면 천천히 쫓아오며 끝끝내 뒤에 붙어다녔다. 그러다 다급한 김에 나무 그늘 아래로 달아났더니 그림자가 문득 사라져 나타나지 않더라는 이야기가 있다.

(내 말을 듣고 나서) 김성원은 말하기를, 사람과 그림자의 관계는 그렇다고 칩시다. 그러나 선생(임억령)이 (…) 스스로 자기 빛을 숨기고 자취를 감추고 있는 것은 자연의 순리와 관계 없는 일이 아니지 않느냐고 되물었다. 이에 나는 말하기를 (…) 내가 이 외진 두메로 들어온 것은 한갓 그림자를 없애려고만 한 것이 아니고 시원하게 바람 타고 자연조화와 함께 어울리며 끝없는 거친 들에서 노니는 것이니 (…) 그림자도 쉬고 있다는 뜻으로 식영이라 이름 짓는 것이 어떠냐. 이에 김성원도 좋다고 응하였다.

때는 1560년, 명종 15년으로 임억령 나이 65세 때의 일이다.

| 식영정의 노송 | 식영정 주위에는 이처럼 멋진 노송이 몇 그루 둘러져 있다. 그러나 그 앞에 성산별곡 시비가 무지막지하게 설치되어 그 운치를 해치고 말았다.

식영정의 풍류

이 아름다운 정자 식영정, 고매한 인품을 지닌 식영정의 주인으로 인하여 호남 사림(士林)의 명현들이 여기를 찾았다. 송순, 김윤제, 김인후, 기대승, 양산보, 백광훈, 송익필, 김덕령, 정철…… 그들은 한결같이 명문장가들이었기에 식영정에 부치는 시를 짓고, 그 시의 운을 따서 또 시를 지은 것이 오늘날에도 모두 전해지고 있다. 「난간에 서서 고기를 보다.「양파에 오이 심어」「벽오동에 비치는 서늘한 날」「평교 목동의 피리 소리」「다리를 건너 돌아가는 스님」「배롱나무꽃 핀 여울」「연못에 꽃 필 때」…… 그들이 읊은 시들은 모두 은일자의 맑은 뜻과 다짐이 서려 있고, 자연과 벗하는 즐거움에 애써 자위하는 내용들이다. 그중 한 수, 김성원이 지은 「양파에 오이 심어」를 옮겨본다.

남쪽 비탈에 오이를 심었지.
이야말로 내 마음 진정시키는 약이라오.
아침나절 김매고 물 주고
도롱이 벗어놓고 단잠을 잔다.

그런 중, 식영정의 이름을 세상에 널리 알린 글은 송강 정철이 지은 「성산별곡(星山別曲)」이었다. 식영정 앞산인 별뫼, 성산을 노래한 이 가사의 첫머리는 식영정 주인 김성원을 부르면서 시작한다.

어떤 지날 손이 성산에 머물면서
서하당(棲霞堂) 식영정 주인아
내 말 듣소.
인간세상에 좋은 일 많건마는
어찌 한 강산을 그처럼 낮게 여겨
적막한 산중에 들고 아니 나시는고.
(…)

세월이 흘러 옛 식영정의 시인들은 세상을 떠나고, 호남의 시성이 그 옛날처럼 풍성하지 못하고 영락의 길로 떨어지면서 풍류의 맥이 끊겼다. 어쩌다 지나가는 명사가 있어 옛 주인을 그리는 시를 짓기는 했으나 그것은 과객의 회포였지 자미탄 사람의 정서는 아니었다.

망연히 앞쪽 먼 곳을 바라보니 자미탄 여울에선 그날도 미역 감는 소년이 있고, 광주호 잔잔한 물살에는 아련한 햇살이 어른거리고 있었다.

서하당, 환벽당, 취가정

식영정 돌계단을 내려오다보면 왼쪽 깊숙한 곳으로 연못에 바짝 붙여 지은 부용당(芙蓉塘)이 보인다. 이 정자는 1972년에 지은 것이고, 그 뒤편 주춧돌이 널려 있는 곳이 서하당터였으니 곧 김성원의 거처가 있던 곳이다.

이야기가 식영정에서 시작되는 바람에 거꾸로 되었지만, 이를 체계적으로 바로잡자면, 김성원이 바로 이 자리에 서하당을 지은 것이 자미탄을 중심으로 한 호남가단(湖南歌壇)의 진원이 되었다.

김성원은 그의 스승이자 장인인 임억령을 위해 식영정을 지었고, 옆동네 지실마을에서 어린 시절을 보냈던 송강 정철은 서하당 김성원에게 글을 배웠다. 서하당은 송강 '처가의 외가의 재당숙'이니 요즘으로 치면 남이겠지만 그 시절에는 계촌(計寸)하는 인척이었다.

그리고 서하당에서 자미탄 건너 마주 보이는 곳에는 그의 종숙(從叔)인 사촌(沙村) 김윤제(金允悌)가 을사사화가 일어나는 것을 보고는 벼슬을 버리고 여기로 와서 서재를 짓고 칩거하게 되는 환벽당(環碧堂)이 있다. 김성원과 김윤제는 픽이나 친하게 지내면서 개울 건너 마주 보고 사는 것도 멀다고 느꼈던 모양인지 무지개다리를 가설하여 수시로 오갔다고 한다. 물론 그 다리는 사라져 지금은 없다.

이렇게 문인들이 모여들었으니 풍성한 시회(詩會)가 어찌 없었겠는가? 카메라가 없던 시절이라 그 정확한 모습은 전해지는 바가 없지만 사진의 기능을 대신하여 그려진 〈성산계류탁열도(星山溪柳濯熱圖)〉라는 그림이 『송강집(松江集)』부록에 실려 있다. 제목의 뜻을 새기자면 "별뫼 계곡 버드나무 아래서 더위를 씻는다"쯤 된다.

자미탄을 건너 환벽당 입구로 돌아서자면 낚시하기 꼭 알맞은 큰 바위가 하나 있는데 이것이 「성산별곡」에 나오는 조대(釣臺)다. 환벽당 뒤뜰에는 역시 배롱나무가 예쁘게 가꾸어져 있다. 그리고 환벽당 현판은 훗날 송시열이 이곳을 방문했을 때 쓴 것이니 그때 그들이 칩거한 뜻은 오래도록 기리는 바가 되었던 모양이다.

환벽당에서 이제 우리는 취가정(醉歌亭)으로 발길을 옮겨야 한다. 걸어서 불과 5분 거리다. 이때 사람들은 대개 자미탄 개울길을 따라가지만 나는 항시 뒤편으로 돌아서 탱자나무 울타리가 인상적인 묵은 동네 뒷길로 간다. 길가엔 무슨 연고인지 사금파리가 많이 깔려 있는데 17세기 도편(陶片)이 적지 않아 그것이 항시 나의 미술사적 의문이다.

취가정은 임진왜란 때 의병장 김덕령(金德齡)의 후손인 김만식(金晚植)이 1890년에 장군의 덕을 기리며 지은 정자다. 그 정자 이름을 취가정이라 한 것은 송강의 제자였던 권석주(權石洲)라는 분의 꿈에 김덕령 장군이 나타나서 취시가(醉時歌)를 불렀다는 이야기에서 따왔다. 임진왜란 때 의병장으로 맹활약을 했던 김덕령이 결국은 옥사를 하고 마는 원한의 노래였다.

취가정의 전망은 시원스레 펼쳐지는 옥답과 자미탄이니 크게 별스럽지는 않다고 말할 수도 있다. 그러나 취가정의 위치 설정에서 가장 중요한 것은 툇마루 바로 앞에 서 있는 소나무다. 두 팔을 벌리고 춤을 추는 것도 같고, 날렵한 몸매무새 같기도 한 이 소나무가 취가정 자리매김의 기본 아이디어였던 것이다.

| **환벽당** | 환벽당의 툇마루에 앉으면 자미탄의 아기자기한 전경이 한눈에 들어온다.

본래 우리나라의 전통 조원(造園)에서 조경 설계자들이 가장 먼저 고려한 것은 나무, 그중에서도 소나무의 위치였다. 집은 자리를 이곳저곳에 잡을 수 있으나 나무 특히 소나무의 위치는 옮길 수 없는 것이기 때문이다. 식영정에서도 이 원칙은 마찬가지였던 것이다. 그러니 취가정은 저 흐드러지는 멋이 넘쳐흐르는 소나무를 위해 지은 정자라고도 할 만하다.

명옥헌의 배롱나무

이제 자미탄을 떠나야 할 시간이 되었다. 우리의 일정은 고서면 산덕리 후산마을의 명옥헌으로 이어져 있다. 명옥헌은 비록 원형이 부서져 버리고 말았지만 소쇄원에 비길 만한 조선시대 원림터다. 소쇄원이 깊

| **취가정의 소나무** | 취가정 마루에 앉으면 이 아름다운 소나무가 앞을 가로막는다. 즉, 취가정은 이 소나무를 바라보는 자리에 지은 것이다. 지금은 소나무가 부러졌다.

숙한 계곡의 한쪽을 차지했다면 명옥헌은 산언덕 너머 전망이 툭 터진 곳에 자리 잡았다. 똑같은 원림인지라 자연을 그대로 받아들이며 인공을 가한 것이지만 소쇄원은 아늑함을, 명옥헌은 활달함을 취했다. 그것이 이 두 원림의 설계자, 사용자의 기본 아이디어였을 것이니 우리는 이를 비교하기 위해서라도 송강정, 면앙정보다도 명옥헌을 택해야 한다. 한국문학사적 의의로 말하자면 면앙정과 송강정이 훨씬 위에 놓이겠지만 옛 원림을 보는 시각적 즐거움으로 셈하자면 명옥헌이 단연 앞선다.

명옥헌은 소쇄원에서 일곱 굽이인가 아홉 굽이인가를 산길로 넘어야 나온다. 그리하여 고서면 산덕리에 이르면 길 오른쪽에 '인조대왕 계마비(繫馬碑)'가 서 있는데 여기서 산허리를 지르는 길을 따라 올라야 한다. 언덕배기 중턱에 이르면 마을이 나오는데 여기가 후산마을이다. 마을 입구에는 엄청나게 큰 은행나무가 한 그루 있어 동네의 연륜을 말해

| **명옥헌의 호수와 배롱나무** | 고목이 된 배롱나무가 늘어선 명옥헌은 한여름 꽃이 필 때 그 아름다움이 절정에 달한다.

준다. 바로 이 은행나무가 바로 인조가 계마, 즉 말고삐를 맨 곳이다. 내력인즉, 인조가 쿠데타를 일으키려고 사람을 모을 당시 임진왜란 때 의병장인 고경명의 손자 월봉(月峯) 고부천(高傅川, 1578~1636)을 담양 창평으로 찾아왔더니, 고부천이 뜻은 같이하나 왕년에 광해군의 녹을 먹은 일이 있어 동참할 수 없고 다만 후산마을의 숨은 인재 오희도(吳希道)를 찾아가라고 천거했다는 것이다. 그리하여 인조는 이곳 후산마을에 와서 은행나무에 말고삐를 매놓고 오희도를 만났으며, 쿠데타는 성공하여 반역이 아니라 반정(反正)이 되고 오희도는 한림학사가 되었다. 이후 오희도는 높은 벼슬을 마다하고 다시 후산마을로 내려왔다. 그리고 그의 아들 오명중(吳明仲, 1619~55)이 아예 세상을 버리고 여기에 칩거할 뜻으로 조영한 원림이 이 명옥헌이다.

명옥헌은 가운데 섬이 있는 네모난 연못을 파고 그 위쪽에 정자와 서재를 겸한 건물을 지은 간단한 구성이지만 연못 주위에 소나무와 배롱나무를 장엄하고 넓게 심어놓고 언덕 아래로 내려다보이는 시야를 끌어들임으로써 더없이 시원한 공간을 창출한 뛰어난 조경 설계를 보여주는 원림이다.

　명옥헌의 배롱나무숲은 거대한 고목으로 자라났다. 일조량이 많은 곳이라 남도의 여느 배롱나무와는 달리 키가 크고 가지도 무성하고 꽃송이가 많이 달린다. 한여름 배롱나무꽃이 만개할 때 여기에 들른 사람들은 좀처럼 발길을 떼지 못한다.

　본래 배롱나무는 자미탄처럼 개울가에 자연스럽게 자란 모습으로 있을 때보다 정원수로 자랄 때가 멋있다. 남도의 고찰 해남 대흥사, 강진 무위사, 고창 선운사 경내의 배롱나무는 극락세계의 안내자인 양 해맑은 미소를 띠고 있다. 국립중앙박물관은 고 최순우 관장 이래로 배롱나무를 정원수로 채택하고 있다. 중국의 당나라 시절 3성 6부의 하나인 중서성(中書省)에는 배롱나무를 많이 심었다고 해서 양귀비 애인인 현종이 중서성을 자미성이라고 불렀다고도 한다. 그런 배롱나무를 350년 전에 원림의 나무로 키운 것이 명옥헌이다.

조요한 선생님의 '한국 정원미'

　숭실대 총장을 지낸 예술철학자이자 나의 스승이신 고 조요한 선생은 명옥헌의 아름다움을 입이 마르도록 감탄하고는 함경도 사투리로 이렇게 말씀하셨다(선생의 고향은 함북 경성이다).

　"내레 마음이 확 풀리더구마. 명옥헌은 대단한 원림임둥."

본래 조요한 선생은 서양 철학과 미학을 전공했지만 특히 예술철학에 높은 식견을 갖고 계셨고 동서양 미학의 비교, 한국미학의 정립을 위한 한·중·일 예술의 비교에 많은 관심을 가지셨다. 선생은 생전에 평소의 생각을 정리하여 『한국미의 조명』(초판 열화당 1999)이라는 저서를 펴냈는데 여기서 한국의 정원미를 중국·일본과 비교하면서 다음과 같은 결론을 말씀하셨다.

한국의 정원미는 중국 정원처럼 인공에 의하여 창조하는 것도 아니고, 일본 정원처럼 자연을 주택의 마당에 끌어들여서 주인 행세를 하는 것도 아니다. 한국 정원의 이상은 소박함으로 돌아가는 것이다.

나는 스승의 이 결론으로 담양땅의 원림과 정자를 찾아가는 이 글의 맺음말을 삼고 싶다.

* 2021년 9월 2일, 문화재청은 명승으로 지정된 별서정원 22개소 중 11개소 정원의 만든 이와 소유자, 변화과정 등을 고증한 결과를 발표하며 소쇄원의 '소쇄(瀟灑)'라는 이름이 '맑고 깨끗하다'라는 뜻으로 송순이 지어준 이름임을 밝혔다. 이는 양산보와 교유했던 하서 김인후의 『하서전집(河西全集)』에서 "소쇄원의 이름을 하서가 지었다고 하기에 송신평(宋新平, 송순)에게서 나온 것임을 밝힌다"라는 새로이 발견된 구절에 근거한다.

* 취가정이 있는 충효동 일대는 고려 말부터 조선 초까지 총 8개소의 가마터가 운영된 일종의 대규모 도자기 생산단지였던 것으로 확인됐다. 주변에서 도자기 잔편이 자주 보인 이유다. 취가정에서 약 3킬로미터 거리에는 이곳에서 생산된 분청사기의 역사를 소개하는 분청사기박물관이 있다.

누각 하나 있음에 청풍이 살아 있다

청풍명월의 고장

충청북도에는 '청풍명월(淸風明月)의 고장'이라는 수식이 자주 붙는다. '맑은 바람에 밝은 달'이라는 이 청명한 이미지는 산은 아름답고 물은 맑다는 산자수명(山紫水明)과 함께 어우러진다. 충청북도의 상징적인 대처(大處)는 청주와 충주이고, 유명한 명산대찰은 보은의 속리산 법주사이고, 대표적인 서원(書院)은 괴산의 화양동구곡에 있는 화양서원이지만, 충북이 내세우는 청풍명월의 고장은 제천과 단양이다. 충주댐이 담수되면서 아쉽게도 유서 깊은 강변 마을의 풍광이 많이 사라졌지만 그 대신 남한강 물줄기가 넓고 깊게 차오르면서 드넓은 호수로 변신하여 전에 볼 수 없던 새로운 풍광을 연출해내고 있다.

마을을 삼킨 호수는 육중한 산자락 허리까지 차올라 산상의 호수가 되었고 산허리 높은 곳으로 새로 난 찻길은 호숫가를 따라 굽이굽이 돌아가는, 그야말로 환상의 드라이브 코스가 되었다. 물길 따라 충주댐·월악·청풍·장회·단양 선착장으로 이어지는 유람선이 진작부터 다니고 있다.

그 유람선을 타고 아름다운 비봉산·옥순봉·구담봉을 올려다보며 지나가자면 차라리 이국적인 정취조차 일어난다. 약간 과장해서 말하자면 스위스 루체른에 있는 산상의 호수(피어발트슈테터 호)를 연상시킨다.

그리하여 충청북도가 산자수명하고 청풍명월하다는 이미지는 여전히 제천과 단양이 갖고 있다.

청풍명월 순례, 1박 2일

지난 2015년 1월 5일, 나는 '청풍명월 순례'라는 이름으로 답사단을 꾸려 1박 2일로 다녀왔다. 내가 처음 제천과 단양에 가본 것은 대학 3학년 시절 4·19 초혼제를 지내고 중석이·재현이와 함께 유람했을 때였고, 수몰되기 직전인 1983년엔 단원(檀園) 김홍도(金弘道)가 그린 옥순봉이 물에 잠기기 전 모습을 사진 찍어두기 위해 미술사학자 이태호 교수와 함께 갔었다. 그 뒤로는 유람선을 타보기 위해, 또 청풍문화재단지를 구경하기 위해 답사객을 이끌고 두어 차례 다녀온 바도 있다.

그러나 '청풍명월 순례'는 무엇보다도 남들이 보는 이 고장의 인상과 이야기를 곁들기 위해서 기획했다. 창비 식구와 내 식구들로 답사단을 꾸미는데 뜻밖에도 인기가 있었다. 한겨울인데도 시인 신경림, 언론인 임재경, 역사학자 강만길, 국문학자 임형택 선생 등 연로하신 선생님들이 모두 오셨다. 당시 국회의원이었던 내 친구 유인태는 자기 고향 제천 답사인데 아니 갈 수 있느냐고 했고, 훗날 충북 청주의 국회의원이 된 도종환 시인은 자신이 충북 답사에 빠질 수 있느냐고 했다. 강만길 선생

| **청풍호** | 충주댐이 담수되면서 청풍면 전체가 수몰되어 드넓은 호수로 변했다. 이곳 사람들은 충주호를 청풍호 또는 청풍호반이라고 부른다.

은 청풍엘 평생 와보지 못해 따라나섰다고 했고, 무수히 남한강을 드나들었던 신경림 시인은 청풍명월의 한겨울 풍광이 그리워 참가했다고 했다. 여기에 고정 멤버인 나의 친구와 화가들도 참가하여 내가 좋아하는 선생님·선배·친구·후배·제자로 이루어진 장대한 '창비 답사단'이 되었다.

충주호인가 청풍호인가

우리는 아침 일찍 서울에서 출발하여 곧장 청풍문화재단지로 향했다. 청풍으로 가는 길은 여러 방법이 있으나 약간 돌더라도 가장 간단한 방법은 중앙고속도로를 타고 내려가다 남제천 나들목에서 들어가는 것이다.

버스가 고속도로를 빠져나와 남쪽으로 뻗은 2차선 도로(82번 지방도로)로 접어들자 길은 산허리를 타고 구불구불 넘어간다. 그러다 산자락 높은 곳으로 난 길로 들어서면서 차창 밖 저 아래쪽으로 호수의 푸른 물이 아스라이 펼쳐진다.

겨울철인지라 물이 많이 빠졌지만 충주댐 만수 때 물이 차오르는 선이 호숫가 생땅 위에 또렷이 나타나 있다. 거기까지 물이 찼겠거니 생각하면 호수가 정말로 깊고 넓게 퍼져간 것을 실감할 수 있다. 바로 뒷자리에 앉아 있던 강만길 선생이 내 어깨를 당기며 묻는다.

"이 호수가 충주댐으로 생긴 충주호가 아닌가요?"
"맞아요."
"그런데 도로 표지판이 청풍호(淸風湖)로 되어 있네요."

여기엔 사연이 있다. 충주댐은 1980년에 착공되어 1985년에 준공된 다목적댐이다. 북한강에는 소양강댐·의암댐·청평댐 등이 있지만 남한강에는 이 충주댐이 유일하다. 충주시 종민동과 동량면 조동리 사이의 좁은 수로에 만든 높이 약 100미터, 길이 약 450미터의 댐으로 만수위 때의 수면 면적은 약 3,000만 평(9,700만 제곱미터)이다. 이 댐으로 약 40만 킬로와트의 전기가 생산되고 있고, 충주·제천·단양 지역에 각종 용수가 공급되고 있으며, 하류 지역의 만성적인 홍수와 가뭄 피해를 막는 역할을 하고 있다.

이 다목적댐 건설을 위하여 수몰된 면적은 약 2,000만 평이나 된다. 단양은 단양읍 전체를 비롯하여 3개 면 26개 리의 2,684가구가, 제천은 5개 면 61개 리의 3,301가구가 수몰되었다. 그중 청풍면은 전체 27개 마을 중에서 25개가 물에 잠겼다.

주로 단양·제천 지역이 수몰되어 이루어진 호수이지만 댐 이름을 따라 충주호라고 불리고 있다. 그러자 제천시에서 여기에 이의를 제기하고 나섰다. 청풍면 전체가 수몰되어 청풍땅이 호수가 되었으면 청풍호라고 하는 것이 당연하다는 주장이다.

그리하여 제천시는 주민청원 서명을 첨부하여 국토부와 행정안전부에 건의하기에 이르렀는데 별무소득이었다. 게다가 충주시가 반대하고 나섰다. 그러나 제천시는 이에 굴하지 않고 여전히 청풍호라고 주장하며 관광 팸플릿, 도로 표지판에 청풍호, 또는 살짝 비켜서 청풍호반이라고 쓰고 있었다. 이에 내가 제천시 관계자에게 이렇게 해도 별문제가 없느냐고 물어보았더니 대답이 그럴듯했다.

"충주호라고 하는 건 행정 명칭일 뿐이쥬. 그러나 세상엔 애칭두 있구 별칭이라는 것두 있는 거 아뉴. 제천 송학면 시곡리를 그곳 사람들은 깊은골·안골·곰바우골이라고 나눠서 불러유. 그래야 외레 잘 통하는 걸유."

그래서 한번은 충주시에 갔을 때 제천에서 청풍호라고 부르는 것을 어떻게 생각하느냐고 슬쩍 물어봤더니 관계자가 펄쩍 뛰면서 이렇게 말했다.

"말도 안 되쥬. 충주댐이면 당연히 충주호지유. 충주호가 어디 청풍땅만 수몰했나유. 충주는 읎구 단양은 읎대유? 자꾸 그렇게 나오면 충주댐 수문을 확 열어서 청풍 물을 다 빼버릴 모양이유."

이에 이번엔 단양에 갔을 때 그곳 관계자에게 이 문제를 물었더니 그쪽 대답이 희한했다.

| **청풍호에 떠가는 유람선** | 마을을 삼킨 호수는 육중한 산자락 허리까지 차올라 산상의 호수가 되었고 산허리 높은 곳으로 새로 난 찻길은 호숫가를 따라 굽이굽이 돌아가는 그야말로 환상의 드라이브 코스가 되었으며 물길 따라 충주 댐·월악·청풍·장회·단양 선착장으로 이어지는 유람선이 진작부터 다니고 있다.

"냅둬유. 충주호면 어떻구, 청풍호면 어때유. 관광객만 많이 오면 제일이지유. 어차피 배 타면 다 단양으로 오게 되어 있어 우린 신경 안 써유. 그래두 충주호라고 해야 많이들 오지 않겠슈. 청풍이라면 그 산골을 누가 안대유."

일행들에게 이 이야기를 들려주고 의견을 물었더니 청풍명월의 이미지에는 청풍호가 어울린다며 우리는 애칭으로 불러주자고들 했다.

청풍 김씨의 관향

우리의 버스가 청풍의 새 마을인 물태리로 들어서자 강만길 선생이 건너편 자리에 있는 임형택 선생에게로 넌지시 말을 건넸다.

"난 청풍이 처음인데 청풍이라면 청풍 김씨밖에 떠오르는 것이 없네
요. 대단한 명문이었죠. 조선 말기의 대신 운양(雲養) 김윤식(金允植), 독
립운동가 김규식(金奎植)이 다 청풍 김씨죠."
"명문이고말고요. 대동법을 시행한 김육(金堉)도 있죠. 왕비도 둘 배
출했죠. 금곡에 청풍 김씨 묘역이 있고, 몽촌토성 안에도 있죠."

청풍 김씨는 신라 김알지(金閼智)의 후예인 김대유(金大猷)가 고려 말
에 문하시중을 지내고 청성부원군에 봉해진 뒤 청풍에 세거하면서 집안
의 시조가 되었다. 그 자손들이 대대로 번성하여 조선왕조에 들어와서
는 상신(相臣, 영의정·좌의정·우의정) 8명, 대제학 3명을 배출했다. 왕비도
2명이나 나왔다. 김육의 손녀딸이 현종의 비인 명성왕후(明聖王后)가 되
었고, 정조의 비 효의왕후(孝懿王后)도 청풍 김씨였다.
나는 일행을 위해 마이크를 잡고 청풍 김씨의 이런 내력을 전해주고
옛날에 청풍에 와서 들은, 현종의 비가 세자빈으로 간택될 때의 이야기
를 들려주었다.
왕비가 처녀일 때 하루는 어머니가 어젯밤 꿈에 조상님이 나타나 "내
일 찾아오는 손님을 극진히 모셔라" 하고 사라졌단다. 이에 처녀는 그
날 손님이 오기만 기다렸는데 해 질 무렵 허름한 차림의 한 선비가 찾아
와 하룻밤 묵어갈 수 없느냐고 하여 안으로 안내하고 저녁밥을 지어 올
렸다.
처녀는 과연 이 선비가 어머니가 꿈에서 들었다는 귀인인지 아닌지
궁금했다. 그렇지만 감히 물을 수도 없는 일이었다. 그래서 밥상에 뉘(도
정 안 된 볍씨) 15개를 소복이 얹어 올렸단다.

선비는 뉘를 왜 15개 놓았을까 골똘히 생각해보고는 "옳거니, '뉘시오 (15)?'라고 묻는 게로구나" 하고는 밥상을 물리면서 반찬으로 나온 생선을 네 토막 내어 내놓았다. 그러자 처녀는 생선(魚)이 네(四) 토막인 것을 보고 어사(御史)임을 알아챘다고 한다.

그 어사가 바로 세자빈 간택을 나온 분이었다고 한다. 왕비가 그만큼 총명했다는 이야기다. 바로 이 분이 숙종의 어머니인 명성왕후로 장희빈을 궁궐 밖으로 내쫓은 장본인이며, 임금을 잘 받들어 현종은 끝내 후궁을 들이지 않았다고 한다.

이 명성왕후의 아버지인 김우명(金佑明)은 딸이 왕비가 되는 덕에 청풍부원군이 되었고, 춘천에 있는 그의 묘소는 운구하던 도중 명정(銘旌, 고인의 관직과 성씨를 적은 기)이 바람에 날아간 곳에 자리 잡았는데 그 묏자리가 명당으로 유명하여 풍수 연구가들의 필수 답사처가 되었다. 그래서인지 청풍 김씨의 자손들은 대대로 크게 번성했다.

그리고 그때 사용한 상여는 지금까지 전해지는 몇 안 되는 옛 모습 그대로여서 국가민속문화재 제120호로 지정되어 현재 국립춘천박물관에 전시되어 있다. 내 이야기가 이렇게 끝나자 강만길 선생은 나의 잡학에 놀랐다며 다시 물었다.

"유선생은 참 별난 것도 많이 아네요. 그러면 청풍 김씨가 요새도 인물이 많나요?"

"많겠죠. 그러나 요즘 누가 관향을 따지나요. 다만 연예인들은 신상이 노출될 수밖에 없어 좀 알려졌지요. 강선생님, 혹시 김태희라는 배우를 아세요?"

"잘 모르겠는데."

"그러면 가수 김세레나는 아시겠죠."

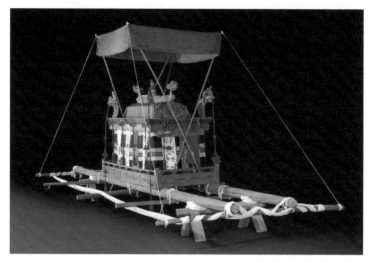

| 청풍 김씨 상여 | 김우명은 딸이 현종의 왕비가 되는 덕에 청풍부원군이 되었고, 춘천에 있는 그의 묘소는 명당으로 유명하다. 그때 사용한 상여는 지금까지 전해지는 몇 안 되는 옛 모습 그대로여서 중요민속문화재로 지정되었다.

"그야 알지."

"그들이 모두 청풍 김씨예요. 사회 잘 보는 김제동도 청풍 김씨구요."

그러나 청풍 김씨의 어제오늘 명사들은 관향이 청풍일 뿐 모두 서울, 울산 등 외지에 사는 분들이고 막상 청풍엔 청풍 김씨가 몇십 세대밖에 없다고 한다.

청풍문화재단지

청풍은 오늘날 제천시의 일개 면이지만 역사적으로는 제천 못지않은 위상을 갖고 있던 때도 있었다. 고구려 때는 사열이현(沙熱伊縣)이었다가 신라 경덕왕 16년(757)에 우리나라의 토속적인 지명을 모두 한자 이름으로 바꾸면서 청풍으로 고쳐져 내제군(제천군)에 속하는 현이 되었다.

고려 때는 충주에 속했다가 조선왕조 들어 청풍군이 되었고, 1660년 (현종 1년) 청풍에서 왕비를 배출하게 됨으로써 예우 차원에서 청풍도호 부로 승격되었다. 그리고 1895년(고종 32년) 지방제도 개편 때 다시 청풍 군이 되었으며, 1914년 일제강점기에 서너 개의 현이 하나의 군으로 통 폐합될 때 제천군에 병합되어 청풍면이 되었다.

그러다가 1985년 충주댐으로 청풍면 전체가 수몰되기에 이르렀다. 그 때 떠날 사람은 떠나고 고향 가까이에 남고 싶은 사람들은 다시는 수몰 되지 않을 높은 곳에 집단이주하여 새 마을을 형성했는데 이미 많은 부 분이 수몰된 상태였던 그 동네 이름이 하필이면 물태리(물이 풍부한 마을) 였다고 한다. 이를 두고 예언이라고 해야 할까, 운명이라고 해야 할까.

물태리 동북쪽, 호수가 내려다보이는 망월산성(望月山城) 자리에 수몰 지구에서 옮겨온 건조물들로 역사공원을 조성하고 이름하여 청풍문화 재단지라 했다. 청풍문화재단지는 1982년부터 3년 동안 약 1만 6,000여 평(54,486제곱미터)의 대지에 옛 청풍 관아 건물 5채, 고가(古家) 4채 등 43점의 문화재를 이전하고 1985년 12월 23일 개장했다.

그중 핵심을 이루는 것은 충청북도 유형문화재로 지정된 팔영루(八 詠樓)·금남루(錦南樓)·금병헌(錦屛軒)·응청각(凝淸閣) 등 옛 관아 건물과 청풍향교, 그리고 청풍문화재단지의 하이라이트라 할 청풍 관아의 누각 인 보물 제528호 한벽루(寒碧樓)이다.

이외에도 물태리 석조여래입상(보물 제546호), 황석리 고인돌, 관아 앞 비석들, 무덤가의 문인석 등을 곳곳에 배치하고 옮겨온 고가에는 수몰 지구에서 수집한 농기계·생활용구·민속품 등을 전시하여 야외전시실 이자 학습장을 겸하게 했다. 문화재단지 한쪽에는 향토유물전시관을 지 어 선사시대부터 조선시대까지 청풍·제천 지역의 역사와 생활사를 엿

| **망월산성과 청풍문화재단지** | 호수가 내려다보이는 망월산성 자리에 수몰지구에서 옮겨온 건조물들로 역사공원을 조성하고 이름하여 청풍문화재단지라 했다. 약 1만 6,000여 평의 대지에 옛 청풍 관아 건물 5채, 고가 4채 등 43점의 문화재를 이전하고 1985년 12월 23일 개장했다.

볼 수 있게 했다.

보기에 따라서는 문화유산의 진실성은 보이지 않고 역사 테마공원처럼 되었다고 불만을 말하는 분도 있을 것 같은데, 본래 있었던 것이 아니라 새로 조성된 문화재단지임을 감안하면 수몰지구에 이런 역사공원이 있다는 사실이 오히려 다행이라고 볼 수 있겠다. 더욱이 아직 나라 경제에 여유가 없던 1980년대에 꾸며진 것치고는 제법인 문화 역량을 보여주었다고 받아들일 수도 있다.

더욱이 이곳에는 한벽루라는 조선시대 최고의 누각이 있고, 그 위치가 다름 아닌 망월산성 자리이기 때문에 여기에서 아름다운 청풍호반을 한껏 바라보는 것만으로도 답사객을 실망시키지 않는다.

망월산성은 삼국시대에 축조되어 조선시대까지 산성으로 기능했으며 본래 우리나라의 산성이 사방을 조망할 수 있는 곳에 축조된 만큼 그 전망이 뛰어나다. 그래서 청풍문화재단지는 추억의 역사 드라마 「일지매」 「대망」 「장길산」 「태조 왕건」 등의 세트장이 되기도 했다.

팔영루 돌계단에서

청풍문화재단지의 넓은 주차장에 당도하면 높직이 팔영루(八詠樓)라는 성문이 한눈에 들어온다. 그 옛날엔 청풍 고을로 들어가는 성문이었는데 지금은 청풍문화재단지 출입문이 되었다. 처음엔 남덕문(覽德門, 덕을 열람하는 문)이라는 자못 도덕적인 이름을 갖고 있었으나 고종 때 민치상(閔致庠)이라는 청풍 부사가 '청풍 8경'을 읊은 시를 현판에 새겨 걸면서 팔영루라고 고쳤다고 한다. 모르긴 해도 낭만적인 부사였던 것 같고 이 문루(門樓)에서 보는 풍광이 아름다웠다는 이야기이기도 하다.

팔영루 안으로 들어가기 위해 돌계단 앞에 모여 있는 일행들을 향해 나는 간단히 청풍문화재단지에 대해 설명하고 이렇게 말했다.

"팔영루를 들어서면 오른쪽으로는 민가의 고가들이 있고 왼쪽으로는 관아 건물들이 배치되어 있는데 관아의 누각인 한벽루가 드라마틱하게 나타날 것입니다.

한벽루는 흔히 진주의 촉석루(矗石樓), 밀양의 영남루(嶺南樓)와 함께 남한 3대 누각으로 꼽히는 희대의 명루입니다. 혹은 호남 제1루로 남원 광한루(廣寒樓), 영남 제1루로 밀양 영남루, 호서 제1루로 청풍 한벽루를 꼽는 데 아무 이론이 없습니다.

청풍이 그 옛날이나 지금이나 유서 깊은 고을로서 명성을 유지할 수 있는 것은 이 한벽루가 있기 때문이고 내가 사군산수 답사의 첫

| 팔영루 | 청풍문화재단지 넓은 주차장에 당도하면 높직이 올라앉은 팔영루라는 성문이 한눈에 들어온다. 그 옛날 엔 청풍 고을로 들어가는 성문이었는데 지금은 청풍문화재단지 출입문이 되었다.

번째 고장으로 청풍을 찾은 것도 이 한벽루가 있기 때문입니다. 한벽 루 하나만을 보기 위해 청풍에 온다 해도 수고로움이 헛되지 않을 것 입니다."

이렇게 한껏 기대를 부풀게 해놓으니 모두들 누문 안으로 들어가 보 고자 했는데, 아뿔싸, 이게 웬일인가. 한벽루는 한창 수리 중으로 공사 가림막이 높이 둘러져 있었다. 일부 부재만 교체할 예정이었는데 막상 공사를 시작해보니 서까래가 많이 부식되어 있어 해체 수리가 불가피해 졌다는 것이다.

모두가 실망스러움을 감추지 못하고 가림막에 큼직하게 붙여놓은 한 벽루 옛 사진을 보면서 허망을 달랠 뿐이었다.

청풍 관아 동헌

나는 풀 죽은 강아지처럼 고개를 숙이고 일행들과 함께 한벽루 곁에 있는 옛 청풍 관아 쪽으로 발걸음을 옮겼다. 동헌 건물인 금병헌은 청풍이 당당한 도호부 고을이었음을 은연중 자랑하고 있었다. 정면 6칸, 측면 3칸에 팔작지붕으로 제법 듬직하고 준수하게 생겼다. 대청마루 안쪽에는 '청풍관(淸風館)'이라는 아주 크고 멋진 글씨의 현판이 걸려 있는데 이는 추사(秋史) 김정희(金正喜)의 절친으로 시서화 모두에서 추사에 버금갔던 이재(彝齋) 권돈인(權敦仁)의 글씨다.

동헌과 일직선상에는 관아의 문루인 금남루가 당당히 버티고 있다. 앞쪽으로 가서 정면에서 바라보니 '도호부 절제 아문(都護府節制衙門)'이라는 긴 현판이 청풍의 프라이드를 직설적으로 말해주고 있다.

동헌과 한벽루 사이에는 응청각이라는 아주 독특한 건물이 있다. 아래층은 창고 구조인데 위층은 잠잘 수 있는 방으로 되어 있다. 아마도 청풍에 묵어가는 길손이 많아 기존 곳간 위에 손님방을 들인 것이 아닐까 짐작한다.

망월산성 망루에서

동헌 뒤쪽은 석물 공원으로 조성되어 있다. 한가운데는 '청풍명월'이라 길게 새긴 큰 빗돌이 우뚝 서 있고 한쪽으로는 수몰지구에서 옮겨온 고인돌을 넓게 배치하고 그 곁으로 역대 청풍 부사의 공덕비 수십 개를 줄지어 놓았다. 강만길 선생과 임형택 선생은 비석을 하나씩 짚어가며 역대 부사들의 이름 석 자를 읽어가고 있다.

| 한벽루 | 청풍문화재단지의 하이라이트는 청풍 관아의 누각인 보물 제528호 한벽루로, 흔히 진주의 촉석루, 밀양의 영남루와 함께 남한 3대 누각으로 꼽히는 희대의 명루이다. 이 사진은 1995년에 찍은 것이다.

"곡운(谷雲) 김수증(金壽增)도 있었네요."

"여긴 그 조카인 농암(農巖) 김창협(金昌協)도 있어요. 삼촌과 조카가 한 고을 부사를 지낸 셈입니다."

"지촌(芝村) 이희조(李喜朝)도 있네요."

"지촌은 우암(尤庵) 송시열(宋時烈)의 문인이었죠."

"다 노론 전성시대 인물들입니다. 세력 좋은 골수 노론들이 지방관으로 나올 때 풍광 좋은 청풍을 택했구먼요."

이렇게 선생님들끼리 주고받는 인물 이야기를 곁들으며 살살 뒤따라가는데 반대쪽에서 비석을 살피고 오던 지리학자 기근도 교수가 재미있다는 표정을 지으면서 내 팔을 당기며 저 앞쪽으로 끌고 갔다.

| 청풍문화재단지 시설들 | 1. 청풍관 현판 2. 금남루 3. 응청각 4. 청풍 수몰지구에서 옮겨온 민가

"여기 좀 보세요. 이 비석들을 보면 이 동네에서 나오는 각종 돌들이 다 있어요. 이건 화강암, 이건 수성암, 이건 편마암, 이건 퇴적암…… 정 말 희한하네요. 이런 암석 진열대가 없어요."

누가 그랬던가! 아는 만큼 보인다고.

단지 내에는 수몰지구에서 옮겨온 고인돌도 있고 민가도 있지만 불 교 유물로는 물태리 석조여래입상이 유일한 것이 좀 의아했다. 확실히 청풍은 양반 고을이었다는 생각이 든다. 우리는 내친김에 망월산성 망 루까지 오르기로 했다. 망루까지는 관람 데크가 놓여 있고 성벽엔 깃발 이 줄지어 있어 옛 산성의 분위기를 연출해준다. 얼마 안 되는 높이지만 산성의 전망대로 세운 망월루 정자에 오르니 굽이굽이 펼쳐지는 청풍호 반의 풍광이 너무도 아름답다. 발아래 물에 잠긴 곳이 옛 청풍 고을인데

| **청풍 부사 공덕비** | 청풍 관아 동헌 뒤쪽은 석물 공원으로 조성되어 있다. 한가운데는 '청풍명월'이라 길게 새긴 큰 빗돌이 우뚝 서 있고 한쪽으로는 수몰지구에서 옮겨온 고인돌을 넓게 배치하였으며 그 곁으로 역대 청풍 부사의 공덕비 수십 개를 줄지어 놓았다.

높직이 가로지른 청풍대교 너머로 호수는 한없이 멀어져간다. 누군가가 "마치 다도해 같다"고 감탄을 발하자 이때를 기다렸다는 듯이 우리를 마중 나온 제천시 관광과 공무원이 한 말씀 하신다.

"저쪽에 보이는 산봉우리는 새가 날갯짓하는 것처럼 보인다고 해서 비봉산인데유, 거기 올라가서 보면 섬이 15개 있는 바다처럼 보여유. 다도해보다 아름답지유. 다도해 가봤자 어디서 15개 섬이 한꺼번에 보이남유."

이에 모두들 한바탕 웃고 망월산성을 서서히 내려갔다.

| 물태리 석조여래입상 | 수몰지구에서 옮겨온 물태리 석조여래입상은 보물 제546호로 청풍문화재단지 내 유일한 불교 문화재이다. 이처럼 불교 문화재가 적은 것을 보면 확실히 청풍은 양반 고을이었다는 생각이 든다.

한벽루의 멋과 현판

　망월루에서 바라보는 청풍호반의 풍광이 너무도 아름답기에 모두들 한벽루를 보지 못한 서운함을 삭인 듯했다. 그러나 서운하기는 내가 더 했다. 나는 이 희대의 명작을 소리 높여 설명하지 못한 것이 못내 아쉬움으로 남았다.

　한벽루가 언제 처음 세워졌는지는 알 수 없다. 다만 고려시대 주열(朱

悅, ?~1287)이라는 분이 한벽루를 읊은 시를 지었으니 그전에 창건된 것이 분명하고 고려 충숙왕 4년(1317)에 청풍 출생의 혼구(混丘)라는 분이 충숙왕의 왕사(王師)로 책봉됨으로써 청풍군으로 승격되자 이를 기념하여 중창했다고 전하니 그 연륜이 퍽 오랜 것만은 알 수 있다.

한벽루는 그 구조가 아주 멋스럽다. 처음 보는 사람은 너나없이 우리나라 정자 중에 저렇게 멋있는 게 다 있었던가 놀란다. 정면 4칸, 측면 3칸의 팔작지붕 누각을 몸체로 삼고 오른쪽에 정면 3칸, 측면 1칸 맞배지붕의 계단식 측랑(側廊)을 잇대었다. 그 구성이 슬기롭고 건물의 높이와 넓이가 알맞아 간결하면서도 단아한 인상을 준다. 누구든 거기에 올라가보고 싶은 충동을 느끼게 된다.

한벽루는 100년, 200년 꼴로 중수와 개건을 거듭하면서 그 위용을 자랑해왔다. 그때마다 정자의 모습이 약간은 달랐던 듯, 1803년에 기야(箕野) 이방운(李昉運)이 그린 한벽루의 모습은 오늘의 모습과 약간 달라 측랑에서 누마루로 오르는 나무 계단이 나 있다. 그래도 기본 골격은 변하지 않았던 것으로 짐작된다.

20세기 들어서는 한국전쟁 때 난간과 계단이 파괴되어 전후에 곧바로 보수되었는데 1972년 8월 19일 남한강 대홍수 때 누각 전체가 쓸려나갔다. 이때 여기에 걸려 있던 현판들이 모두 유실된 것은 돌이킬 수 없는 문화재 손실이었다. 당시까지만 해도 현판이 모두 10여 개가 있었다고 한다. 우암 송시열, 추사 김정희, 청풍 부사 박필문(朴弼文), 김도근(金度根)이 쓴 '청풍 한벽루' 액자만도 4개 있었고, 청풍 부사 김수증이 쓴 '제일강산(第一江山)'이라는 대액자와 누가 썼는지 모르지만 '만고청풍 한벽루(萬古淸風寒碧樓)'라는 긴 액자도 있었다. 그리고 고려 때 주열이 쓴 시도 편액으로 걸려 있었고, 하륜의 기문도 걸려 있어 한벽루의 말할 수 없는 큰 자랑이었는데 무심한 강물이 다 휩쓸어 삼켜버려 사라

| 내륙의 바다 청풍호 | 망월루 정자에 오르니 굽이굽이 펼쳐지는 청풍호반의 풍광이 너무도 아름답다. 발아래 물에 잠긴 곳이 옛 청풍 고을인데 높직이 가로지른 청풍대교 너머로 호수는 한없이 멀어져간다. 누구든 "마치 다도해 같다"라고 감탄을 발하게 된다.

지고 말았다. 나는 한 번도 본 일이 없어 옛 사진이라도 구하고자 했으나 오직 우암 송시열의 편액 하나만 볼 수 있을 뿐이니 더욱 안타깝다.

　1972년 홍수 피해 이후 한벽루는 4년 뒤인 1976년 4월에 다시 복원되었는데 마침내는 1985년 충주댐 건설로 인한 수몰 대상이 되어 이곳 청풍문화재단지로 이건되었으니 장소의 진정성마저 사라졌다. 그러나 역대의 시인 묵객들이 한벽루에서 읊은 시문과 중수 때마다 쓰인 기문들이 한벽루의 역사적·인문적 가치를 변함없이 전해주고 있다.

하륜의 「한벽루기」

　옛날엔 하나의 건물이 창건되거나 크게 수리를 하게 되면 그 내력과

| 한벽루 송시열 편액 | 1972년 홍수로 한벽루에 걸려 있던 10여 개의 편액은 무심한 강물이 다 휩쓸어 삼켜버려 사라지고 우암 송시열의 편액과 하륜의 기문만 복원되어 있다. 사진은 원래 있던 송시열의 편액을 찍은 것이다.

뜻을 밝혀두는 기문(記文)이 쓰였다. 기문은 고을의 수령이 쓰거나 당대의 문사에게 의뢰했다. 얼핏 생각하면 하나의 의례적인 격식으로 보일수 있지만 매스컴이 없던 시절 이 기문은 대단한 '특별 기고'에 해당하는 것이었다.

정자에 걸린 기문은 거기에 오른 사람이면 누구나 한번 읽어보게 되었으니 '만년 군짜' 대자보인 셈이었다. 그래서 문사로서 기문을 청탁받은 것은 큰 영광이었고 자신의 학식과 인문정신을 세상에 한껏 펼 수 있는 기회였다. 그래서 수많은 명문이 누정의 기문에서 나왔다.

한벽루도 중수 때마다 기문을 남겨 5, 6편의 기문이 전하는데 그중 1406년 하륜(河崙, 1347~1416)의 「한벽루기(寒碧樓記)」는 천하의 명문으로 이름 높다. 공주 취원루(聚遠樓)에 부친 서거정(徐居正)의 기문(『나의 문화유산답사기』 3권 365~66면)과 채제공(蔡濟恭)의 평양 보통문(普通門) 중수기(『나의 문화유산답사기』 4권 82~84면)와 함께 3대 기문으로 꼽히고 있다. 하륜은 전에 충청도 관찰사로 있을 때 안성군의 지사로 있던 정수홍(鄭守弘)이 청풍 군수가 되어 한벽루 기문을 부탁하자 이렇게 지었다.

지금 정수홍 군이 편지로 내게 청하기를, 이 고을의 한벽루가 한 방면에서 이름나 기이하고 빼어나니 구경할 만하나 수십 년 동안 비에 젖고 바람에 꺾여 거의 못쓰게 될 지경에 이르렀는데 그가 고을에 이르러 다행히 나라가 한가한 때를 만나 금년 가을에 장인을 불러 들보·도리·기둥·마루의 썩고 기울어진 것을 새 재목으로 바꾸어 수리하고는 나에게 기문을 지어서 뒤에 오는 사람에게 보여줄 수 있게 해달라는 것이었다.

　생각건대, 누정을 수리하는 것은 한 고을의 수령 된 자의 마지막 일거리(末務)에 지나지 않는다. 그러나 그것이 잘되고 못됨은 실로 다스림, 즉 세도(世道)와 관계가 깊은 것이다. 세도가 일어나고 기욺이 있으매 민생의 편안함과 곤궁함이 같지 않고 누정의 잘되고 못됨이 이에 따르니, 하나의 누정이 제대로 세워졌는가 쓰러져가는가를 보면 그 고을이 편안한가 곤궁한가를 알 수 있고 한 고을의 상태를 보면 세도가 일어나는가 기우는가를 알 수 있을지니 어찌 서로 관계됨이 깊지 않겠는가.

　지금 이 누각이 수십 년 꺾이고 썩다가 정군이 정사하는 날에 이르러 중수하여 새롭게 했으니, 세도가 수십 년 전과 다름이 있음을 볼 수 있다. (⋯) 정군과 같은 이는 세도를 좇아 다스림을 하는 이라 할 만하다. (⋯)

　또 계산(溪山)의 빼어난 경치와 누각의 아름다움은 눈으로 보지 않으면 자세히 알 수 없으나, 청풍(淸風)이라는 호칭과 한벽(寒碧)이라는 이름은 듣기만 해도 오히려 사람으로 하여금 뼈가 서늘하게 하리라.

참으로 서정과 경륜이 넘치는 명문이다. 이 기문 중 '하나의 누정이 제대로 세워졌는가 쓰러져가는가를 보면 민생과 세도를 알 수 있다'는 구절은 하륜이 자신의 고향인 진주 촉석루에 부친 기문에도 그대로 나온다. 이처럼 두 기문에 반복된 문장이 나오는 것은 오늘날에는 '자기 표절'이라는 비난을 받을 수도 있다. 그러나 당시엔 대중을 위한 출판이 미미했던 것을 생각하면 이는 강조에 강조를 더한 하륜의 지론이었음을 말해준다 할 수 있다.

한벽루의 시

청풍 한벽루에 부친 시는 많고도 많다. 옛날에 서울에서 경상좌도 안동 쪽으로 가는 길은 조령(새재)과 함께 죽령이 가장 일찍 열려 있었다. 서울에서 남한강을 따라 거슬러 올라오다 충주 목계나루를 지나면 뱃길은 한수·청풍·단양으로 이어지고 단양에서 죽령을 넘어가면 풍기가 된다. 이 여정에서 나그네는 반드시 청풍을 지나가게 되어 있다.

청풍에서 묵어가든 그냥 지나가든 문인들은 이 유서 깊은 강변 고을의 아름다운 한벽루에서 저마다의 서정을 발하는 시를 남기곤 했다. 그중 대표적인 예로 퇴계 이황, 서애 류성룡, 고산 윤선도, 다산 정약용의 시를 꼽을 수 있으니 웬만한 학식·문장·경륜으로는 여기에 어깨를 나란히 하기 힘들 것이다. 이들은 한결같이 한벽루를 신선이 사는 집에 비겼다.

다산(茶山) 정약용(丁若鏞)은 부친이 근무하던 울산에 다녀오는 길에 청풍을 지나면서 한벽루에 올라 "한가로이 말을 세워 구경하자니 (…) 여기가 다름 아닌 선관(仙官)이로세"라고 했고 고산(孤山) 윤선도(尹善道)는 28세 때 이곳에 하룻밤 머물면서 "한벽루는 선경(仙境)을 차지했고 누각은 맑고 또 호방하다"고 했다.

| 기야 이방운이 그린 한벽루 | 기야 이방운이 그린 사군산수 화첩에 들어 있는 이 한벽루 그림을 보면 누각 가운데로 계단이 놓여 있어 훨씬 기능적으로 보인다.

그런가 하면 퇴계(退溪) 이황(李滉)은 고향 안동으로 돌아가기 위해 청풍에서 하루 묵으면서 무슨 큰 근심스런 일이 있었는지 "맑은 밤 선관(仙館)에서 구름 병풍 마주했는데 (…) 소쩍새의 슬픈 울음은 무슨 하소연인가"라며 수심 가득한 심사를 읊었다.

그런 중 서애(西厓) 류성룡(柳成龍)이 임진왜란을 치르던 중 경상도로 가는 길에 지은 「숙 청풍 한벽루(宿淸風寒碧樓)」는 지금 읽어도 사람의 심금을 깊이 울린다.

지는 달은 희미하게 먼 마을로 넘어가는데   落月微微下遠村

| 겸재풍의 무낙관 그림 〈청풍부〉 | 화가를 알 수 없는 화첩 중 청풍 관아를 그린 그림으로 당시 청풍 관아의 중심이 한벽루였음을 잘 보여준다.

까마귀 다 날아가고 가을 강만 푸르네 　　　　寒鴉飛盡秋江碧

누각에 머무는 나그네는 잠 못 이루고 　　　　樓中宿客不成眠

온밤 서리 바람에 낙엽 소리만 들리네 　　　　一夜霜風聞落木

두 해 동안 전란 속에 떠다니느라 　　　　二年飄泊干戈際

온갖 계책 근심하여 머리만 희었네 　　　　萬計悠悠頭雪白

쇠잔한 두어 줄기 눈물 끝없이 흘리며 　　　　衰淚無端數行下

일어나 높은 난간 향하여 북극만 바라보네 　　　　起向危欄瞻北極

'한국의 이미지'로서의 정자의 미학

우리나라는 정자(亭子)의 나라이다. 헤아릴 수 없이 많은 정자가 있어

그저 일반적인 것으로 생각하기 쉽지만 유럽은 물론이고 중국과 일본의
정자 문화와는 완연히 다르다.

해마다 가을이면 한국국제교류재단에서는 외국의 박물관 큐레이터
와 학생들이 참여하는 한국미술 큐레이터 워크숍을 연다. 이 프로그램
에 줄곧 참여해온 서양의 한 큐레이터에게 한국의 이미지에 대해 물으
니 그녀는 단숨에 정자를 꼽았다. 한국의 산천은 부드러운 곡선의 산자
락이나 유유히 흘러가는 강변 한쪽에 정자가 하나 있음으로 해서 문화
적 가치가 살아난다며 이처럼 자연과 친숙하게 어울리는 문화적 경관은
다른 나라에서는 찾아볼 수 없는 한국의 표정이라고 했다.

정자는 누마루가 있는 열린 공간으로 2층이면 누각, 단층이면 정자라
불리며 이를 합쳐 누정(樓亭)이라 하는데 흔히 정자로 통한다. 정자는
사찰·서원·저택·마을마다 세워졌지만 그중에서도 관아에서 고을의 랜
드마크로 세운 것이 규모도 제법 당당하고 생기기도 잘생겼다. 정자는
생김새보다 자리앉음새가 중요하다. 그래서 강변에 세운 관아의 정자에
명작이 많다.

진주 남강의 촉석루, 밀양 밀양강의 영남루, 청풍 남한강의 한벽루 같
은 3대 정자 외에도 평양 대동강의 부벽루와 연광정, 안주 청천강의 백
상루, 의주 압록강의 통군정 등이 예부터 이름 높다.

정자는 고을 사람들의 만남과 휴식의 공간이면서 나그네의 쉼터이다.
그래서 대부분의 정자에는 여기에 오른 문인 묵객들이 읊은 좋은 시들
을 현판으로 새겨 걸어놓고 그 연륜과 명성을 자랑하고 있다. 이를 국문
학에서는 '누정문학'이라고 부른다.

우리나라 정자의 미학은 이웃 나라 중국이나 일본의 그것과 비교할
때 확연히 드러난다. 중국의 정자는 유럽의 성채처럼 위풍당당하여 대
단히 권위적이고, 일본의 정자는 정원의 다실로서 건축적 장식성이 강

| 조선시대의 대표적인 누각들 | 1. 진주 촉석루 2. 평양 연광정 3. 안주 백상루 4. 밀양 영남루

한 데에 반하여 한국의 정자는 삶과 유리되지 않은 생활 속의 공간으로 세워졌다. 그 친숙함이야말로 우리나라 정자의 미학이자 한국미의 특질이기도 하다.

일찍이 일본인 민예학자 야나기 무네요시(柳宗悅)는 한·중·일 3국의 미술적 특성을 비교하면서 중국미술은 형태미가 강하고, 일본미술은 색채 감각이 뛰어나며, 한국미술은 선이 아름답다며 중국 도자기는 권위적이고, 일본 도자기는 명랑하고, 한국 도자기는 친숙감이 감도는 것이 특징이라고 했다. 그래서 중국 도자기는 멀리서 감상하고 싶어지고, 일본 도자기는 곁에 놓고 사용하고 싶어지는데 한국 도자기는 손으로 어루만져보고 싶어진다고 했다. 그런 친숙감이 우리나라 정자에도 그대로 어려 있다.

2015년 6월 초, 한국 문화에 대하여 줄곧 애정 있는 충고를 해온 프랑스의 석학인 기 소르망(Guy Sorman)이 한국외국어대에서 열린 특강에서 "한 국가의 문화적 이미지는 경제와 산업 분야에 막대한 영향을 미친다"며 이제 한국은 문화적 정당성을 인지하고 그 이미지를 만들어야 하는 시기가 도래했다고 역설했다. 그리고 자신에게 한국의 브랜드 이미지를 정해보라고 한다면 백자 달항아리를 심벌로 삼겠다고 했다. 기 소르망은 모나리자에 견줄 수 있는 달항아리의 미적 가치를 왜 한국의 이미지 메이킹에 활용하지 않는지 모르겠다고 말했다.

　권위적이지도 않고, 뽐내지도 않는 평범한 형식 속에 깊은 정감이 서려 있는 친숙감과 생활 속에서 은은히 일어나는 미감은 다른 나라에서는 찾아보기 힘든 한국미의 특질이다. 이런 우리 도자기의 미적 특질은 우리나라 정자 건축에도 그대로 대입된다. 확실히 정자는 한국의 이미지를 대표할 만한 우리 문화의 자랑이다.

세 겹 하늘 밑을 돌아가는 길

아우라지강에 대한 회상

참으로 별스러운 일이었다. 답사 회원들이 둘러앉아 저마다 추억의 답사처를 회상하는데, 골수 회원들은 대다수가 아우라지강을 으뜸으로 꼽는데 신참 초보 회원들은 전혀 거기에 동의하지 않았다. 거기에는 미술사적으로 당당한 위치를 확보한 어엿한 유물 하나 없으며, 기암절벽이 이루는 절경을 누비고 다니는 것도 아니어서 볼거리를 찾는 답사객으로서는 싱겁기 짝이 없는 곳이라는 투정까지 나왔다. 이런 반론에 고참들은 누구 하나 무엇이 그리도 감동적인지를 신출내기에게 설득력 있게 설명하지 못하는 것을 스스로 안타까워했다. 그러면서도 저희들끼리만은 한결같이 아우라지강이 으뜸이라는 데 감성적으로 동의하고 있었다. 듣자 하니 철학자 데카르트가 아름다움을 판별하는 감성적 인식이란 이성적 사유와 달라서 분명(clear)하게는 인식하지만 판명(distinct)하게는 설명하지 못한다고 했던 이야기 같았다.

정선땅 아우라지강을 찾아가는 행로는 먹거리로 치면 주식이 아니라 별식에 해당한다. 그런데 그 별식이 피자나 프라이드치킨 같은 것이 아니라 강원도 감자부침 같기도 하고 옛날 잔치상에 오르던 속 빈 강정의 숭글숭글한 맛이 있다.

내가 미국 방문 중 신세졌던 한 미술평론가가 우리나라를 찾아왔을 때 인사동 화랑가를 구경시켜주고 헤어지면서 낙원동 한과집에서 전통과자 한 봉지를 사주며 진짜 한국 맛은 여기 있으니 즐겨보라고 했다. 이튿날 그는 한과의 맛이 아주 독특했노라고 '원더풀'과 '판타스틱'을 연발하더니 강정을 하나 보여주면서 "이것은 암만 씹어도 무슨 맛인지 도저히 알 수 없다"며 의아스러워한 일이 생각난다. 나 역시 그 속 빈 강정 맛을 설명해내지 못했다.

시각적 이미지를 다루는 그림의 경우, 화가가 관객에게 호소하는 방식은 아주 여러가지다. 조선시대 회화를 예로 들어보면 겸재(謙齋) 정선(鄭敾)의 진경산수는 박진감 넘치는 리얼리티의 표출로 보는 이에게 아름다움의 감정을 즉발적으로 '환기'해준다. 그래서 관객은 벅찬 감동으로 작품을 맞이한다. 이에 비하여 현재(玄齋) 심사정(沈師正)의 정형산수는 어떤 잠재된 감정의 상태를 '심화'해간다. 그래서 감동은 느리게 다가오며 자못 사색적인 묵상을 유발한다. 그런데 민화산수는 관객의 감정을 말끔하게 '표백'해버리는 순화작용을 일으킨다. 대상 자체에서 우러나오는 감동이 아니라 그 대상을 계기로 촉발되는 감정의 세탁작용인 것이다.

이것을 다시 산천의 경치에 비유하자면, 설악산이 감성을 환기해주는 절경의 명산이라면 지리산은 감성을 심화해주는 깊이감을 갖고 있는 영산(靈山)이라 할 만하며, 아우라지강을 찾아가는 길에 맞닥뜨린 태백산맥의 연봉들과 거기에 어우러진 큰 여울들은 자연의 원형질을 대할 때 일어나는 자기 정서의 순화작용을 촉발했다.

아우라지 뱃사공의 설움

여량은 조그만 산간 마을이다. 아우라지강가 논에는 5기의 고인돌이 건재하고 양조장터(여량리 360)에서는 고인돌 밑에서 석기가 발견됐다는 보고가 있으니 그 연륜이 2천 년을 넘었는데, 조선시대에는 역원(驛院)이 있어 그때나 지금이나 정선과 임계를 잇는 길목 역할을 하고 있다.

세월이 흘러 구절리에서 정선을 잇는 정선선이 개설되면서 마을은 여량역(오늘날의 아우라지역)을 중심으로 개편되고 1970년대 새마을운동의 여파로 이른바 소읍 가꾸기 사업이 벌어지면서 마을길의 동선이 영화 촬영 세트처럼 인간적 체취를 잃어버린 규격화된 건물과 상점으로 반듯하게 구획되어버렸다. 그런 지 벌써 많은 세월이 지났다. 이제 여량은 시골 읍내의 조순한 정취가 녹진한 마을이 된 지 오래다. 그리고 그 이름은 얼마나 예쁜가. 여량(餘糧, 오곡이 풍성해 남을 정도로 여유로운 곳).

여량은 강마을이다. 오대산 줄기인 발왕산에서 발원하여 노추산을 굽이굽이 맴돌아 구절리 갓거리로 흘러내리는 송천(松川, 일명 구절천)과 태백산 줄기인 삼척 등근산(일명 중봉산)에서 발원하여 임계면을 두루 돌면서 구미정(九美亭)의 그윽한 승경을 이루고 반천을 거쳐 유유히 내려오는 골지천(骨只川, 일명 임계천)이 여량에 와서 합수된다. 두 물줄기가 아우러진다고 해서 얻은 이름이 아우라지강이다. 그 이름은 또 얼마나 예쁜가.

강은 별로 크지 않으나 모래밭은 사뭇 넓고 길어 마주하게 되는 산들이 제법 멀어 보이고 강가에는 희고 검은 강돌들이 지천으로 널려 있다. 여름에 큰물이 지면 물길은 자갈밭까지 차오르며 겁나게 쿵쿵거리고, 초겨울부터 해동 때까지 강물은 꽁꽁 얼어붙어 저 건너 싸리골을 한 마을로 연결한다.

강 언덕 양지바른 쪽에는 처녀상 하나가 야무진 맵시로 세워져 있다. 누구의 솜씨인지 몰라도 아우라지의 순정을 19세기 서양 고전주의 예술 풍으로 다듬어놓은 것이다. 그 어색함이란 마치 뽕짝 가요를 이탈리아 가곡풍으로 부르는 격이라고나 할까.

이 아우라지 처녀상은 비극의 동상이다. 40년 전쯤 어느 혼례식날 신랑신부와 마을 하객을 태운 나룻배가—필시 정원 초과로—뒤집어지는 바람에 신랑만 남고 모두 익사해버린 대형사고가 있었는데 그때 신부는 가마 속에서 미처 빠져나오지 못하여 가마째 쓸려갔단다. 그래서 이 동네는 지금도 3월이면 같은 날 제사가 많다고 한다. 그 후 해마다 익사사고가 잇따르게 되어 8년 전에는 이 동상을 세워 신부의 원혼을 달래주었고 지금은 푯말까지 세워 답사객을 일없이 부르고 있다.

그 옛날 아우라지 뱃사공은 마을 사람들이 집집마다 쌀이고 콩이고 1년에 한 말씩 내는 것으로 품삯을 대신 받았다. 그러니 그 생계란 미루어 알 만하다. 해방 무렵 아우라지 뱃사공은 지씨였다. 장구를 하도 잘 쳐서 '지장구 아저씨'로 통했다. 정선아리랑에서 "아우라지 뱃사공아……"는 본래 "아우라지 지장구 아저씨……"였다. 그런데 그의 두 아들이 한국전쟁 때 인민군에 부역했다고 해서 1970년대 정선군청에서 가요집을 내면서 '뱃사공아'로 바꾸었다.

1980년대에 신경림 선생이 '민요기행'으로 여기에 왔을 때는 강씨 아저씨가 사공을 하고 있었다. 그에게는 세 자녀가 있었고 정부에서 내주는 호구미로 연명하였는데 아내는 가난에 못 이겨 대처(大處)로 도망가

| **아우라지 처녀상** | 강 언덕 양지바른 쪽에 세운 이 처녀상에는 정선아리랑을 기리는 마음이 서려 있다.

버렸다. 딱한 처지를 시로 읊은 신경림의 「아우라지 뱃사공」은 코끝이
시린 애조를 띠고 있다.

정선아리랑의 유래

정선땅 아우라지강을 찾아가는 길이 단순한 여행이 아닌 답사인 이
유는 말할 것도 없이 정선아리랑의 고향이라는 사실 때문이다.

아우라지 지장구 아저씨(뱃사공아) 나 좀 건네주오.
싸리골 올동백이 다 떨어진다.
아리랑 아리랑 아라리요
아리랑 고개 고개로 나를 넘겨주게.

누구든 배운 바 없이 듣기만 하여도 금방 따라 부를 수 있는 이 정겨운 민요 한 구절로 인하여 평범한 강물결에 짙은 역사성과 예술성, 그리고 인간적 정취가 무한대로 퍼져나간다.

아리랑은 전국에 고루 퍼져 있는 민족의 노래이고 민족의 문학이며 이 나라에 사는 사람들의 동질성을 확보해주는 언어다. 그러나 아이러니컬하게도 그것의 정확한 유래와 말뜻은 아직껏 밝혀지지 않고 있다.

흔히 우리나라에는 3대 아리랑이 있다고 한다. 강원도의 정선아리랑, 호남의 진도아리랑, 영남의 밀양아리랑이다. 밀양아리랑은 씩씩하고, 진도아리랑은 구성지고, 정선아리랑은 유장하다. 그것은 각 지방에서 자생한 민요조와 결합하면서 생긴 현상으로 진도아리랑은 육자배기조, 밀양아리랑은 정자소리조, 정선아리랑은 메나리조에 뿌리를 두고 있다.

아리랑의 뜻과 어원에 대하여는 알영(박혁거세의 부인)설에서 의미 없는 사설이라는 설까지 십여 가지 설이 있는데 정선아리랑은 '(누가 내 처지를) 알아주리오'라는 뜻에서 '아라리'가 되었다는 전설을 갖고 있고 실제로 이곳 사람들은 '정선아라리'라고 부르고 있다.

아리랑 노래의 기원 또한 여러 설이 있다. 그중 정선아리랑은 고려가 망하자 불사이군(不事二君, 두 임금을 섬기지 아니함)의 충성으로 정선땅 거칠현동(居七賢洞)에 은거한 선비 전오륜(全五倫)이 산나물을 뜯어먹으면서 비통한 심정으로 노래한 율시를 지방의 선비들이 한시를 이해하지 못하는 사람에게 풀이하여 감정을 살려 부른 것에서 시원을 삼고 있다. 그래서 정선아리랑 700수 중에서 제일 첫 번째 노래는 송도(개성)의 만수산이 나오며, 다른 아리랑보다 애조를 띠게 됐다는 것이다.

눈이 올라나 비가 올라나 억수장마 질라나.
만수산 검은 구름이 막 모여든다.

이것이 시원이 되었는지는 모르나 아리랑이 형성된 것은 본디 논노
래·들노래·베틀노래·뗏목노래 등 민초들의 삶 속에서 자연스럽게 형성
되어 있던 노동요가 1865년 경복궁 중수 때 팔도에서 모여든 부역꾼들
이 각지의 일노래를 주고받는 가운데 아리랑의 보편성과 지역성이 동시
에 확보되고 일의 노래가 사회화·현실화되며 한편으로는 놀이 노래로
확대해갔다는 것이 고정옥의 『조선민요연구』(수선사 1949) 이래로 정설이
되었다.

그리하여 아리랑은 민족의 노래로 성장하게 되었는데 급기야 흥겨운
가사와 가락은 궁중으로 들어가 고종과 명성황후까지 즐기는 바가 되었
다. 황현의 『매천야록(梅泉野錄)』고종 31년(1894) 정월조에는 이렇게 적
혀 있다.

매일 밤 전등불을 밝혀두고 소리패와 놀이패를 불러 속칭 아리랑
(阿里娘) 타령이라는 신성염곡(新聲艶曲, 새로 생긴 사랑 노래)을 불렀다.
민영주는 원임대신으로서 많은 소리패, 놀이패를 거느리고 아리랑을
관장하면서 잘하고 못함을 평하며 금상 은상을 수여했는데 민비(명성
황후) 시해사건 이후 중단됐다.

그러한 아리랑은, 1926년 춘사 나운규가 만든 영화「아리랑」이 3년간
에 걸친 공전의 대성공을 거두면서 그 주제가 아리랑의 대표성을 갖
게 되었다. 이후 아리랑은 독립군아리랑에서 최근의 구로아리랑까지 우
리의 곁을 떠나지 않고 사회화하면서 이어져오고 있다. 그러한 아리랑

의 가장 모범적인 원조 정선아리랑의 고향 아우라지를 우리는 찾아간 것이다.

김남기씨와 임계댁의 작은 공연

아우라지 답삿길에 나는 두 번 다 정선아리랑의 예능보유자인 김남기씨를 초대하여 아라리 작은 마당을 마련했다. 두 번째 답사 때는 남창, 여창을 맞추어 임계댁 아주머니도 함께 모셨다.

청국(淸國)전쟁의 돈재물은 빚을 지고 살아도
하지 못하는 정선의 아라리 빚을 지고 살겠소.

이밥에 고기 반찬 맛을 몰라 못 먹나
사절치기 강낭밥도 마음만 편하면 되잖소.

사극다리(삭은 나뭇가지)를 똑똑 꺾어서 군불을 때고서
중방 밑이 노릇노릇토록 놀다가 가세요.

김남기씨의 육중한 저음은 노긋노긋한데 임계댁의 째는 듯한 고음은 애간장을 찌른다. 김남기씨는 정선아리랑 중 수심편, 산수편, 처세편을 부르고, 임계댁은 주로 애정편에서 열정과 상사로 엮어가니 화합이 더 없이 잘 맞는다.

떴다 깜은 눈은 정들자는 뜻이요.
깜았다 뜨는 것은야 날 오라는 뜻이라.

네 칠자(七字)나 내 팔자(八字)나 네모 반듯한 왕골방에 샛별 같은 놋요강 발치만큼 던져놓고 원앙금침 잣베개에 앵두 같은 젖을 빨며 잠 자보기는 오초강산에 일 글렀으니 엉뚱명퉁 장석자리에 깊은 정만 두자.
아리랑 아리랑 아라리요
아리랑 고개 고개로 나를 넘겨주게.

영감은 할멈 치고 할멈은 아 치고 아는 개 치고 개는 꼬리 치고 꼬리는 마당 치고 마당 가녘에 수양버들은 바람을 받아 치는데 우리집의 그대는 낮잠만 자느냐.
아리랑 아리랑 아라리요
아리랑 고개 고개로 나를 넘겨주게.

답삿길에 들어서면서 버스 안에서 정선군청이 제작한 왕년의 인기성우인 구민·고은정 해설의 정선아리랑을 내내 들었지만 아우라지에 와서 아우라지 사람의 향취와 함께 듣는 아리랑의 맛은 전혀 달랐다. 특히 한 곡 한 곡을 부르면서 그 가사에 서린 삶의 내력을 풀이하는 것은 그 자체로 훌륭한 구비문학이었다. 이윽고 김남기씨는 정선아리랑 중 뗏목 타며 부르는 소리로 들어간다. 그가 강원도 말씨의 아주 중요한 특색 "~것이래요"라는 간접적인 지시를 말끝마다 붙여가니 그 향토색이 더욱 짙게 풍긴다.

"나는 뗏목은 못 타봤지만 나무껍질 벗겨서 뗏줄을 해서 팔아는 봤지요. 떼(뗏목)는 아무나 타능가요. 당신들 뗏돈 번다가 뭔지 아시유. 옛날에 군수 월급이 20원일 때 떼 한번 타고 영월 가서 팔면 30원 받

는 것이래요. 그게 떼돈이래요. 뗏목은 앞대가리만 빠져나가면 일곱
동 한 바닥이 가오리처럼 끌려가게 됐거든요. 그란데 정선 가수리에
서 영월로 빠지는 황새여울 지나 핀꼬까리에 이르면 뗏목 앞머리가
되돌이물살 위에 떠서 길게는 반 시간을 꼼짝 않고 서 있는 것이래
요. 그래서 아라리에 '우리집 서방 떼 타고 갔는데 황새여울 핀꼬까리
무사히 다녀오세요'가 있는 것이래요. 뗏목이 쉬어가는 곳에는 주막
이 있는 법인데 견금산(만지산) 전산옥(全山玉)이 술집을 제일로 쳤던
것이래요. 그래서 한잔하면서 부르는 소리가 있지요."

산옥이의 팔은야 객줏집의 베개요.
붉은 애입술은야 놀이터의 술잔일세.
아리랑 아리랑 아라리요
아리랑 고개 고개로 나를 넘겨주게.

옥산장 아주머니의 수석

두 번의 아우라지강 답사에서 나는 두 번 모두 옥산장 여관에 묵어갔
다. 옥산장 주인아주머니는 여느 여관집 주인과 다르다. 깨끗하고 곱상
한 인상에 밝은 웃음은 장모님 사랑 같은 따뜻한 정이 흠씬 배어 있는
데, 손님을 맞는 말씨에는 고마움의 뜻을 얹어 무엇 하나 귀찮다는 티가
없다. 여관 손님도 내 집 손님이요, 내 고향 방문객이라며 지난 늦가을
답사 때는 시루떡 한 말에 식혜를 한 동이 해서 밤참으로 내놓았다.
사람 대하는 정이 이토록 극진하여 우리들 회식 자리에 모셔놓고 노
래부터 청하니 홍세민의 「흙에 살리라」를 노가바(노래가사바꾸기)로 하여
"아름다운 여량땅에 옥산장 지어놓고 (…) 왜 남들은 고향을 버릴까. 나

는야 살리라 여량땅에 살리라"를 창가조로 애잔하며 씩씩하게 부른다.

아주머니 살아오신 이야기나 듣자 하니 이분의 사설은 가히 입신의 경지에 이르러 나도 입심 좋다는 말을 들어보았지만 그 앞에서는 명함도 못 내밀 지경이었다. 시집와서 앞 못 보는 시어머니를 봉양하며, 교편 잡은 남편 봉급으로는 애들 교육시키기 어려워 별의별 품을 다 팔고 나중엔 여관을 지어 두 애를 대학까지 보내고 큰애는 장가보내 서울에 집도 마련해주는 삶의 고단함과 억척스러움을 유성기(축음기) 소리처럼 풀어가는데 그 토막토막에는 사랑, 아픔, 페이소스, 낭만, 파국, 고뇌, 결단, 실패, 좌절, 용기, 인내…… 그리고 지금의 행복으로, 대하 구비문학을 장장 세 시간 풀어간다. 그렇게 하고 이것이 축약본이라는 것이다.

그분의 인생 드라마는 그저 이야기로 끝나는 것이 아니다. 이야기 단편 단편에는 상징과 알레고리가 스며 있어서 넋을 잃고 듣고 있는 청중들은 그 모두를 자기 인생에 비추어보면서 가슴 찔리고 부끄러워하고 용기를 갖게 되며 뉘우치게도 되는 문학성과 도덕성을 고루 갖추고 있다. 답사 떠나며 엄마하고 싸우고 왔다는 한 여성 회원은 그날 밤 오밤중에 당장 전화를 걸어 잘못했다고 빌었다니 그 감동이 어떠했기에 그랬을까.

옥산장 아주머니의 드라마 중에는 틈새마다 아우라지강가의 수석 줍기가 끼여 있다. 속상하면 강가에 나아가 돌을 만지는 것이 습관이 되었는데 조합융자가 안 나와 강가에 갔다가 주운 것이 학이 알 낳는 형상, 빚을 못 갚아 막막하여 강가에 서성이다 주운 것이 명상하는 스님, 손님이 하나도 없어 속상해서 강에 나아가서는 호랑이와 삼신산…… 이런 식으로 이야기 중간중간에 매듭을 지어간다. 그러고 나서는 이야기가 끝난 다음 여관 입구 진열장에 가득한 수석을 관람시키니 그것은 (구비)문학과 (수석)예술의 만남이자, 자신의 사설의 물증을 제시하는 대단한

| 옥산장 주인아주머니 | 여량땅 아우라지 강마을의 유일한 여관인 옥산장은 시골 인심이 살아 있어 우리 답사회 단골집이 되었다. 옥산장 아주머니의 인생 이야기를 듣고 있으면 절로 넋을 잃고 만다.

리얼리즘이었다.

앞 못 보는 시어머니가 바람을 맞아 3년 6개월을 한방에 살면서 대소변을 받아내며 병구완했던 그 인내와 사랑을 만년에 모두 복으로 받는 인간만세의 주인공, 옥산장 아주머니의 성함은 전옥매이시다.

사북을 지나면서

아우라지강은 굽이굽이 맴돌아 정선 읍내에 이르러 조양강이 된다. 여량에서 정선으로 가자면 큰 고개를 하나 넘게 되는데 그 고갯마루에서 내려다보는 풍광은 국토의 오장육부에서만 볼 수 있는 절경을 이룬다. 강은 산과 산을 헤집고 넘어가는데 산은 강을 넘지 못하여 옆으로 비껴간다.

조양강은 푸르고 푸른 옥빛이다. 잠시 후 우리가 맞을 사북과 고한의 시커먼 물빛이 믿기지 않을 정도로 맑기만 하다. 조양강의 풍광은 아침 햇살을 머금은 때가 가장 아름답단다. 그래서 이름조차 아침 조(朝)자에 볕 양(陽)자가 되었다. 답삿길이 그쪽으로 닿지 않아 나의 회원을 이끌고 가지 못하여 못내 미안한 마음을 갖고 있는 비봉산 봉양7리의 정선아리랑비(1977년 건립)에서 조양강과 정선읍을 내려다보는 정경은 그 자체로 한 폭의 그림이 된다.

정선읍에서 동대천을 따라 사북 쪽으로 가다보면 가파르게 경사진 비탈에는 강원도 옥수수가 싱싱하게 자라는 것을 볼 수 있다. 한여름이면 대궁이 굵고 잎이 크며 '옥시기' 술이 축 늘어진 강원도 옥수수의 싱싱함, 그것이 곧 강원도 금바우들의 정직과 순박, 그리고 저력을 상징한다. 가을이면 비탈 곳곳에 베어진 옥수숫대는 선사시대 움집처럼 늘어서고 파란 비닐부대에 담긴 옥수수가 점점이 포진한다. 그것은 풍요의 감정이 아니라 그저 그렇게 살아가고 있음을 말해주는 처연한 담담함으로 다가온다.

화암(畵岩)약수로 가는 길을 버리고 진령고개를 넘어 증산 사북으로 가는 길을 잡으니 험한 고개를 넘느라 차마다 숨이 차다. 나는 아우라지에서 정암사로 가는 길에 반드시 사북과 고한을 지나야 한다는 것이 항시 심적 부담이었다. 이 답사기를 쓰면서 이곳 탄광마을을 어떻게 쓸 것인가로 고뇌하지 않을 수 없었다.

나는 이곳 막장인생들을 말할 수 있는 자격이 없다. 탄광촌과 광부의 삶을 이 세상에 옳게 부각할 별도의 노력을 기울인 바가 없다. 이 글을 위하여 『석탄광업의 현실과 노동의 상태』(유재무·원응호 저, 늘벗 1991)도 살펴보았고, 황인호가 쓴 「사북사태 진상보고서」도 읽어보았으며, 태백 황지의 화가 황재형에게 부탁하여 기독교사회개발복지회에서 계간으로 발행한 『막장의 빛』도 구해 보았다. 그러한 자료를 접할 때마다 모든 삶과 노동의 현실은 나의 상상을 초월하는 극한점에서 이루어지고 있었

| 정선읍내와 조양강 | 조양강이 반원을 그리면서 흘러나가는 강변에 정선읍이 고즈넉이 앉아 있다.

다. 나는 그 모두를 소화해낼 자신이 없다.

　　조세희의 글과 사진으로 구성되어 있는 『침묵의 뿌리』(열화당 1985), 박태순의 『국토와 민중』(한길사 1983)에 실린 「탄광지대의 객지문화」, 황석영의 『벽지의 하늘』(청년사 1976) 등이 보여준 문인들의 광산촌 르포 문학에 값할 답사기는 쓸 자신이 없다. 또 내가 지금 르포를 쓰고 있는 것도 아니다.

　　이런 난처한 국면에 처할 때면 나는 '정직이 최상'이라는 교훈을 생각한다. 내가 처음 사북이라는 곳을 와본 때는 1975년 여름이었다. 그것은 답사를 위해서가 아니었다. 무슨 자료 조사나 취재를 위해서도 아니었다. 그해 9월에 결혼할 나의 아내와 함께 장인어른께 첫인사를 드리러 간 것이었다. 나의 장인 될 분은 동원탄좌에 근무하다 정년퇴직하시고는 사북 읍내에서 동광철물점을 하고 계셨다. 이후 사북은 나의 처갓집

이 있는 고장이 되었고 자주는 아니어도 장인어른 뵙기 위해 줄곧 드나
들고 항시 마음 한구석을 거기에 두고 살아왔다.

1991년 답사 때 나는 사북을 지나면서 차창 밖으로 장인어른이 철물
점 셔터를 올리는 것을 보았다. 잠깐이라도 차에서 내려 인사드릴까 하
다가 인솔자로서 그럴 수 없어 그냥 지나쳤고 답사에서 돌아온 다음 전
화로 인사를 대신했다. 그런데 그것이 내가 마지막 뵌 당신의 모습이었
고, 그 가게는 이제 헐리어 읍사무소 주차장이 되었다.

그래서 나는 사북을 조금은 알고 있다. 사북을 드나들면서 나는 광부
들이 두 겹 하늘 아래 살고 있다는 것을 알았다. 푸른 하늘과 막장의 검
은 하늘이다. 그리고 광부의 아내는 시름의 하늘이 하나 더 붙은 세 겹
밑에 산다고 들었다.

사북에는 예전부터 탄좌 막장이 무너져 애꿎은 목숨들이 희생당하는
사고가 종종 있었다. 험한 세상을 살다가 인생 막장에 와 광부가 되려
는 사람들이 맨 처음 부닥치는 절망은 정식 광부가 되는 것조차 허락되
지 않아 하청업자의 하청업자인 덕대 밑에서 안전시설이란 없는 거의
무방비 상태로 가혹한 저임금 아래 노동하며 당장의 생계를 위해 빚부
터 지게 되는 현실이었다. 그 빚이 평생을 가는데 더구나 사고로 세상
을 떠나게 되면 유족이 떠안아 헌 보상금으로 갚고는 다시 무일푼으로
원위치하여 세 겹 하늘 아래 흐를 눈물도 없다는 사실만을 나는 듣고
보았다.

사북의 아이들

과거 사북의 현실을 가장 잘 반영한 자료로는 당시 사북 아이들의 글
이상의 것이 없다. 탄광촌의 르포 작가들이 자신의 뛰어난 필력을 버리

| **사북역 앞 버스정류장** | 이제는 다시 볼 수 없는 그 옛날의 풍광이 되었다.

고 너도나도 이 아이들의 글짓기를 옮기기에 바빴던 이유가 거기에 있
다. 나 역시 『막장의 빛』에 실려 있는 사북의 아이들 노래를 전하지 않을
수 없다.

싸움

나는 우리 옆집 아이와
가끔 싸운다.

그때마다
가슴이 철렁한다.
우리 엄마한테 말해서
니네 식구 모두
쫓겨나게 할 거야
하고 돌아가는 것이다.
그 말만은 하지 말라고
나는 사과한다.
(사북초교 5학년 아무개)

아주머니

새로 이사 온 아줌마는
참 멋쟁이다.
그런데 하루는 아주머니가
광산촌은 옷이 잘 껌어
하며 옷을 털었다.
왠지 정이 뚝 떨어졌다.
(사북초교 4학년 전형준)

막장

나는 지옥이
어떤 곳인 줄
알아요.

좁은 길에다
모두가 컴컴해요.
오직
온갖 소리만
나는 곳이어요.

(사북초교 6학년 노영민)

그런데 인간의 꿈이란 묘한 것이다. 사실 끔찍한 현실, 절박한 삶을
버티고 살아가게 하는 것은 오직 희망이다. 희망이 곧 절망이 되고 허망
인 것을 알면서도 당장은 그것이 있기에 버티게 된다. 막장인생의 힘은
거기에서 나온다. 1974년 갱내 매몰로 인해 질식사한 광부 김씨의 아내
이야기이다.

처음 그이는 여기에 올 때 5년만 탄광부가 되겠다고 했어요. 그 다
음엔 농장을 만들어 과실나무를 심고 강변에서 오리를 기른다고 했
어요. 세상에 어디 그런 동화 같은 얘기가 있겠어요. 그렇지만 그때는
그런 희망 없인 살아갈 도리가 없었어요. (『벽지의 하늘』에서)

이제는 그것도 옛날 이야기가 되어간다. 내가 인용한 글의 주인공들
은 이제 인생의 중반부에 들어섰다.

석탄광업이 사양길로 들어서면서 하청업자와 덕대는 물론이고 중소
기업은 모두 폐광한 지 오래이며 사북의 동원탄좌와 고한의 삼척탄좌
또한 2000년대 들어 문을 닫았다. 막장의 인생들은 도시의 또 다른 막
장으로 다시 흘러든지 오래이고 사북의 잿빛 하늘에는 침묵의 정적만이
낮게 내려앉아 있다.

나의 아내가 아버님께 인사 드리게 하려고 사북으로 나를 데려오면서 했던 그 말이 생각난다.

"사북이 처음이지요? 강원도의 산들이 얼마나 아프게 병들어 있는지 몰라요. 큰 수술 하지 않고는 치료할 수 없는 골수암 같은 거예요. 아버님 뵈면 괜히 쓸데없는 말 묻지 말아요."

황지의 화가 황재형

화가 황재형은 1982년부터 태백의 황지에 살고 있다. 내가 그를 처음 만난 것은 1981년 '중앙미술대전'에서 약관의 나이로 영예의 차석상(장려상)을 받았을 때였다. 그때 그는 광부복 하나를 극사실 기법으로 그려 많은 사람들에게 강렬한 예술적 충격을 주었다. 그는 그런 식으로 그림을 그리면 얼마든지 각광받을 수 있는 위치에 있었다. 그러나 황재형은 이내 스스로 광산촌의 화가가 되고자 젊은 아내와 어린 아들을 데리고 황지로 들어갔다. 그리고 오래도록 막장인생들의 벗이 되고 동지가 되어 거기에 살고 있다.

나는 황재형의 황지 화실에 두 번 가보았다. 한 번은 혼자서, 한 번은 사북에 온 길에 나의 아내와 함께. 아내와 함께 갔을 때가 1986년쯤 된다. 그때 황재형은 지독히 어려운 생활을 하고 있었다. 당장 내일모레까지 낼 1년치 집세를 마련하지 못하고 있었다. 그의 그림이 팔릴 리 만무하던 시절이었다. 나의 아내는 그의 소품 하나를 우리라도 사주자며 앰뷸런스를 그린 그림을 골랐다. 나는 별로 맘에 드는 작품이 아니었다.

우리는 황지역(오늘날의 태백역)에서 기차를 기다리며 지물포에 가서 그 그림을 포장하였다. 지물포 아저씨는 나에게 그 그림을 잠깐 보여달라

| **황재형 작 「앰뷸런스」** | 탄광촌 사람이 아니면 지금 이 작품에서 산천초목이 떨리는 마음을 다는 읽어내지 못한다.

고 하였다. 보고 나서 하는 일성이 "거 참 잘 그렸다"는 것이었다. 미술평
론가로서 직업의식이 발동했는지 나는 당장 물었다.

"아저씨, 어디를 잘 그렸나요?"
"당신이 그렸소?"
"아뇨, 제 친구가……"
"당신은 서울 사람이지."

"예."

"당신은 몰라. 저녁나절에 앰뷸런스가 울리면 세상이 이렇게 보인다구. 산천초목이 흔들리구, 쥐 죽은 듯이 조용하구. 나는 광부 생활 20년 하구 이 가겟방 하며 사는데 지금두 이런 때면 소름이 돋아요. 제일 싫다구."

나는 그때 황재형이 그림을 그릴 때 왜 그렇게 강한 터치를 하는지 뼈저리게 느낄 수 있었다. 그는 밝은 조명의 전시장을 위해 그림을 그리는 것이 아니었다. 세련된 안목과 멋쟁이 관객들의 감각에 호소할 의사가 있는 것이 아니라 그저 진실을, 있는 사실을 그렇게 담고 있었다. 나는 지물포 아저씨 앞에서 부끄러웠다. 나의 미학적 척도로 작품을 재어보려고 했던 황재형에게도 부끄러웠다. 그것은 미안함이 아니었다. 분명 부끄러움이었다.

정암사의 단풍

답사객은 마을 위로 난 길을 지나 저탄장 탄가루를 검게 뒤집어쓴 사북의 지붕들을 보면서 고한으로 빠져나간다. 잿빛으로 물든 마을을 비켜나면 차는 계곡을 따라 달린다. 냇물은 시커멓고 냇가의 돌들은 철분을 머금어 검붉게 타 있다. 아우라지 조양강의 쪽빛 물결을 보았기에 고한의 개울은 더욱 검고 불결해 보인다(과거 새까만 석탄물과 오수로 오염되었던 개울물은 오늘날 주변의 탄광과 공장이 사라지면서 어느 정도 맑아진 상태다).

고한초등학교를 지나면 갈래초등학교가 나오는데 여기가 하갈래이다. 상갈래는 막장의 석탄부들이 모여살고, 중갈래는 운수업을 비롯한 중간교역업자들의 마을이고, 하갈래가 다운타운으로 상가와 학교가 있는 것이다.

우리 답사회에는 이 갈래초등학교 출신이 한 명 있는데, 어렸을 때는 "너 학교 갈래 말래"의 준말이라고 놀렸는데 이제 와 생각하니 인생의 갈래를 암시한 이름 같다며 그 옛날을 처연히 회상하고 있었다. 갈래의 의미는 잠시 뒤 정암사 창건 설화를 들어보면 알게 된다.

하갈래에서 곧장 질러 고한을 벗어나면 이내 정암사(淨巖寺)로 오르게 된다. 그 순간 산천은 거짓말처럼 맑아진다. 아우라지강가의 밝은 빛과는 달리 고산지대의 짙은 색감이 산과 내를 덮고 있다. 그래서 정암사 언저리의 나무들은 더 싱싱하고 힘 있고 연륜이 깊어 보인다.

믿기 어려운 독자를 위해 내가 물증을 제시한다면 여기는 공해에 까다롭기로 유명한 열목어의 서식지로 지역 자체가 천연기념물로 지정되어 있으며, '살아 천년 죽어 천년 간다'는 주목의 군락지로 천년 이상의 노목이 즐비한 곳이다. 이제 믿어준다면 나는 마음 놓고 말하련다. 나의 예사롭지 못한 역마살에서 가장 아름다운 단풍을 본 때가 정암사의 가을날이었다.

정암사의 절묘한 가람배치

정암사는 참으로 고마운 절이고 아름다운 절이다. 여기에 정암사가 있지 않다면 사북과 고한을 지나 답사할 일, 여행 올 일이 있었을 성싶다. 설령 사북과 고한을 일부러 답사한다 치더라도 이처럼 아늑한 휴식처, 쉼터, 마음의 갈무리터가 있고 없음에는 엄청 큰 차이가 있다. 자장

| **정암사 전경** | 수마노탑에 올라 정암사를 내려다보면 골짜기에 들어앉은 절집이 더욱 아늑하게 다가온다.

| **정암사 일주문** | 사북과 고한을 지나 마음의 갈무리터로서 만나는 절집이라 정암사는 더욱 맑게만 느껴진다.

율사가 그 옛날에 이 자리를 점지해두심에 대한 고마움을 느낀다.

정암사의 아름다움은 공간 배치의 절묘함에 있다. 이 태백산 깊은 산골엔 사실 절집이 들어설 큰 공간이 없다. 모든 산사들이 암자가 아닌 한 계곡 속의 분지에 아늑하고 옴폭하게 때로는 호기 있게 앉아 있다. 정암사는 가파른 산자락에 자리 잡았으면서도 절묘한 공간 배치로 아늑하고, 그윽하고, 호쾌한 분위기를 두루 갖추었다. 무시해서가 아니라 이 시대 건축가들로서는 엄두도 못 낼 공간 운영이다.

정암사는 좁은 절마당을 최대한 활용하기 위하여 모든 전각과 탑까지 산자락을 타고 앉아 있다. 마치 새끼 제비들이 둥지 주변으로 바짝 붙어 한쪽을 비워두는 것처럼.

절 앞의 일주문에 서면 정면으로 반듯한 진입로가 낮은 돌기와담과 직각으로 만나는데 돌기와담 안으로 적멸궁(寂滅宮)이 보이고 또 그 너

| 정암사 선불도량 | 높직한 축대 위에 올라앉은 선불도량은 이 작은 절집에서 듬직한 권위를 느끼게끔 해주곤 한다.

머로 낮은 돌기와담이 보인다. 두어 그루 잘생긴 주목과 담장에 바짝 붙은 은행나무들이 이 인공 축조물들의 직선을 군데군데 끊어준다. 그리하여 적멸궁까지의 공간은 얼마 되지 않건만 넓이는 넓어 보이면서도 아늑한 분위기를 동시에 느끼게끔 해준다.

일주문으로 들어서 절 안으로 들어가는 길은 왼편으로 육중한 축대 위에 길게 뻗은 선불도량(選佛道場)과 평행선을 긋는다. 그로 인하여 정암사는 들어서는 순간 만만치 않은 절집이라는 인상을 느끼게 되는데, 이런 공간 배치가 아니었다면 정암사의 장중한 분위기, 절집의 무게는 나오지 않았을 것이다.

선불도량을 끼고 돌면 관음전과 요사채가 어깨를 맞대고 길게 뻗어 있어 우리는 또다시 이 절집의 스케일이 제법 크다는 생각을 하게 되는데, 관음전 위로는 삼성각과 지장각의 작은 전각이 머리를 내밀고 있어

서 뒤가 깊어 보인다. 그러나 정암사의 전각은 이것이 전부다.

절마당을 가로질러 산자락으로 난 돌계단을 따라 오르면 정암사가 자랑하는 유일한 유물인 수마노탑(水瑪瑙塔, 국보 제332호)에 오르게 된다. 수마노탑까지는 적당한 산보길이지만 탑에 올라 일주문 쪽을 내려다보면 무뚝뚝한 강원도 산자락들이 겹겹이 펼쳐진다. 자못 호쾌한 기분이 든다.

정암사의 수마노탑

수마노탑은 전형적인 전탑 양식인데 그 재료가 전돌이 아니고 마노석으로 된 것이 특색이다. 마노석은 예부터 고급 석재다. 고구려의 담징이 일본에 갔을 때 일본 사람들이 이 위대한 장공(匠工)에게 큰 맷돌을 하나 깎아달라고 준비한 돌이 마노석이었다고 한다(그래서 일본 나라의 동대사(東大寺, 도다이지) 서쪽 대문을 맷돌문이라고 한다). 그런데 이 탑에 물 수(水)자가 하나 더 붙어 수마노가 된 것은 자장율사가 중국에서 귀국할 때 서해 용왕을 만났는데 그때 용왕이 무수한 마노석을 배에 실어 울진포까지 운반한 뒤 다시 신통력으로 태백산(갈래산)에 갈무리해두었다가 장차 불탑을 세울 때 쓰는 보배가 되게 하였다는 전설에서 비롯되었다. 즉 물길을 따라온 마노석이라는 뜻이다.

수마노탑은 자장율사가 중국에서 가져온 부처님 진신사리를 모신 곳이다. 그래서 저 아래 적멸궁에는 불상이 안치되지 않고 곧바로 이 탑을 예배토록 되어 있다. 오늘날 우리는 양산 통도사 금강계단, 오대산 월

| 수마노탑 | 전형적인 전탑(벽돌탑) 양식이지만 벽돌로 쌓지 않고 마노석으로 세운 것이 특징이다.

정사 적멸보궁, 영월 법흥사 적멸보궁, 설악산 봉정암과 이곳 정암사를 5대 진신사리처라고 말하고 있다. 그러나 『삼국유사』에 의하면 통도사, 월정사, 정암사, 황룡사, 울주 대화사라고 되어 있다.

자장이 사리를 받을 때 태백산의 삼갈반처(三葛蟠處), 즉 '세 줄기 칡이 서린 곳'에서 다시 보자는 계시를 받았는데, 그곳이 어딘지 몰라 헤매던 중 눈 위로 세 줄기 칡이 솟아 뻗으며 겨울인데도 세 송이 칡꽃이 피어난 것을 보았다고 한다. 그래서 비로소 수마노탑 자리를 잡게 되었고 갈래(葛來, 칡이 내린 곳)라는 이름도 생겼다. 자장은 수마노탑을 세울 때 북쪽 금대봉에 금탑, 남쪽 은대봉에 은탑을 함께 세웠는데 후세 중생들의 탐심을 우려하여 불심이 없는 사람은 볼 수 없도록 남몰래 감추어 버렸다고 한다.

그러나 자장이 쌓았다는 원래의 수마노탑 모습은 알 수 없고 지금의 탑은 1653년에 중건된 것을 1972년에 완전 해체 복원한 것이다.

자장율사의 일생

『삼국유사』의 「자장정률(慈藏定律)」, 중국의 『속고승전』, 그리고 『정암사사적편』에 나오는 자장의 전기는 정암사의 내력을 자세히 말해주고 있다.

자장은 김씨로 진골 귀족이었다. 일찍이 부모를 여의자 논밭을 희사하여 원령사를 세우고 홀로 깊고 험한 곳에 가서 고골관(枯骨觀)을 닦았다. 고골관은 몸에 집착하는 생각을 없애기 위해 백골만 남는 모습을 보며 수행하는 것이다. 나라에서 높은 벼슬자리가 비어 문벌로 그가 물망에 올랐으나 나아가지 않자 왕이 "만일 나오지 않으면 목을 베어 오라" 하니 자장은 "내 차라리 하루 동안 계(戒)를 지키다 죽을지언정 계를 어기고 백 년 살기를 원치 않는다"고 했다. 이에 임금도 그의 출가를 허락하였다.

자장은 636년 당나라에 유학하여 청량산(淸凉山, 일명 오대산)에 들어갔다. 자장은 청량산 북대(北臺)에 올라 문수보살상 앞에서 삼칠일(21일)간 정진하니 하루는 꿈에 이역승(異僧 또는 梵僧)이 나타나 범어로 게송을 들려주었다.

하라파좌낭 달예다거야
낭가사가낭 달예노사나

자장은 이 희한한 범어의 뜻을 당연히 알 수 없었는데 이튿날 아침 다시 이역승이 나타나 번역해주었다.

모든 법을 남김없이 알고자 하는가.
본디 바탕이란 있지 않은 것.
이러한 법의 성품을 이해한다면
곧바로 노사나불을 보리라.

그러고는 "비록 만 가지 가르침을 배우더라도 이보다 나은 것이 없소"라고 덧붙이고는 가사와 사리 등을 전하고는 사라졌다. 자장은 이제 수기(授記)를 받았으므로 북대에서 내려와 당나라 장안으로 들어가니 당태종이 호의를 베풀며 맞아주었다.

643년, 고국의 선덕여왕이 자장의 귀환을 청하니 당태종이 이를 허락하고 많은 예물을 주었다. 그가 귀국하자 온 나라가 환영하였고, 왕명으로 분황사에 머물렀다. 나라에서 승단을 통괄해 바로잡도록 자장을 대국통(大國統)으로 삼으니 자장은 승려들이 오부율(五部律)을 힘써 배우게 하고, 보름마다 계를 설하고, 겨울과 봄에는 시험을 보게 하고, 순사(巡使)를 파견하여 승려의 과실을 바로잡고, 불경과 불상에 일정한 법식을 내려 계율을 세웠다. 이리하여 나라 백성의 80, 90퍼센트가 불교를 받들었다.

자장은 북대에서 받은 사리 100립(粒)을 황룡사 구층탑, 통도사 계단, 울주 대화사의 탑에 나누어 봉안했다.

만년에 경주를 떠나 강릉의 수다사(水多寺, 평창에 터만 있음)를 세우고 살았다. 그러던 어느 날 꿈에 북대에서 본 이역승이 나타나 "내일 그대를 대송정(大松汀)에서 보리라" 하고 사라졌다. 놀라 일어나 대송정에 나가니 문수보살이 나타나는지라 법요(法要)를 묻자 "태백산 갈반지(葛蟠地, 칡이 자리 잡은 곳)에서 다시 만나세"라며 자취를 감추었다.

자장이 태백산에 들어와 갈반지를 찾는데 큰 구렁이가 나무 아래 서리어 있는 것을 보고는 시자에게 "여기가 갈반지다"라고 말하고 석남원(石南院, 오늘날의 정암사)을 짓고는 문수보살이 나타나기를 기다렸다.

그러던 어느 날 다 떨어진 방포(方袍, 네모난 포대기)에 죽은 강아지를 칡삼태기에 담은 늙은이가 와서 "자장을 만나러 왔다"고 하였다. 이에 시자(시중드는 사람)는 "우리 스승의 이름을 함부로 부르는 사람이 없거늘 당신은 도대체 누구냐"고 묻자 늙은이는 "너의 선생에게 그대로 고하기만 하라"고 하였다. 시자가 들어가 스승에게 사실대로 말하니 자장은 "미친 사람인가보다"라고 하였다. 시자가 나와 욕을 하며 늙은이를 쫓았다. 그러자 늙은이가 "돌아가리라, 돌아가리라, 아상(我相, 자신이 남보다 우월하다는 자격지심 같은 것)이 있는 자가 어떻게 나를 볼 것이냐!"라며 칡삼태기를 쏟자 죽은 강아지는 사자보좌(獅子寶座)로 바뀌고 그는 이를 타고 빛을 발하며 홀연히 떠났다. 시자는 이 놀라운 광경을 자장에게 전했다. 사자보좌를 탔다는 것은 곧 문수보살을 의미하는 것이었다. 이에 자장이 의관을 갖추고 황급히 따라나섰으나 벌써 아득히 사라져 도저히 따를 수 없었다. 문수보살을 따라가던 자장은 드디어 몸을 떨어뜨려 죽었다.

가르쳤으나 가르침이 없는 경지

글쟁이를 업으로 삼은 것은 아니지만 논문, 비평문, 해설문, 잡문에 답사기까지 식성껏 글을 써오다보니 나도 모르게 몇 가지 글버릇이 생겼다. 고백하건대 반드시 만년필이어야 하고, 원고지는 나의 전용 1천자 원고지여야 하며, 구상은 밤에 엎드려 하고, 글은 낮에 책상에 앉아서 쓰며, 먼저 제목을 정해야 쓰기 시작하고, 첫 장에서 끝 장까지 단숨에 써야 되는데 글쓰는 동안에는 점심 저녁도 무드 깨질까봐 대충 때운다.

아무리 생각해도 고약한 버릇인데 그런 중 더욱 괴이한 버릇은 글쓰기에 앞서 반드시 이야기로 리허설을 하는 것이다. 이때는 스파링 파트너를 잘 만나야 도움이 되므로 글에 따라 적당한 상대를 찾는 것이 중요하다. 그것이 나로서는 큰 일거리다.

그러나 아우라지강을 찾아가는 이 답사기 리허설의 스파링 파트너는 아주 쉽게 찾았다. 나의 아내다. 그녀의 고향땅이고, 장인어른 살아생전에는 함께 여러 번 다녀온 곳이니 제격이 아닐 수 없다. 어느 날 저녁 밥상머리에서 슬슬 아우라지 이야기를 꺼내는데 자꾸 대꾸하는 말이 빗나간다.

"아우라지는 나도 잘 아는데 왜 당신이 나한테까지 설명을 하는 거요? 우리 작은오빠는 거기 가서 물고기를 잘 잡아왔어요."

"무슨 고기요?"

"잡고기지 뭐 특별한 거야 있을라구."

그래도 나는 답사기 리허설이라는 말은 못하고 사북과 고한에 대한 이야기를 두서없이 해댔다. 본래 말수가 적은 아내는 듣는 둥 마는 둥 하더니 내 말이 잠시 멈추자 또 한마디 하는 것이 고작,

"다 잡수었으면 저리 비켜요. 나 빨리 설거지해야 돼요."

이런 매정한 사람이 있나 싶지만 그래도 부엌과 마주 붙은 식탁에 앉아 차를 마시면서 덜거덕거리는 설거지 소리에 대고 정암사 이야기를 해갔다. 듣건 말건 떠들면서 나는 속으로 이런 야속한 스파링 파트너도 있나 싶은 생각을 지울 수 없었다. 나의 이야기가 자장율사의 죽음에 이르자 아내는 빈 그릇을 마른행주질해서 찬장에 넣고는 슬며시 곁에 앉으며 전에 없이 관심 어린 어조로 말한다.

"아까 자장율사가 어떻게 돌아가셨다고 했죠?"

"아까 다 했잖아. 나는 재방송을 안 해요."

"아까는 설거지하느라고 제대로 못 들었어요."

사람의 심리와 행태란 다 이런 것이렷다. 이제 들어주겠다고 하니까 나는 못하겠다고 했다. 그러나 아내는 다 들었건만 내심 다시 듣고픈 감동이 있었던 모양이다. 잠시 멍하니 허공을 바라보더니 식탁에서 일어서며 반은 혼잣말로 중얼거린다.

"자장율사가 그렇게 비장하게 입적하셨군요. 그 죽음의 이야기 속에 금강경 내용이 다 들어 있네요."

"금강경이라구? 금강경 어디를 보면 그런 내용이 나오우?"

"금강경 전체의 분위기가 그렇다는 것이에요."

"사실 나, 답사기를 쓰는 리허설 해본 것인데 어느 구절 하나만 찾아주구려."

"안 돼요. 당신이 다 읽고 써요."

"아, 나 바빠. 내일까지 원고 다 써야 돼요."

"나도 바빠요."

아내는 월운스님이 강술한 금강경을 주고 간다. 밤새 읽어가다보니 25번째 마디, 화무소화(化無所化), 번역하여 '교화(敎化)하여도 교화함이 없음' 풀이하여 '가르쳤으나 가르침이 없는 경지'에 이러한 구절이 나온다. 부처님이 장로(長老) 수보리(須菩提)에게 하는 말이다.

수보리야! 너희들은 여래가 중생을 제도하리라고 여기지 마라. (…) 진실로 어떤 중생도 여래가 제도할 것이 없느니라. 만일 어떤 중생을 여래가 제도할 것이 있다면 이는 여래가 아상(我相), 인상(人相), 중생상(衆生相), 수자상(壽者相)이 있다는 것이니라. 수보리야! "아상이 있다"라고 한 것은 곧 아상이 아니건만 범부들은 아상이 있다고 여기느니라. 수보리야! 범부(凡夫)라는 것도 범부가 아니고 그 이름이 범부일 뿐이니라.

* 이렇게 아리랑은 지역과 세대를 불문하고 광범위하게 전승되고 있다는 점과 누구나 쉽게 부를 수 있고 재창조할 수 있다는 다양성의 가치를 인정받아 2012년 유네스코 인류무형문화유산으로 등재되었으며, 2015년에는 국가무형문화재로 지정되어 보존·전승되고 있다.

* 어느덧 40년 넘게 옥산장을 운영하신 전옥매 선생은 평생 아우라지강가에서 수집한 수석을 정선군에 기증했다. 이에 정선군은 2023년 5월 4일 아우라지 관리센터를 개관하며 '돌과 이야기'를 주제로 전옥매 선생의 수석 인생을 담은 전시실을 마련했다.

하늘 아래 끝동네

답사의 급수

그 나름의 훈련과 연륜을 필요로 하는 일이라면 거기에는 당연히 급수가 매겨질 수 있다. 문화유산 답사도 마찬가지여서 오래 다녀본 사람과 이제 막 이 방면에 눈뜬 사람이 같을 수 없다.

답사의 초급자는 어디에 가든 무엇 하나 놓치지 않을 성심으로 발걸음을 바삐 움직이며 골똘히 살피고 알아먹기 힘든 안내문도 참을성을 갖고 꼼꼼히 읽어간다. 그러나 중급의 답사객은 걸음걸이부터 다르다. 문화재뿐 아니라 주변의 풍경을 둘러보는 여유를 갖는다. 그러면서 그는 다른 곳에서 보았던 비슷한 유물을 연상해내어 상호 간의 공통점과 차이점을 곧잘 비교해보곤 한다. 말하자면 초급자가 낱낱 유물의 개별적·절대적 가치를 익히는 과정이라면 중급자는 그것의 상대적 가치를 확인해가는 수준인 것이다.

그러나 고급의 경지에 다다른 답사객은 언뜻 보기에 답사에의 열정과 성심이 식은 듯 돌아다니기보다는 눌러앉기를 좋아하고 많이 보기보다는 오래 보기를 원한다. 지나가는 동네 분과 시답지 않은 객담을 늘어놓고 가겟방을 기웃거리다가 대열에서 곧잘 이탈하곤 한다. 허나 그것은 불성실이나 나태함의 작태가 아니라 그 고장 사람들의 사는 냄새를 맛보기 위한 고급자의 상용수단인 것을 초급자들은 잘 모른다. 고급자는 문화유산의 개별적·상대적 가치에 대한 이해를 넘어서 그것을 총체적으로 인식하고 싶어하는 단계인 것이다. 하기야 사물에 대한 인간 인식의 수준이 개별적·상대적·총체적 차원으로 발전해가는 일이 어디 답사뿐이겠는가.

답사 코스를 보면 그 자체에도 급수가 있다. 같은 절집이라도 경주 불국사, 합천 해인사, 순천 송광사, 구례 화엄사 정도라면 당연히 초급반 과정이 될 것이고 남원 실상사, 안동 봉정사, 강진 무위사, 부안 내소사, 영천 은해사 등이라면 중급 과정이라 할 만하다.

초급과 중급의 차이는 대중적 지명도와 인기도, 사찰의 규모, 문화재 보유현황, 교통과 숙박시설의 편의 등을 고려하여 분류될 수 있겠는데, 그러면 고급 과정은 어떤 곳일까? 그것은 절도 중도 없는 폐사지다. 심심산골에 파묻혀 비포장도로 흙먼지를 뒤집어쓰고 달리다가 차에서 내려 다시 십릿길, 오릿길을 걸어서야 당도하는 폐사지. 황량한 절터에는 집채란 오간 데 없고 절집 마당에 비스듬히 박힌 주춧돌들이 쑥대 속에 곤히 잠들어 있다. 덩그러니 석탑 하나가 서 있어 그 옛날의 연륜을 말해주는 폐사지의 고즈넉한 정취는 답사객이 느낄 수 있는 최고의 행복감을 선사한다.

지리산 피아골의 연곡사터, 산청의 단속사터, 여주 혜목산의 고달사

터, 경주 암곡의 무장사터, 보령 성주산의 성주사터, 강릉 사굴산의 굴산
사터…… 어느 폐사지인들 답사객이 마다하리요마는 그중에서도 나에
게 답사가 왜 중요한가를 가르쳐준, 꿈에도 못 잊을 폐사지는 설악산 동
해와 마주한 산비탈에 자리 잡은 진전사터와 하늘 아래 끝동네에 있는
선림원터다. 지금 우리는 거기를 찾아가고 있다.

동해를 비껴보고 있는 까만 석탑

　양양군 강현면 둔전리의 속칭 탑골. 양양 낙산사에서 북쪽으로 8킬로
미터쯤 올라가다가 속초비행장(현 속초공항)으로 꺾어 들어가는 강현면사
무소 소재지에서 설악산을 바라보고 계곡을 따라, 계곡을 건너 20리(약
8킬로미터)길을 오르면 둔전리 마을이 나온다. 진전사(陳田寺)가 있었다
고 해서 진전리였던 것이 음이 변해 둔전리(屯田里)가 되었다.

　마을에서 10분쯤 더 산길을 오르면 산등성이 널찍하게 깎아 만든 제
법 평평한 밭이 보이는데, 그 밭 한가운데 까무잡잡하고 아담하게 생긴
삼층석탑이 결코 외롭지 않게 오뚝하니 솟아 있다. 산길은 설악산 어드
메로 길길이 뻗어올라 석탑이 기대고 있는 등의 두께는 헤아릴 길 없이
두껍고 든든하다. 석탑 앞에 서서 올라온 길을 내려다보면 계곡은 가파
르게 흘러내리고 산자락 아랫도리가 끝나는 자리에서는 맑고 맑은 동
해바다가 위로 치솟아 저 높은 곳에서 수평선을 그으며 밝은 빛을 반사
하고 있다. 모든 수평선은 보는 사람보다 위쪽에 위치하며 빛을 반사한
다는 원칙이 여기서도 적용된다. 까만 석탑은 거기에 세워진 지 천 년이
넘도록 그 동해 바다를 비껴 보고 있는 것이다.

　진전사가 정확하게 언제 세워졌는지 현재로서는 확인할 자료가 없다.
그러나 도의(道義)선사가 서라벌을 떠나 진전사의 장로가 되었던 때를

그 시점으로 잡는다면 821년에서 멀지 않은 어느 때가 된다. 진전사의 삼층석탑은 양식상으로 보더라도 9세기 초 하대 신라의 전형을 보여주고 있으니 이 점을 의심하는 미술사가는 아무도 없다. 진전사의 삼층석탑(국보 제122호)은 아주 아담하게 잘생겼다. 귀엽다, 예쁘다고 표현하기에는 단정한 맛이 강하고, 야무지다고 표현하면 부드러운 인상을 담아내지 못한다.

진전사의 삼층석탑에는 앞 시대에 볼 수 없던 돋을새김 장식이 들어 있다. 기단 아래쪽 천의(天衣)자락을 흩날리는 화불(化佛)이 사방으로 각각 두 분씩 모두 여덟 분, 기단 위쪽에는 팔부중상(八部衆像, 불법을 지키는 여덟 신) 여덟 분이 사방으로 각각 두 분씩, 그리고 1층 탑신(塔身)에 사방불(四方佛) 네 분이 각 면마다 한 분씩 돋을새김되어 있다. 조각 솜씨는 통일신라시대의 문화 역량을 조금도 의심치 못하게 하는 정교성과 기품을 유지하고 있다. 그렇다고 그 조각이 화려한 느낌을 주거나 로코코적인 장식 취미로 빠진 것도 아니다. 오히려 그 아담한 분위기에 친근감과 친절성을 더해주는 조형 효과를 낳고 있다. 기왕 따져본 김에 진전사 석탑을 불국사의 석가탑과 비교해보면 8세기 중엽 중대 신라의 문화와 9세기 하대 신라의 문화가 어떻게 다르고, 어떤 공통점이 있는가를 밝히는 단서도 찾을 수 있다.

진전사탑은 석가탑의 전통을 기초로 하여 세워진 것이다. 기단이 상하 2단으로 되어 튼튼한 안정감을 주는 것, 3층의 몸체가 상큼한 상승감을 자아내는데 그 체감률을 보면 높이는 1층이 훤칠하게 높고 2층과 3층은 같은 크기로 낮게 설정했지만 폭은 4:3:2의 비율로 좁아지고 있는

| **진전사터 삼층석탑** | 하대 신라 지방에 세워진 선종 사찰에 공통적으로 보이는 전형적인 9세기 석탑으로, 특히 기단의 팔부중상과 1층 몸돌의 사면석불을 돋을새김하여 아담한 가운데 장식성이 돋보인다.

점, 지붕돌(屋蓋石)의 서까래가 5단의 계단으로 되어 있는 점, 몸돌과 지붕돌을 각각 1장의 돌로 만들어 이었는데 몸돌 네 귀퉁이에 기둥이 새겨져 있는 점 모두가 석가탑의 전통을 그대로 이어받은 것이다.

그러나 석가탑은 높이가 8.2미터인데 진전사탑은 5미터로 현격히 축소되어 있다. 바로 이 점 때문에 석가탑의 장중한 맛이 진전사탑에서는 아담한 맛으로 전환되었다. 지붕돌의 기왓골이 석가탑은 거의 직선인데 진전사탑은 슬쩍 반전하는 맵시를 보이고 있는 것도 이런 미감의 차이를 낳았다. 석가탑에는 일체의 장식 무늬가 없으므로 엄정성이 강한데 진전사탑에는 아름다운 돋을새김이 친근감을 더해준다. 이것이 두 탑의 차이다.

그리고 그보다 더 중요한 차이는 불국사는 통일신라의 수도인 서라벌에 있고, 진전사는 변방의 오지에 있다는 사실이다. 불국사의 가람 배치는 다보탑과 함께 쌍탑인데 진전사는 단탑가람이다. 결론적으로 말해서 불국사가 중대 신라를 살던 중앙 귀족의 권위를 상징한다면, 진전사는 지방 호족의 새로운 문화 능력을 과시했다. 중앙 귀족이 권위를 필요로 했다면 지방 호족은 능력과 친절성을 앞세울 필요가 있었던 것이다. 이 점은 보통 차이가 아니다.

도의선사가 북쪽으로 간 이유

도의선사의 일대기를 별도로 전하는 자료는 없다. 그러나 『조당집(祖堂集)』과 문경 봉암사에 있는 지증대사비문, 장흥 보림사에 있는 보조선사비문을 종합해보면 어느 정도 그의 삶과 사상이 복원된다.

도의의 성은 왕(王)씨이고 호는 원적(元寂)이며 북한군(北漢郡) 출신이다. 선덕왕 5년(784)에 당나라에 건너가 강서(江西) 홍주(洪州)의 개원사(開元寺)에서 서당지장(西堂智藏, 739~814)에게 불법을 이어받고 도의라고 개명하여 헌덕왕 13년(821)에 귀국하였다. 무려 37년간의 유학이었다.

도의가 당나라에서 익힌 불법은 선종(禪宗) 중에서도 남종(南宗)선의 골수였다. 달마대사에서 시작된 선종이 6조에 와서 남북종으로 나누어져 남종선이 조계혜능(曹溪慧能, 638~713)부터 다시 시작됨은 내남이 모두 알고 있는 바 그대로다. 달마대사가 "편안한 마음으로 벽을 바라보면서(安心觀壁)" 깨달음을 구했던 것이 혜능에 와서는 "문자에 입각하지 않으며, 경전의 가르침 외에 따로 전하는 것이 있으니, 사람의 마음을 직접 가리켜 본연의 품성을 보고, 부처가 된다(不立文字 敎外別傳 直指人心 見性成佛)"고 호언장담을 하기에 이르렀던 것이다.

6대조 혜능의 뒤를 이어 8대조인 마조도일(馬祖道一, 709~88)에 이르면 여기서 더 나아가 "타고난 마음이 곧 부처(自心卽佛)"임을 외치게 되는데, 이 외침은 곧 마조선사가 있던 지명을 딴 홍주종(洪州宗)의 진면목이라 할 만한 것이었다. 마조의 뒤를 이은 9대조가 서당지장(西堂智藏, 735~814)인바, 도의선사는 바로 그 서당의 홍주종을 익히고 고국으로 돌아온 것이었다.

서라벌에 돌아온 도의선사는 스스로 익힌 홍주종의 외침을 부르짖고 돌아다녔다. 경전 해석이나 일삼고 염불을 외우는 일보다 본연의 마음을 아는 것이 중요하다고 강조했다. 이것은 당시로서는 엄청난 변혁 사상이며, 인간의 평등과 인간성의 고양을 부르짖는 진보적 세계관의 표현이었다. 당시 통일신라의 왕권 불교는 왕즉불(王卽佛)의 엄격한 체계로 이루어져 있었다. 왕은 곧 부처요, 귀족은 보살이고, 대중은 중생이니 부처님 세계의 논리와 위계질서는 곧 사회구성체의 지배와 피지배 논리와 절묘하게 일치하는 것이었다.

그런 판에 도의가 서라벌에 와서 그 논리와 질서를 송두리째 흔들어놓았다. 서라벌의 승려와 귀족 들은 도의선사의 외침을 '마귀의 소리'라고 배격했다. 따지고 보면 도의선사의 주장은 해괴한 마귀의 소리라기보다는 위험한 사상, 불온한 사상이었다. 만약 통일신라에 국가보안법이나 불교보안법이 있었다면 도의는 영락없이 구속·처형감이었다. 그런 위험이 도의에게 닥쳤는지도 모른다. 그래서 도의는 서라벌을 떠나 멀고 먼 곳으로 가서 은신할 뜻을 세웠으며, 그가 당도한 곳이 설악산의 진전사였다. 보림사(寶林寺)의 보조선사비문에 의하면 "아직 때가 이르지 못함을 알고 산림에 은둔"한 것이라고 한다.

'동해의 동쪽'에서 '북산의 북쪽'으로

도의선사가 북쪽으로 간 이유는 달마대사가 양나라 무제의 군대를 피해 갈댓잎을 꺾어 타고 양쯔강 건너 소림사로 간 이유와 같다는 비유도 있다. 그 사정을 최치원은 지증대사비문을 쓰면서 다음과 같은 현란한 비유법으로 설명하고 있다.

도의스님이 서방(중국)으로 건너가 서당지장으로부터 '심인(心印, 즉 自心即佛)'을 익혀 처음으로 선법(禪法)을 말하면서 원숭이처럼 조급한 마음에 사로잡혀 북쪽으로 치닫는 (교종의) 단점을 감싸주었지만, 메추라기가 제 날개를 자랑하며 붕(鵬)새가 남쪽바다로 떠나는 높은 뜻을 비난하듯 하였다. 그들은 인습적인 염불에 흠뻑 젖어 있어서 도의스님의 말을 마귀의 말(魔語)이라고 비웃었다.
이에 스님은 진리의 빛을 행랑채 아래에 거두고 자취를 항아리 속에 감추며, 동해의 동쪽(중국에서 본 동해의 동쪽, 즉 서라벌)에 대한 미련을

버리고 북산(설악산)의 북쪽에 은둔하였다. (…) 그러나 겨울 산봉우리
에 빼어나고 정림(定林)에서도 꽃다우매 그 덕을 사모하여 모여드는
사람이 산에 가득하고, 매로 변화하듯 뛰어난 인물이 되어 깊은 골짜
기에서 나오게 되었다.

이리하여 도의선사의 사상은 그의 제자 염거화상(廉居和尙, ?~844)에
게 전해지고 설악산 억성사(億聖寺)에 계시던 염거화상의 가르침은 보
조체징(普照體澄, 804~80)에게 전해졌다. 그리고 보조선사는 장흥 가지
산(迦智山)에 보림사를 세우고 여기에서 그 법을 전하니 이것이 곧 하대
신라 구산선문(九山禪門) 중 가장 앞에 나오는 가지산파의 개창 내력이
된다. 그래서 보조선사비문에는 다음과 같은 구절이 있다.

이 때문에 달마가 중국의 1조가 되고 우리나라에서는 도의선사가
1조, 염거화상이 2조, 우리 스님(보조선사)이 3조다.

도의가 '아직 때가 되지 못해 감추었다는 빛'은 그의 손자제자 되는
시기에 와서 비로소 빛을 발하기 시작했다.

이와 같이 도의의 가르침을 받아들인 것은 서라벌의 귀족이 아니었
다. 그것은 지방에서 나름대로 경제적·군사적 부를 키워온 호족들이었
다. 호족의 입장에서 보면 도의가 주장한 '자심즉불(自心卽佛)'과 '일문
일가(一門一家)'는 하나의 구원의 사상인 셈이었다. 왕즉불의 논리가 지
배하는 한 호족들의 위치는 지배층으로 비집고 들어갈 틈이 없었다. 그
러나 체제와 질서가 중요한 것이 아니라 깨침의 능력이 중요하고 스스
로 일가를 이룰 수 있다는 사상은 곧 호족도 왕이 될 수 있다는 생각으
로 비약하게 된다. 이에 호족들은 앞다투어 지방에 선종 사찰을 세운다.

선종의 구산선문은 한결같이 오지 중의 오지에 들어서 보령의 성주사, 강릉의 굴산사 등은 오늘날에도 폐사지로 남고 영월 법흥사·남원 실상사·곡성 태안사·문경 봉암사·장흥 보림사처럼 답사객을 열광케 하는 심산의 명찰로 남아 있게 되었다.

그리고 역사의 진행은 이내 호족 중 한 사람인 왕건의 승리, 불교의 이데올로기는 선종의 우위라는 확고한 전통을 세우게 되었던 것이다. 그 모든 진행의 출발이 곧 여기 진전사에서 비롯되었으니 어찌 우리가 도의와 진전사를 모르고 역사를 말할 수 있겠는가. 진전사 폐사지에 서면 나는 항시 변혁의 계절을 살던 한 선각자의 외로움과 의로움을 함께 새겨보게 된다(현재 조계종 종헌에서는 도의선사를 종조로 모시고 있다).

부도, 사리탑, 승탑의 용어 혼란

진전사터에서 산등성을 조금 더 올라가면 보물 제439호로 지정된 '진전사터 도의선사탑'이라고 불리는 승탑(僧塔)이 있다. 단국대 조사단을 이끌고 진전사를 발굴한 정영호 교수는 이 승탑이 곧 도의선사의 사리탑이라고 단정적으로 말하고 있으며 그것은 미술사학계에서도 공인된 학설이다.

일반 사람들은 승탑의 정확한 역사적 의미를 알기 어렵다. 승탑은 고승의 시신을 화장한 사리를 모신 건조물로 한동안 '부도(浮屠)'라고 불리기도 했고, 많은 문화재 명칭에 부도라는 이름이 붙어 있다. 도의선사탑 역시 '진전사터 부도'라고 불리기도 했다. 그러나 이는 명확히 말해서 고승의 사리탑(舍利塔), 또는 승탑이라고 해야 맞고, 오늘날에는 문화재청에서도 박물관에서도 역사교과서에서도 승탑이라고 표기하고 있다.

승탑을 한때 부도라고 부른 이유가 있다. 일제강점기에 문화재를 지정·조사하면서 일본 학자와 관리들이 고승들의 사리탑이라는 이 낯선 승탑을 그냥 부도라고 표기한 것을 마치 불교미술의 특수한 용어처럼 계속 사용하는 바람에 용어상의 혼란이 일어난 것이다. 부도란 부처(Buddha)를 한자로 표기한 보통명사이다.

탑의 본질은 사리탑이다. 부처의 사리를 모신 것은 불탑, 줄여서 탑이라 하고, 스님의 사리를 모신 것은 승탑이다. 승탑은 스님의 이름 뒤에 탑을 붙여 부르는 것이 보통이며 별도로 승탑 자체에 이름을 부여한 경우도 많다. 보통명사로 쓰일 때는 승탑이라 하고, 스님의 이름을 알 경우에는 아무개 스님의 사리탑이라고 하며, '보조국사 창성탑' '지광국사 현묘탑'처럼 고유한 이름을 갖고 있는 승탑도 있다.

위대한 조형물 승탑의 탄생

승탑의 탄생, 그것 또한 위대한 탄생이었다. 도의선사 이전에도 승탑이 있었다는 주장이 있으나 확실한 것도 아니고 설령 있었다 하더라도 그것의 문화사적 내지 사상사적·의미는 다른 것이다.

신라시대의 저 유명한 고승들, 원효·의상·진표·자장 등 어느 스님도 사리탑이 남아 있지 않다. 화엄세계의 거대한 논리와 질서 속에서 고승의 죽음이란 그저 죽음일 따름이었다. 그러나 도의선사에 이르면 대선사(大禪師)의 죽음은 이제 다르게 생각되었다. "본연의 마음이 곧 부처"이고 그것을 깨달은 사람은 곧 부처와 동격이 된다. 일문일가라고 했으니 그 독립성의 의미는 더욱 강조된다. 일문(一門)을 이끌어온 대선사의 죽음은 석가모니의 죽음 못지않은 것이다. 석가모니의 시신을 다비한 사리를 모시는 것이 곧 탑인바, 이제 성불(成佛)했다고 믿어지는 대선사

| **진전사터 도의선사탑** | 하대신라 선종의 시대, 승탑의 시대를 말해주는 팔각당
형식 승탑의 시원 양식으로 도의선사 사리탑으로 추정된다.

의 사리도 그만한 예우로 봉안해야만 한다. 또 그렇게 하는 것이 그 절
의 권위와 전통을 위해서도 필요했으리라. 불탑에 이어 승탑이 등장한
것이다.

그리하여 우리나라 구산선문의 제일문인 가지산파의 제1조 도의선사
의 사리탑이 진전사 뒤쪽 산등성에 모셔졌다. 전에 없던 새로운 창조물
을 진전사에서 처음 시도한 셈이다. 새로운 창조물의 형태는 다른 나라
에서 빌려오든지 아니면 그 논리에 따라 창출하든지, 둘 중 하나이거나

두 방법을 다 동원하지 않으면 안 된다. 이 모방과 창조 두 가지가 도의 선사 사리탑에 나타나고 있다.

당나라 초당사(草堂寺)에는 유명한 불경 번역승인 구마라습(鳩摩羅什)의 사리탑이 존재한다. 이 사리탑의 구조는 팔각당을 기본으로 한 것이다. 도의선사의 사리탑은 바로 이와 비슷한 팔각당을 기본으로 하고 그 받침대는 석탑의 기단부를 그대로 원용하였다. 그리하여 이성기단(二成基壇)에 팔각당이라는 형태를 취하게 됐다. 불탑이나 승탑이나 모두 사리를 장치한 것이니 그 논리가 맞는다.

도의선사 사리탑 이후, 가지산문의 2조인 염거화상의 사리탑에서는 상하로 구성된 연꽃 받침대에 팔각당을 얹은 모습으로 바뀌게 되며 이 염거화상 사리탑은 이후 하대 신라에서 고려 초에 이르는 모든 승탑의 범본이 된다. 연꽃 받침대의 구조가 마치 장고(장구)의 몸체를 연상케 한다고 해서 이를 고복형(鼓腹形) 대좌라고 부르기도 한다.

그러면 왜 이성기단에서 고복형의 연꽃 좌대로 바뀌었을까? 이는 중국과 일본에서는 보이지 않는 형식임을 생각하면 하대 신라인들의 창안이다. 그들에겐 이런 독창적인 문화 능력이 있었다. 논리적으로 따진다면 성불한 자의 대좌는 연꽃이고, 축소해 말해도 극락환생은 연꽃으로 다시 피어나는 모습이니 적절하다. 조형의 원리로 말한다면 도의선사 사리탑처럼 이성기단에 팔각당을 얹는 것은 아래쪽이 너무 넓어서 비례가 맞지 않는다. 그 어떤 이유였든 결론은 염거화상 사리탑 형식이 되었다. 염거화상이 입적한 때가 844년이니 이때에 하대 신라 승탑 형식이 완성된 것이다.

염거화상의 사리탑은 지금 국립중앙박물관 뜰에 모셔져 있다. 일제강점기에 일본인들이 이것을 반출하려다 실패하여 1914년 무렵 탑골공원에 설치했다가 해방 후 경복궁으로 옮겨놓았고 지금은 국립중앙박물관

| **염거화상 사리탑** | 도의스님의 제자인 염거화상의 사리탑으로 여기에서 9세기 승탑은 연꽃 받침대 위의 팔각당이라는 전형이 창조되었다. 일제 때 도굴꾼이 훔쳐간 것을 압수하여 한동안 경복궁 뜰에 놓았다가 지금은 국립중앙박물관에 보존되어 있다.

옥외 전시장에 놓여 있게 되었다. 전하기로는 원주 흥법사(興法寺)터에서 훔쳐온 것이라고 하여 미술사가들은 염거화상 사리탑의 원위치를 찾으려고 이 일대를 샅샅이 조사했으나 아무런 근거를 찾지 못하여 아직도 미궁 속에 빠져 있다.

염거화상의 제자인 보조선사의 사리탑에 이르면 우리는 9세기 하대 신라의 불교미술에서 승탑이 지닌 위치를 확연히 확인하게 된다. 각 지방에 세워지기 시작한 선종 사찰에서 절 마당의 석탑은 경주의 삼층석탑을 축소하여 세우는 일종의 매너리즘에 빠졌지만 새로운 양식인 개산조(開山祖)의 사리탑에서는 온갖 정성을 다하였다.

남원 실상사의 증각국사와 수철화상, 곡성 태안사의 적인선사, 문경 봉암사의 지증대사, 화순 쌍봉사의 철감국사, 그리고 누구의 사리탑인지 알 수 없는 연곡사의 승탑들…… 9세기는 승탑의 세기였으며, 호족의 세기였고, 선종의 세기였다. 진전사의 삼층석탑과 도의선사 사리탑은 이처럼 변혁기의 한 상징적 유물로 지금도 그렇게 남아 있는 것이다.

진전사에서 내려가는 길

진전사에 왔으면 진전사의 역사를 훑어보는 것도 답사의 한 과정이겠지만 우리에겐 그런 자료도, 시간도 없다. 그러나 반드시, 꼭 반드시 기억하고 넘어가야 할 한 가지 사항이 있다. 그것은 『삼국유사』의 저자 일연(一然)스님이 바로 이곳 진전사에서 14세 때 머리를 깎고 수도했다는 사실이다.

이후 진전사에 어떤 스님이 계셨으며, 언제 폐사가 됐는지는 알 수 없다. 1530년에 간행된 『신증동국여지승람』에도 절이 있다는 언급이 없으니 조선왕조 폐불정책 속에 쓰러진 모양이다. 이 동네에 구전하는 바로는 진전사터 위쪽에 있는 큰 연못의 가장 깊은 곳을 여귀소(女鬼沼)라고 하는데, 절이 폐사될 때 스님들이 이 못에 범종과 불상을 던져 수장하고 떠나버렸다는 슬픈 전설이 남아 있을 뿐이다.

이제 우리는 진전사에서 내려가야 할 시간이 되었다. 진전사에서 양양으로 내려가는 길은 올라올 때보다 아름답다. 멀리 동해 바다의 반사하는 수평선이 아른거리고 길 아래쪽 깊은 곳으로 흘러내리는 계곡의 물소리가 청량하다. 아직도 농사짓는 것을 천직으로 알고 여기 머물러 살고 있는 사람들의 향취는 차라리 신선하다. 석교마을 입구까지 버스가 들어오는데, 공용버스 정류장에는 늠름하면서도 그렇게 멋있을 수 없는 노송이 있고 그 그늘바위는 항시 촌로들의 휴식처가 되고 있다. 그것은 진전사의 내력 못지않은 우리네 삶의 옛 형식이다.

선림원터로 가는 길

또 다른 선종 사찰 폐사지 선림원터는 행정구역상 양양군 서면 황이리에 있지만 실제는 양양군·인제군·홍천군·강릉시와 경계선을 맞대고 있는, 설악산과 오대산 사이의 움푹 꺼진 곳인데, 이 동네 사람들은 스스로 '하늘 아래 끝동네'라고 말하고 있다. 지금은 새 길이 뚫려 더 이상 하늘 아래 끝동네가 아니지만 얼마 전까지만 해도 그 처연한 이름에 걸맞은 캄캄한 골짜기였다.

지도를 펴놓고 설명하자면 태백산맥 등줄기를 타고 높은 등고선만으로 가득 메워져 있는 지도상의 빈터가 나온다. 그 한가운데 계곡을 따라 구절양장으로 뻗은 56번 국도가 보인다. 이 길 남쪽은 영동고속도로에서 대관령 못미쳐 속사리재에서 꺾어들어 이승복기념관 쪽으로 가는 길과 연결되고, 북쪽은 설악산 한계령 너머 오색약수 지나서 양양 가까이 있는 논화라는 마을에서 만난다. 어느 쪽을 택하든 산은 험하고 계곡은 맑아 수려한데, 인적 드문 산촌마을엔 스산한 정적이 감돈다. 비포장도로 흙먼지 날리는 길은 멀고 멀기만 하며, 가파른 비탈을 넘어가는 버스는 엔진 소리마저 가쁜 숨을 몰아친다.

56번 국도상의 마을들은 육중한 산세에 뒤덮여 있어 해는 늦게 떠서 일찍 져버리고 낮이라 해야 몇 시간 되지도 않는다. 화전밭을 갈아 먹을

| 선림원터 가는 길 | 56번 국도를 따라 미천계곡 선림원터로 가는 길은 하늘 아래 끝동네로 가는 길고 긴 여정이다.

것이라고는 감자와 옥수수뿐이다. 문명의 혜택이 가장 적게, 그리고 가장 늦게 미치는 곳이다. 마을 이름도 아랫황이리·연내골·빈지골·왕승골·명개리…… 짙은 향토적 서정이 배어 있다. 이 고장 사람들은 서로가 하늘 아래 끝동네에 산다고 말한다.

'하늘 아래 끝동네', 그것은 반역의 자랑이다. 지리산 뱀사골 달궁마을 너머 해발 900미터 되는 곳에 있는 심원마을 사람들이 '하늘 아래 첫동네'라며 역설의 자랑을 펴는 것보다 훨씬 정직하고 숙명적이며 비장감과 허망이 감돈다.

그 하늘 아래 끝동네에서 끝번지 되는 곳에 선림원터가 있다. 56번 국도상의 황이리에서 하차하여 동쪽을 바라보고 응복산(1,360미터) 만월봉(1,281미터)에서 내려오는 미천(米川)계곡을 따라 40여 분 걸어가면 선림

| 선림원터 | 설악산과 오대산 사이 미천계곡 깊숙한 곳에 삼층석탑 하나가 그 옛날을 증언하듯 오롯이 서 있다.

원터가 나온다. 군사도로로 잘 다듬어진 길인지라 하늘 아래 끝동네에
온 기분이 덜하지만, 길가엔 향신제로 이름난 산초나무가 유난히 많고
오염되지 않은 자연의 비경(秘境)에 취할 수 있어 결코 가깝지 않은 이
길을 피곤한 줄 모르고 행복하게 걷게 한다. 미천계곡은 맑다 못해 투명
하며 늦가을 단풍이 계곡 아래까지 절정을 이룰 때면 그 환상의 빛깔을
남김없이 받아내곤 한다.

　선림원터는 미천계곡이 맴돌아가는 한쪽편에 산비탈을 바짝 등에 지
고 자리 잡고 있다. 그 터가 절집이 들어서기엔 너무 좁다는 생각이 드
는데 이곳 하늘 아래 끝동네에는 그보다 넓은 평지를 찾아볼 길도 없다.
그렇다면 선림원은 그 이름이 풍기듯 중생들의 기도처가 아니라 스님들
의 수도처였던 모양이며, 바로 그 지리적 조건 때문에 어느 날 산사태로
통째로 흙에 묻혀버린 슬픈 역사를 간직하게 되었다.

| 선림원터 석등 | 폐사지 위쪽, 아마도 조사당 건물 앞마당에 세워진 듯한 이 석등은 비록 지붕돌 귀꽃이 깨졌지만 고풍스러운 멋은 잃지 않았다.

남아 있는 자료를 종합해보면 선림원은 애장왕 5년(804) 순응(順應)법 사가 창건한 절이다. 순응은 당나라 유학승 출신으로 가야산에서 초당 을 짓고 수도하던 중 애장왕 왕비의 등창을 고쳐주어 왕의 하사금으로 해인사를 세운 스님이다. 해인사를 802년에 세운 순응이 2년 후에 선림 원을 세우고 다시 수도처로 삼았다.

불에 탄 선림원터 범종

그때 세운 삼층석탑(보물 제444호)이 동국대 발굴팀에 의해 복원되었는 데, 그 구조와 생김새는 진전사탑과 거의 비슷하다. 다만 선림원탑이 훨 씬 힘찬 기상을 보여준다. 순응은 선림원을 세울 때 범종 하나를 주조하 였다. 그 종은 선림원이 무너질 때 땅에 묻혀버렸는데 1948년 10월, 해방공간의 어수선한 정국에 발굴되었다. 정원(貞元) 20년(804) 순응법사가 절을 지으면서 만들었다는 조성 내력과 절대연대가 새겨져 있는 이 종은 상원사 범종·에밀레종과 함께 통일신라 범종을 대표하는 기념비적 유물이었다.

발굴된 선림원의 범종은 돌볼 이 없는 이곳에 방치할 수 없어 오대산 월정사로 옮겨놓았다. 그리고 2년이 채 못 되어 한국전쟁이 터졌다. 오대산은 치열한 전투지로 변하였고 인민군에 밀리던 국군이 월정사에 주둔하게 되었다. 그러나 동부전선이 불리하여 낙동강까지 후퇴하기에 이르자 국군은 퇴각하면서 인민군이 주둔할 가능성이 있는 양양 낙산사와 이곳 월정사에 불을 질렀다. 그때 낙산사와 월정사는 석탑들만 남긴 채 폐허가 되었고 선림원의 범종은 불에 타 녹아버렸다(현재 선림원 범종의 잔편들은 국립춘천박물관에 보관되어 있으며 원 도면을 참고해 만든 복원품이 전시되어 있다).

나는 이것이 적군도 아닌 아군의 손에 불탔다는 사실에 놀라움과 배신감 같은 것이 일어났다. 국군이 월정사 위쪽 상원사까지 불을 지르러 올라갔을 때 방한암 스님은 법당 안에 들어앉아 불을 지르려면 나까지 태우라 호령했고 이 호령에 눌려 군인들은 형식적으로 문짝만 뜯어 절 마당에서 불태우고 내려갔다. 이렇게 상원사 범종(국보 제36호)과 세조가 발원한 목조문수동자상(국보 제221호)은 구사일생으로 살아났다. 고 리영희(李泳禧) 선생은 자서전인『역정』(창비 1988)에서 국군이 설악산 신흥사 경판을 소각한 것을 말하면서 군인들은 전쟁의 목적이 무엇인지에 대해서는 아무런 의식이 없었다고 한탄했다. 이것도 운명이라고 해야

| 선림원터 삼층석탑 | 구조와 크기는 진전사터 삼층석탑과 비슷하지만 그보다 어딘지 중후한 멋을 풍긴다.

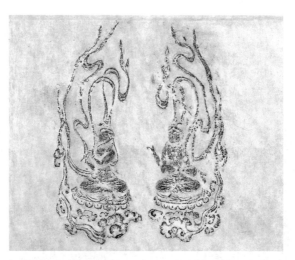

| **선림원터 범종 비천상 탁본** | 통일신라 범종의 중요한 특징 중 하나가 비천상이 새겨 있다는 점인데, 불에 탄 선림원터 동종의 비천상은 아주 조순한 모습이었다.

할 것인가. 차라리 발견되지 않고 땅속에 묻혀 있었더라면 이 시대에 얼마나 큰 대접을 받았을까.

순응법사 이후 선림원에 주석한 스님은 홍각(弘覺)선사였다. 홍각선사는 구산선문 중 봉림사문(鳳林寺門)으로 말년에 선림원에 머물다 886년에 입적한 스님이었다. 홍각선사의 사리탑과 탑비는 당대의 명작이었다. 특히 탑비는 왕희지 글씨를 집자해 만들어 금석학의 귀중한 유물로 되었고 돌거북 받침과 용머리 지붕돌은 하대 신라의 문화 능력을 유감없이 보여주는 것이었다. 또 잘생긴 석등과 조사당을 지어 그 공덕을 기리어왔는데, 그 모든 것이 어느 날 산사태로 무너져버리고 말았다.

이렇게 무너져버린 것만도 안타까운데 그 폐허의 잔편들마저 또 상처를 받았다. 홍각선사의 사리탑은 어찌된 일인지 기단만 남고 팔각당은 오간 데 없으며, 탑비의 돌거북 받침대와 용머리 지붕돌은 완연하건

| **홍각선사 사리탑비** | 비석은 산산조각이 나고 돌거북이와 용머리만 남아 있는데, 거북이의 힘찬 기상과 정성을 다한 조각 솜씨에서 9세기 지방문화의 활기를 느낄 수 있다.

만 비는 박살이 나서 150여 자 잔편만 수습되었다. 석등은 지붕돌 귀꽃이 반은 깨져버린 상처를 입었고 조사당터엔 주춧돌만이 그 옛날을 말해주고 있다.

하늘 아래 끝동네 선림원터의 상처와 망실은 그 뒤에도 일어났다. 1965년 3월, 양양교육청에서 당시 문화재관리국(오늘날의 문화재청)이 소속되어 있던 문교부(오늘날의 문화체육관광부)에 급한 전갈을 보냈다. 지금 설악산 신흥사에 있다는 스님 두 명이 인부를 데리고 와서 선림원터 유물들을 모두 옮기고 있고, 진전사탑도 반출 작업 중이라는 것이었다. 문교부는 정영호 교수를 급파하였다. 그가 실상을 낱낱이 보고하자 문교부는 모든 유물을 원위치에 복귀시키고 이 유물들을 일괄하여 급히 보물로 지정, 보존하는 조치를 취하게 되었다. 하필이면 이것을 반출하려던 무리가 스님이었단 말인가?

하늘 아래 끝동네 폐허엔 절도 스님도 상처받은 유물을 지키는 이도 없다.

최재현 교수에 대한 추억

나는 문화유산 답사를 인솔할 때면 으레 주위의 친구 중 한두 명을 초대하곤 했다. 1989년 여름, 내가 세 번째로 이 하늘 아래 끝동네 선림원 터를 답사할 때는 1991년에 타계한 내 친구 최재현(崔載賢) 교수가 동참했다. 그는 정말로 어린애처럼 미천계곡을 넘나들며 좋아했다. 사회학자로서 당시로는 아직 우리 사회가 크게 인식하지 못하던 환경문제를 심각한 사회적 이슈로 여기며 환경재단의 최열과 함께 공해 추방을 위해 애쓰던 그가 공해 없는 세계의 이상향을 바로 여기 하늘 아래 끝동네에 와서 느끼고 있었던 것이다. 최열은 항시 최재현이 같은 이론가가 있어 나 같은 사람의 실천이 가능하다고 말해왔다.

안식년을 맞아 독일에서 연구하고 있던 최재현 교수는 뜻밖에도 간암에 폐암이 겹치는 불치의 상태로 돌아와 서울 백병원에 몸져누웠다. 1991년 10월, 얼마 후 세상을 떠날 자신의 운명을 알고 있던 최교수는 남은 시간 동안 그곳 하늘 아래 끝동네에나 가서 살고 싶다고 부인에게 하소연했다. 그러나 그는 내가 이곳에 안내할 시간도 주지 않고 세상을 떠났다.

최재현 교수가 선림원터를 나와 함께 거닐면서 나처럼 문화재에 안목을 갖고 싶다며 그 비결이 있느냐고 묻던 말이 생각난다. 나는 언제나 그랬듯이 오직 유물에 대한 관심과 사랑뿐이라고 답했다. 그리고 조선 정조시대에 유한준(俞漢雋, 1732~1811)이라는 문인이 당대의 최고 가는 수장가였던 석농(石農) 김광국(金光國)의 수장품에 붙인 글을 내 나름으로 각색하여 만든 문장도 이야기해주었다.

사랑하면 알게 되고 알면 보이나니, 그때에 보이는 것은 전과 같지 않으리라.

도자기를 전공하는 윤용이 교수는 이렇게 말한 적이 있다. 박물관 진열실에 있는 도자기들을 보고 있으면 어떤 때는 도자기가 자신에게 무슨 말을 걸어오는 것처럼 느껴진다는 것이다. "나도 당신처럼 한때는 세상을 살았던 시절이 있소." 어린아이의 웅얼거리는 소리를 남들은 몰라도 그 에미와 애비만은 다 알아듣고 젖도 주고 기저귀도 갈아준다.

세상을 떠나기 며칠 전 최재현 교수가 사경을 헤매느라 말소리도 제대로 내지 못할 때, 그가 하고자 하는 말을 입모양만 보고도 빠짐없이 들을 수 있었던 분은 부인 한 분뿐이었다. 오직 사랑만이 그것을 읽어낼 수 있었다.

* 진전사터에는 놀랍게도 고압선 송신탑이 어마어마한 위세로 세워져 있다. 진전사탑보다 10배도 더 큰 철탑이 계곡과 산자락을 건너뛰고 있으니 진전사터는 더 이상 진전사터가 아니었다. 2005년부터는 진전사 복원불사가 시작되어 2023년 현재까지 진행 중이다.
* 이 글을 쓸 당시 선림원터 가는 길은 비포장도로였으나 이제는 국도가 포장되어 오대산으로 바로 갈 수 있는 길이 되었고 더 이상 오지가 아니다.
* 유한준의 원문은 "知則爲眞愛 愛則爲眞看 看則畜之而非徒畜也"이며, 이는 "알면 곧 참으로 사랑하게 되고, 사랑하면 참되게 보게 되고, 볼 줄 알게 되면 모으게 되니, 그것은 한갓 모으는 것은 아니다"라는 뜻이다.

진달랩니까, 철쭉입니까

제주도에서 가장 아름다운 곳

영남대 교수 시절 이야기다. 미술대학 스케치 여행이 제주도로 결정되자 학회장 맡은 학생이 코스를 짜기 위해 나를 찾아와 물었다.

"샘, 제주도에서 최고로 아름다운 곳은 어디예요?"

이런 게 경상도식 질문이다. 그것은 누구든 대답하기 어려운 질문이다. 이런 경우 답을 구하는 좋은 방법이 있다. 미술평론을 하면서 사람들에게 조언하기를, 전시장을 둘러보고 밖으로 나갈 때 그냥 가지 말고 지금 본 그림 중에서 가장 좋은 그림이 무엇이었는지 딱 한 점만 골라본다면 전시회도 다시 보이고 그림 보는 눈도 좋아진다고 말하곤 했다. 그런데 한 점만 고르기가 무척 어렵다고들 했다. 그래서 나는 말을 바꾸었다. "지금 본 그림 중에서 아무거나 한 점 가져가라고 하면 어떤 것을 가질까 생각해보십시오. 바로 그것이 가장 좋은 그림입니다." 그러자 아주 쉽다고들 했다. 그러면 제주도에서 가장 아름다운 곳이 아니라 지금 나에게 아무 조건 없이 제주도의 한 곳을 떼어가라면 어디를 가질 것인가? 그것은 무조건 영실(靈室)이다.

"영실! 한라산 영실을 안 본 사람은 제주도를 안 본 거나 마찬가지야."

윗세오름 등반 코스

한라산 백록담까지 등반은 8, 9시간 걸리는 관음사 코스(8.7킬로미터), 성판악 코스(9.6킬로미터), 돈내코 코스(7킬로미터)가 일반적이다. 그러나 우리 같은 답사객에게는 해발 1,700미터의 윗세오름까지만 가는 것이 제격이다.

윗세오름은 한라산 위에 있는 세 개의 오름이라고 해서 붙여진 이름인데 여기에 이르면 선작지왓 너머로 백록담 봉우리의 절벽이 통째로 드러난다. 그것은 장관 중에서도 장관으로, 이렇게 말하는 순간 내 가슴은 뛰고 있다. 우리는 그것만으로도 한라산의 신비로움과 아름다움의 반은 만끽할 수 있다. 거기서 백록담까지는 1.3킬로미터 산행길이다.

윗세오름에 이르는 길은 어리목 코스(4.7킬로미터)와 영실 코스(3.7킬로미터) 두 가지다. 왕복 8킬로미터, 한나절 코스로 우리나라에서, 어쩌면 세계에서 가장 환상적이면서 가장 편안한 등산길일 것이다. 답사든 등산이든 왔던 길로 다시 돌아가지 않는 게 원칙이다. 그러나 나는 나이 들면서는 영실로 올라가서 영실로 내려오곤 한다. 영실 코스는 윗세오

| **영실에서 보는 백록담 봉우리** | 영실에서 한라산을 오르다보면 진달래밭, 구상나무숲, 윗세오름, 선작지왓, 백록담이 모두 한눈에 들어오게 된다. 나는 여기가 한라산의 가장 아름다운 풍광을 보여주는 곳이라고 생각한다.

름을 올려다보며 오르다보면 백록담 봉우리의 절벽이 드라마틱하게 나타나는 감동이 있고, 내려오는 길은 진달래밭 구상나무숲 아래로 푸른 바다가 무한대로 펼쳐지는 눈맛이 장쾌하기 때문이다.

영실 코스는 승용차가 영실 휴게소까지 올라갈 수 있어서 2.4킬로미터(40분) 다리품을 생략할 수 있다. 그러나 영실이 아무 때나 운동화 신고 오를 수 있는 곳은 절대 아니다. 영실 답사는 본질이 한라산 산행이다. 등산화는 물론이고 겨울철엔 아이젠을 차지 않고는 못 오른다. 여름날 비바람 칠 때는 그 유명한 삼다도 바람에 몸을 가눌 수 없어 산행이 불가능하다. 그래서 제주도 한라산국립공원 관리사무소(064-713-9950)는 입산객을 철저히 통제한다.

일몰 전에 하산이 완료될 수 있도록 계절별로 입산시간을 통제하고 눈보라, 비바람 등 날씨 상황에 따라 입산 금지령을 내린다. 그래서 일기가 불순할 때는 영실 매표소(064-747-9950)에 문의해야 한다. 윗세오름에는 무인대피소가 설치되어 있다.

이렇게 친절하게 알려드리는 것은 내 책을 읽고 떠나는 분들을 위한 우정 어린 충고이기도 하다. 지난 2012년 1월, 눈 덮인 겨울 영실을 한번 더 보고 사진도 찍고 이 글을 쓰겠노라고 창비 식구와 가까운 친구, 선배, 연구원, 아들까지 데리고 영실에 갔다가 입산 금지령에 묶이는 바람에 한 시간 반을 기다려 겨우 입산할 수 있었고 오백장군봉에 이르렀을 때 다시 눈보라가 몰아쳐 그냥 하산하고 말았었다.

영실 답사 서막, 계곡의 짙은 숲

영실은 최소한 네 차례의 새로운 감동을 전해준다. 교향곡에 비유하면 라르고, 아다지오로 전개되다가 알레그로, 프레스토로 빨라지면서 급기야 마지막에는 '꽝꽝' 하고 사람 심장을 두드리는 것과 같다. 연극으로 치면 프롤로그부터 본편 4막, 그리고 에필로그까지 이어진다. 그 서막은 영실 초입의 숲길이다.

영실에 들어서면 이내 솔밭 사이로 시원한 계곡물이 흐른다. 본래 실(室)이라는 이름이 붙은 곳은 계곡을 말하는 것으로 옛 기록에는 영곡(靈谷)으로 나오기도 한다. 언제 어느 때 가도 계곡 물소리와 바람소리, 거기에 계곡을 끼고 도는 안개가 신령스러워 영실이라는 이름에 값한다. 무더운 여름날 소나기라도 한차례 지나간 뒤라면 이 계곡을 두른 절벽 사이로 100여 미터의 폭포가 생겨 더욱 장관을 이룬다.

숲길을 지나노라면 아래로는 제주조릿대가 떼를 이루면서 낮은 포복으로 기어가며 온통 푸르게 물들여놓고, 위로는 하늘을 가린 울창한 나

| **영실 설경** | 영실 초입의 휴게소에 이르면 벌써 한라산의 장관이 펼쳐진다. 특히 눈 내리는 겨울날이면 눈 보라 속에 감춰졌다 드러났다 하여 더욱 신비롭게 느껴진다.

무들이 크면 큰 대로 작으면 작은 대로 아름답고 기이하다. 호기심이 많아서일까, 욕심이 많아서일까. 저 나무들 이름을 알았으면 좋겠는데 누가 알려줄 사람이 없어 항시 그게 답답하다. 1702년 『탐라순력도(耽羅巡歷圖)』를 제작한 이형상(李衡祥) 제주 목사는 충실한 행정가여서 제주의 나무들도 많이 알고 있었다. 그는 『등한라산기(登漢拏山記)』에서 숲길을 지나며 이렇게 말했다.

숲속으로 들어가니 굽이굽이 흐르는 계곡에는 푸른 풀더미들이 귀엽고, 잡목이 하늘을 가리었다. 동백, 산유자, 이년목, 영릉향, 녹각, 송, 비자, 측백, 황엽, 적률, 가시율, 용목, 저목, 상목, 풍목, 칠목, 후박 등이 모여서 우산처럼 덮였다. 신선 땅의 기화요초(琪花瑤草)들이 더

| **영실 초입의 짙은 숲** | 영실 등반은 짙은 숲길을 걷는 것으로 시작된다. 아무렇게나 자란 나무들이 울창하고 제주 조릿대가 빼곡히 퍼져 있어 숲의 깊이를 알 수도 없다. 비오는 날이면 곳곳에서 홀연히 폭포가 나타나곤 한다.

부룩이 솟아올라 푸르르다. 기이한 새, 이상한 벌레가 어우러져 험한 바위 깊숙이서 울어대는데 늙은 산척(山尺, 산지기)도 이름을 알지 못하였다.

이 울창한 숲길을 힘들 것도 없이 계곡 따라 걷다보면 나무숲에 덮여 어두컴컴하던 길이 조금씩 환해지고 머리 위로 하늘이 보이기 시작한다. 여기까지가 영실 답사의 서막이다.

영실 답사 제1막, 오백장군봉

숲길을 빠져나와 머리핀처럼 돌아가는 가파른 능선 허리춤에 올라서면 홀연히 눈앞에 수백 개의 뾰족한 기암괴석들이 호를 그리며 병풍처럼 펼쳐진다. 영실 답사 제1막이 오른 것이다.

오르면 오를수록 이 수직의 기암들이 점점 더 하늘로 치솟아올라 신비스럽고도 웅장한 모습에 절로 감탄이 나온다. 여기가 전설 속의 오백장군봉으로 영주십경의 하나다. 한라산 등반기를 쓴 문필가들은 이 대목에서 모두들 한목소리를 내는데 그중 제주 목사 이형상의 묘사가 가장 출중하다.

기암과 괴석들이 쪼아 새기고 갈고 깎은 듯이 삐죽삐죽 솟아 있기도 하고, 떨어져 있기도 하고, 어기어 서 있기도 하고, 기울게 서 있기도 하고, 짝지어 서 있기도 한데, 마치 속삭이는 것 같기도 하고, 대화를 하는 것 같기도 하고, 서로 돌아보며 줄지어 따라가는 것 같기도 하다. 이는 조물주가 정성 들여 만들어놓은 것이다.

좋은 나무와 기이한 나무들이 푸르게 물들이고 치장하여 삼림이 빽빽한데 서로 손을 잡아 서 있기도 하고, 등을 돌려 서 있기도 하고, 옆으로 누워 있기도 하고, 비스듬히 서 있기도 하니, 마치 누가 어른인지 다투는 것도 같고, 누가 잘났는지 경쟁하는 것도 같고, 어지럽게 일어나 춤추고 절하며 줄지어 있는 것 같기도 하다. 이는 토신이 힘을 다하여 심어놓은 것이다.

신선과 아라한이 그 사이를 여기저기 걸어다닌다. 이쯤 되면 경개(景概)를 갖추었다고 할 만하다.

이런 문장을 보면 명문에는 온갖 수다가 나열식으로 다 들어가서 오히려 힘이 생긴다는 생각이 든다. 셰익스피어의 『로미오와 줄리엣』에서 줄리엣의 죽음 장면을 보면 로미오가 무엇 무엇 같은 내 사랑을 이야기하는데 자신이 상상할 수 있는 이미지를 한도 없이 늘어놓아 한참을 건너뛰어 읽어도 여전히 장미꽃보다도 아름답고, 보석보다도 빛나고 하는 수식이 그치지 않아서 놀랐던 적이 있다. 이 점은 판소리 여섯 마당에서도 마찬가지다. 대가들은 이렇게 본 대로 느낀 대로 쏟아내면서 명문 소리를 듣는데 내가 그렇게 흉내냈다가는 유치하다는 말 듣기 십상이다. 그렇다면 대가의 특권은 누가 뭐라든 맘대로 수다를 떨 수 있다는 것인가. 아마도 그런 것 같다.

임백호의 『남명소승』

한라산 최초의 등반기는 선조 때 문인 백호(白湖) 임제(林悌, 1549~87)가 쓴 『남명소승(南溟小乘)』이다. 임백호는 낭만과 풍류에서 조선시대 으뜸가는 인물이었다. 1577년, 29세에 알성문과에 급제하자 제주 목사로 부임한 부친 임진(林晋)에게 이 소식을 전하려고 제주를 찾아갔다. 이때 그는 한라산을 등반하고 '남쪽 바다 산을 오른 작은 글'이라는 뜻의 『남명소승』을 남겼다.

임백호는 제주로 가는 행장에 임금이 내려준 어사화 두 송이와 거문고 한 벌, 그리고 보검(寶劍) 한 자루만 얹고 갔다고 한다. 요즘으로 치면 합격증에 기타 하나와 멋진 가방 하나만 들고 간 것이다.

임백호는 훗날 35세 때 서도병마사에 임명되어 임지로 가는 길에 개성(송도)에 있는 황진이의 무덤을 찾아가 술상을 차려놓고 제사 지내며 "청초(靑草) 우거진 골에 자느냐 누웠느냐/홍안(紅顔)은 어디 두고 백골만 묻혔느냐/잔 받아 권할 이 없으니 그를 서러워하노라"라는 시를 지었다가 조정에서 사대부로서 채신머리를 잃은 행위라고 문제되어 임지에 도착하기도 전에 파직당했던 낭만파였다.

『남명소승』은 수려한 문장과 시편들로 구성된 기행문학의 백미로 1577년 음력 11월 3일 나주 본가에서 출발하여 이듬해 3월 5일 다시 집으로 돌아올 때까지 행정(行程)을 일기체로 쓴 글이다. 그중 7일간의 한라산 등반기는 미사여구를 동반하지 않고 발길 간 대로 기록한 내용인데 마치 그와 함께 백록담까지 오르는 듯한 기분을 잔잔히 전해준다. 2월 12일자에는 이렇게 쓰여 있다.

구름이 자욱해서 정상에 오르지를 못하고 존자암에 머물러 있었다. (…) 어제까지 성중에 있으면서 멀리 한라산 중턱을 바라보면 흰 구름이 항상 덮여 있었다. 지금은 내 몸이 백운 위에 있음을 깨닫게 된다. 이에 장난스런 시 한 편을 짓고 「백운편(白雲編)」이라 제목을 붙였다.

하계(下界)에선 흰 구름 높은 줄만 알고
흰 구름 위에 사람 있는 줄 모르겠지.
(…)
가슴속 울끈불끈 불평스런 일들을
하늘문을 두드리고 한번 씻어보리라.

참 오묘한 뉘앙스가 있다. 이럴 때는 또 시인의 마음과 눈이 부러워진다.

설문대할망

오백장군봉에는 설문대할망 전설이 있다. 설문대할망은 제주의 창조

| **오백장군봉** | 절벽 날카로운 봉우리 수백 개가 병풍처럼 둘러 있어 오백장군봉, 오백나한봉이라는 이름을 얻었다. 옆으로 난 진달래 능선을 따라 올라가다보면 마침내는 발아래로 깊숙한 숲까지 보게 된다.

신이다. 할망은 키가 엄청나게 커서 한라산을 베개 삼고 누우면 다리는 현재 제주시 앞바다에 있는 관탈섬에 걸쳐졌다. 빨래할 때는 관탈섬에 빨래를 놓고, 팔은 한라산 꼭대기를 짚고 서서 발로 빨래를 문질러 빨았다고 한다. 앉아서 빨 때는 한라산에 엉덩이를 걸치고 한 다리는 마라도에 걸치고 우도를 빨래판 삼았다고 한다. 할망이 치마폭에 흙을 담아 나를 때 치마의 터진 구멍으로 조금씩 새어나온 흙더미가 오름이며, 마지막으로 날라다 부은 게 한라산이다.

이 할망에게는 아들이 500명이나 있었는데 흉년이 들어 먹을 게 없자 아들을 위해 큰 솥에 죽을 끓이다가 미끄러져서 할망이 솥에 빠져 죽었다고 한다. 그것도 모르고 아들들은 죽을 맛있게 먹었다. 늦게 온 막내아들이 죽을 푸다 사람 뼈를 발견하자 비로소 어머니 설문대할망이 빠

| 오백장군봉 설경 | 눈내리는 날 영실에 오르면 흩날리는 눈보라가 오백장군봉을 감싸안으면서 맴돌며 번지기 기법을 절묘하게 구사하는 흑백의 수묵화가 된다.

져 죽은 걸 알고 형들을 떠나 서쪽 바다로 가서 차귀도의 바위가 되었고 다른 형제들은 잘못을 뉘우치고 목숨을 끊어 오백장군바위가 되었단다. 지금도 한라산에 붉게 피어나는 진달래 철쭉은 그들이 흘린 눈물이라고 한다. 이 오백장군봉 전설은 어느 때인가 불교적 이미지로 바뀌어 지금 은 오백나한봉이라고도 불린다.

조선시대 문인들의 한라산 기행문을 보면 한결같이 영실로 올라 오 백장군봉의 경관을 예찬했으나 누구도 설문대할망의 전설은 언급하지 않았다. 아마도 조선시대 문인들 입장에서는 말 같지도 않은 이런 이야 기에 관심도 없고 황당해하며 오히려 한심스럽게 들었을지도 모른다.

그러나 혹시 이 전설이 근래에 만들어진 것이 아닌가 하는 의문도 있 다. 설문대할망의 죽음은 한라산 물장오리의 깊이가 얼마인지 재보려고 갔다가 그만 영원히 돌아오지 못했다는 비장한 전설이 따로 있다. 죽을 끓이다 빠져 죽었다는 것은 가난한 시절의 이야기이며, 물장오리의 밑모를 심연으로 들어가 나오지 못한다는 것은 한라산의 신비함과 함께한 이야기다.

옛 문인들의 한라산 기행문

위정척사의 면암(勉菴) 최익현(崔益鉉, 1833~1906)은 고종 10년(1873) 제주도로 유배되었다가 2년 뒤 풀려나자 기다렸다는 듯이 백록담까지 등반하고는 「유한라산기(遊漢拏山記)」라는 기행문을 쓰면서 다음과 같이 말했다.

이 산을 오른 사람이 수백 년 동안에 높은 벼슬아치〔官長〕 몇사람에 불과했을 뿐이어서, 옛날 현인(賢人)들의 거필(巨筆)로는 한 번도 그 진면목을 적어놓은 것이 없다. 그런 까닭에, 세상의 호사가들이 신산(神山)이라는 허무하고 황당한 말로 어지럽힐 뿐이고 다른 면은 조금도 소개되지 않았으니, 이것이 어찌 산이 지니고 있는 본연의 모습이라고 하겠는가.

한라산은 그에 값하는 명문이 드물다는 말은 한라산의 치명적인 약점을 지적한 것이다. 그 이유는 옛날엔 여간해서 오를 수 없었기 때문이다. 조선시대 문인 묵객들로 일부러 오직 한라산을 보기 위해 제주도를 다녀간 사람은 한 명도 없었다.

조선시대 한라산 기행문을 남긴 분은 열 명도 안 된다. 임백호는 아버지 만나러 왔다가 올랐고, 청음(淸陰) 김상헌(金尙憲)은 사건을 수습

하기 위해 안무사로 왔다가 올라간 것이다. 면암은 귀양살이 왔다가 풀려나자 올라간 것이고 제주 목사 중에는 이형상과 이원진(李元鎭), 제주 판관 중에는 김치(金緻)가 남긴 한라산 기행문이 전부다.

금강산을 노래한 시와 글을 모으면 도서관이 되고 그림을 모으면 박물관이 될 정도다. 지리산은 점필재 김종직, 탁영 김일손, 남명 조식 같은 대학자가 쓴 천하명문의 등반기를 얻었다. 그러나 한라산은 그런 당대의 명문 거유(巨儒)의 방문을 받지 못했다.

면암의 말대로 명산은 그것을 노래한 시와 글이 있어 그 가치와 명성을 더해간다. 마치 미술의 역사는 그것에 대한 해석의 역사까지도 포함되는 것과 같은 이치다. 명작은 뛰어난 명품 해설이 더해져 그 내용이 풍부해지고 더욱 가치가 살아나게 되듯이 지금이라도 한라산과 제주도에 대한 기행문이 많이 나오기를 간절히 기다린다. 본래 애국심은 국토 사랑에서 시작된다.

영실 답사 제2막, 진달래 능선

오백장군봉에 봄이 오면 기암절벽 사이마다 털진달래와 산철쭉이 연이어 피어나면서 검고 송곳처럼 날카로운 바위들과 흔연히 어울린다. 그 조화로움엔 가히 환상적이라는 표현밖에 나오지 않는다. 산허리를 타고 한 굽이 돌면 발아래로는 저 멀리 서귀포 모슬포의 해안가 마을과 가파도·마라도가 한눈에 들어온다. 그 너머로는 아련한 푸른빛의 망망대해다. 날개를 달고 뛰어내리면 무사히 거기까지 갈 것 같은 넓디넓은 시계(視界)를 제공해준다.

언제 올라도 한라산 영실은 아름답다. 오백장군봉을 안방에 드리운 병풍 그림처럼 둘러놓고, 그것을 멀찍이서 바라보며 느린 걸음으로 돌

| **영실의 진달래 능선** | 진달래가 활짝 핀 영실의 능선은 행복에 가득 찬 평화로움 그 자체가 된다. 산자락 전체가 더 이상 화려할 수 없는 진분홍빛을 발한다.

계단을 밟으며 바쁠 것도 힘들 것도 없이 오르노라면 마음이 들뜰 것도 같지만 거기엔 아름다움뿐만 아니라 장엄함과 아늑함이 곁들여 있기에 우리는 함부로 감정을 놀리지 못하고 아래 한 번, 위 한 번, 좌우로 한 번씩 발을 옮기며 그 풍광에 느긋이 취하게 된다.

봄철 오백장군봉을 다 굽어볼 수 있는 산등성에 오르면 진달래인지 철쭉인지 떼판으로 피어난 분홍빛 꽃의 제전을 만날 수 있다. 바람 많은 한라산의 나무들은 항시 윗등이 빤빤하고 미끈하게, 혹은 두툼하고 둥글게 말려 있는데 진달래 철쭉 같은 관목은 상고머리를 한 듯 둥글고도 둥글게 무리지어 이어진다. 어떤 나무는 스포츠형, 깍두기형으로 반듯하게 깎여 있다. 자연의 바람이 만들어낸 이 아름다움 앞에 인간의 손길이 만드는 인공미가 얼마나 초라한지 여실히 보여준다. 가위질을 거의 본능적으로 하는 일본 정원사나 원예가가 보면 절로 무릎을 꿇을 일이

다. 이 대목에선 시 한 수가 절로 나올 만한데 노산(鷺山) 이은상(李殷相)
이 한라산을 등반하면서 영실의 진달래를 노래한 것은 참으로 아련한
여운을 남기는 절창이다.

높으나 높은 산에 / 흙도 아닌 조약돌을
실오라기 틈을 지어 / 외로이 피는 꽃이
정답고 애처로워라 / 불같은 사랑이 쏟아지네

한 송이 꺾고 잘라 / 품음 직도 하건마는
내게 와 저게 도로 / 불행할 줄 아옵기로
이대로 서로 나뉘어 / 그리면서 사오리다

―「한라산 등반기」

진달래인가 철쭉인가

영실에서는 1967년 5월부터 매년 한라산 철쭉제가 열린다. 한국문화
유산답사회는 1991년 제41차 정기답사 때 이 한라산 철쭉제에 참여했
다. 2박 3일의 마지막 밤, 이튿날 영실의 철쭉제만 남겨둔 상태에서 강
요배·김상철·문무병 등 문화패들과 술판을 벌였다.

내일 한라산 철쭉제에 참가하고 돌아갈 것이라고 했더니 요배가 갑
자기 언성을 높여 "그게 철쭉꽃이 아니라 진달래란 말입니다. 한라산 털
진달래예요. 철쭉은 더 있어야 펴요, 젠장!" 요배의 이 취중 발언으로 술
판에서 논쟁이 붙었다. 제주사람들끼리도 진달래다 철쭉이다 서로 주장
한다. 나는 논쟁엔 끼어들지 않고 듣기만 했다.

이튿날 영실로 올라 한쪽으로는 오백장군봉, 한쪽으로는 굽이치는 구

릉을 다 굽어볼 수 있는 산등성에 다다랐을 때 이것이 진달래인가 철쭉 인가를 살펴보니 틀림없이 진달래였다.

둘을 구별하는 여러 방법 중 진달래는 꽃이 피고서 잎이 나고 철쭉은 잎이 나고 꽃이 핀다는 사실과 진달래는 맑은 참꽃이고 철쭉은 진물 나는 개꽃이라는 사실에 입각하건대 그때 영실에 피어 있는 것은 진달래였다. 철쭉은 이제 잎이 돋고 있었다. 나는 이것을 다른 사람들에게도 확인해보고 싶었다.

팔도 아주머니론 1－강원도와 전라도 아주머니

영실 산허리 중간쯤 마침 넓은 바위가 있어 거기에 길게 앉아 있자니 오르내리는 탐방객들이 쉼없이 지나간다. 그때 웬 할머니가 양산을 쓰고 올라오는데 힘도 안 드는지 잘도 걷는다. 한라산에서 파라솔을 쓸 정도로 촌스러움을 순정적으로 간직한 분이라면 필시 시골 사람일 것 같았다. 나는 할머니를 부를 때 꼭 아주머니라고 한다. 그래야 상대방도 기분 좋아하고 질문에 대답도 잘해준다.

"아주머니, 어디서 오세요?"
"태백이래요."

'이래요'는 강원도 말의 중요한 어법이다. 강원도 출신 학생은 이름을 물어봐도 "홍길동이래요"라고 대답할 정도로 간접화법이 몸에 배어 있다. 나는 물었다.

"아주머니, 이 꽃이 진달래예요, 철쭉이에요?"

아주머니는 내 질문에 성실히 꽃을 살피고 꽃 한 송이를 따서 씹어도 보고는 대답했다.

"진달래래요."

조금 있자니 이번엔 아주머니에 가까운 할머니들이 이야기꽃을 피우며 성큼성큼 올라온다. 나는 정을 한껏 당겨서 말을 걸었다. 질문은 하난데 대답은 여러 갈래다.

"아주머니들은 뭐가 그렇게 좋으세요?"
"아, 좋지, 그라믄 안 좋아요?"
"안 좋아도 좋아해야지, 대금이 을마가 들었는디."
"아주머니, 어디서 오셨어요?"
"승주유."
"승주라믄 아능가, 전라도 순천이라 해야지."
"근데, 아주머니 저 꽃이 진달래예요, 철쭉이에요?"

아주머니들은 나의 뜻밖의 '쉬운' 질문에 꽃 쪽에 눈길을 한번 주더니 여태 따로 하던 대답을 한목소리로 냈다.

"이건 무조건 진달래여."

팔도 아주머니론 2-충청도와 서울 아주머니

또 얼마를 지나자 이번엔 할머니에 가까운 아주머니가 올라왔다. 얼굴엔 여유가 배어 있고 걸음도 몸짓도 보통 한가로운 게 아니다. 나는 길게 물어봤다.

"아주머니 힘드세유?"
"아니유."
"어디서 오셨어요?"

아주머니는 나의 질문에 바로 대답하지 않고 내 얼굴과 곁에 있는 일행의 얼굴을 반반으로 갈라본 다음에 대답했다.

"홍성유."

충청도 사람을 보통 느리다고들 하는데 정확히 말해서 대단히 신중한 것이다. 그 신중함이 넘쳐서 자기 의사를 빨리 혹은 먼저 나타내지 않고 상대방이 질문한 뜻을 완벽하게 이해해야 대답한다. 그것은 문화의 차이다. 지금 홍성 아주머니의 느린 대답도 그런 것이었다. 나는 다시 물었다.

"아주머니 이게 진달래유, 철쭉이유?"

그러자 아주머니가 나를 빤히 쳐다보고는 대답했다.

"그건 왜 물어유?"

충청도 사람과는 대화하기가 그렇게 힘들다. 그러는 중에 벌써 산에서 내려오는 도회적 분위기의 젊은 아주머니 두 분이 있어 길을 비켜주면서 그쪽으로 말을 돌렸다.

"어이쿠, 벌써 내려가세요?"
"우리는 본래 빨라요."
"어디에서 오셨어요?"
"말소리 들으면 몰라요? 서울이지 어디예요. 근데 얼른 안 가고 여기서 뭐 하고 계세요?"
"이 꽃이 철쭉인가 진달랜가 몰라서 이 아주머니에게 물어보고 있는 거예요."
"아니, 철쭉제라잖아요. 그것도 모르고 왔어요?"

서울 아주머니들은 이렇게 내지르듯 말하고는 잰걸음으로 내려가버렸다. 그러자 홍성 아주머니는 그때까지 가지 않고 기다렸다가 서울 아주머니들이 떠난 뒤 내게 다가와서 천천히 알려주었다.

"이건 진달랜디유."

충청도 아주머니는 내 물음에 무슨 다른 속뜻이 있는 것이 아니라 진짜 몰라서 물어봤음을 확인하고 이제 대답을 해도 아무런 지장이 없다고 판단되기에 가르쳐주신 것이었다.

팔도 아주머니론 3 - 경상도 아주머니

그러고 나서 한참 뒤 이번엔 붉은 재킷이 화사해 보이는 진짜 아주머니가 내 앞 바위에 서서 뒷짐을 지고 좌우로 반 바퀴씩 휘둘러보고는 감탄사를 발했다.

"좆타!"

경상도가 분명했다. 경상도 사람의 중요한 특성 중 하나는 분명하고 확실할수록 짧게 말한다는 점이다. 확실할 때는 '입니다'조차 붙이지 않는다. 대구에서 학생들에게 "너 이름이 뭐니?"라고 물으면, "홍길동" 하고 대답하지 "홍길동입니다"라고 대답하는 학생을 10년간 한 명도 보지 못했다. 나는 일부러 경상도 사투리로 물었다. 그래야 대답이 잘 나오니까.

"아지매! 어디서 오셨능교?"
"마산!"

여지없다. 나는 지체 없이 물었다.

"아지매, 이게 진달랭교, 철쭉잉교?"

나의 느닷없는 질문에 아주머니는 조금도 성실성을 보이지 않았다. 경상도 사람은 자신에게 크게 이해관계가 없는 일에는 잘 개입하지 않는다. 확실하면 '입니다'도 빼버릴 정도로 빠르지만 불확실하면 외면해

버리거나 슬며시 넘어간다. 그럴 때 대답하는 경상도 방식이 따로 있다. 마산 아주머니는 고개를 휘젓듯이 한바퀴 둘러보고는 이렇게 대답했다.

"진달래나, 철쭉이나."

진달래면 어떻고 철쭉이면 어떠냐, 대세에 지장 없는 것 아니냐는 식이다. 경상도 사람들이 대선 때 "우리가 남이가!" 하고 나온 것에는 이런 지방문화적 특성이 들어 있는 것이었다.

이쯤에서 나는 아줌마들과의 대화를 거두어들였다. 이 과정에서 한라산의 위력을 다시 한번 느꼈다. 지금도 해마다 80만 명이 한라산에 오른다. 조선 천지에 제주도가 아니면 어떻게 팔도 아줌마들을 이렇게 한자리에서 만날 것이며 이렇게 편한 대화를 나눌까? 한라산은 철쭉제든 진달래축제든 무얼 해도 성공할 수 있는 민족의 명산이 분명하다.

영실 답사 제3막, 구상나무 자생군락

영실 기암은 사람에게 많은 기(氣)를 불어넣어준다는 속설이 있다. 대지의 기, 바다의 기, 설문대할망이 보내주는 기를 한껏 들이켜며 풍광에 취해 좀처럼 떨어지지 않는 발걸음을 옮기다보면 어느새 구상나무 자생지에 도착하게 된다. 검고 울퉁불퉁한 바위를 징검다리 삼아 건너뛰면서 구상나무 숲길을 지나노라면 자연의 원형질 속에 내가 묻혀가는 듯한 맑은 기상이 발끝부터 가슴속까지 느껴진다. 영실이 인간에게 기를 선사한다는 게 바로 이런 것인가 보다.

구상나무는 소나무과에 속하는 상록교목으로 전세계에서 우리나라 제주도·지리산·덕유산·무등산에서만 자생하고 있다. 키는 18미터에 달

| **구상나무 숲길** | 진달래 능선이 끝나면 구상나무숲이 시작된다. 해발 1,500미터에서 1,800미터 사이에서 자생한 구상나무가 지구 온난화로 아래쪽부터 고사목이 되어 점점 줄어들고 있다. 구상나무는 크리스마스트리의 원조이다.

하며 오래된 줄기의 껍질은 거칠다. 어린 가지에는 털이 약간 있으며 황록색을 띠지만 자라면서 털이 없어지고 갈색으로 변하며, 멀리서 보면 나무 전체가 아름다운 은색이다.

　구상나무는 소나무과 전나무속으로, 원래 지구 북반구 한대지방이 고향인 고산식물이다. 빙하기 때 빙하를 따라 남쪽으로 내려왔다가 빙하기가 끝나자 고지대에 서식하던 전나무속 수종이 미처 물러가지 못하고 고지대에 고립되어 오늘에 이르게 된 것이란다. 가을부터 정확한 삼각뿔 모양의 보랏빛 솔방울이 맺힌다.

　구상나무는 한라산 해발 1,500미터부터 1,800미터 사이에서 집중적으로 자라고 있다. 영실의 키 큰 구상나무들은 곧잘 바람과 폭설 때문에 많이 쓰러져 있다. 그렇게 고사목이 된 구상나무는 그 죽음조차 아름답게 비칠 때가 많다. 그러나 그 고사목은 단순히 기후나 병으로 고사한 게 아니라 멸종의 과정이란다.

지구온난화로 기온이 상승할수록 고산식물은 고지대로 이동할 텐데 이미 1,800미터까지 왔으니 한라산 정상에 다다르면 결국 더 이상 오를 곳이 없어 멸종의 길에 들어설 수밖에 없다는 것이다. 기후변화에 따른 고산식물의 위험성을 측정한 연구에서 구상나무는 위험 2등급으로 발표되었다.

월슨의 구상나무 명명

구상나무의 학명(學名)은 *Abies koreana*이다. 분비나무 계통을 뜻하는 *Abies*에 *koreana*가 붙은 것은 한국이 토종이라는 의미로, 이를 명명한 사람은 영국인 식물학자 어니스트 헨리 월슨(E. H. Wilson, 1876~1930)이다. 프랑스 신부로 왕벚나무 표본의 첫 채집자인 타케(E. J. Taquet, 1873~1952)와 포리(U. Faurie, 1847~1915)는 1901년부터 수십 년 동안 전 세계를 돌아다니며 수만여 점의 식물종을 채집해 구미 여러 나라에 제공했다. 특히 포리는 1907년 5월부터 10월까지 6개월 동안 한라산에서 '구상나무'를 채집하여 미국 하바드대 아널드식물원의 식물분류학자인 월슨에게 제공했다. 그는 이것이 평범한 분비나무인 줄로 알았다.

월슨은 포리가 준 표본을 보고 무엇인가 다른 종인 것 같다는 생각이 들어 1917년에 제주에 왔다. 그는 타케와 일본인 식물학자 나카이 다케노신(中井猛之進)과 함께 한라산에 올라가 구상나무를 채집했다. 그리고 월슨은 정밀연구 끝에 1920년 아널드식물원 연구보고서 1호에 이 구상나무는 다른 곳에 존재하는 분비나무와는 전혀 다른 종으로 지구상에 유일한 '신종(新種)'이라며 구상나무라 명명했다.

윌슨은 이 나무의 이름을 지을 때 제주인들이 '쿠살낭'이라고 부르는 것에서 따왔다고 한다. '쿠살'은 성게, '낭'은 나무를 가리키는 것으로 구상나무의 잎이 흡사 성게가시처럼 생겼다는 데에서 유래했다고 한다.

그러나 제주인들은 이 나무를 상낭(향나무)이라고 해서 제사에 올리는 향으로 사용해왔다. 실제로 구상나무에서 풍기는 향기는 대단히 고상하고 또 매우 진하여 폐부에 스미는 듯하다. 이런 구상나무 숲길이 있어 한라산 등반에서는 나의 발길이 자꾸만 영실 쪽으로 향하는지도 모르겠다.

윌슨은 동양의 식물을 연구한 몇 안 되는 서양 식물학자로 특히 경제적 가치가 높은 목본식물을 위주로 채집하고 연구했다. 윌슨은 아널드식물원에서 구상나무를 변종시켜 '아비에스 코레아나 윌슨'을 만들어냈다. 모양이 아름다워 관상수·공원수 등으로 좋으며, 재질이 훌륭하여 가구재 및 건축재 등으로 사용된다. 특히 이 나무는 크리스마스트리로 가장 많이, 그리고 가장 비싸게 팔리는 나무로 유럽에서는 'Korean fir'로 통한다. 그 로열티로 받는 액수가 어마어마하단다.

지금 아널드식물원에는 윌슨이 그때 한라산에서 종자를 가져다 심은 구상나무가 하늘로 치솟아 자라고 있다. 윌슨의 별명은 '식물 사냥꾼'(plant hunter)이었는데 그는 이를 오히려 자랑스럽게 생각했다고 한다. 지금 우리는 그가 개발한 구상나무 크리스마스트리를 사려면 로열티를 내야 한다. 종자의 보존이 얼마나 중요한지, 그리고 제국주의가 총칼만 앞세운 것이 아니라는 사실을 잘 말해준다.

영실 답사 제4막, 윗세오름

구상나무 숲길을 빠져나오면 오름의 아랫자락을 돌아나가는 편안한

| **선작지왓과 윗세오름** | 1700고지에 이처럼 드넓은 고원이 펼쳐진다는 것이 신비롭기만 하다. 『오름나그네』의 저자 김종철은 여기에 진달래가 피어날 때면 미쳐버리고 싶어진다고 했다.

산길로 접어든다. 윗세오름에 다가온 것이다. 길가엔 한라산 노루들이 찾아온다는 노루샘도 있다.

그러고 나면 홀연히 한라산 주봉의 남쪽 벼랑이 드라마틱하게 펼쳐진다. 그 순간의 놀라움과 황홀함이란! 봄이면 진달래가 꽃바다를 이루는 선작지왓 벌판 너머로 가마솥 같아서 부악(釜岳)이라고도 부르고 머리털이 없어서 두무악(頭無岳)이라고도 부르는 한라산 백록담 봉우리와 마주하는 것은 알프스 산길을 가다가 갑자기 몽블랑 영봉을 만나는 것만큼이나 감동적이라고 한 산사나이는 말했다.

윗세오름은 영실과 어리목 코스가 만나는 곳으로 한라산 등반의 중간 휴식처로 탐승객(探勝客)이 간편히 식사를 할 만한 산장도 있고 대피소도 있으며 국립공원 직원이 상주하고 있다. 윗세오름은 1100고지에서 위쪽으로 있는 세 오름(삼형제오름)이라 해서 '윗'자가 붙었다. 뭉쳐 부르면 윗세오름이지만 세 오름 모두 독자적인 이름이 있어 위로부터 붉은오름·누운오름·새끼오름이다. 이들을 삼형제에 빗대어 큰오름(1,740미터), 샛오름(1,711미터), 족은오름(1,698미터)이라고도 한다.

큰오름인 붉은오름은 남사면에 붉은 흙이 드러나 있어 한라산의 강렬한 야성미를 보여주고, 새끼오름인 족은오름은 영실로 통하는 길목에서 아주 귀염성 있게 다가온다. 길게 누운 듯한 누운오름은 누운향나무와 잔디로 뒤덮였고 꼭대기에 망대 같은 바위가 있어 방목으로 마소를 키우는 테우리들은 망오름이라고 한다.

바로 이 누운오름의 남쪽 자락이 선작지왓이다. 크고 작은 작지(자갈)들이 많아 생작지왓이라고도 한다. 선작지왓은 한라산 최고의 절경으로 꼽을 만한 곳이다. 한라산을 끔찍이 사랑했던 제주의 언론인이자 산사나이 김종철이 쓴 『오름나그네』는 말한다.

늦봄, 진달래꽃 진분홍 바다의 넘실거림에 묻혀 앉으면 그만 미쳐 버리고 싶어진다.

겐테 박사의 한라산 측정

한라산 높이가 1,950미터라는 것을 처음 측량한 사람은 독일인 지그프리트 겐테(S. Genthe, 1870~1904)이다. 그는 지리학 박사이자 신문사 기자로『쾰른 신문』1901년 10월 13일자부터 1902년 11월 30일자까지「코리아, 지그프리트 겐테 박사의 여행기」를 연재했다. 이 글에서 그는 한라산 정상에서 아네로이드(Aneroid) 기압계로 1,950미터라는 것을 측정했음을 명확히 하고 있다.

제주의 한 신문기자가 송성회 교수가 번역한 「겐테 박사의 제주여행기」를 읽다가 이런 사실을 발견하고 신문에 발표함으로써 세상에 알려지게 되었다. 그동안은 막연히 1915년 무렵 일제강점기에 측량되었다고만 알고 있었던 것이다.

겐테 박사는 일찍이 극동 항해 중 제주 근해를 지나면서 한라산을 보고 큰 감동을 받았다고 한다. 그는 한라산에 올라 높이를 정확히 측량하고 다음과 같은 백록담 인상을 남겼다.

믿어지지 않을 만큼 크고 찬란한 파노라마가 끝없이 사방으로 펼쳐진다. 이처럼 형언할 수 없을 정도로 방대하고 감동적인 파노라마가 제주의 한라산처럼 펼쳐지는 곳은 분명 지구상에서 그리 많지 않을 것이다. 이는 바다 한가운데 위치하여 모든 대륙으로부터 100킬로미터 이상 떨어져 있으면서 아주 가파르고 끝없는 해수면에서 거의 2,000미터 높이에 있는 이곳까지 해수면이 활짝 열리며 우리 눈높이까지 밀려올 듯 솟구쳐오른다. 한라산 정상에 서면 시야를 가리는 것이 아무것도 없다. (……)

무한한 공간 한가운데 거대하게 우뚝 솟아 있는 높은 산 위에 있으면 마치 왕이라도 된 것 같은 느낌이 든다. 주위 사방에는 오직 하늘과 바다의 빛나는 푸르름뿐이다. 태양은 하루 생애의 절정에 이르러 있었건만 아주 가볍고 투명한 베일이 멀리 떨어진 파노라마에 아직 남아 있었다. 물과 공기의 경계가 섞여서 한없는 비현실적인 푸른빛의 세계에서 헤엄치고 날아다니고 대롱대롱 매달려 있기라도 하듯, 뚜렷한 공간적인 경계가 없이 동화 같은 무한으로 이어져 있다.

그는 한라산 정상에 올라선 순간 그 험난한 산길을 올라온 수고로움

| **백록담** | 백록담에 오른 이들은 한결같이 그 적막의 고요한 모습이 명상적이고 선적이며 비현실의 세계 같다고 했다. 정지용은 '깨다 졸다 기도조차 잊었더니라'라고 했다.

을 잊게 해준 것은 자신이 최초로 이 산의 높이를 측량했다는 사실보다도 오랜 떠돌이 신세로 결코 보지 못했던 자기 자신의 내면을 인식하게 된 것이었다면서 한라산 백록담은 영원히 잊지 못할 것이라고 했다. 그는 이 글을 쓴 지 2년 뒤 불행히도 교통사고로 사망했다. 그가 쓴 연재물은 동료에 의해 『코리아』(1905)라는 제목으로 출간되었다.

정지용의 「백록담: 한라산 소묘」

나는 산사나이가 되지 못했다. 백두대간 종주 같은 건 해낼 자신도 없고 또 그럴 의사도 없다. 산사나이들은 정상에 올랐을 때 한없는 희열을 느낀다고 말하지만 나는 오히려 정상 가까이까지만 가고 만다. 그렇게 산이 지닌 신비로움을 잃지 않고 지키려 한다.

내가 정상에 오르길 거의 기피하는 까닭은 대학생 시절 덕유산을 등반한 다음부터 생긴 선입견 때문이다. 정상에 올랐을 때 나는 희열이 아니라 허망함을 느꼈다. 정상을 밟고 모진 바람을 맞으며 넓은 하늘과 일망무제의 하계를 내려다보면서 나는 호쾌한 기상을 느낀 것이 아니라 차라리 허전했다. 그 아래 어느 만큼쯤에서 내 발길을 돌렸다면 나는 그 산을 다시 찾았을 것 같다. 몇 번의 기회가 있었어도 백록담에 오르지 않은 것은 그 때문이다.

그러면 남들은 산정에 올라 어떤 감정일까? 백록담에서 느끼는 감상은 무엇일까? 정상에 오른 쾌감일까? 만세라도 부르고 싶은 해방감일까? 아마도 그런 마음은 잠시뿐일 것이다. 대자연 앞에서 느끼는 왜소함이나 두려움까지는 아니라 할지라도 어제까지의 속세에서는 일어나지 않았던, 미미한 자연의 한 존재로서 자아의 발견일 가능성이 크다.

「향수」와 「고향」으로 널리 사랑받는 정지용(鄭芝溶, 1902~50)이 39세 되는 1941년에 간행한 시집 『백록담』에는 '한라산 소묘'라는 부제가 붙은 모두 아홉 개의 시편이 있는데 평소 그의 시와 아주 다르다. 그 마지막 시는 이렇다.

가재도 기지 않는 백록담 푸른 물에 하늘이 돈다. 불구(不具)에 가깝도록 고단한 나의 다리를 돌아 소가 갔다. 쫓겨온 실구름 일말(一抹)에도 백록담은 흐리운다. 나의 얼굴에 한나절 포긴 백록담은 쓸쓸하다. 나는 깨다 졸다 기도(祈禱)조차 잊었더니라.

정제된 언어, 명징스러운 이미지, 모더니스트다운 간결성, 수화 김환기의 초기 그림 같은 서정성을 갖춘 정지용도 백록담에 이르러서는 그 어느 것도 아닌 비움으로 돌아섰다. "아무렇지도 않고 예쁠 것도 없는 아내"를 말한 그런 허허로움이다. 서귀포 남성마을 시(詩)공원에는 정지용의 「백록담」 전문을 새긴 시비(詩碑)가 세워져 있다.

한라산에서 전하는 그리움

나는 한라산을 무한대로 사랑하고 무한대로 예찬하고 싶다. 그러나 우리는 한라산을 말하면서 곧잘 잊어버리는 게 하나 있다. 그것은 제주 섬이 곧 한라산이고 한라산이 곧 제주섬이라는 사실이다. 잠깐 생각해보면 바로 알 수 있는 일이지만 마음속에 그렇게 새기지 못하는 경우가 많다. 그래서 한라산은 산이면서 또한 인간이 살 수 있는 넉넉한 땅 6억 평을 만들어주었다는 고마움을 잊곤 한다.

면암 최익현은 「유한라산기」에서 다음과 같이 말했다.

경내 6, 7만 호가 이곳을 근거로 살아가니, 나라와 백성에게 미치는 이로움이 어찌 금강산이나 지리산처럼 사람들에게 관광이나 제공하는 산들과 비길 수 있겠는가?

생각하는 마음이 깊은 대학자의 말은 이렇게 달랐다.

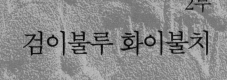

2부

검이불루 화이불치

사무치는 마음으로 가고 또 가고

이미지와 오브제

미술품은 하나의 물체다. 그러나 우리는 그것을 물(物) 자체로 보는 것이 아니라 그 물체를 통해 나타나는 상(像)을 갖고 이야기한다. 유식하게 말해서 오브제(objet)가 아니라 이미지(image)로 대하는 것이다.

따라서 미술품에 대한 해설은 필연적으로 시각적 이미지를 언어로 전환해야 한다는 조건에서 시작된다. 이 때문에 예로부터 미술을 말하는 사람들은 어떻게 하면 그 이미지를 극명하게 부각해낼 수 있는가를 고민해왔다.

그런 중에 옛사람들이 곧잘 채택했던 방법의 하나는 시각적 이미지를 시적(詩的) 영상으로 대치해보는 것이었다. 오늘날에는 제아무리 뛰어난 문장가라도 엄두를 못 내는 이 방법을 조선시대에는 웬만한 선비라면 제화시(題畫詩) 정도는 우리가 유행가 한가락 부르는 흥취로 해치웠다.

그렇게 함으로써 이미지는 선명하게 부각되고, 확대되고, 심화되어 침묵의 물체를 생동하는 영상으로 다가오게 하였다. 이는 곧 보이는 것과 보이지 않는 것의 만남이며, 말하지 않는 것과의 대화인 것이다.

조선왕조 철종 때 영의정을 지낸 경산(經山) 정원용(鄭元容)은 비록 그 자신이 문장가이기는 했지만 글씨에 대하여 특별한 전문성을 갖고 있었던 것 같지도 않은데, 네 사람의 명필을 논한 「논제필가(論諸筆家, 여러 서예가를 논함)」에서는 미술과 문학의 행복한 만남을 보여주고 있다.

한석봉(韓石峯)의 글씨는 여름비가 바야흐로 흠뻑 내리는데 늙은 농부가 소를 꾸짖으며 가는 듯하다.

서무수(徐懋修)의 글씨는 반쯤 갠 봄날 은일자(隱逸者, 세상을 피해 숨어지내는 사람)가 채소밭을 가꾸는 듯하다.

윤백하(尹白下)의 글씨는 가을달이 창에 비치는데 근심에 서린 사람이 비단을 짜는 듯하다.

이원교(李圓嶠)의 글씨는 겨울눈이 쏟아져내리는데 사냥꾼이 말을 타고 치달리는 듯하다.

남한땅의 5대 명찰

이런 옛글을 읽을 때면 나는 이미지의 고양과 풍성한 확대라는 것이 인간의 정서를 얼마나 풍요롭게 해주는가를 절감하게 된다. 이것은 꼭 문자속 깊은 지식인층의 지적 유희만은 아닐 것이다. 정도의 차이는 있을지언정 일자무식의 민초에게도 마찬가지다. 나는 그 좋은 예를 하나 갖고 있다.

우리 어머니는 경기도 포천군 청산면 금동리 왕방산 서쪽 기슭 깊은 산골에서 태어나 소학교도 제대로 다니지 못했다. 열일곱 살 때 갑자기 정신대라는 '여자 공출'이 시작되자 부랴사랴 우리 아버지에게 시집오게 되었다. 내가 중학교 1학년 때 어머니는 나를 외가댁 가서 실컷 놀다 오라고 데리고 가면서 끔찍이도 험하고 높은 칠오리고개를 넘으며 절절 매는 나를 달래기 위해 이야기를 하나 해주셨다.

외가댁 건너편 왕방마을에 양지바른 툇마루에 앉아 아이들을 모아놓고 재미있는 이야기를 하도 잘해서 '양달 대포'라는 별명을 갖고 있는 아저씨가 있었는데, 우리 어머니가 갑자기 시집간다니까 시집가서 잘살게 되나 점 봐준다면서 다섯 가지 그림 같은 정경을 말하고서는 순서대로 늘어놔보라고 했다는 것이다. 나는 지금 어느 것이 부자가 되고 어느 것이 가난하게 되는 것인지 그 서열을 다는 기억하지 못하지만 우리 어머닌 꼴찌서 둘째였는데 나는 첫째로 부자가 되는 것을 골라서 우리 모자는 함께 좋아하며 지루한 고개를 단숨에 넘어갔다. 이후 나는 한동안 이 문제를 동무들에게도 써먹었고 작문시간에 슬쩍 도용도 하면서 그 이미지를 잊어버리지 않게 되었는데, 지금 그것을 다시 도용하여 남한 땅의 5대 명찰을 논하는 「논제명찰(論諸名刹)」을 읊어보련다.

춘삼월 양지바른 댓돌 위에서 서당개가 턱을 앞발에 묻고 한가로이 낮잠 자는 듯한 절은 서산 개심사(開心寺)이다.

한여름 온 식구가 김매러 간 사이 대청에서 낮잠 자던 어린애가 잠이 깨어 엄마를 찾으려고 두리번거리는 듯한 절은 강진 무위사(無爲寺)이다.

늦가을 해질녘 할머니가 툇마루에 앉아 반가운 손님이 올 리도 없

| **산사의 여러 모습** | 우리나라 사찰은 주어진 자연환경에 따라 자연과 어울리는 방식이 다양하게 나타났다.
1.내소사 2.무위사 3.개심사 4.운문사

건너 산마루 넘어오는 장꾼들을 물끄러미 바라보고 있는 듯한 절은
부안 내소사(來蘇寺)이다.

한겨울 폭설이 내린 산골 한 아낙네가 솔밭에서 바람이 부는 대로
굴러가는 솔방울을 줍고 있는 듯한 절은 청도 운문사(雲門寺)이다.

몇 날 며칠을 두고 비만 내리는 지루한 장마 끝에 홀연히 먹구름이
가시면서 밝은 햇살이 쨍쨍 내리쬐는 듯한 절은 영주 부석사(浮石寺)
이다.

우리 어머니가 택한 것은 운문사 전경이었고 나는 부석사를 꼽았었다.

질서의 미덕과 정서적 해방의 기쁨

영주 부석사는 우리나라에서 가장 아름다운 절집이다. 그러나 아름답다는 형용사로는 부석사의 장쾌함을 담아내지 못하며, 장쾌하다는 표현으로는 정연한 자태를 나타내지 못한다. 부석사는 오직 한마디, 위대한 건축이라고 부를 때만 그 온당한 가치를 받아낼 수 있다.

1990년대 중반 한 건축 잡지에서 건축가 2백여 명을 상대로 한 설문조사 결과를 발표한 적이 있는데, "가장 잘 지은 고건축"이라는 항목에서 압도적인 표를 얻어 당당 1위를 한 것이 부석사였다. 그 "가장 잘 지었다"는 말에는 건축적 사고가 풍부하고 건축적 짜임새가 충실하다는 뜻이 들어 있으리라. 그런 전문적 안목이 아니라 한낱 여행객, 답사객의 눈이라도 풍요로운 자연의 서정과 빈틈없는 인공의 질서를 실수 없이 읽어내고, 무량수전 안양루에 올라 멀어져가는 태백산맥을 바라보면 소스라치는 기쁨과 놀라운 감동을 온몸으로 느끼게 될 것이니, 부석사는 정녕 위대한 건축이요, 지루한 장마 끝에 활짝 갠 밝은 햇살 같을 뿐이다.

부석사의 가장 큰 자랑거리는 무량수전에 있다. 그것이 우리나라에서 가장 오래된 목조건축이라서가 아니며, 그것이 국보 제18호라서도 아니다.

부석사의 아름다움은 모든 길과 집과 자연이 이 무량수전을 위해 제자리에서 제 몫을 하고 있는 절묘한 구조와 장대한 스케일에 있다. 부석사를 창건한 의상대사가 「법성게(法性偈)」에서 말한바 "모든 것이 원만하게 조화하여 두 모습으로 나뉨이 없고, 하나가 곧 모두요 모두가 곧 하나됨"이라는 원융(圓融)의 경지를 보여주는 가람 배치가 부석사이다. 그러니까 부석사는 곧 저 오묘하고 장엄한 화엄세계의 이미지를 건축이

| 무량수전 | 현존하는 최고의 목조건축으로 우리나라 팔작지붕집의 시원양식이다. 늠름한 기품과 조용한 멋이 함께 살아 있다.

라는 시각매체로 구현한 것이다. 이 또한 이미지와 이미지의 만남이며, 말하는 것과 말하지 않는 것의 대화일 것이다.

부석사는 백두대간(태백산맥)이 두 줄기로 나뉘어 각각 제 갈 길로 떠나가는 양백지간(兩白之間)에 자리잡고 있다. 태백산과 소백산 사이 봉황산(鳳凰山) 중턱이 된다. 이 자리가 지닌 지리적·풍수적 의미는 그것으로 암시되며, 옛날이나 지금이나 사람의 발길이 닿기 쉽지 않은 국토의 오지라는 사실에서 사상사적·역사적 의미도 간취된다.

부석사 아랫마을 북지리에서 이제 절집의 일주문을 들어가 천왕문, 요사채, 범종루, 안양루를 거쳐 무량수전에 이르고 여기서 다시 조사당과 응진전(應眞殿)까지 순례하는 길을 걷게 되면 순례자는 필연적으로 서로 성격을 달리하는 세 종류의 길을 걷게끔 되어 있다.

| **무량수전 내부** | 고려시대 불상을 중심으로 시원스럽게 뻗어 올라간 기둥들이 무량수전의 외관 못지않은 내부의 아름다움을 보여준다.

절 입구에서 일주문을 거쳐 천왕문에 이르는 돌 반, 흙 반의 비탈길은 자연과 인공의 행복한 조화로움을 보여준다.

천왕문에서 요사채를 거쳐 무량수전에 이르는 부석사의 본채는 정연한 돌축대와 돌계단이라는 인공의 길이다. 그것은 엄격한 체계와 가지런한 질서를 담고 있으며 그 정상에 무량수전이 모셔져 있다.

무량수전에 이르면 자연의 장대한 경관이 펼쳐진다. 남쪽으로 치달리는 소백산맥의 줄기가 한눈에 들어오며 그것은 곧 극락세계로 들어가는 서막을 보여주는 듯하다. 이제 우리는 상처받지 않은 위대한 자연으로 돌아온 것이다.

무량수전에서 한 호흡 가다듬고 조사당, 응진전으로 오르는 길은 떡갈나무와 산죽이 싱그러운 흙길이다. 자연으로 돌아온 우리를 포근히 감싸주는 여운이다.

인공과 자연의 만남에서 인공의 세계로, 거기에서 다시 자연과 그 여운에로 이르는 부석사 순렛길은 장장 시오리(약 6킬로미터)이건만 이 조화로움 덕분에 어느 순례자도 힘겨움 없이, 지루함 없이 오를 수 있다.

지금 나는 저 극락세계에 오르는 행복한 순렛길을 여러분과 함께 가고 있는 것이다.

비탈길의 미학과 사과나무의 조형성

부석사 매표소에서 표를 끊고 절집을 향하면 느릿한 경사면의 비탈길이 곧바로 일주문까지 닿아 있다. 길 양옆엔 은행나무 가로수, 가로수 건너편은 사과밭이다. 여기서 천왕문까지는 1킬로미터가 넘으니 결코 짧은 거리가 아니지만 급한 경사가 아닌지라 힘겨울 바가 없으며 일주문이 눈앞에 들어오니 거리를 가늠할 수 있기에 느긋한 걸음으로 사위를 살피며 마음의 가닥을 잡을 수 있다.

별스러운 수식이 있을 리 없는 이 부석사 진입로야말로 현대인에게 침묵의 충언과 준엄한 꾸짖음 그리고 포근한 애무의 손길을 던져주는 조선땅 최고의 명상로라고 나는 생각하고 있다.

비탈길은 사람의 발길을 느긋하게 잡아놓는다. 제아무리 잰걸음의 성급한 현대인이라도 이 비탈길에 와서는 발목이 잡힌다. 사람은 걸어다닐 때 머릿속이 가장 맑다고 한다. 여러분 생각해보십시오. 직장에서 집까지, 학교에서 집까지 가는 한 시간 남짓한 시간에 머릿속에서 무엇을 했습니까? 돌아오는 길은 어떠했고요? 현대인은 최소 하루 두 시간 자기만의 명상시간을 갖고 있는 셈인데 대부분은 그 시간을 지겨운 일상의 공백으로 소비해버리고 있다. 실없이 휴대폰 화면만 쳐다보고 있거나, 아니면 멍한 상태에서 자기만의 시간을 낭비해버리는 것이다.

| 부석사로 오르는 은행나무 가로수길 | 적당한 경사면의 쾌적한 순렛길로 멀리 일주문이 있어 거리를 가늠케 한다.

그러나 비탈길은 그런 경박과 멍청함을 용서하지 않는다. 아무리 완만해도 비탈인지라 하체는 긴장하고 있다. 꾹꾹 누르는 발걸음의 무게가 순례자의 마음속에 기여하는 바는 결코 적지 않다. 그래서 사람의 생각은 걷는 발뒤꿈치에서 시작한다는 말도 있는 것이다.

만약 저 일주문이 없어 길의 끝이 어딘지 가늠치 못할 경우와 비교해보자. 루돌프 아른하임의 『미술과 시지각』(*Art and Perception*)이라는 책에는 공간에 반응하는 인간의 감성적 습성에 대한 아주 섬세한 분석이 들어 있는데, 그의 명제 중에는 '모든 물체는 공간을 창출한다'는 것이 있다. 한 폭 풍경화 속에 그려져 있는 길에 사람이 하나 들어 있냐 없냐의 차이가 그 명제에 정당성을 부여해주고 있다.

더욱이 일주문을 향한 우리의 발걸음은 움직이고 있다. 앞으로 나아갈수록 일주문은 선명하게 보이고 크게 보인다. 그렇게 움직이고 있는

| **부석사 입구의 사과나무밭** | 사과나무의 굵은 가지에서는 역도선수의 용틀임 같은 힘의 조형미가 느껴진다.

자신의 위치를 명확히 감지할 수 있다.

부석사 진입로의 이 비탈길은 사철 중 늦가을이 가장 아름답다. 가로수 은행나뭇잎이 떨어져 샛노란 낙엽이 일주문 너머 저쪽까지 펼쳐질 때 그 길은 순례자를 맞이하는 부처님의 자비로운 배려라는 생각이 들기도 한다.

내가 늦가을 부석사를 좋아하는 이유는 은행잎 카펫길보다도 사과나무밭 때문이었다. 나는 언제나 내 인생을 사과나무처럼 가꾸고 싶어한다. 어차피 나는 세한삼우(歲寒三友)의 송죽매(松竹梅)는 될 수가 없다. 그런 고고함, 그런 기품, 그런 청순함이 태어나면서부터 없었고 살아가면서 더 잃어버렸다. 그러나 사과나무는 될 수가 있을 것도 같다. 사람에 따라서는 사과나무를 4,5월 꽃이 필 때가 좋다고 하고, 10월에 과실이 주렁주렁 열릴 때가 좋다고도 할 것이다. 그러나 나는 잎도 열매도 없는 마른 가지의 사과나무를 무한대로 사랑하고 그런 이미지의 인간이 되기를 동경한다.

사과나무의 줄기는 직선으로 뻗고 직선으로 올라간다. 그렇게 되도록 가지치기를 해야 사과가 잘 열린다. 한 줄기에 수십 개씩 달리는 열매의 하중을 견디려면 줄기는 굵고 곧지 않으면 안 된다. 그리하여 모든 사과나무는 운동선수의 팔뚝처럼 굳세고 힘있어 보인다. 곧게 뻗어 오른 사과나무의 줄기와 가지를 보면 대지에 굳게 뿌리를 내린 채 하늘을 향해 역기를 드는 역도 선수의 용틀임을 느끼게 된다. 그러한 사과나무의 힘은 꽃이 필 때도 열매를 맺을 때도 아닌 마른 줄기의 늦가을이 제격이다.

내 사랑하는 사과나무의 생김새는 그 자체로 위대한 조형성을 보여준다. 묵은 줄기는 은회색이고 새 가지는 자색을 띠는 색감은 유연한 느낌을 주지만 형체는 어느 모로 보아도 불균형을 이루면서 전체는 완벽한 힘의 미학을 견지하고 있다. 그 힘은 어디에서 나오는가? 뿌리에서 나온다. 나는 그 사실을 나중에 알고 나서 더욱더 사과나무를 동경하게 되었다.

"세상엔 느티나무 뽑을 장사는 있어도 사과나무 뽑을 장사는 없다."

9품 만다라의 가람배치

일주문을 지나 천왕문으로 오르는 길 중턱 왼편에는 이 절집의 당(幢), 즉 깃발을 게양하던 당간의 버팀돌이 우뚝 서 있다. 높이 4.3미터의 이 훤칠한 당간지주는 우리나라에 있는 수많은 당간지주 중 가장 늘씬한 몸매의 세련미를 보여주는 명작 중의 명작이다. 강릉 굴산사터의 그것이 자연석의 느낌을 살린 헤비급 챔피언이라면, 익산 미륵사터의 그것은 옹골차면서도 유연한 미들급의 챔피언이고, 부석사의 당간지주는

라이트급이라도 헤비급을 능가할 수 있는 멋과 힘의 고양이 있음을 보여준다. 아래쪽에서 위로 올라갈수록 약간씩 좁혀간 체감률, 끝마무리를 꽃잎처럼 둥글린 섬세성, 몸체에 돋을새김의 띠를 설정하여 수직의 상승감을 유도한 조형적 계산. 그 모두가 석공의 공력이 극진하게 나타난 장인 정신의 소산이다. 바로 그 투철한 장인 정신이 이 한 쌍의 돌 속에 서려 있기에 우리는 주저 없이 이와 같은 아름다움을 창출해낸 이름 모를 그분에게 감사와 경의를 표하게 된다.

비탈길이 끝나고 낮은 돌계단을 올라 천왕문에 이르면 여기부터가 부석사 경내다. 사천왕이 지키고 있으니 이 안쪽은 도솔천이다. 여기에서 요사채를 거쳐 범종루, 안양루를 지나 무량수전에 다다르기까지 우리는 9단의 석축 돌계단을 넘어야 한다. 극락세계 9품(品) 만다라의 이미지를 건축적 구조로 구현한 것이다.

정토삼부경(淨土三部經)의 하나인 『관무량수경(觀無量壽經)』을 보면 극락세계에 이를 수 있는 16가지 방법이 설명되어 있는데 그중 마지막 세 방법은 3품3배관(三品三輩觀)으로 상품상생(上品上生)에서 중품중생(中品中生)을 거쳐 하품하생(下品下生)에 이르기까지 저마다의 행실과 공력으로 극락세계에 환생할 수 있다는 것이다. 그것이 곧 9품 만다라다.

부석사 경내의 돌축대가 세 번째 단을 넓게 하여 차별을 둔 것은 9품을 또다시 상·중·하 3품으로 나눈 것이니 비탈을 깎아 평지로 고르면서 돌계단, 돌축대에도 이런 상징성을 부여할 수 있는 정성과 아이디어는 결코 가벼이 생각할 수는 없다.

더욱이 부석사의 돌축대들은 불국사처럼 지주가 있는 것도 아니고 해인사 경판고처럼 장대석을 사용한 것도 아니다. 제멋대로 생긴 크고 작은 자연석의 갖가지 형태들을 다치게 하지 않고 자연스럽게 이를 맞추어 쌓았다. 다시 말하여 낱낱의 개성을 죽이지 않으면서 무질서를 질

| **부석사 당간지주** | 곧게 뻗어 오르면서 위쪽이 약간 좁아져 선의 긴장과 멋이 함께 살아난다.

서로 환원한 이 석축들은 자연스런 아름다움이라기보다도 의상대사가 말한바 "하나가 곧 모두요 모두가 곧 하나됨"을 입증하는 상징적 이미지까지 서려 있다. 불국사의 돌축대가 인공과 자연의 조화를 극명하게 보여준 최고의 명작이라면, 부석사 돌축대는 자연과 인공을 하나로 융화한 더 높은 원융의 경지라고 말할 수 있다.

천왕문에서 세 계단을 오른 넓은 마당은 3품3배의 하품단(下品壇) 끝이 되며 여기에는 요사채가 조용한 자태로 자리 잡고 있다. 여기서 다시 세 계단을 오르는 중품단(中品壇)은 범종이 걸린 범종루(梵鐘樓)가 끝이 되며 양옆으로 강원(講院)인 응향각(凝香閣)과 취현암(醉玄菴)이 자리잡고 있다. 이 두 건물은 일제시대와 1980년의 보수공사 때 이쪽으로 옮겨

| 무량수전 앞 석등 | 받침대에 상큼하게 올라앉은 이 석등엔 조각이 아주 정교하게 새겨 있다.

진 것이지만 부석사 가람 배치의 구조를 거스르지 않는다.

범종루에서 다시 세 계단을 오르면 그것이 상품단(上品壇)이 되며 마지막 계단은 안양루(安養樓) 누각 밑을 거쳐 무량수전 앞마당에 당도하게 되어 있다. 마지막 돌계단을 오르면 우리는 아름다운 자태에 정교한 조각 솜씨를 보여주는 아담한 석등과 마주하게 된다. 이 석등의 구조와 조각은 국보 제17호로 지정된 명작 중의 명작이다. 아마도 우리나라에 현존하는 석등 중에서 가장 화려한 조각 솜씨를 자랑할 것이다. 섬세하고 화려하다는 감정은 단아한 기품과는 거리가 멀 수 있다. 그러나 이 석등의 조각은 완벽한 기법이라는 형식의 힘이 받쳐주고 있기 때문에 화려하면서도 단아하다. 마치 불국사 다보탑의 화려함이 석가탑의 단아함과 상충하지 않음과 같으니 아마도 저 아래 있는 당간지주를 깎은 석공의 솜씨이리라. 그리고 우리는 이제 부석사의 절정 무량수전과 마주한다.

극락세계를 주재하는 아미타여래의 상주처인 무량수전 건물은 고려 현종 7년(1016) 원융국사가 부석사를 중창할 때 지은 집으로 창건 연대가 확인된 목조건축 중 가장 오래된 것이다. 정면 5칸에 측면 3칸 팔작지붕으로 주심포집인데 공포장치는 아주 간결하고 견실하게 짜여 있다. 그것은 수덕사 대웅전에서도 볼 수 있는 필요미(必要美)의 극치다. 기둥에는 현저한 배흘림이 있어 규모에 비해 훤칠한 느낌을 주고 있는데 기둥머리 지름은 34센티미터, 기둥밑동은 44센티미터, 가운데 배흘림 부분은 49센티미터이니 그 곡선의 탄력을 수치만으로도 짐작할 수 있다.

무량수전 건축의 아름다움은 외관보다도 내관에 더 잘 드러나 있다. 건물 안의 천장을 막지 않고 모든 부재들을 노출시켜 기둥, 들보, 서까래 등의 얼키설키 엮임이 리듬을 연출하며 공간을 확대해주는 효과는 우리 목조건축의 큰 특징이다. 그래서 외관상으로는 별로 크지 않은 듯한 집도 내부로 들어서면 탁 트인 공간 속에 압도되는 스케일의 위용을 느낄수 있다. 무량수전은 특히나 예의 배흘림기둥들이 훤칠하게 뻗어 있어 눈맛이 사뭇 시원한데 결구(結構, 일정한 형태로 얼개를 만드는 것) 방식은 아주 간결하여 강약의 리듬이 한눈에 들어온다. 그래서 건축사가 신영훈 선생은 이런 표현을 쓴 적이 있다.

"길고 굵은 나무와 짧고 아기자기한 부재들이 중첩하면서 이루는 변화있는 조화로운 구성에서 눈밝은 사람들은 선율을 읽는다. 장(長)과 단(短)의 율동이 거기에 있다."

무량수전에 모셔져 있는 불상 또한 명품이다. 이 아미타불상은 흙으로 빚은 소조불(塑造佛)에 도금을 하였는데 전형적인 고려시대 불상으로 개성이 강하고 육체가 건장하게 표현되어 있다.

안양루에 올라

부석사의 절정인 무량수전은 그 건축의 아름다움보다도 무량수전이 내려다보고 있는 경관이 장관이다. 바로 이 장쾌한 경관이 한눈에 들어

| 무량수전에서 내려다본 경치 | 무량수전 배흘림기둥에 기대 서서 바라보면 멀리 소백산맥의 줄기가 부석사의 장대한 정원인 양 아스라이 펼쳐진다.

오기에 무량수전을 여기에 건립한 것이며, 앞마당 끝에 안양루를 세운 것도 이 경관을 바라보기 위함이다. 안양루에 오르면 발아래로는 부석사 당우들이 낮게 내려앉아 마치 저마다 독경을 하고 있는 듯한 자세인데, 저 멀리 산은 멀어지면서 소백산맥 연봉들이 남쪽으로 치달리는 산세가 일망무제로 펼쳐진다. 소백산맥 전체를 무량수전의 앞마당인 것처럼 끌어안은 웅대한 스케일이다. 이것은 현세에서 감지할 수 있는 극락의 장엄인지도 모른다. 9품 계단의 정연한 질서를 관통하여 올랐기 때문일까. 안양루의 전망은 홀연히 심신 모두가 해방의 기쁨을 느끼게 한다. 지루한 장마 끝의 햇살인들 이처럼 밝고 맑을 수 있겠는가.

안양루에 걸려 있는 중수기(重修記)를 읽어보니 이렇게 적혀 있다.

몸을 바람난간에 의지하니 무한강산(無限江山)이 발아래 다투어 달리고, 눈을 들어 하늘을 우러르니 넓고 넓은 건곤(乾坤)이 가슴속으로 거두어들어오니 가람의 승경(勝景)이 이와 같음은 없더라.

천하의 방랑시인 김삿갓도 부석사 안양루에 올라서는 저 예리한 풍자와 호방한 기개가 한풀 꺾여 낮은 목소리의 자탄(自歎)만 하고 말았다.

평생에 여가 없어 이름난 곳 못 왔더니
백발이 다 된 오늘에야 안양루에 올랐구나.
그림 같은 강산은 동남으로 벌어 있고
천지는 부평(개구리밥)같이 밤낮으로 떠 있구나.
지나간 모든 일이 말 타고 달려오듯
우주간에 내 한 몸이 오리마냥 헤엄치네.
인간 백세에 몇 번이나 이런 경관 보겠는가
세월이 무정하네 나는 벌써 늙어 있네.

무량수전 앞 안양루에서 내려다보는 그 경관에 취해 시인은 저마다 시를 읊고 문사는 저마다 글을 지어 그 자취가 누대에 가득한데, 권력의 상좌에 있던 이들은 또 다른 기념 방식이 있었다. 그것은 현판 글씨를 써서 다는 일이다. 무량수전의 현판은 고려 공민왕이 홍건적 침입 때 안동으로 피난 온 적이 있는데 몇 달 뒤 귀경길에 들러 무량수전이라 휘호한 것을 새겼다고 하며, 안양루 앞에 걸린 부석사라는 현판은 1956년 이승만 대통령이 이곳을 방문했을 때 쓴 것이다. 우리 같은 민초들은 일없이 빈 바람을 가슴에 품으며 산자락이 닿는 데까지 눈길을 닿게 하여 벅찬 감동의 심호흡을 들이켤 뿐이건만 한 터럭 아쉬움도 남지 않는다.

부석과 선묘각

무량수전 좌우로는 이 위대한 절집의 창건 설화를 간직한 부석(浮石)과 선묘 아가씨의 사당인 선묘각(善妙閣)이 있다. 부석과 선묘에 대하여는 민영규 선생이 일찍이 연구발표한 것이 있고 그 내용은 『한국의 인간상』(신구문화사 1965) '의상'편에 자세하다. 부석사를 고려시대에는 선달사(善達寺)라고도 하였는데 선달이란 '선돌'의 음역으로, 부석의 향음(鄕音)이란다. 거대한 자연 반석인 이 부석을 이중환(李重煥, 1690~1752)은 『택리지(擇里志)』에서 1723년 가을 어느 날 답사의 기록을 이렇게 남겼다.

불전 뒤에 한 큰 바위가 가로질러 서 있고 그 위에 또 하나의 큰 돌이 내려 덮여 있다. 언뜻 보아 위아래가 서로 이어 붙은 것 같으나 자세히 살펴보면 두 돌 사이가 서로 붙어 있지 않고 약간의 틈이 있다. 노끈을 넣어보면 거침없이 드나들어 비로소 그것이 뜬 돌인 줄 알 수 있다. 절은 이것으로써 이름을 얻었는데 그 이치는 전혀 이해할 수가 없다.

절만이 부석이 아니었다. 세상 사람들은 의상을 부석존자라고 부른다. 부석의 전설은 후대에 신비화한 것이 분명하지만 우리는 반드시 알고 지나가야 한다. 부석에 얽힌 선묘의 이야기는 송나라 찬녕이 지은 『송고승전』에 나온다. 그것을 여기에 요약하여 옮겨본다.

의상과 원효가 유학길에 올랐다가 원효는 깨친 바 있어 되돌아오고 의상은 당주(唐州, 지금의 남양·아산)에서 배를 타고 바다를 건너 등주(登州)에 닿았다. 의상은 한 신도의 집에 머물렀는데 그 집의 선묘

| **선묘각** | 무량수전 뒤편에 산신각처럼 아주 소박하게 세워졌다.

라는 딸이 의상에게 반했으나 의상의 마음을 일으킬 수 없자 "세세생생(世世生生)에 스님께 귀명(歸命)하여 스님이 필요로 하는 모든 것을 바치겠다"는 소원을 말했다.

의상이 종남산의 지엄에게 화엄학을 배우고 돌아오는 길에 그 신도의 집에 들러 사의를 표했다. 이때 선묘는 밖에 있다가 의상을 선창가에서 보았다는 말을 듣고는 의상에게 주려고 준비했던 옷과 집기들을 들고 나왔으나 의상의 배는 이미 떠났다. 선묘는 옷상자를 바다에 던지고 스스로 용이 되어 저 배를 무사히 귀국케 해달라며 바다에 몸을 던졌다.

귀국 후 의상은 산천을 섭렵하며 "고구려의 먼지나 백제의 바람이 미치지 못하고, 말이나 소도 접근할 수 없는 곳"을 찾아 여기야말로 법륜의 수레바퀴를 굴릴 만한 곳이라고 생각했다. 그러나 사교(邪敎,

| 일본의 국보 〈화엄종조사회전〉 중 의상과 선묘 부분 | 12세기 일본에서 의상과 원효의 일대기를 그린 장권(長卷)의 명화가 제작됐다는 사실 자체에서 각별한 뜻을 새기게 된다.

잘못된 주장을 하는 종파)의 무리 500명이 자리 잡고 있었다. 항상 의상을 따라다니던 선묘는 의상의 뜻을 알아채고 허공중에 사방 1리나 되는 큰 바위가 되어 사교 무리들의 가람 위로 떨어질까말까 하는 모양으로 떠 있었다. 사교 무리들은 이에 놀라 사방으로 흩어지고 의상은 이 절에 들어가 화엄경을 강의했다.

지금 부석사 왼쪽에는 조그마한 맞배지붕의 납도리집(지붕의 하중을 받는 부재인 도리의 단면이 네모난 집) 한 채가 있어서 선묘의 초상화가 봉안되어 있고, 조사당 벽화 원본을 모셔놓은 보호각 뒤로는 철문이 닫혀 있는 옛

우물자리가 있는데 이를 선묘정이라고 부른다.

선묘 아씨를 찾아서

1993년 2월, 나는 일본에 있는 한국 문화재 조사를 위하여 한 달간 도쿄, 오사카, 나라의 박물관들을 둘러볼 기회가 있었다. 그때 나에게 이틀간의 자유시간이 있었다. 나는 일행과 헤어져 교토로 떠났다. 꼭 한번 만나고 싶었던 한 여인, 선묘 아가씨의 조각을 보기 위하여.

교토의 명찰 고산사(高山寺, 고잔지)에는 많은 유물이 전해지고 있다. 그중 대표작은 일본 국보로 지정되어 있고, 일본 특유의 두루마리 그림인 에마키(繪卷)의 3대 걸작 중 하나인 〈화엄종조사회전(華嚴宗祖師繪傳)〉이 있다. 12세기 가마쿠라(鎌倉) 시대 묘에(明惠, 1173~1232) 쇼닌(上人, 큰스님)이 제작케 한 것인데, 정식으로 이름을 붙이자면 의상전(傳) 원효전(傳)의 도해(圖解)이다.

묘에 큰스님은 고산사 아래에 선묘니사(善妙尼寺, 젠묘니지)를 세우고 거기에 선묘상을 봉안했는데 그것이 있다는 소식만 들었을 뿐 우리에게 제대로 알려진 바가 없었다. 나는 그것을 보러 간 것이다.

교토박물관 관계자를 만나 나는 선묘니사는 오래전에 폐사되었고 그 조각과 그림은 모두 교토박물관에 위탁되어 있다는 사실을 알게 되었다. 그래서 쉽게 모두 볼 수 있었지만 선묘니사터는 가지 못했다.

아담한 상자 안에 보관된 빼어난 솜씨의 선묘 목조상을 보는 순간 나는 그 예술적 아름다움보다도 그녀의 마음씨에 감사하고 대한민국 국민 모두를 대신해서 사과드리는 합장의 예를 올렸다.

묘에 큰스님이 선묘니사를 세우고 조각을 만든 것은 당시 내전으로 생긴 전쟁 미망인들을 위해서 그들이 불교에 공헌할 수 있는 한 범본으

| **선묘 조각상** | 12세기 일본에서 선묘 아씨를 기려 만든 아름다운 조각상이 지금도 전해지고 있다.

로 선묘를 기리게 했다는 것이다. 12세기 일본인은 의상과 원효의 일대기를 그림과 행장으로 쓰고 그려 장장 80미터의 장축 6권으로 만들며, 선묘의 조각을 만들고 선묘니사를 세웠다. 그러나 우리나라에는 역대로 그런 일이 없었다. 부석사에 뒷간보다도 작게 지은 선묘각도 그 나이는 100년도 안 된다.

선묘는 중국 아가씨였다. 선창가 홍등의 여인이었는지도 모른다. 그 아가씨가 의상을 위해 자기희생을 한 것만은 기록으로 분명하다. 그렇다면 우리는 당연히 그런 희생을 높이 기려야 한다.

우리나라 사람은 애국심, 애향심이 남달리 강하다. 그것은 아름다운 면이지만 그로 인하여 외국과 이민족에게는 대단히 배타적이라는 큰 결함도 갖고 있다. 심하게 말하여 지독스런 폐쇄성을 갖고 있다고 비난받을 만도 하다.

선묘는 한국인인 의상을 위해 희생한 중국인이었다. 그럼에도 그분의 상을 만들어 그 희생의 뜻이 역사 속에 살아남게 한 것은 800년 전 일본인이었다. 나는 그 점을 사과드리고 싶었던 것이다.

조사당과 답사의 여운

이제 우리는 이 위대한 절집의 창건주 의상대사를 모신 조사당(祖師堂)으로 오를 차례다. 무량수전에서 조사당을 향하면 언덕 위의 삼층석탑을 지나게 된다.

알 만한 순례객들은 삼층석탑이 이 위쪽에 있다는 위치 설정을 모두 아리송해한다. 아마도 무량수전의 아미타여래상은 남향이 아닌 동향을 하고 있으니 지금 부처님이 바라보고 있는 방향과 같다는 사실에서 그 실마리를 찾을 수 있을 법도 한데, 그것은 내 전공이 아닌지라 그 이상은 나도 모른다고 할 수밖에 없다.

삼층석탑 옆쪽으로 나 있는 오솔길은 부드러운 흙길이다. 돌비탈길, 돌계단길로 무량수전에 오른 순례자들이 오랜만에 밟게 되는 자연 그대로의 길이다. 그래서 나는 자연으로 돌아온 여운이라는 표현을 썼던 것이다.

오솔길 양옆으로는 언제나 산죽이 푸르름을 자랑하고 고목이 된 떡갈나무, 단풍나무들이 오색으로 물들 때면 자연은 그저 아름다운 것이

| **조사당 측면** | 조사당 건물은 고려시대 맞배지붕의 단아한 아름다움의 표본이다.

아니라 정겹게 다가온다. 오솔길의 끝은 조사당이다. 이 건물 또한 고려
시대의 건축물로 단칸 맞배지붕 주심포집의 단아한 아름다움을 모범적
으로 보여준다. 처마의 서까래가 길게 내려뻗어 지붕의 무게가 조금은
부담스럽다. 그러나 그로 인하여 이 집은 작은 집이지만 조금도 왜소해
보이질 않는다. 특히 취현암터의 비석이 있는 쪽에서 측면을 바라보는
눈맛은 여간 즐거운 비례감이 아니다. 밑에서 처마를 올려다보면 공포
구성의 간결한 필요미에 쏠려 얼른 시선을 떼지 못한다.

　조사당 건너편, 무량수전 위쪽에는 나한상을 모신 단하각(丹霞閣)과
응진전이 있고 자인당(慈忍堂)에는 부석사 동쪽 5리 밖에 있던 동방사
(東方寺)라는 폐사지에서 옮겨온 석불 2기가 모셔져 있는데, 그 모두가
당당한 일세의 석불들이다. 부석사 본편의 여운으로 삼기에 미안할 정
도의 미술사적 근수를 갖고 있다. 그래서 나는 이곳을 부석사 순롓길에

| 부석사 조사당 벽화 | 부석사 조사당에는 제석천, 범천, 사천왕을 그린 고려시대 벽화가 남아 있었다. 지금은 벽면 전체를 그대로 떼어 유리상자에 담아 무량수전에 보관하고 있다.

서 뺀 적이 없다.

부석사 답사에서는 보호각 쪽 언덕 너머로 외롭게 서 있는 고려시대 원융(圓融)국사의 비를 보는 것도 답사 끝의 작은 후식(後食)이 된다. 지금 우리가 끝없는 예찬을 보내는 부석사의 아름다움은 1980년의 보수공사 때 문화재위원들이 내린 아주 현명하고 위대한 판단 덕분이었다. 그 당시 보수공사 보고서를 보면 한결같이 부석사의 구조를 조금도 건드리지 않는 범위에서만 해야 한다는 의견이었고 그렇게 시행되었다. 문자 그대로 고색창연한 절을 유지하게끔 한 것이다.

이제 우리는 오솔길의 산죽을 헤치며 흙길을 돌고 돌아 다시 무량수전 앞마당으로 내려간다. 답사를 마치고 돌아가려니 무한강산의 부석사 정원이 다시 보고 싶어진다. 부석사의 경관은 아침보다도 저녁이 아름답다. 석양이 동남쪽의 소백산맥의 준령들을 비출 때 그 겹겹의 능선이 살아 움직이니 아침 햇살의 역광과는 비교할 수 없는 차이를 보여준다. 그래서 나는 모든 절집의 답사는 새벽을 취하면서 부석사만은 석양을 택한다. 이것으로 여러분과 순례길에 오른 나의 부석사 안내는 끝난다.

그렇다고 내가 부석사를 낱낱이 다 소개한 것은 아니다. 요사채 안쪽에는 『신증동국여지승람』에서 가뭄에 기도드리면 감응이 있다는 우물인 식사용정(食沙龍井)이 있고, 승당 자리에 있는 석조(石槽)와 맷돌 또한 아무데서나 볼 수 있는 것이 아니다. 그리고 나의 부석사 이야기가 여기서 끝나는 것도 아니다.

부석사의 수수께끼

부석사에는 나로서는 풀 수 없는 수수께끼가 있다. 바로 석룡(石龍)이다. 절 스님들이 대대로 전하기로 무량수전 아미타여래상 대좌 아래는 용의 머리가 받치고 그 몸체는 ㄹ자로 꿈틀거리며 법당 앞 석등까지 뻗친 석룡이 있다는 것이다. 이 사실은 사찰의 자산 대장에도 나와 있고 일제시대에 보수할 때 법낭 앞마당을 파면서 용의 비늘 같은 조각까지 확인했다고 한다. 그때 용의 허리 부분이 절단된 것을 확인하여 일본인 기술자에게 보수를 요구했으나 그는 완강히 거부했다고 한다. 나는 이 이야기의 진실성을 의심치 않는다. 다만 그것이 선묘가 용이 되었다는 전설과 연결되는 것인지 지맥에 의한 건물 배치의 뜻이 과장된 것인지, 그것은 모르겠다.

또한 의상 이후 부석사에서는 큰스님이 나오지 않았다. 하대 신라의 대표적인 큰스님인 봉암사의 지증대사, 태안사의 혜철스님, 성주사의 무염화상 등은 모두가 부석사 출신으로 나중에 구산선문의 개창주가 된 스님들이다. 그러나 그들은 부석사에서 공부하고 떠났지 머물지는 않았다. 결국 부석사는 일시의 수도처는 될망정 상주처로는 적당치 않다는 뜻인가?

하기야 이렇게 호방한 기상의 주거 공간 속에서는 깊고 그윽한 진리의 탐색이 거추장스럽고 쩨쩨하게 느껴질지도 모를 일이다. 집이란 언제나 거기에 알맞은 사용자가 있는 법이니 의상 같은 스케일이 아니고서는 감당키 어려웠을 것이다. 그 대신 큰스님들은 간간이 이곳을 거쳐 가며 호방한 기상을 담아갔던 것은 아닐까. 이 점은 금강산의 사찰도 마찬가지다. 절집도 사람집과 마찬가지로 살기 편한 집과 놀러 간 사람이 편한 집은 다른가보다.

최순우의 무량수전

부석사에 대한 나의 이야기는 여기서 끝맺을 수도 있다. 그러나 내게는 개인사적으로 잊을 수 없는 또 하나의 이야기가 남아 있다.

1992년 7월 15일 오후 6시, 국립중앙박물관 중앙홀에서는 『최순우(崔淳雨) 전집』(전5권) 출간기념회가 열렸다. 도서출판 학고재가 제작비 전액을 부담해준 미담이 남아 있는 이 전집의 출간은 당시 학예연구실장인 소불 정양모 선생이 맡으셨고 편집 전체는 내게 떨어진 일이었다. 행사가 시작되기 바로 직전에 소불 선생이 급히 나에게 달려와 하시는 말씀이 "식순에 선생의 글 하나를 낭독하여 고인의 정을 새기는 것이 좋겠으니 자네는 편집 책임자로서 아무거나 하나 골라 읽게" 하시는 것이었다. 나는 거침없이 "그러죠"라고 대답했다. 그러자 소불 선생은 너무도 쉽게 대답하는 나에게 "무얼 읽을 건가?"라며 되물었다. 나는 또 거침없이 "그야 무량수전이죠"라고 대답했다.

나는 항시 부석사의 아름다움은 고 최순우 관장의 「무량수전」 한 편으로 족하다고 생각해왔다. 혹자는 이 글을 일러 너무 감상적이라고, 혹자는 아카데믹하지 못하다고 한다. 그럴 때면 나는 감상적이면 뭐가 나쁘고 아카데믹하지 못하면 뭐가 부족하다는 것이냐고 되받아쳤다. 나는 그날 낭랑한 나의 목소리를 버리고 스산하게 해지는 목소리에 여운을 넣어가며 부석사 비탈길을 오르듯 느긋하게 읽어갔다. 박물관 인생이라는 외길을 걸으며 우리에게 한국미의 파수꾼 역할을 했던 고인의 공력을 추모하면서.

소백산 기슭 부석사의 한낮, 스님도 마을사람도 인기척도 끊어진 마당에는 오색 낙엽이 그림처럼 깔려 초겨울 안개비에 촉촉이 젖고 있다. 무량수전, 안양루, 조사당, 응향각들이 마치도 그리움에 지친 듯 해쓱한 얼굴로 나를 반기고, 호젓하고도 스산스러운 희한한 아름다움은 말로 표현하기가 어렵다. 나는 무량수전 배흘림기둥에 기대서서 사무치는 고마움으로 이 아름다움의 뜻을 몇번이고 자문자답했다.

(…) 눈길이 가는 데까지 그림보다 더 곱게 겹쳐진 능선들이 모두 이 무량수전을 향해 마련된 듯싶어진다. 이 대자연 속에 이렇게 아늑하고도 눈맛이 시원한 시야를 터줄 줄 아는 한국인, 높지도 얕지도 않은 이 자리를 점지해서 자연의 아름다움을 한층 그윽하게 빛내주고 부처님의 믿음을 더욱 숭엄한 아름다움으로 이끌어줄 수 있었던 뛰어난 안목의 소유자, 그 한국인, 지금 우리의 머릿속에 빙빙 도는 그 큰 이름은 부석사의 창건주 의상대사이다.

나는 이 글을 통해 '사무치는'이라는 단어의 참맛을 배웠다. 그렇다! 내가 해마다 거르는 일 없이 부석사를 가고 또 간 것은 사무치는 마음이 있었기 때문이다.

* 2018년 부석사는 법주사, 마곡사, 선암사, 대흥사, 봉정사, 통도사와 함께 '산사, 한국의 산지 승원'이라는 이름으로 유네스코 세계문화유산에 등재되었다.
* 부석사 조사당 벽화는 그대로 떼어 유리상자에 담아 무량수전에 보관하고 있다가 성보박물관에서 보관 및 전시되던 중 벽화의 보존처리 필요성이 제기되어 현재는 대전 국립문화재연구소에서 보존처리와 연구가 이루어지고 있다.

아! 감은사, 감은사탑이여!

돌덩이가 내게 말하네요

인문대학 국사학과 학생 중에 인호라는 남학생이 있었다. 그는 내 강의를 듣고 경주 답사에 따라온 적이 있었는데, 과에서 답사 왔을 때 이미 다 보았다는 식으로 시큰둥해하더니 감은사탑 앞에 이르러서는 "선생님, 정말로 장대하네요"라며 나보다 먼저 그 감흥을 흘리는 것이었다. 그러고는 좀 쑥스러웠던지 "살면서 돌덩이가 내게 뭐라고 말하는 것 같은 경험은 처음입니다"라며 탑쪽으로 뛰어가서는 이 각도에서도 보고 저 각도에서도 보고 매만지며 즐거워하였다.

그런 감은사탑이다. 본래 명작에는 해설이 따로 필요 없는 법이다. 그저 거기서 받은 감동을 되새기면서 즐거워하면 그만이다. 마치 월드컵에서 우리나라가 아르헨티나와 축구 경기를 한 날, 멋진 골 장면을 되새기고 또 되새기며 즐거워하는 축구팬의 모습 같은 것이라고나 할까. 만약에 감은사 답사기를 내 맘대로 쓰는 것을 편집자가 조건 없이 허락해준다면 나는 원고지 처음부터 끝까지 이렇게 쓰고 싶다.

아! 감은사, 감은사탑이여. 아! 감은사, 감은사탑이여. 아! 감은사……

감은사에 한번이라도 다녀온 분은 나의 이런 심정을 충분히 이해해줄 것이고, 또 거기에 다녀온 다음에는 모두 내게 공감할 것이 분명한데, 나는 지금 어젯밤 그 멋진 축구 경기를 못 보고 잠만 실컷 잔 사람들을 상대로 상황을 다시 떠올려 해설해야 하는 어려움을 안고 있는 셈이다.

감포로 가는 길

우리나라에서 가장 아름다운 길은 어디일까? 남원에서 섬진강을 따라 곡성·구례로 빠지는 길, 양수리에서 남한강 줄기를 타고 양평으로 뻗은 길, 풍기에서 죽령 너머 구단양을 거쳐 충주댐을 끼고 도는 길. 어느 것이 첫째고 어느 것이 둘째인지 가늠하기 힘들 것이다. 그런 중에서 내 잊을 수 없는 아름다운 길은 경주에서 감은사로 가는 길, 흔히 말하는 감포가도다.

경주에서 토함산 북동쪽 산자락을 타고 황룡계곡을 굽이굽이 돌아 추령고개를 넘어서면 대종천(大鐘川)과 수평으로 뻗은 넓은 들판길이 나오고 길은 곧장 동해 바다 용당포 대왕암에 이른다. 불과 30킬로미터의 짧은 거리이지만 이 길은 산과 호수, 고갯마루와 계곡, 넓은 들판과 강, 무엇보다도 바다가 함께 어우러진 조국강산의 모든 아름다움의 전

| **감은사터 전경** | 쌍탑일금당(雙塔一金堂)의 정연한 가람배치로 이후 통일신라 절집의 한 모범이 되었다.

형을 축소하여 보여준다. 어느 계절인들 마다하리요마는 늦게야 가을이 찾아오는 이곳 11월 중순의 감포가도는 우리나라에서 첫째, 둘째는 아닐지 몰라도 최소한 빼놓을 수 없는 아름다운 길이다.

더욱이 나에게 감포가도는 나의 미술사적 상상력을 가장 인상 깊게 끌어올려주는 길이기도 하다. 경주를 떠나 대왕암에 이르기까지 차창 밖으로 스쳐가는 천 년 넘은 나이의 유물과 아마도 그보다 더 오랜 나이를 지녔을 오솔길을 보면서 나는 능히 한 권 분량의 미술사적 사실과 그 의의를 떠올리곤 한다.

경주 시내를 벗어나 분황사와 황룡사터를 가로지르면서 거기가 그 옛날 서라벌의 다운타운임을 생각한다. 진평왕릉과 황복사탑을 아스라이 바라보면 차는 어느새 명활산성을 끼고 오르는데 여기서는 반드시

| **감은사터 쌍탑** | 쌍탑이 연출하는 공간감은 단탑과 달리 장중하고 드라마틱한 분위기가 있다.

오른쪽 창으로 고개를 돌려야 한다. 고개를 오른쪽 창으로 고정한 사람
은 들판에 의연히 서 있는 다부진 인상의 쌍탑을 보게 된다. 그것이 천
군동(千軍洞) 절터이고, 그 옆쪽 건물은 서라벌초등학교다. 천군동 쌍탑
은 이제 우리가 찾아가는 감은사탑이 불국사 석가탑으로 변천해가는 과
정의 길목에 있으니 그 미술사적 가치와 의의는 알 만한 일 아닌가.

그러는 사이 차는 산자락에 바짝 붙어 비탈을 타고 오른다. 알맞게 가
파른 고갯길. 조선땅이 아니고서는 맛볼 수 없는 그런 고갯길이다. 여기
서는 다시 고개를 왼쪽으로 돌려야 한다. 그러면 넓은 저수지 덕동호(德
洞湖)가 펼쳐진다. 1970년대 경주개발사업의 일환으로 만들어져 경주
일원의 상수원과 농업용수로 기능하며 보문호의 수위를 조절하는 이 덕
동호는 높은 산골짜기를 막아 만들었기 때문에 여느 호숫가의 풍경과는
다르다. 호수의 가장자리는 모두 산굽이로 이어져 어디까지 물줄기가

뻗어갔는지 가늠하지 못한다. 그래서 호수는 무한대로 크기를 확대한 듯하고 평온한 느낌보다는 진중한 무게를 지닌다. 고갯길을 오를수록 덕동호는 점점 더 넓게 퍼져간다. 마침내 저쪽 멀리 보이는 산자락 그늘이 짙게 비치는 곳이 이미 수몰된 암곡동(暗谷洞) 그윽한 골짜기였다는 사실이 떠오르면 나는 마이크를 잡고 그 옛날을 이야기해주곤 한다.

무장사 깨진 비석 이야기

암곡동 아래쪽 제법 넓은 논 한가운데는 고선사(高仙寺)의 삼층석탑이 결코 외롭지 않은 모습으로 그 옛날 원효대사가 주지스님으로 있었던 절터임을 증언하고 있었다. 이 고선사탑은 감은사탑과 거의 비슷한 시기에 세워진 우리나라 삼층석탑의 원조 중 하나다. 이 고선사 삼층석탑은 덕동호로 수몰되기 전에 국립경주박물관 뒤뜰로 옮겨졌다. 그래서 나의 경주 답사에서는 대개 박물관 순례의 마지막 코스가 되곤 한다.

암곡동 산속 깊은 곳에는 지금도 무장사(鍪藏寺) 절터가 남아 있어, 깨진 비석 받침과 삼층석탑 하나가 외롭게 거기를 지키고 있다. 이 자리는 조선 정조 때 대학자인 이계(耳溪) 홍양호(洪良浩, 1724~1802)가 경주 시장(부윤)을 지낼 때 마을 사람이 콩 가는 맷돌로 쓰고 있던 비석 파편을 발견하여 세상에 다시 알려지게 된 '무장사 단비(斷碑)', 정식 명칭으로 '무장사 아미타불 조성기(造成記)' 비석의 고향이다.

801년에 세워진 것으로 추정되는 이 비는 전설로만 김생 글씨라고 전해져왔으나 홍양호는 비편을 보고는 김육진(金陸珍)이 왕희지 글씨체로 쓴 것이라고 감정하였다. 그리고 몇십 년이 지나 금석학의 대가인 추사 김정희가 나이 32세 때 이 암곡동 산골짜기를 직접 답사하여 또 다른 비편 한 조각을 발견하고 너무 기뻐 소리 지르고 말았다고 한다. 추사는

| **무장사터** | 삼층석탑이 있는 곳이 무장사터다. 암곡동 깊은 산중에 있는 무장사터는 웬만해서는 찾아가기도 힘든 곳이다.

이 비석의 글씨는 김육진이 왕희지의 글씨를 집자하여 세운 것이라고 고증하고는 비편에 자신이 발견하게 된 과정을 새겨넣었다. 이 두 개의 비편은 지금 국립중앙박물관에 소장되어 있다.

무장사는 지금 우리가 찾아가는 문무대왕의 또 다른 전설이 서려 있는 곳이다. 아버지 김춘추의 뒤를 이어 당나라 군사를 몰아내고 명실공히 통일전쟁을 마무리했을 때, 문무왕은 전시비상체제를 해제하는 뜻으로 투구[鍪]를 여기다 묻고 절을 세웠다고『삼국유사』에 전하고 있다. 나는 이것을 곧 '군사 문화의 폐기 처분'이라고 생각하고 싶다.

호수는 멀어져가고 나의 상상력도 끝을 달리는데 차는 추령고개 마루턱을 오르느라 숨이 차다(지금은 추령터널이 뚫려 이 옛 고갯길을 넘어가는 일은 거의 없게 되었다).

| **무장사 삼층석탑과 아미타불 사적비 탁본** | 무장사터에는 한국 금석학에서 손꼽히는 비석이 있었다. 절터엔 깨진 돌거북이 남아 있고 비편은 국립중앙박물관에 진열되어 있다.

대종천의 영광과 상처

추령고개는 제법 높다. 언제 우리가 이렇게 높이 올라왔나 싶게 저 멀리 동해바다가 희뿌연 안개 속에 가물거리고 내리막 고갯길은 구절양장으로 가파르기 짝이 없다. 굽이굽이 돌고 돌아 고갯길을 내려오면 갑자기 깊은 계곡 속에 파묻혀 스산한 냉기가 스민다. 육중한 산세를 비껴도는 이 길은 노루목까지 이어진다. 언제부터인가 이 계곡도 여름날에는 초만원이다. 그래서 11월 중순에 이 길을 넘으라고 권하는 것이다. 황룡계곡의 골짜기를 빠져나오면 이내 넓은 들판이 나오는데 거기가 장항리. 양쪽에서 흘러내린 두 줄기 계류가 만나 제법 큰 내를 이룬다. 그것이 대종천이다. 한 갈래는 함월산에서 흘러온 것이고, 또 한 갈래는 토함산 동쪽을 맴돌아 내리뻗어 있다.

함월산 쪽 계곡을 따라 올라가면 선덕여왕 때 창건된 기림사(祇林寺)가 있고 계곡 입구에서 1킬로미터쯤 오르면 골굴암(骨窟庵)이 있다. 골굴암에는, 오래 전에 대대적인 성형수술을 했지만 통일신라 부처님 중에서 가장 원만한 인상을 풍기는 거대한 마애불이 있고, 기림사에는 조선 연산군 7년(1501)에 만든 건칠보살상, 조선시대에 지은 잘생긴 절집, 성보박물관이 있어 그것이 한나절 답사 코스가 된다.

반대편 토함산 쪽 계곡을 따라 십릿길을 올라가면 장항리 폐사지가 나온다. 맑고 넓은 냇물을 징검다리로 예닐곱 번은 건너야 한다. 여기가 두 차례에 걸쳐 국립경주박물관장을 역임하신 소불 정양모 선생이 "경주를 말해주는 세 가지 유물" 중 하나로 꼽았던 그 절터다. 폐사지에는 준수한 오층탑 하나, 일제 때 도굴꾼이 다이너마이트로 탑을 허물고 사리장치를 훔쳐간 무너진 석탑이 하나, 주인 잃은 거대한 불상 좌대만 남아 있다. 돌보는 이 없어 해묵은 마른 갈댓잎만 스산하게 스치는 황량감이 감돌지만, 통일신라 초기—아마도 문무대왕 시절—새로운 문화를 창조하려는 기백과 의지만은 역력히 서려 있는 곳이다. 신라 고찰의 품격 또한 살아 있다(지금은 석굴암 가는 길에서 토함산을 반 바퀴 돌아 장항리로 나오는 환상의 드라이브 코스가 열렸고 개울 건너 장항리 폐사지가 바라보이는 곳에는 전망대도 설치되어 있다).

어느새 차는 들판길을 달린다. 대종천과 나란히 달리는 찻길은 거의 수평으로 나 있다. 대종천은 그 옛날에는 큰 강이었다고 한다. 바닷물이 깊숙이 들어왔던 모양이다. 그러나 지금은 한갓 시냇물, 장항리의 옛 절터, 골굴암, 기림사의 영광이 빛바랜 세월 속에 시들어가듯 대종천은 말

랐나보다. 상처는 영광보다 골이 깊다던가. 뼈아픈 상처를 지우지 못한 채 저기 그렇게 흘러가고 있다.

1235년 몽골군의 제3차 침입은 4년에 걸쳐 국토를 유린했다. 경주를 불바다로 만들어 황룡사 구층탑을 태워버린 몽골군은 황룡사의 대종이 하도 탐이 나 이것을 원나라로 가져갈 계획을 세웠다. 대종은 에밀레종의 네 배나 되는 무게(약 100톤)였다. 이 거대한 약탈 작전은 바닷길이 아니고서는 운반이 불가능하다고 판단해 지금 우리가 넘어온 길로 대종을 끌고 와서는 강에 뗏목을 매어 바닷가로 운반하는 방법을 취하게 되었다. 그러나 봉길리 바닷가에 거의 다 왔을 때 그만 종을 물속에 빠뜨렸다. 대종은 물살에 실려 동해 바다 어디엔가 가라앉고 이후 이 내를 대종천이라 부르게 됐다. 지금도 이곳 사람들은 파도가 거센 날이면 바닷속에서 종소리가 울리는 것을 들을 수 있다고 한다.

과대포장된 대왕암의 진실

대왕암은 문무대왕의 시신을 화장한 뼛가루를 뿌린 산골처(散骨處)로 이미 오래전부터 알려져 있었고, 이곳 해녀들은 절대로 이 근처에 가지 않았다는 성역이었다. 그런데 어느 날 갑자기 문무대왕 해중릉(海中陵)을 발견했다고 신문마다 대서특필하여 세기의 대발견으로 알려졌다. 그래서 사람들은 마치 아무도 모르던 것을 그때 발견한 양 알게 되었고, 학교에서도 그렇게 가르치고, 그렇게 쓰인 책도 많다. 대표적인 예로 신구문화사 편 『인명대사전』 문무왕 항목의 끝부분이다.

(…) 죽은 뒤 화장, 오랫동안 장지가 의문시되었으나 1967년 5월 신라오악(五嶽)조사단에 의해 경북 월성군 양북면 봉길리 앞바다의 대

왕암에 특이한 수중경영 방식으로 그 유해가 안장되어 있음이 발견
되었다.

이것은 과대포장이다. 알고 있는 사람은 다 알고 있던 사실이다. 대왕
암을 누구보다 잘 알고 있고, 누구보다 사랑했던 분은 신라오악조사단
원들의 스승인 우현(又玄) 고유섭(高裕燮, 1905~44) 선생이었다. 우현 선
생은 1940년에 「나의 잊히지 못하는 바다」 「경주기행의 일절」이라는 수
필을 썼다. 수많은 아름다운 바다보다도 당신은 대왕암이 있는 용당포
바다를 잊지 못한다는 것이었고 "경주에 가거든 문무왕의 위업을 찾아
(…) 동해의 대왕암을 보러 가라"고 했다. "바다를 마스터한 이순신보다
도, 바다를 엔조이한 장보고보다도" 내 죽어 왜적을 막는 동해 용이 되
겠다던 문무왕의 구국정신—한편으로는 반일독립정신—을 그의 수필
이 말하고 있다. 그렇다고 대왕암을 고유섭이 발견한 것은 아니었다.

『삼국사기』 「신라본기」 문무왕 21년(681)조에는 이렇게 기록되어 있다.

7월 1일 왕이 돌아가시므로 (…) 그 유언에 따라 동해 어귀의 큰 바
위에 장사지냈다. 세상에 전하기를 용으로 화(化)하여 나라를 지킨다
고 하여 그 바위를 가리켜 대왕암이라고 하였다. 왕이 유언으로 말하
기를 (…) (화려한 능묘란) 한갓 재정만 낭비하고 거짓만을 책에 남기며
공연히 사람들의 힘만 수고롭게 하는 것이니 (…) 내가 죽은 뒤 열흘
이 되면 곧 궁문 밖 뜰에서 인도식(불교식)으로 화장하여라.

그리고 『삼국유사』 제2권 「기이」 제2편 만파식적(萬波息笛)조에는 문
무왕이 아들 신문왕에게 만파식적이라는 피리를 내려주어 이것을 불면
'왜적이 물러가고, 가뭄에 비가 오고, 질병이 퇴치되는 (…) 신라의 국보

| 이견대에서 바라본 대왕암 | 조선시대 정조 때 경주 부윤을 지낸 홍양호는 여기서 문무대왕의 뜻에 감사하는 제사를 올렸다.

가 되었다'는 기사 앞에 이렇게 씌어 있다.

　신문왕은 (…) 681년 7월 7일에 즉위하였다. 아버지 문무대왕을 위하여 동해변에 감은사를 세웠다. 사중기(寺中記)에 문무왕이 왜병을 진압하고자 이 절을 짓다가 마치지 못하고 돌아가 바다의 용이 되었는데, 그 아들 신문왕이 즉위하여 682년에 마쳤다. 금당 계단 아래를 파헤쳐 동쪽에 한 구멍을 내었으니 그것은 용이 들어와 서리게 하기 위한 것이다. 생각건대 유조로 장골(葬骨)케 한 곳을 대왕암이라 하고 절은 감은사라 하였으며, 그후 용이 나타난 것을 본 곳을 이견대(利見臺)라 하였다.

실제로 감은사를 옆에 두고 곧장 동해바다로 달리면 왼쪽으로는 이

| **'나의 잊히지 못하는 바다'** | 우현 고유섭 선생의 수필 제목을
커다란 자연석에 새겨 미술사에 대한 선생의 열정을 기리고 있다.

견대, 오른쪽으로는 대왕암으로 갈라진다. 어느 쪽이고 걸어서 5분도 안
걸리는 거리다. 『세종실록』 지리지(地理志) 경주부 이견대조에 보면 이
렇게 실려 있다.

　　이견대 아래쪽 70보가량 되는 바닷속에 돌이 있어 사각이 높이 솟
　　아 네 문(門) 같은데 여기가 문무대왕의 장처(葬處)이다.

　　그리고 지금부터 200년 전, 1796년 무렵 경주 부윤을 지내고 있던 홍
양호는 대왕암과 이견대를 방문하여 대왕암의 전설을 듣고는 그것을
『삼국사기』와 대조해보고 왕의 큰 뜻을 기려 제물을 갖추고 제사를 지

냈다고 그의 문집 『이계집(耳溪集)』 중 「제(題)신라문무왕릉비」에 기록해두었다. 무엇이 새로운 발견이었다는 것인가?

신라오악조사단이 새로운 발견이라고 주장한 근거는 대왕암이 산골처가 아니라 사리를 함 속에 안치하듯 납골을 모셔놓은 장소라는 주장이었다. 대왕암이 네 개의 바위로 된 것은 물이 넘나들게 인공으로 만든 결과이고, 가운데 못에 깔려 있는 거북이 등 모양의 길이 3.7미터, 폭 2.6미터, 두께 1.45미터의 돌은 납골장치를 눌러놓은 돌이고, 그 밑에는 납골을 모신 합 같은 것이 있었을 것이라는 추정이었다. 그것은 증명되지 않은 하나의 가설이고 추측일 따름이다.

거북이 등 밑에서는 아무것도 발견되지 않았다. 그렇다고 그 돌을 들어내어 납골을 모신 장치가 있는지 조사하는 성실한 발굴도 하지 않았다. 바윗돌을 쪼갠 것은 인공인지 자연인지 증명될 수가 없는 일이었다. 인공이었다 하더라도 그것이 1,300년간 파도에 부딪혀 다시 자연스런 모습이 되었을 것이니까. 더욱이 홍양호가 발견한 문무대왕비문 파편에는 "나무를 쌓아 장사지내다〔葬以積薪〕" "뼈를 부숴 바다에 뿌리다〔粉骨鯨津〕" 등의 문구가 『삼국사기』의 내용과 똑같이 적혀 있다.

이견대에서 내려와 감은사와 대왕암이 갈라지는 길목에는 1985년에 우현 선생의 제자들이 세운 '나의 잊히지 못하는 바다'라는 돌비가 서 있다. 감은사를 답사할 때마다 나는 반드시 여기에 들른다.

석탑의 아이디어

문무대왕은 생전에 이곳 경주로 통하는 동해 어귀에 절을 짓고 싶어 했으나 680년 세상을 떠나게 되어 그 뜻을 이루지 못하였다. 그리하여 그의 아들 신문왕은 부왕의 뜻을 이어받아 즉위 이듬해(682)에 절을 완공하고는 부왕의 큰 은혜에 감사한다는 뜻으로 감은사라 하였다. 신문왕은 죽으면 용이 되어 여기를 지키겠다는 문무대왕의 유언에 따라 감은사 금당 구들장 초석 한쪽에 용이 드나들 수 있는 구멍을 만들어놓았는데, 그것을 지금 감은사터 초석에서도 볼 수 있다.

감은사의 가람 배치는 정연한 쌍탑일금당(雙塔一金堂)으로 모든 군더더기 장식은 배제하였다. 이것은 이후 불국사에서도 볼 수 있는 가람 배치의 모범을 보인 것이다. 또 여기에 세워진 한 쌍의 삼층석탑, 이 감은사탑은 이후 통일신라에 유행하는 삼층석탑의 시원(始原)을 보여주는 것으로 그것의 조형적 발전은 불국사 석가탑에서 절정에 달하게 된다.

우리는 역사를 되새길 때 흔히 완성된 결실에서 그 가치를 논하는 경우가 많다. 특히 미술 문화를 이야기할 때면 그 문화의 전성기 유물을 중심으로 논하게 된다. 그러나 나는 전성기 양식 못지않게 시원 양식을 중요하게 생각하고 있다. 그리고 세월이 흐르면 전성기의 전형을 파괴하는 양식적 도전을 보여주는데 이 또한 간과해서는 안 된다는 생각도 갖고 있다. 전성기 양식은 정제된 아름다움을 보여주지만 시원 양식의 웅장한 힘은 갖추지 못하며, 말기의 도전적 양식이 갖고 있는 파격과 변형의 맛을 지닐 수 없다. 그 모든 과정은 오직 그 시대 문화적 기류와 취미의 변화를 의미할 따름인 것이다. 그렇게 인식할 때 우리는 문화와 역사의 역동성을 놓치지 않을 수 있다.

그리스 고전미술에서 전기 고전주의의 정중한 피디아스 조각과 후기(전성기) 고전주의의 매끄럽게 빛나는 프락시텔레스의 조각, 헬레니즘 시대의 다양성을 상호비교해도 그렇고, 세종 때 만든 훈민정음의 글씨체

| 미륵사탑 | 근래까지 남아 있던 미륵사 서탑의 모습이다. 2001년 해체조사에 착수하여 2017년 조립공정을 완료했다.

| **정림사터 오층석탑** | 백제 사람들이 만든 석탑의 이상은 여기에 있었다. 우아하면서 부드러운 인상. 그러나 여기엔 힘과 안정감이 약하다.

가 정조 때 만든『오륜행실도』의 글씨보다 엄정한 기품을 보이는 것도 마찬가지다.

우리나라는 석탑의 나라다. 중국의 전탑(벽돌탑)과 일본의 목탑(목조건축)과 비교해서 생긴 말이다. 중국에서 처음 불교가 들어올 때는 목조건축 형식의 목탑이 유행하여 황룡사 구층탑 같은 거대한 건물을 세우게도 되었다. 이것을 석탑으로 전향하는 작업을 해낸 것은 역시 백제 사람들이었다.

익산 미륵사터에 남아 있는 한 쌍의 구층석탑은 우리나라 최초의 석탑인데, 돌로 지었을 뿐 거의 목조건축을 모방한 것이었다. 이를 발전시켜 건축 부재의 표현을 간소화하면서 석탑이라는 양식, 기단부와 각층의 몸돌과 지붕 그리고 상륜부라는 구조의 틀을 보여준 것은 부여 정림사터 오층석탑이었다. 정림사 오층석탑은 그것 자체로 하나의 완결미를 갖고 있는 또 다른 명작이다. 나의 답사기가 부여로 향할 때 나는 이 탑 앞에 아주 오래 머물게 될 것이다. 그것은 우아하다는 감정을 조형적으로 표현해낸 모범답안이었다.

고유섭 선생은 대표적인 저작인 『조선탑파의 연구』에서 이 석탑을 만들게 된 이유로 불교사상에서 금당과 탑의 가치가 탑에서 금당으로 옮아가는 당탑가치의 변화, 완공까지 걸리는 시간의 문제, 보존의 영속화 문제, 건축재료의 생산성 문제 등을 미세하게 따지고 있다. 그러나 내가 궁금하게 생각하고 있는 또 다른 문제는 그것이 왜 신라, 고구려가 아닌 백제에서 시작됐느냐는 점이다. 나는 이렇게 생각한다. 미륵사탑·정림사탑이 세워진 것은 600년 무렵, 즉 백제 무왕 때다. 이때가 백제 문화의 전성기였다. 유명한 금동반가사유상·서산 마애불이 제작된 것도 이 시기다. 발달된 중국의 불교 문화를 체화·육화하여 자체 생산력을 갖춘 시기였다.

한국은 화강암의 나라다. 그 자연 풍토와 재질을 살려 독창적 문화를 창조하게 되니 태안·서산의 화강암바위 마애불과 예산·정읍의 석불을 제작하였고 그것이 탑에도 적용된 결과가 석탑이었다. 그러나 백제는 여기에서 문화적 하강곡선을 그리게 되니 정림사탑의 맥은 통일신라의 과제로 넘겨지고 말았다.

위대한 탄생, 삼층석탑

정림사의 오층석탑은 곧 신라에서도 모방하는 바가 되었다. 의성 탑리의 오층석탑, 월성 나원리의 오층석탑, 장항리의 오층석탑 등이 바로 그 맥이다. 그러던 오층석탑이 감은사에 이르러 삼층석탑으로 변신하게 되었다. 그 형태와 층수를 변형시켜야만 했던 이유는 무엇이었을까? 그 것은 양식적 분석에 입각한 조형 의지의 파악으로 설명해야 한다.

정림사탑은 대단히 우아하고 세련된 멋을 갖추고 있다. 고상하다는 말은 이럴 때 쓰는 것이다. 그러나 정림사탑에는 힘이 없다. 1층의 몸체가 훤출하여 상승감이 돋보이지만 이를 받쳐주는 안정감이 약하다.

감은사를 조영하던 정신은 통일된 새 국가의 건설이라는 힘찬 의지의 반영이었으니 백제 식의 오층석탑은 통일신라에 어울릴 수가 없었다. 장중하고, 엄숙하고 안정되며, 굳센 의지의 탑을 원했던 것이다.

그 조건을 충족하려면 상승감과 안정감이 동시에 살아나야 한다. 그러나 상승감과 안정감은 서로 배치되는 미감이다. 상승감이 살아나면 안정감이 약해지고, 안정감이 강조되면 상승감이 죽는다. 그것을 결합할 수 있는 방법, 그것은 기단과 몸체의 확연한 분리였다. 기단부의 강조에서 안정감을 취하고, 몸체의 경쾌한 체감률에서 상승감을 획득하는 이른바 이성기단(二成基壇)의 삼층석탑이라는 결론을 얻게 된 것이다.

기단을 상하 두 단으로 튼실하게 쌓고, 몸체는 1층을 시원스럽게 올려놓고는 2층, 3층을 점점 좁혀서 상륜부 끝으로 이르는 상승의 시각을 유도했다. 상륜부 끝에서 3층, 2층, 1층의 몸체 지붕돌과 기단부의 끝모서

| **감은사터 삼층석탑** | 튼실한 이중 기단에 삼층탑신이 알맞게 체감하는 구조다. 안정감과 상승감을 동시에 충족한 통일신라 삼층석탑의 기본형이 여기서 만들어졌다.

리를 그으면 80°의 경사를 이루는 일직선이 되니 여기서는 기단부가 튼실함에도 상승감이 조금도 약화되지 않았다. 이 구조가 삼층석탑 형식의 기본 골격이 되었다. 삼층석탑, 그것은 진짜로 위대한 탄생이었다.

감은사탑을 세운 이들은 웅장하고 장중한 것을 희망하였다. 세련되고 단아한 기품을 원한 것은 그로부터 1세기가 지난 뒤의 일이다. 그래서 감은사탑은 우리나라 삼층석탑 중 가장 큰 규모로 높이 총 13미터, 몸체 위에 꽂혀 있는 상륜부 고리인 쇠꼬챙이(擦柱)의 높이 3.9미터를 제외해도 9.1미터가 되는 장중한 스케일이다. 그리고 그 기세는 결코 허세를 부리는 과장된 상승이 아니다. 대지에 굳건히 뿌리내린 팽창된 힘을 유지하고 있어 조금도 흔들림이 없는 엄정한 기품이 서려 있다.

감은사 삼층석탑 앞에 서면 나는 저 장중한 위세 앞에 주눅이 들어 오금에 힘을 쓸 수가 없다. 저 위대한 힘, 그것이 곧 인호라는 학생의 "돌덩이가 내게 말하네요"의 내용이었던 것이다.

사리장엄구

감은사 쌍탑 중 서탑은 1959년 해체·복원하던 중 3층 몸돌 위쪽에 설치된 사리공에서 대단히 아름다운 사리장엄구가 발견되었다. 하지만 유감스럽게도 부식 상태가 심하여 그 화려했던 원래 모습을 그려보기엔 부족했다. 그러나 1996년 동탑을 해체·복원할 때 역시 3층 몸돌 위쪽의 사리공에서 똑같은 세트의 사리장엄구가 발견되었다. 이는 보존 상태가 양호하여 완벽하게 원형을 갖추고 있었고 우리나라 사리장엄구의 최고 명작으로 손꼽히고 있다.

사리장엄구란 단순히 불교 공예품의 하나가 아니다. 고분미술시대의 꽃이 금관이라면 불교미술의 꽃은 사리장엄구다. 불교가 받아들여져 더 이상 거대한 고분을 만들지 않게 되었을 때 고대인들은 금관을 만들던 정성과 기술을 이 사리장엄구에 쏟았다. 지하의 왕을 위한 금관에서 지상의 탑 속에 절대자의 분신인 사리를 모시는 장엄구로 정성을 옮긴 것이다.

사리함의 전통은 역시 백제에서 시작되었다. 왕흥사 사리함, 미륵사 서탑 사리함, 왕궁리 오층석탑 사리함 등은 백제 금속공예의 하이라이트들이다. 통일신라는 이 사리함의 전통을 이어받아 통일신라식으로 발전시킨 아름답고 화려한 사리장엄구를 석탑에 봉안하였다. 그 첫 번째가 감은사 삼층석탑의 사리장엄구이며 이는 나원리 오층석탑, 황복사 삼층석탑, 불국사 석가탑, 칠곡 송림사 오층전탑 사리함으로 이어진다.

감은사탑 사리장엄구는 네 면에 사천왕을 조각으로 붙인 사각형 외함(높이 27센티미터) 안에 가마 모양의 화려한 보장형(寶帳形) 사리기를 따로 모시고 그 가운데에 수정사리병을 봉안하였다.

외함은 이국적인 얼굴로 목과 허리, 무릎을 꺾은 삼굴(三屈) 자세를 취한 사천왕의 몸동작을 생동감 있게 표현해놓았고 문고리 장식, 구름무늬도 곁들여 아주 장엄하고 높은 품격을 보여준다. 작은 수정사리병은 앙증맞을 정도로 귀엽고 뚜껑도 깜찍스럽다.

상하 두 단으로 구성된 이 보장형 사리전의 구조를 보면, 하단은 석탑의 기단부가 연상되는 튼실한 구조에 주악천녀로 장식하였다. 피리를 불고 춤을 추는 천녀의 조각은 아주 섬세하고 품위 있고 고귀한 자태를 보인다. 상단은 대나무 모양의 네 기둥이 더없이 화려한 이중 보개(寶蓋)를 떠받치고 빈 공간 가운데에는 수정사리병을 모시는 아름답고 장엄한 장치를 하고 사방팔방에 작은 조각으로 스님상과 사천왕을 배치하였다. 낱낱의 조각들은 몸동작과 표정이 명확하여 그 자체로 독립된 조각 작품이라고 할 만하다.

| 감은사 동탑 출토 사리장엄구 | 감은사탑에는 통일신라 금속공예의 꽃이라 불리는 환상적인 사리장치가 봉안되어 있었다.

　　다양한 미니어처 조각들로 구성된 보장형 사리전(舍利殿)은 통일신라 사람들이 창안한 공예의장으로 우리나라뿐 아니라 동아시아 사리장엄구 중 최고의 명작이라 할 불교 공예품이다. 이 사리함의 발견으로 감은사탑은 건축적으로나 공예적으로나, 나아가서는 정신적으로나 통일신라 문화의 장려함을 한 몸에 지닌 유물로 칭송됨에 한 치의 부족함이 없게 되었다.

고선사탑과 석가탑

　　감은사탑 이후 모든 통일신라의 석탑은 그 기본을 여기에 두었다. 거의 비슷한 시기에 제작된 고선사탑의 경우는 감은사탑과 가히 쌍벽을 이룰 통일신라 초기의 명작이다. 원효대사가 주지스님으로 계시던 암곡동 고선사터가 덕동호에 수몰되는 바람에 지금은 국립경주박물관 뒤뜰

| 고선사터 삼층석탑 | 원효대사가 주지스님으로 주석하던 고선사의 삼층석탑에는 초기양식이 지니는 장중함이 서려 있어 보는 이를 압도하는 힘의 미학이 있다.

한쪽 모퉁이에 처박히듯 세워져 있는 저 시대의 명작을 사람들은 별로 눈여겨보지 않는다. 고선사탑은 그 스케일과 형태에서 감은사탑과 거의 비슷하다. 다만 하늘을 찌를 듯한 찰주가 없고 선 마무리가 약간 부드럽다는 차이가 있을 뿐으로, 장중함에서는 감은사탑 못지않다.

감은사탑과 고선사탑이 세워진 지 80년이 지나면 석가탑이 등장하여 삼층석탑의 형식은 이제 최고의 완성에 이른다. 더할 것도 덜할 것도 없는 정제된 아름다움, 단아한 기품과 고귀한 덕성, 빼어난 미모를 모두 갖

| 불국사 석가탑 | 더할 것도 덜할 것도 없는 완벽한 아름다움의 모범답안이라고
할까. 통일신라의 삼층석탑은 여기에서 형식의 완성을 이룩하게 되었다.

춘 조화적 이상미의 전형이 거기에 있다.

감은사탑에 비할 때 석가탑은 그 스케일이 3분의 2로 줄어들었다. 그
러나 그것은 왜소함이 아니라 알맞은 크기로의 축소였다. 감은사탑은
누가 보든 생각보다 크다고 말한다. 그 크기 때문에 1층 몸돌은 한 장의
돌로 만들지 못하고 네 개의 기둥돌을 세운 다음 네 장의 돌판을 붙여놓
고 그 속을 자갈로 채웠던 것이다. 그래서 감은사탑은 오늘날 뱀의 소굴
이 되었다. 내가 학생들에게 "감은사탑에 올라가서 사진 찍다가는 뱀에

게 물려 클레오파트라 뒤따르게 된다"고 말하면, 학생들은 내가 탑에 오르지 못하게 하려고 하는 말인 줄로만 안다. 그러나 내 말을 무시하고 기단부 갑석에 쭉 늘어앉아 사진 찍다가 1층 몸돌 기둥과 돌판 사이로 뱀이 고개를 내미는 바람에 자지러진 학생이 있었다. 이는 고선사탑도 마찬가지다.

더욱이 지붕돌도 네 장의 돌을 짜맞추었으니 그 선의 마무리는 거칠 수밖에 없다. 그러나 석가탑은 1층 몸돌, 1층 지붕돌, 2층 몸돌, 2층 지붕돌, 3층 몸돌, 3층 지붕돌 등이 각각 한 장의 돌로 되어 있다. 그래서 세련과 완결미는 여기서 빛나게 마무리된 것이다.

그렇다한들 나는 아직 감은사탑 같은 미인을 본 적이 없는 것 같다. 감히 근접하기 힘든 기품을 갖춘 그런 미인이다. 어쩌다 종묘제례악 수제천을 듣거나,「그레고리언 찬트」를 들었을 때, 그리고 청도 운문사에서 비구니 승가학교 학생들의 아침 예불 합창을 들었을 때 그것이 감은사탑 같은 감동이었으니 아마도 이승에서는 찾지 못할 것 같다.

아! 감은사, 감은사탑이여!

* 첫 번째 책이 나오고 거의 1년이 됐을 때 당시 칠순이 넘으셨던 나의 어머님께서 어느 날 "애야, 에미도 네 책 표지에 나오는 감은사탑 좀 보여주렴" 하고 어렵게 부탁하셨다. 나는 순간 낯모르는 사람은 누구든 답사를 안내하면서 정작 부모님은 한번 모시고 간 일이 없는 불효가 부끄러웠다. 그래서 그 주말에 부모님을 모시고 감은사에 갔다.

감은사터 조망대에 올라가서 오래도록 둘러보시고 나서 어머니가 내게 하신 말씀이 있었다.
"애야, 이런 게 네가 책에서 폐사지라고 한 거니?"
"예, 어머니도 많이 기억하시네요."
"아니다. 그 말이 하도 신기해서다."
"그러면 뭐라고 해요?"
"우린 이런 걸 보면 그냥 망한 절이라고만 그랬지. 망한 절을 망했다고 하지 않고 거기서 좋은 걸 찾아 말했으니 네가 복 받은 거다. 아무쪼록 그렇게 살아라."
감은사탑은 석양의 실루엣이 정말 아름답다. 토함산으로 넘어간 태양이 홍채를 뿌려 배경을 은은하게 물들일 때 감은사탑은 장엄의 극치를 보여준다.

불국사 안마당에는 꽃밭이 없습니다

우리나라 문화재의 얼굴

대한민국 국민으로 의무교육을 받고도 불국사를 모르는 사람이 있을
까? 없을 것이다. 아직 경주에 가보지 못한 인생이야 있겠지만 경주를
보러 가서 불국사에 다녀오지 않은 사람이 몇이나 될까? 없을 것이다.
그런 의미에서 불국사는 우리나라 문화재 중 가장 높은 지명도를 갖고
있다고 할 수 있다.

그러면 불국사를 보고 나서 멋지다, 아름답다는 생각을 하지 않은 사
람이 몇이나 있을까? 불국사를 보고 나서 시시하다고 말하는 사람이 있
기는 있을까? 없을 것이다. 그런 의미에서 불국사는 우리나라 문화재의
얼굴이며 한국미의 한 상징이다.

한 건축 잡지에서 건축가들에게 설문조사를 하면서 '가장 높게 평가

하는 전통 건축'을 묻는 질문에 불국사가 첫째는커녕 다섯 손가락 안에
도 들지 못한 것을 보고 적이 놀라지 않을 수 없었다. 훌륭하고 유명한
것이 공연히 시샘을 받아 오히려 무시당하고 홀대받으면서 유명세를 치
르는 것이야 세상사에 흔한 일인 줄 알지만 전문가라 할 건축가들마저
불국사를 이렇게 외면할 줄은 정말 몰랐다. 더욱이 이 설문을 보는 순간
나라면 '우선 뭐니뭐니 해도 첫째는 불국사가 아닐까'라고 속으로 생각
했기 때문에 더 그런 서운한 생각이 들었던 것 같다. 더 솔직히 말하자
면 불국사를 꼽지 않은 설문 응답자들의 시각과 안목이 오히려 문제라
고 생각했다.

나의 주관적 견해로 우리나라의 대표적인 전통 건축을 논하려면 반
드시 사찰 건축을 거론하지 않으면 안 된다. 그중 뛰어난 절집이라면 당
연히 영주 부석사, 순천 선암사, 경주 불국사가 꼽힐 만하다고 생각하고
있다. 그런데 이 세 절은 건축적 지향점, 특히 자연과의 조화 관계가 아
주 다르다. 부석사는 백두대간의 여맥을 절 앞마당인 양 끌어안는 장엄
한 스케일을 보여주고, 선암사는 부드러운 조계산 자락이 사방에서 감
지되는 아늑한 산중에 자리 잡았는데, 불국사는 산자락을 타고 올라앉
았으면서도 비탈을 평지로 환원하여 반듯하게 경영되었다. 그래서 부석
사는 자리앉음새(location)가 뛰어나고, 선암사는 건물과 건물 간의 공
간(space) 운영이 탁월하며, 불국사는 돌축대의 기교(technic)와 가람
배치(design)의 묘가 압권이다. 그런 저마다의 특징으로 인하여 한국 사
람은 부석사를, 일본 사람은 선암사를, 서양 사람은 불국사를 더 좋아한
다. 한국 사람은 부석사의 호방스러운 기상을, 일본 사람은 선암사의 유
현(幽玄)한 분위기를, 서양 사람은 불국사의 공교로운 인공(人工)의 멋
을 높이 평가하는 것이다.

그런데 부석사 같은 절, 선암사 같은 절은 다른 예가 참 많다. 하지만

| **불국사 전경** | 회랑이 있는 쌍탑 1금당의 정연한 자태는 화엄불국토의 장엄한 모습이자 고대국가의 권위를 상징하는 것이기도 하다.

불국사처럼 자연과 인공을 대비하면서 조화를 구한 절은 달리 예를 찾아볼 수 없는 유일본이다. 그 점에서 불국사는 어떤 건축보다도 독창적이고 독특한 건축이라 할 수 있다.

김대성 창건설의 의문

불국사 창건에 관한 기록으로 지금 우리가 믿을 수 있는 것은 『삼국유사』에 나오는 "대성이 두 세상 부모에게 효도하다(大城孝二世父母)" 뿐이다. 이 설화의 내용은 익히 알려져 있고 나의 답사기 제2권 「토함산 석불사 1」의 '김대성의 창건설화'에 전문이 실려 있으니 다음 두 대목을 상기시켜두면서 이야기를 계속하고자 한다.

이에 현세의 부모님을 위하여 불국사를 세우고 전생의 부모님을
위하여 석불사를 세우고 신림(神琳)과 표훈(表訓) 두 스님을 청하여
각각 머물게 하였다.(「고향전(古鄕傳)」)

경덕왕 때 대상(大相)인 김대성이 천보 10년 신묘(751)에 불국사
를 세우기 시작하여 혜공왕대를 거쳐 대력 9년 갑인(774) 12월 2일
에 대성이 죽었으므로 나라에서 이를 완성하고 처음에 유가의 대덕
인 항마(瑜伽大德降魔)를 청하여 이 절에 거주케 하고 오늘에 이르렀
다.(「사중기(寺中記)」)

일연스님은 이 두 기록을 재인용하면서 어느 것이 옳은지 모르겠다고
했다. 사실 우리에게 큰 의문점을 남기는 것은 둘 중 어느 것이 사실이
냐는 문제보다도 김대성이 제아무리 국무총리를 지냈기로서니 개인으
로서 어떻게 이와 같은 대역사(大役事)를 일으킬 수 있었으며, 또 그가
완성하지 못한 것을 왜 국가가 나서서 마무리했는가다.

그런데 이 의문의 답을 다름 아닌 『삼국유사』의 경덕왕조에서 찾아볼
수 있다는 탁월한 견해가 남천우(南天祐) 박사와 신영훈(申榮勳) 선생
두 분에 의해 제기되었다.

경덕왕의 아들 얻은 이야기

하늘이 인간에게 복을 내릴 때 전부 다를 주는 법은 없다고 한다. 그
래서 세상은 공평하다는 말도 있다. 통일신라의 문화적 전성기를 장식
했던 경덕왕은 복이 많은 분이었지만 자식 복이 없어서 아들을 낳지 못
했다. 그래서 경덕왕은 능력 있는 스님인 표훈대사에게 아들을 낳게 해

달라고 부탁한다. 일연스님은 그의 독특한 상징어법으로 다음과 같이
충격적인 문장으로 이야기를 시작했다.

경덕왕의 옥경(玉莖, 성기)의 길이는 8촌이었는데 아들이 없으므로
왕비를 폐했다. (…) 후비 만월(滿月) 부인은 (…) 각간 의충(義忠)의 딸
이다.

한국 고건축의 과학성을 밝히고자 노력했던 일본인 측량기사 요네
다 미요지(米田美代治, 1907~42)가 규명하기를 불국사를 세울 때 쓴 자는
1자가 29.7센티미터였다고 했다. 1자가 10촌이니 경덕왕의 옥경은 무려
23.76센티미터나 된다. 그렇다면 경덕왕은 보통 남자보다는 한참 큰 옥
경을 갖고 있었던 셈이다.

그런데 경덕왕이 아들을 못 낳은 것을 신영훈 선생은 '8촌이나 되므
로'로 해석하면서 경덕왕에게 문제가 있다고 보았고, 남천우 박사는
'8촌이나 되는데'로 해석하면서 남자 쪽에는 아무런 이상이 없다고 풀
이했다. 다른 사람도 아니고 스님인 일연이 이런 식으로 이야기를 시작
했다는 것을 생각하면 그분은 정말 큰스님이었다는 존경심이 일어난다.
큰스님 일연은 그 뒷이야기를 이렇게 이어간다.

왕이 하루는 표훈대덕(大德, 덕이 높은 스님)에게 명했다.
"내가 복이 없어 아들을 두지 못했으니 원컨대 대덕은 상제(上帝)
께 청하여 아들을 두게 하여주오."
표훈이 천제(天帝)에게 올라가 고하고 돌아와서 아뢰었다.
"상제께서 딸은 얻을 수 있지만 아들은 얻을 수 없다 하십니다."
"딸을 바꿔 아들을 만들어주기 바라오."

표훈이 다시 하늘에 올라가서 청하니 상제는 말했다.

"할 수는 있지만 아들이 되면 나라가 위태할 것이다."

표훈이 내려오려 할 때 상제는 다시 불러 말했다.

"하늘과 사람 사이를 문란케 할 수 없는 것인데 지금 대사가 (하늘과 사람 사이를) 이웃 마을처럼 왕래하여 천기(天機)를 누설했으니 앞으로 는 다시 다니지 말아야 한다."

표훈이 돌아와서 천제의 말로써 왕을 깨우쳤으나, 왕은 말했다.

"나라는 비록 위태하더라도 아들을 얻어 뒤를 잇게 한다면 만족하 겠소."

그후 만월왕후가 태자를 낳으니 왕은 매우 기뻐했다.

태자는 8세 때 왕이 세상을 떠나 왕위에 올랐다. 이가 혜공대왕(惠 恭大王)이다. 왕은 나이가 어렸으므로 태후가 대신 정사를 보살폈으 나 정치가 잘 되지 않았다. 도둑이 벌떼처럼 일어나 미처 막아낼 수 없었다. 표훈의 말이 그대로 맞았다.

왕은 여자로 태어나려다 남자가 되었으므로 날 때부터 왕위에 오 를 때까지 항상 부녀가 하는 짓만 했다. 비단주머니 차기를 좋아하고 도사(道士)들과 함께 희롱했다. 그러므로 나라에 큰 난리가 생겨 마 침내 선덕왕(宣德王)이 된 김양상(金良相)에게 죽임을 당했다. (그리고) 표훈 이후에는 신라에 성인이 나지 않았다 한다.

경덕왕의 치세와 '문화대통령'

경덕왕(재위 742~65)은 통일신라 문화의 꽃을 피운 '예술의 왕자'였다. 오늘날 우리가 간절히 바라는 '문화대통령'이었다. 통일신라의 뛰어난 예술품은 모두 경덕왕 때 소산이다. 불국사, 석불사(석굴암), 석가탑, 다보탑은 물론이고 에밀레종, 경주 남산의 불상들, 안압지(雁鴨池) 출토의 판불(板佛)들…… 국립경주박물관의 불상과 불교관계 유물 중 뛰어난 것은 모두 이 시기의 작품으로 표기되어 있다. 오래전에 사라졌지만 거대하기 이를 데 없었다는 황룡사의 대종(大鐘)과 분황사의 약사여래입상도 이 시기에 제작된 것이다. 8세기 3/4분기 경덕왕 때는 이처럼 통일신라문화의 한 정점이었다.

그러나 그것은 통일신라 문화의 마지막 만개를 의미하는 것이기도 했다. 통일 후 100년을 두고 지속적으로 상승세를 보이던 전제왕권의 문화능력은 경덕왕으로 끝나고 만다. 경덕왕이 세상을 떠나고 그의 아들 혜공왕이 즉위하자 귀족들은 기다렸다는 듯이 전제왕권에 도전했다. 혜공왕은 결국 신하에게 죽임을 당하고 그 신하가 왕이 되니, 이후 왕권을 둘러싼 귀족들간의 다툼으로 앞 시대의 신라와는 다른 사회가 되었다. 그래서 김부식(金富軾)은 『삼국사기』 「신라본기」 마지막에 신라 사람들은 자신들의 나라, 천 년의 역사를 말하면서 건국부터 무열왕까지 통일 이전을 상대(上代) 신라, 통일 후 경덕왕까지를 중대(中代) 신라, 혜공왕부터 경순왕까지를 하대(下代) 신라로 시대 구분했다는 증언을 남겼다.

역사상 이런 현상은 아주 흔하여 차라리 그것이 문화사의 한 법칙처럼 여겨질 때도 있다. 고려왕조에서 중앙 문신귀족 문화의 절정은 12세기 3/4분기인 의종 연간이었다. 우리가 알고 있는 상감청자의 명품은 모두 이 시기에 제작된 것이다. 그러나 의종은 무신정변으로 물러나고 이후 고려의 귀족 문화는 성격을 달리할 수밖에 없었다. 또 조선왕조의 문예부흥기인 18세기 4/4분기, 정조대왕 시대의 문화 또한 정조의 급작스런 서거 이후 세도정치로 문화적 쇠퇴를 면치 못했다. 그래서 르네상스와 바로크 미술을 비교하여 미술사의 기초 개념을 제시한 것으로 유명

| 다보탑 | 석가탑과 달리 대단히 화려한 구성이지만 전혀 이질감이 없고 오히려 불국사의 다양함을 보여준다.

한 미술사가 하인리히 뵐플린(Heinrich Wölfflin)은 "르네상스라는 산마루는 담배 한 대를 다 피우고 가기에도 가파른 정상이었다"고 술회했다. 불국사는 이런 문화사적 변동의 흐름— 완만히 상승하여 급속히 하강하는 포물선— 의 정점에서 세워진 것이다.

경덕왕은 이런 문화적 난숙 속에 감지되는 불안과 위기를 느끼고 있었는지도 모른다. 『삼국사기』의 기록이 말해주고 역사가들이 증언하듯 경덕왕은 왕실의 전제정권이 귀족세력의 부상으로 흔들리는 것을 의식하여 왕권의 재강화를 위한 일련의 관제 정비와 개혁 조치를 취했다. 그래서 그는 전제왕권의 기틀을 확립한 아버지인 성덕대왕의 위업을 기리는 엄청난 대종인 에밀레종을 만들었고, 아들을 얻기 위한 대불사(大佛事)를 또 일으켰던 것이다. 고대국가의 왕은, 현대의 독재자도 이를 배

| 관음전에서 내려다본 회랑과 다보탑 | 불국사 가람 배치의 엄정성을 잘 보여주는 장면이다.

위 그대로 따라하듯이, 이런 대대적인 토목공사를 행하여 자신의 권위를 드높이고 대국민적·대귀족적 위엄을 과시하곤 했다. 그러자니 그것은 더욱더 위대한 것으로 잘 만들어야만 했다. 불국사를 지으면서 국무총리급이었던 김대성이 총감독을 맡은 것도 바로 이런 이유 때문이었다. 이런 무리한 토목공사는 국력을 쇠잔시키는 원인을 곧잘 제공하기도 했다.

그러나 경덕왕의 소망은 하나도 이루어진 것이 없었다. 왕권강화를 위해 절대적으로 필요한 아들을 얻기는 했지만 이 아들은 결국 귀족세력에게 죽임을 당했다. 성덕대왕신종도 경덕왕은 실패만 거듭해서 혜공왕 7년(771)에야 완성됐고, 불국사도 그는 완공을 보지 못하고 혜공왕때 준공을 보았으니 그것이 모두 감당할 수 없는 국력의 쇠미를 의미하

| **불국사 축대** | 불국사 건축이 다른 사찰과 가장 큰 차이를 보여주는 것은 축대다. 반듯한 석축과 자연석을 서로 이가 맞도록 조성한 석축이 잘 어울린다.

는 것인가, 아니면 그로 인한 국력의 위축을 말해주는 것인가. 그도 저도 아닌 천신의 뜻이었던가.

불국사 안마당엔 꽃밭이 없습니다

불국사는 삼국시대 이래 유행한 여러 가람 배치 중 달리 유사한 예를 찾아볼 수 없는 오직 하나뿐인 독특한 구조를 갖고 있다. 그 점에서 불국사의 특징과 매력과 가치가 모두 나온다. 우리나라 초기의 사찰은 시가지에 있는 평지 사찰이었다. 평양의 청암사터, 부여의 정림사터, 경주의 황룡사터가 그 대표적인 예이다. 옛 서라벌의 다운타운인 경주 구황동(九皇洞)에는 황룡사·분황사·황복사 등 황(皇)자 들어가는 절이 아홉개 있었다. 그래서 구황동이다. 이쯤 되면 혹자는 무슨 절이 한 동네에

| **관음전 곁문** | 세 단의 돌축대를 꽃계단으로 만들고 콩떡 담장에 기와지붕을 얹어 자연스러우면서도 인공미가 잘 살아난다.

아홉 개나 되냐고 반문한다. 그럴 때면 나는 서울 대치동 어느 아파트 상가 건물에는 교회가 열 개 있었다고 대답해준다.

당시의 절들은 대개 시내에 있었고 회랑을 갖추었다. 그래야 성속(聖俗)의 영역이 확실히 구분되었다. '왕즉불(王卽佛)'이라 했으니 부처를 모신 곳은 임금이 사는 곳에 준해야 했으므로 궁궐에 회랑이 있듯이 절에도 회랑이 있었던 것이다. 훗날에는 대웅전, 극락전 같은 전당 안이 예불 공간이 되었지만, 초기 사찰에서는 중문(中門)을 지나 들어선 회랑 안이 곧 성역이었다. 석가모니의 분신인 사리를 모신 목탑이 곧 예불 대상이었던 것이다. 거기엔 당탑(堂塔) 이외엔 어떤 장식도 허용하지 않는 엄격성이 있었다. 그러다 중대 신라로 들어서면 의상대사가 세운 화엄 10찰을 비롯하여 지방에 산사가 하나씩 세워지게 되었고 이때부터 산사에는 회랑이 없어졌다. 아마도 주변의 산세가 회랑의 역할을 하였던 것이 아닌가 생각한다. 그리고 하대 신라로 들어서면 구산선문(九山禪門)의 선종 사찰이 심심산골에 개창되면서 절집은 교종의 엄격성보다도 선종의 개방성이 강조되니 더 이상 회랑 같은 엄격한 질서나 구속을 요구하지 않았다. 차라리 자연의 묘리가 감지되는 여유로운 표정이 더 교리에 맞았고, 회랑 대신 꽃과 나무를 배치하는 정원이 생겼다. 그런 식으로 우리나라의 절집은 자연스럽게 평지 사찰에서 산지 사찰로 옮겨갔다.

그러나 불국사는 그 어느 것에도 해당되지 않는다. 불국사는 토함산 자락에 자리잡았지만 평지 사찰 개념으로 경영하였다. 불국사는 화엄세계를 추구하는 교종의 사찰이지 선종 사찰이 아니었다. 더욱이 불국토를 건축적으로 구현한 부처님의 궁전이었다. 그래서 불국사 안마당에는 회랑은 있지만 산사에서 볼 수 있는 아름다운 꽃밭도, 나무도 없다. 그 대신 산비탈을 평지로 환원하기 위한 엄청난 축대를 쌓아야 했다. 그것이 불국사의 가장 큰 특징이자 가장 큰 아름다움이 되었다.

불국사 석축의 아름다움

불국사 건축의 아름다움은 석축(石築)으로부터 시작된다. 불국사 석축은 누구에게나 벅찬 감동으로 다가온다. 일연스님은 석축의 구름다리를 일러 "동부의 여러 사찰 중 이보다 나은 것이 없다"는 한마디로 마감했다. 조선 후기의 한 낭만적 문인인 박종(朴琮)이 쓴 「동경(경주)기행」이라는 글에서는 "그 제도가 심히 기이하고 장엄하다"는 말로 감탄을 대신했다.

어쩌다 외국의 미술관에서 오는 손님이 있어 불국사로 안내하면 열이면 열 모두가 석축 앞에서는 "판타스틱!"(fantastic) 아니면 "원더풀!"(wonderful)을 연발한다. 불국사가 24년이 걸리도록 완공을 보지 못했

| **석축과 청운교 · 백운교** | 산자락을 다져 평지로 환원하기 위한 이 석축에는 불국토로 이르는 길이라는 상징성과 함께 자연과 인공의 조화를 통한 고대국가의 조화적 이상미가 구현되어 있다.

던 가장 큰 이유는 바로 이 석축 때문이었음이 분명하다.

전장 300자, 약 90미터의 이 석축은 대단히 복잡한 구성이어서 현란한 인상을 준다. 그러나 이상하게도 이 복잡하고 현란한 구성이 어지러운 것이 아니라 정연한 인상을 준다. 자세히 살펴보면 "경사지를 두 개의 단으로 조성하고 거기에 석축을 쌓았는데 아랫단은 자연미 나게 쌓았으며 윗단은 다듬은 돌로 모두 인공미 나게 쌓았다. 그리하여 단순한 가운데서 변화를 주며 또 자연미로부터 인공미에로의 체계성 있는 변화를 안겨오게 하였다".(리화선『조선건축사』제1권, 발언 1993) 동양미술사가인 페놀로사(Ernest F. Fenollosa)가 일본 나라(奈良)의 약사사(藥師寺, 야쿠시지) 쌍탑을 보고서 "얼어붙은 소나타 같다"는 찬사를 보낸 적이 있는데, 나는 이 불국사 석축이야말로 장대한 오페라에서 피날레를 장식하

| **경루의 석축** | 경루를 받치고 있는 석축은 간결한 구성의 단순미가 돋보인다.

　는 선율이 최고조에 달한 어느 한순간처럼 느껴지곤 한다.

　반듯하게 다듬은 장대석으로 네모 칸을 만들면서 열지어가는 것이 기본 틀인데 그 직사각형 속은 제각각 다른 크기의 자연석으로 꽉 채우고 청운교·백운교, 연화교·칠보교에서 인공미를 최대한 구가했는가 하면 크고 잘생긴 듬직한 자연석을 그대로 기단부로 삼는 대담한 여유를 보여주기도 했다. 자연석 기단 위로 인공석을 얹으면서 목조건축의 그랭이법을 본받아 그 자연석을 다치지 않게 하려고 인공석 받침들을 모

| **범영루의 기단** | 범종각인 범영루의 기단은 매우 화려한 구성이다.

양에 맞추어 깎아낸 솜씨는 그 기교의 절정이라 할 것이다. 그 엄청난
공력의 수고로움을 감당해낸 석공의 인내심은 거의 영웅적이다.

그런가 하면 반듯한 석축이 열지어가다가 범영루(泛影樓)에 이르면
화려한 구성의 수미산(須彌山) 모양 축대가 누각을 번쩍 들어올린다. 그
래서 고 최순우(崔淳雨) 선생은 「불국사 대석단」(『무량수전 배흘림기둥에 기
대서서』, 학고재 1994)에서 이렇게 묘사해냈다.

크고 작은 자연괴석들과 잘 다듬어진 장대석들을 자유롭게 다루면서 장단 맞춰 쌓아올린 이 석단의 짜임새를 바라보면 안정과 율동, 인공과 자연의 멋진 해화(諧和)에서 오는 이름 모를 신라의 신비스러운 정서가 숨가쁘도록 내 가슴에 즐거운 방망이질을 해주는 것이다. (…)

불국사의 이 대석단 중에서도 내가 가장 좋아하는 부분은 범영루 발밑에 쌓인 자연석 돌각담이었다. 우람스럽게 큰 기둥이 의좋게 짜여서 이 세상 태초의 숨소리들과 하모니를 아낌없이 들려준다. 이 세계에 나라도 많고 민족도 많지만 누가 원형(原形) 그대로의 지지리도 못생긴(사실은 잘생긴) 돌들을 이렇게도 멋지게 다루고 쌓을 수 있었을 것인가.

불국사의 교리적 상징체계

불국사의 마스터플랜이 어떠했는지를 우리는 지금 명확히 잡아내지는 못한다. 그러나 현재 남아 있는 건물과 1740년 동은(東隱)스님이 쓴 「불국사 고금 역대 제현 계창기(佛國寺古今歷代諸賢繼創記)」(이하 「역대기」)의 기록으로 유추해보면 그 대강을 파악하지 못할 것도 없다. 오늘날 우리는 불국사를 아름다운 고건축으로 대하는 관람객의 입장이지만 창건 당시의 건축 취지는 그야말로 불국토를 건축적으로 재현하는 것이었다. 따라서 이 절집의 돌 하나, 문 하나마다 그런 정신이 들어 있다.

이 점은 모든 종교 건축에 통하는 이야기이다. 서양 중세의 교회당 건축에서 평면의 기본 **계획**은 십자가였다. 십자가의 형**식**으로는 좌우상하의 길이가 같은 그리스형과 좌우보다 상하가 긴 라틴형이 있다. 그리스형 십자가를 평면으로 한 대표적인 교회는 콘스탄티노플의 아야소피아 사원이고, 라틴형 십자가를 옆으로 누인 평면으로 하는 것은 로마네스크 교회당 건축의 기본이었다. 이런 상징체계가 문짝에서 제단에 이르는 장식에 적용되면 매우 복잡해진다. 지금 이 자리에서는 그것을 이야기할 여유가 없지만 도상학(圖像學, iconography)으로서 미술사를 주창한 에르빈 파노프스키(Erwin Panofsky) 같은 분은 그런 것을 귀신같이 읽어내는 미술사가였는데, 우리의 미술사학계에도 그런 귀신이 빨리 나오기를 고대하면서 불국사 건축에 나타난 교리적 상징체계의 기본을 소개해두고자 한다. 다소 생소하고 지루하더라도 이것을 알아야 불국사가 제대로 보일 것이니 참을성 기르는 셈 치고 끝까지 읽어주시기 바란다.

불국사의 석축은 곧 천상의 세계로 오르는 벽이다. 그 정상이 수미산인데 범영루가 이를 의미한다. 그래서 「역대기」에서는 '수미범종각'이라고 이름하였고, 그 정상의 누각에는 108명이 앉을 수 있다고 하였다. 108은 물론 백팔번뇌를 의미한다. 그리고 천상으로 오르는 청운교와 백운교는 모두 33계단으로 곧 33천(天)의 세계를 의미한다. 청운교와 백운교의 위치는 책마다 다르게 나오는데 「역대기」에 의하면 위가 청운교, 아래가 백운교로 되어 있고, 「동경기행」에서도 위가 청운, 아래가 백운이라고 했지만 정확히 말하면 아래 계단이 끝나면서 무지개다리 모양으로 돌이 깔려 있는 부분이 백운교이고, 위의 계단이 끝나면서 자하문(紫霞門) 문턱에 다리를 가설하듯 돌을 깐 것이 청운교라고 했다. 어느 말이 맞는지 모르지만 위가 청운교이고, 아래가 백운교이다.

이리하여 33천에 올라 자하문에 들어서면 석가모니 부처를 모신 대웅전과 마주하게 되고 그 좌우로는 석가탑과 다보탑이 웃어른을 모시듯 우뚝 서 있다. 이런 쌍탑의 설정은 『묘법연화경』(약칭 『법화경』)의 「견보탑품(見寶塔品)」에 나오는 이야기를 그대로 건축적으로 구현한 것이다. 내용인즉, 다보불은 평소에 "내가 부처가 되어 죽은 뒤 누군가 『법화경』을 설하는 자가 있으면 내 그 앞에 탑 모양으로 땅에서 솟아나 '참으로 잘

하는 일이다'라고 찬미하며 증명하리라"고 서원(誓願)을 내었는데 훗날 석가여래가 『법화경』의 진리를 말하자 그 자리에 칠보로 장엄한 탑이 우뚝 섰다는 것이다. 이것이 다보탑의 내력이다. 그래서 다보탑은 화려한 작품이 되었다.

다보불과 석가여래의 이런 관계는 곧잘 이불병좌상(二佛並坐像)이라 해서 부처님 두 분이 나란히 앉아 있는 불상으로도 표현되곤 했다. 다보탑 사리함에서 나왔다는 불상 2구란 바로 다보·석가일 가능성이 크다.

대웅전 영역 서쪽으로는 서방 극락세계를 주재하는 아미타여래를 모신 극락전 영역이 따로 있는데, 여기로 오르는 계단은 칠보교와 연화교로 극락세계의 정문인 안양문(安養門)에 곧장 연결되어 있다. 칠보교는 칠보를 돋을새김으로 조각한 일곱 개의 계단인데 지금은 육안으로는 잘 보이지 않을 정도로 마모되었지만 「동경기행」을 쓴 박종은 선명하게 봤다고 기록하고 있다. 그러나 연화교의 연꽃 받침 조각은 지금도 선명하다. 극락세계로 오르는 길은 그렇게 칠보와 연꽃으로 장식되어 있다. 그리고 극락전 뒤쪽으로는 대웅전과 이어주는 3열의 돌계단이 각각 16단으로 모두 48단을 이루고 있다. 이는 아미타여래가 48가지 원(願)을 내어 극락세계를 건립한 것을 상징한다.

이러한 건축적 상징성은 비로전·관음전에서도 나타나고 있는데 나는 그 모두를 여기서 설명하지 못한다. 지금 내가 중요하게 생각하고 있는 점은 그 낱낱의 의미보다도 불국사 마스터플랜에는 그런 상징체계가 있음을 설득력 있게 증언하는 것이다.

불국사 건축의 수리적 조화

불국사가 아무리 훌륭한 교리적 상징체계를 갖추었다 하더라도 이것

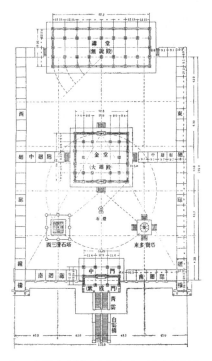

| **불국사 대웅전 영역의 배치 계획** | 다보탑과 석가탑을 잇는
길이의 반을 기본 단위로 하여 그것의 배수와 제곱근으로 각 건
물 위치를 정하였다. (요네다의 측량)

을 받쳐주는 형식을 제시하지 못했다면 아무것도 아니다. 그것은 예술
로나 건축으로나 실패를 의미할 뿐이다. 파노프스키의 친구로 그의 도
상학에 동조하여 인도, 인도네시아의 불교미술을 해석한 쿠마라스와미
(A.Coomaraswamy)는 『시바의 춤』(Dance of Siva)이라는 책에서 "과학
에 근거하지 않은 예술은 아무것도 아니다"(The Art without science is
nothing)라고 단언하면서 수리적 체계의 조화를 강조했는데 불국사는
그에 걸맞은 비례 관계를 지니고 있다. 이에 대한 분석은 요네다가 발표

한 「불국사 조영계획에 대하여」라는 논문에 수치와 도면으로 제시되어 있다. 여기서 말하는 수치란 비례 관계이며 그것이 조화(harmony)와 균제(symmetry)의 근거가 된다.

그 내용을 요약해보면, 불국사는 다보탑과 석가탑 사이 간격의 1/2을 기준 단위로 하고 그것의 일정한 배수로 건축물들을 규모 있게 배치하였다. 회랑의 너비는 기준 단위의 4배, 길이는 기준 단위의 5배로 되어 있으며, 금당의 북벽 중심은 기준 단위의 4배(남회랑의 너비)로 이루어지는 정삼각형의 정점과 일치한다. 즉, 경루(經樓)에서 종루(鐘樓)에 이르는 길이로 정삼각형을 그리면 꼭짓점은 대웅전 뒷벽에서 만나고, 대웅전 계단을 중심으로 하여 석가탑·다보탑의 중심을 잇는 원을 그리면 역시 대웅전 뒷벽에 닿는다.

석등을 중심으로 대웅전·석가탑·다보탑이 동일한 거리에 있으며 대웅전 지붕 높이와 자하문의 거리는 1:2의 비율로 되어 있다. 석가탑 높이를 반지름으로 하여 원을 그리면 대웅전 앞뜰 전체 공간이 포함된다. 건축물의 평면 크기도 기준 단위와 일정한 관계를 가지고 있다. 동서 두 탑의 아래층 기단 기준 단위의 1/3이고 강당의 정면 기둥 사이 간격은 기준 단위의 2/5(단위기준을 한 변으로 하는 정방형 대각선의 1/5)이다. 이것은 기준 단위를 설정하고 제곱근으로 계산되는 치수까지도 대각선(전체 또는 등분)을 전개하면서 쉽게 양적 관계를 표시하였다는 것을 말해준다. 다보탑·석가탑의 하층기단의 폭은 대웅전 한 변의 1/3이며, 석가탑의 평면 크기는 대웅전 평면의 1/10이다. 이런 정연한 비례 관계 때문에 불국사에는 여느 절에서 볼 수 없는 정연한 기품이 살아 있다.

불국사 건축의 세부 관찰

이제 나는 불국사 낱낱 유물의 아름다움을 살필 차례가 되었다. 석가탑, 다보탑, 석등과 배례석, 금동아미타여래좌상, 금동비로자나불좌상, 불국사 사리탑, 그 어느 것 하나 나라의 보물 아닌 것이 없고, 명품 아닌 것이 없다. 이 낱낱 명작에 대한 해설은 별도의 장이 아니고서는 불가능하다. 그러나 지금은 그럴 여유가 없다. 그 대신 나는 답사객이 그냥 지나치기 쉬운 감추어진 아름다움을 제시하는 것으로 나의 임무를 다하고자 한다.

나는 경주에서 곧잘 손님을 맞이한다. 특히 외국 박물관의 관계자가 경주를 방문하면 안내를 자원하여 한국미술의 전도사로서 임무를 다하려고 노력해왔다. 그들이 한국을 인상 깊게 보고 가면 그 박물관의 한국실에 대한 대접이 달라지기 때문이다. 그럴 때 내가 빼놓지 않고 보여주는 불국사 건축의 오묘한 디테일들을 여기에 공개하고자 한다. 시카고 미술관의 제임스 우드 관장 부부가 왔을 때 나는 이 코스를 그대로 돌았다.

첫 번째는 대웅전 정면으로 오르는 돌계단의 소맷돌 측면의 살짝 둥글린 곡선의 아름다움이다. 마치 옷깃의 선 맛을 낸 것도 같고, 소매끝의 곡선 같기도 한데 그 날카로운 듯 부드러운 아름다움엔 더할 수 없는 기쁨이 일고, 그런 미세한 아름다움을 구사한 옛사람의 마음을 생각하면 놀라움이 일어난다. 우드 관장을 이 자리에 끌고 오자 그는 "믿을 수 없다!"(unbelievable)를 여러 번 되뇌며 고개를 절레절레 흔들었다.

두 번째는 석가탑의 탑날개 직선의 묘이다. 사람들은 다보탑을 볼 때 그 화려한 구조의 묘를 자세히 살피면서도 석가탑은 전체적 인상만 즐길 뿐 세부적 관찰은 포기하곤 한다. 석가탑은 무엇보다도 지붕돌이 상

| **대웅전 돌계단 소맷돌** | 저고리 소매끝 같은 이 고운 곡선의 묘를 살려낸 석공의 마음은 도대체 어떤 것이었을까. 그래서 소맷돌이라고 했나?

큼하게 반전한 맵시가 일품이다. 그러나 이를 자세히 살피면 지붕돌은 기울기가 직선으로 되어 있고 반전된 것이 아님을 알 수 있다. 처마를 직선으로 뻗게 하다가 추녀 부분에서 살을 두툼히 붙여 급하게 깎아낸 것인데, 그것을 밑에서 올려다보니까 살포시 반전한 느낌을 갖게 된다. 착시 현상을 이용하여 곡선의 느낌을 창출한 것이다. 석가탑의 아름다움은 바로 우아한 부드러움이 있으면서도 견실한 힘이 느껴지는 이런 디테일의 묘에 있다.

세 번째는 석축의 그랭이법으로, 자연석 위에 얹힌 장대석을 자연석 모양에 따라 깎은 것이다. 외국인들은 대개 여기에서 자지러지듯 놀라며 인공과 자연의 조화에 얼마나 많은 공력과 계산이 들었는가를 인정하게 된다. 그리고 극락전 바깥쪽 서쪽 면의 축대 쌓기에 이르면 그 감동은 절정에 이른다. 불국사 석축 정면에서 왼쪽으로 돌아서면 비탈길

| **연화교 연꽃무늬 새김** | 연화교에선 날이 좋으면 이런 연꽃무늬를 볼 수 있다. 칠보교엔 칠보가 조각되어 있었다는데 지금은 자취조차 알 수 없다.

에 드러난 극락전의 석축이 있는데, 곧게 세운 세로줄 장대석을 가로지르는 허리축 걸림돌이 수평으로 뻗어가다가 오르막에서 급격한 꺾임새를 나타내는 동세는 천하의 일품이다. 수직 수평으로 교차하는 장대석을 마치 목조건축의 가구(架構)인 양 못처럼 박아놓은 동틀돌로 조이면서 입체적으로 돌출시킨 아이디어도 여간 놀라운 것이 아니다. 우드 관장과 경주를 함께 답사하고 헤어지면서 경주에서 가장 감동적인 것 하나만 꼽아보라고 했다. 그러자 그는 어려운 문제라며 머뭇거리더니 결국은 이 극락전 서쪽 석축의 짜임새를 꼽았다. 그때 우드 관장은 정말 "경이롭다"(marvelous)라고 했다.

네 번째는 극락전 안양문에서 연화교를 내려다보면서 연꽃 무늬가 계단을 타고 내려가는 장면을 보는 것이다. 계절과 시각과 광선에 따라 선명도에 차이는 있지만 육안으로 반드시 간취된다. 우드 관장은 이 조

| 불국사 석축 정면 | 90미터에 달하는 석축은 자연석과 인공석의 다양한 벽화로 이루어졌다. 돌계단의 설치로 긴 석축이 지루해 보이지 않고, 자연석 위에 인공석이 올라앉아 아주 조화롭다.

각 새김을 보는 순간 "믿기지 않는다"(incredible)라고 했다.

다섯 번째는 관음전에 올라 관음전 남쪽 기와담 너머로 보이는 회랑과 다보탑을 꼭 보여주는 것이다. 여기서 보는 시각이, 회랑이 있는 절집의 정연한 기품이 무엇인가를 남김없이 제시해주기 때문이다.

여섯 번째, 불국사 서북쪽의 빈터에는 불국사 복원 때 사용되지 않은 석조 부재들이 널려 있는데 이중 주춧돌이야 누구나 알 만한 것이지만, 뒷간에 사용되었던 타원형으로 구멍난 돌은 참 신기하고 재미있다. 또 한쪽에는 완벽한 단독 뒷간이 있다. 그것은 상상 외로 멋있고 조형적이다. 우드 관장이 이 멋있는 단독 뒷간을 보면서 왜 이것만 이렇게 잘 만들었는지 묻자 나는 즉흥적으로 "관장님 전용"(Director's only)이라고 대답해주었다. 그러자 그는 웃으며 내가 유머 책을 쓰면 그 책은 베스트

| **그랭이법 석축** | 자연석의 초석을 깎는 것이 아니라 위에 얹는 장대석을 자연석에 맞추어 깎았다. 이런 기법을 목조건축에선 그랭이법이라고 한다. 다른 나라엔 예가 없다.

셀러가 될 거라고 했다.

그런데 이상하게도 여기에는 네모난 돌에 버들잎 모양으로 홈을 파고 아래쪽에 작은 구멍을 내놓은 용도 미상의 석물이 있다. 환자용 변기 모양새를 하고 있는데, 신영훈 선생은 이것이 실내에 설치한 수세식 변기로서 여성용이 아니었겠는가 추측하였다. 나도 처음엔 그렇게 생각했다. 그러나 자꾸 보니까 변기가 아니라 혹시 용변 후 물을 담아 밑을 씻던 물받이 석조가 아니었을까 하는 생각이 든다. 우드 관장과 왔을 때도 이것을 골똘히 관찰하고 있는데 그는 또 내게 이게 뭐냐고 물었다. 그때 나의 짧은 영어로 대답할 수 있는 것은 한마디뿐이었다. "8세기의 비데"(8th century's bidet) 그러자 다른 때 같으면 "리얼리?"(really)라고 동의성 반문을 했을 텐데 이 순간에는 내 어깨를 가볍게 치면서 "못 당하겠네"(You win) 하며 너털웃음을 터뜨렸다.

| 뒷간 설치물 | 구조가 당당한 석조 뒷간이다. 용도를 알 수 없는 이 버들잎 모양의 홈돌은 혹시 '8세기 비데'가 아닐까 생각해보게 된다.

    그러나 이 자리에서 놓쳐서는 안 될 가장 중요한 사항은 작은 일각문 너머 있는 뒷간에 다녀오는 일이다. 일을 보기 위해서가 아니라 거기서 멀리 불국사 강원(講院)을 합법적으로 바라볼 수 있기 때문이다. 멀리 보이는 강원, 그것은 우리가 늘 보아온 산사의 한 정경인데 불국사가 회랑이 있는 평지 사찰로 경영되는 바람에 여기서 보는 산사의 편안한 분위기가 새삼 따뜻하고 정겹게 느껴진다. 그것을 우리는 불국사의 여운으로 삼아도 좋겠다.

    우드 관장이 멀리 솔밭 아래 오붓하게 들어앉은 강원을 보면서 "나는 세계의 무수한 나라를 방문했는데 자연이 예술과 건축에서 차지하는 비중이 이렇게 큰 나라는 처음 보았다"고 신기한 느낌을 말하였다. 그때 나는 "이것은 단지 예고편일 뿐입니다"(It's only a preview)라고 대답했다.

불국사 답사는 여기서 마무리하고 결론 삼아 한마디를 덧붙이고 싶다. 언젠가 나는 답사엔 초급, 중급, 고급이 있다고 했는데 불국사는 당연히 초급 코스에 속한다. 그렇다고 해서 초급자가 초급 코스를, 중급자가 중급 코스를 좋아하는 것은 아니다. 초급자가 오히려 중급 코스를 더 가고 싶어 하고, 중급자는 고급 코스에서 더 큰 매력을 느낀다. 그런데 고급자가 되어야 비로소 초급 코스의 진가를 알고 거기를 즐겨 찾게 된다. 그런 진보와 순환의 과정이 인생유전의 한 법칙이고 묘미인지도 모른다. 결국 불국사는 답사의 시작이자 마지막인 것이다.

저 잔잔한 미소에 어린 뜻은

직장인에게 답사란 꿈일 뿐

아주 오래전의 추석날이었다. 차례 지내고 나서 특별한 일도 없어 낮잠이나 늘어지게 자보려고 길게 누워 있는데 막냇동생이 평소와는 달리 제 아내와 함께 정중히 찾아와서 부탁하는 것이었다.

"형! 우리도 답사 좀 데려가줘."

"누가 오지 말래? 네가 직장이 바빠서 못 따라온 거지."

"그러니까 오늘 가면 안 돼? 운전은 내가 할게."

"정신 나가기 전에야 이 연휴에 어딜 간다고 나서냐?"

"그래도 연휴 아니고서야 갈 수 없잖아. 형수하고 우리 넷이서 1박 2일로 갑시다. 엄마, 아버지가 집 봐준다고 했어."

미리들 다 짜고 조르는 것인 줄 그제야 알고 나는 본격적으로 안 된다고 방어 태세를 갖추는데 제수씨가 앞질러 나온다.

"아주버니, 저도 꼭 가보고 싶었어요."

그것을 거부할 힘이 내게는 없었다. 직장인, 그것도 소위 괜찮다는 직장의 중간 간부는 사실상 자기 생활이 없다는 것을 나는 잘 알고 있다. 내 아우의 하루는 그야말로 세븐 - 일레븐이다. 아침 7시에 출근해서 밤 11시에 돌아온다. 그런 동생이 맘먹고 부탁한 걸 교통지옥이 아니라 생지옥이라도 들어주지 않을 수 없는 일이었다.

그러면 어디로 갈 것인가? 동생 내외와 나의 아내와 함께 둘러앉아 답사 계획을 짜는데 아우는 폐사지라는 걸 하나 보았으면 좋겠다고 하고, 제수씨는 아무 데고 한가한 곳이면 좋겠다고 하는데, 나의 아내는 하나를 보아도 제대로 된 감동적인 유물을 보았으면 한다고 했다. 이 세 가지 요구를 다 충족하는 답사 코스로, 내가 서울에서 출발하는 당일 답사의 영순위로 삼고 있는 서산 마애불(磨崖佛)과 보원사(普願寺)터를 제시했고 모두들 거기에 합의했다.

더없이 평온한 내포땅의 들판길

집을 떠나 서울에서 천안을 거쳐 예산으로 들어가는 데 물경 일곱 시간이 걸렸지만 오랜만에 한 공간에 앉아 형제간에 동서간에 이야기꽃을 피우느라고 지루한 줄 몰랐다. 우리가 이렇게 긴 시간 한자리에 함께한 적은 없었던 것 같다. 이윽고 우리가 달리는 45번 국도가 훤하게 뚫렸을

| **내포평야** | 내포땅의 풍요로움을 남김없이 느낄 수 있는 이 평화로운 길은 평범한 것의 아름다움을 되새기게 해준다.

때 비로소 우리는 답사 기분을 낼 수 있었다.

내포땅을 가면서 차창 밖으로 펼쳐지는 들판을 바라보는 것은 그 자체만으로도 커다란 기쁨이다. 이 길을 지나면서 잠을 잔다거나 한밤중에 이 길을 간다는 것은 거의 비극이라 할 만하다.

창밖에 스치는 풍광이라고 해봤자 낮은 산과 넓은 들을 지나는 평범한 들판길이다. 그러나 이 비산비야(非山非野)의 들판길은 찻길이 항시 언덕을 올라타고 높은 곳으로 나 있기 때문에 넓게 내려다보는 부감법의 시원한 조망을 제공한다. 아름다운 드라이브 코스란 흔히 강을 따라 난 길, 구절양장으로 기어오르는 고갯길을 먼저 떠올리겠지만 그런 고정관념을 깨뜨리면서 평범한 들판길이 오히려 아름답다는 것을 보여주는 곳이 바로 여기다.

초가을 45번 국도변에는 코스모스가 만발해 있었다. 희고 붉게 핀 꽃

대가 무리지어 끝없이 늘어서서 앞차가 일으킨 바람에 쓸려 눕다가도 우리가 다가서면 다시 곧추 일어서서 환영의 도열이라도 하듯 꽃송이를 흔든다. 내 맘 같아서는 진홍빛 붉은 꽃이 좀더 많아서 꽃띠의 행렬을 더 진하게 느낄 수 있다면 하는 바람도 있지만, 이따금 나타나는 금송화의 노란빛과 철 늦도록 피어 있는 키 큰 접시꽃의 마지막 꽃송이들이 의외의 기쁨을 더해준다.

들판엔 추수를 기다리는 벼 포기들이 문자 그대로 황금빛을 이루면서 초가을의 따스한 햇볕 속에 해맑은 노랑의 순색을 발하고 있다. 벼 포기의 초록빛과 벼 이삭의 누런빛이 어우러져 설익은 논은 연둣빛이 되고 농익은 논은 갈색이 되지만 엷은 바람에는 너나없이 단색의 노랑으로 변하며, 그 일렁이는 황금빛 물결 속에 먼 산의 단풍도 길가의 화사한 꽃들도 모두 묻혀버린다. 나는 언젠가 가을 답사 때 동행했던 나의 주례 어른이신 고 리영희 선생이 가을 들판을 바라보면서 독백처럼 흘렸던 이야기를 기억하고 있다.

"나는 가을날의 단풍이라고 하면 먼 산을 울긋불긋하게 물들이는 화려한 색감을 말한다고만 생각했는데 나이가 들어가면서 단풍의 주조는 누렇게 익어가는 벼 이삭에 있다는 것을 알게 됐어요. 나이가 들고서야."

이처럼 지극히 평범하고 지극히 일상적인 풍광이 느끼기에 따라선 기암절경보다도 더 진한 감동으로 다가올 수도 있다. 그것은 지금 우리가 가고 있는 충청도 땅, 옛 백제의 아름다움 속에 피치 못하게 개입해 있을 풍토적 성격일지도 모른다.

서산 마애불의 '발견 아닌 발견'

우리의 여로는 꽃길을 헤치고 황금빛 들판을 가로질러 달리기를 몇 차례 거듭하다가 제법 번화한 운산에 닿았다. 여기서는 찻길이 비좁아 항시 시가지를 빠져나가는 데 애를 먹는데 운산에서 서산 마애불이 있는 용현계곡으로 들어가기 위하여 고풍으로 꺾어들어가 저수지 둑 위로 오르니 호수의 평온한 풍광도 풍광이지만 눈 아래 아련하게 펼쳐지는 고풍마을의 모습이 더없이 평화롭게 느껴졌다. 한가한 곳에 가고 싶다던 제수씨는 벌써 답사를 만끽하며 "야, 좋다!"라고 가벼운 탄성을 지르며 유리 차창을 내린다.

서산 마애불은 이 고풍저수지가 끝나면서 시작되는 용현계곡, 속칭 강댕이골 계곡 깊숙한 곳에 솟은 한쪽 벼랑의 인바위〔印岩〕에 새겨져 있다. 하기야 불상이 새겨져 있어서 인바위라는 이름을 얻었겠건만 이제는 거꾸로 그렇게 부를 수밖에 없게 됐다.

인바위에 마애불이 있다는 사실을 인근 사람들은 오래전부터 알고 있었으나 문화재 관계자들은 몰랐다. 그래서 강댕이골 저 안쪽 보원사터에 있는 석조물들은 일찍부터 문화재로 지정되었지만 마애불에 대해서는 알려진 바가 없었다.

그러던 중 1959년 4월, 오랫동안 국립박물관 부여분관장(오늘날의 국립부여박물관장)을 지낸 금세기의 마지막 백제인 연재(然齋) 홍사준(洪思俊, 1905~1980) 선생이 보원사터로 유물 조사 온 길에 마애불의 존재를 알게 되었다. 홍사준 선생은 이를 즉각 국보고적보존위원회(오늘날의 문화재위원회)의 이홍직(李弘稙), 김상기(金庠基) 교수에게 보고하였으며 위원회에서는 그해 5월 26일 당시 국립박물관(오늘날의 국립중앙박물관)의 관장 김재원(金載元) 박사와 황수영(黃壽永) 교수에게 현장조사를 의뢰하였고 조사단은 이 마애불이 백제시대의 뛰어난 불상인 것을 확인하였다. 이 때부터 우리는 이 불상을 서산 마애불 또는 서산 마애여래삼존상이라고 부르게 되었다.

서산 마애불의 발견 아닌 발견은 실로 위대했다. 서산 마애불의 등장으로 우리는 비로소 백제 불상의 진면목을 말할 수 있게 되었다. 서산 마애불 등장 이전에 백제 불상에 대하여 말한 것은 모두 추론에 불과했다. 저 유명한 금동미륵반가사유상이나 일본 광륭사(廣隆寺, 코류지)의 목조반가사유상, 일본 법륭사(法隆寺, 호류지)의 백제관음 등은 그것이 백제계 불상일 것이라는 심증 속에서 논의되어왔던 것이다. 그러나 서산 마애불은 이런 심증을 확실한 물증으로 전환하는 계기가 되었다.

서산 마애불은 미술사적으로 두 가지 측면에서 크게 주목받고 있는데 그것이 바로 이 불상의 양식적 특징이자 매력 포인트이기도 하다. 하나는 삼존불 형식이면서도 여래입상 양옆의 곁보살〔夾侍菩薩〕이 독특하게 배치된 점이며, 또 하나는 저 신비한 미소의 표현이다.

먼저 삼존불 형식을 볼 것 같으면 이는 본래 삼국시대에 크게 유행한 것으로 동시대 중국과 일본의 불상에도 많이 나오는 6,7세기 동북아시아의 보편적 형식이라고 할 수 있다. 삼존불 형식이라고 하면 여래상을 가운데 두고 양옆에 보살상을 배치하는 것이다. 엄격한 도상 체계에 따르면 석가여래에는 문수와 보현보살, 아미타여래에는 관음과 세지보살, 약사여래에는 일광과 월광보살 등이 배치되게끔 한다. 그러나 그런 치밀한 도상 체계는 훨씬 훗날의 일이고 6세기 무렵에는 여래건 보살이건 그 존명(尊名)보다도 상징성이 강해서 그 보살이 무슨 보살인지 추정하

| **서산 마애불의 옛 모습** | 용현계곡 한쪽 벼랑에 새겨진 마애불의 옛 모습. 한때 보호각이 설치되었으나 지금은 보호각을 걷어내서 옛 모습을 되찾았다. (1959년 11월 이경모 촬영)

288

서산 마애불 289

기 힘든 경우가 많다.

　그런데 서산 마애불은 중국이나 일본, 고구려나 신라에서는 볼 수 없는 아주 독특한 구성이다. 오른쪽에는 반가상의 보살, 왼쪽에는 보주(寶珠)를 받들고 있는 이른바 봉주(捧珠)보살이 선명하게 조각되었기 때문에 이 도상의 해석이 매우 흥미로운 과제가 됐다.

　그런 중 이 도상의 '해석 아닌 해석'이 서산 마애불의 '발견 아닌 발견'에 결정적 계기가 된 재미있는 일화가 하나 전해지고 있다. 홍사준 선생은 보원사터를 조사하러 나올 때 마을 사람들이나 나무꾼을 보면 혹시 산에서 부처님 새긴 것이나 석탑 무너진 것 본 일 없느냐고 묻곤 했다고 한다. 이곳에는 본래 99개의 암자가 있었는데 어느 스님이 100을 채운다고 백암사(百庵寺)라는 절을 세우자 모두 불타버렸다는 전설이 있다. 이 백암사의 전설은 우리에게 절제와 겸손의 미덕을 가르치기 위해 옛어른들이 만든 이야기이겠지만 실제로 용현계곡 곳곳엔 암자터가 있었다. 지금 서산 마애불로 가는 길목에 돌미륵 한 분이 돌무지 위에 세워져 있는데 여기가 본래 백암사터였다는 설이 있다.

　홍사준 선생이 조사하러 다닐 때는 교통 사정, 도로 사정이 아주 흉악하고 인적이 닿지 않는 심심산골이 많던 시절이었다. 한국전쟁이 끝난지 불과 6년밖에 안 된 때였다. 그러던 어느 날 인바위 아래 골짜기에서 만난 한 나이 많은 나무꾼이 이렇게 말했다고 한다.

　"부처님이나 탑 같은 것은 못 봤지만유, 저 인바위에 가믄 환하게 웃는 산신령님이 한 분 새겨져 있는디유, 양옆에 본마누라와 작은마누라도 있시유. 근데 작은마누라가 의자에 다리 꼬고 앉아서 손가락으로 볼따구를 찌르고 슬슬 웃으면서 용용 죽겠지 하고 놀리니까 본마누라가 짱돌을 쥐고 집어던질 채비를 하고 있시유."

나무꾼의 해석은 당시만 해도 사회적으로 큰 문제가 됐던 축첩에 대한 반영이기도 하지만 그 풀이의 그럴듯함에 다시 한번 홍소를 터뜨리게 된다.

'백제의 미소'와 그 미소의 뜻

서산 마애불의 또 다른 특징이자 가장 큰 매력은 저 나무꾼도 감동한 환한 미소에 있다. 삼국시대 불상들을 보면 6세기부터 7세기 전반에 걸친 불상들에는 대개 미소가 나타나 있고, 이는 동시대 중국과 일본의 불상에서도 마찬가지다. 그러니까 6,7세기 불상의 미소는 당시 동북아시아 불상의 보편적 유행 형식이었다. 이 시대 불상의 미소란 절대자의 친절성을 극대화한 상징으로 7세기 이후 불상에서는 이 미소가 사라지고 대신 절대자의 근엄성이 강조된 것과 좋은 대비를 이룬다.

그런데 6,7세기 동북아시아 불상의 일반적인 특징은 사실성보다 상징성을 겨냥하여 입체감보다 평면감, 양감보다 정면관(正面觀)에 치중했다는 데 있다. 불상을 사방에서 둘러보는 것이 아니라 정면에 서서 시점의 이동 없이 본다는 전제하에 제작된 경향이 있다. 그래서 옷주름과 몸매를 표현한 선은 날카롭고 엄격하며 직선이 많다. 그로 인하여 불상은 인체를 기본으로 했지만 인간이 아니라 절대자의 모습으로 부각됐다.

그러나 서산 마애불을 비롯하여 백제의 불상들을 보면 오히려 인간미가 더욱 살아나는 것을 느낄 수 있다. 이 점에 착목하여 삼불(三佛) 김원용(金元龍) 선생은 서산 마애불이 발견된 이듬해에 「한국 고미술의 미학」(『세대』 1960년 5월호)이라는 글에서 다음과 같은 제안을 하기에 이른다.

백제 불상의 얼굴은 현실적이며 실재하는 사람을 모델로 쓴 것 같은 느낌을 주고 있다. 그 미소 또한 현세적이다. 군수리 출토 여래좌상은 인자한 아버지가 머리를 앞으로 내밀고 어린아이들의 이야기라도 듣고 앉은 것 같은 인간미 흐르는 얼굴과 자세를 하고 있어서 백제 불상의 안락하고 현세적인 특징을 단적으로 표시하고 있다. 그런 중 가장 백제적인 얼굴을 갖고 있는 것은 작년(1959)에 발견된 서산 마애불이다. 거대한 화강암 위에 양각된 이 삼존불은 그 어느 것을 막론하고 말할 수 없는 매력을 가진 인간미 넘치는 미소를 띠고 있다. 본존불의 둥글고 넓은 얼굴의 만족스런 미소는 마음 좋은 친구가 옛 친구를 보고 기뻐하는 것 같고, 그 오른쪽 보살상의 미소도 형용할 수 없이 인간적이다. 나는 이러한 미소를 '백제의 미소'라고 부르기를 제창한다.

이후에도 삼불 선생은 백제 불상의 인간적인 면을 누누이 지적하면서 "백제 불상의 외형적 특색은 그 둥글고 복스러운 얼굴에 있으며, 그 얼굴에는 천진난만하고 낙천적인 소녀 같은 웃음이 흐르고 있다"며 '백제의 미소'라는 표현을 강조하였다. 그런데 삼불 선생의 '백제의 미소' 제안에는 어떤 반향도 없었다. 찬론도 반론도 없었다. 내가 알기에 어떤 미술사가도 이를 한국미술사의 용어로 받아들인 예가 없다. 그것은 참 이상한 일이다.

그나저나 더 이상한 일은 이 신비한 백제의 미소와 백제 불상의 대표작에 부친 제대로 된 찬문(讚文)의 아름다운 수필이나 시 한 편이 없다

| 서산 마애불 전경 | 은행알 같은 눈으로 활짝 웃고 있는 여래의 모습은 '백제의 미소'라는 찬사를 자아내게 한다.

는 사실이다. 명작에는 명작에 걸맞은 명문이 따르게 마련이고 그 명문으로 인하여 명작의 인문적·미학적·역사적 가치가 고양되건만 서산 마애불에는 아직 그 임자가 나타나지 않았다. 이는 1960년대 이후 우리의 시인들이 현대적 내지 서구적 정서에 심취하여 우리의 문화유산을 노래하는 데 아주 인색했다는 증거이기도 하다.

내가 본 서산 마애불 예찬은 모두 문필가가 아닌 학자들이 쓴 아주 짧은 글로 황수영 교수의 명품 해설과 이기백(李基白) 교수의 수필, 이렇게 두 편뿐인데 두 분 모두 이 천하의 명작에 보내는 찬사는 침묵이었다. 황수영 교수는 김재원 관장과 함께 이 마애불을 찾은 순간의 감격을 이렇게 표현했다.

애써 찾은 이 백제 삼존불 앞에 선 두 사람은 모두 말이 없었다. (…) 어떻게 이 충격을 표현해야 할지 몰랐던 것이다. 아마도 무언(無言)만이 이 같은 순간에 보낼 최고의 웅변이며 감격의 표현이었는지도 모른다.(황수영 「백제 서산 마애불」, 『박물관신문』 1974. 8. 1)

이기백 교수의 수필 「서산 마애불의 여래상」(『박물관신문』 1975. 5. 1)은 가운데 여래상이 석가여래일 것이라는 희망 어린 추론을 조심스럽게 펼친 글이다. 첫 번째 답사 때는 너무 늦게 도착하여 어둠 속에 죽어 있는 삼존불을 보게 되어 크게 실망하고 이후 5년 뒤 다시 찾아갔을 때의 감격을 다음과 같이 글머리에 적고 있다.

예정보다 지연되긴 했으나 10시쯤에는 마애불에 도착할 수가 있었다. 맑은 날씨에 빛나는 햇살이 환히 비춰 불상들은 불그레 물들어 있었다. 만일 신비로운 경지라는 말을 할 수 있다면 바로 이런 경우가 아닐지 모르겠다. 오랜 숙원이 이루어진 기쁨에 가슴이 벅차왔었다. 아마 영 잊을 수 없는 추억의 한 토막으로 남을 것 같다.

이 두 편의 글은 학자들의 진솔한 표현이긴 하지만 이 명작에 대한 찬사를 다했다고 할 수는 없을 것이다. 현란한 형용사나 나열하여 원래의 이미지를 흐려놓는 들뜬 문사의 글보다야 훨씬 낫다고 생각하지만, 다만 나는 진짜로 서산 마애불에 부친 명문의 주인공이 언젠가 나타나기를 기다려본다.

서산 마애불의 위치 설정

서산 마애불은 한동안 보호각 속에 고이 보존되어왔지만, 발견 당시의 상황을 보면 주변의 자연경관과 흔연히 어울리면서 인공과 자연의 절묘한 조화를 보여준다. 그러나 서산 마애불은 과학적 계산을 고려하지 않은 자연스러움을 구사한 작품이 결코 아니다. 오히려 기계적 계산을 넘어 진짜 과학적 배려에서 위치와 방향을 설정한 결과다.

서산 마애불이 향하고 있는 방위는 동동남 30도. 동짓날 해 뜨는 방향으로 그것은 한 해의 시작을 의미하며, 일조량을 가장 폭넓게 받아들일 수 있는 방향이다. 경주 토함산 석굴암의 본존불이 향하고 있는 방향과 같다.

마애불 정면에는 가리개를 펴듯 산자락이 둘러쳐져 있다. 이는 바람이 정면으로 마애불을 때리는 일이 없도록 막아주는 역할을 한다. 마애불이 새겨진 벼랑 위로는 마치 모자의 차양처럼 앞으로 불쑥 내민 큰 바위가 처마 역할을 하고 있어서 빗방울이 곧장 마애불에 떨어지는 일이 없도록 한다. 마침 마애불이 새겨진 면석 자체가 아래쪽으로 80도의 기울기를 갖고 있어서 더욱 효과적으로 빗방울을 피할 수 있다. 한마디로 광선을 최대한 받아들이면서 비바람을 직방으로 맞는 일이 없는 위치에 새긴 것이다.

불상 조각 중에서 가장 만들기 힘든 것이 석불이다. 목불, 금동불, 소조불 등은 측량과 계산에 따라 깎고 빚어 만들면 되지만 석불은 한번 떨어져나가면 다시는 수정할 수 없다는 긴박한 조건에서 만들어진다. 그래서 석불을 조각할 때면 코는 먼저 크게 만들고서 점점 줄여가고, 눈은 우선 작게 만들고 점점 키워가면서 조화를 맞춘다. 석불 조각에서 한번 뜬 눈은 다시는 작게 할 수 없으니 보통 조심스러운 일이 아니다.

석불 중에서도 화강암에 새기는 것이 가장 힘들다고 한다. 대리석이나 납석 같은 것에 비하면 화강암은 단단하여 여간 다루기 힘든 것이 아니란다. 또 같은 석불 중에서도 자연석에 그대로 조각하는 것이 제일 어렵다고 한다. 비계를 매고 조각하는 어려움도 어려움이지만 면이 반듯하지 않은 자연 조건을 그대로 살려내려면 기하학적 측량이 아니라 능숙한 임기응변의 변화를 주면서 보는 이의 시각적 체감에 근거를 두지 않으면 안 되기 때문이다.

서산 마애불의 경우 바위의 조건이 왼쪽은 높고 오른쪽은 낮다. 그래서 가운데 여래상의 조각을 보면 오른쪽 어깨가 바위에 얕게 붙어 있는데 왼쪽 어깨는 바위면에서 높이 솟게 새겨져 있다. 그러나 이런 차이로 인해 보는 사람은 오히려 자연스럽게 느끼게 된다. 무엇보다 서산 마애불이 기법상으로 가장 절묘하게 구사된 점은 뭐니뭐니 해도 야외 조각의 특성에 맞춰 얼굴은 높은 돋을새김으로 하고 몸체는 아래로 내려오면서 차츰 낮은 돋을새김으로 처리한 것이다. 이 점은 실로 놀랍다.

서산 마애불은 이처럼 가장 어려운 조건에서 제작되었으면서도 아무런 어려움 없이 제작된 결과인 듯한 편안한 인상을 준다. 바로 소리 없는 공력과 드러내지 않는 기교의 미덕을 모범적으로 보여준 것이다. 이 점은 실로 귀하다.

마애불 관리인 성원 할아버지

서산 마애불이 다시 세상에 나타날 때는 그냥 홀로 나온 것이 아니었다. 당신의 관리인이자 살아 있는 수문장이며 그 아름다움의 대변인을 데리고 나타났다고나 할까.

서산 마애불에 보호각이 준공된 때는 1965년 8월 10일인데 그때부터 오늘(1996)에 이르기까지 30년도 넘게 마애불의 관리인으로 근무하고 계신 분이 있다. 이름은 정장옥(鄭張玉), 수계한 법명은 성원(性圓)인데 스님은 아니고 속인으로서 한평생을 이 마애불과 함께해왔다. 성원 아저씨는 작년(1995)에 환갑이었다고 하니 30세 때부터 여기를 지키고 계신 것이다.

성원 아저씨는 작은 키에 언행이 조신하고 느려서 옆에 있어도 있는지 없는지 모를 정도로 조용한 분이다. 그러나 이 마애불에 대한 존경과 자랑, 믿음과 사랑은 그 누구도 당할 수 없어서 어떤 답사객이 오고 참배객이 오든 해설을 부탁하면 수줍어 하면서도 사양하지 않는다.

이뿐만 아니라 성원 아저씨는 마애불의 미소가 보호각으로 인해 보이지 않는 것이 안타까워 암막을 설치하고는 긴 장대에 백열등을 달아 태양의 방향에 따라 비추면서 미소의 변화를 보여주는 장치를 해놓았다.

"이제 제가 해 뜨는 방향에서 시작해 해가 옮겨 가는 대로 움직일 테니 잘 보십시오. 자, 아침에 해가 뜨면 이렇게 비칩니다. 그리고 한낮이 되면 미소가 없어지죠. 그리고 저녁이 되면 미소가 이렇게 다시 살아납니다."

성원 아저씨의 삿갓등 움직임에 따라 마애불은 활짝 웃기도 하고 잔잔히 미소짓기도 한다. 답사객들은 연방 "우와—" 하면서 저 신비로운 미소의 변화에 감탄을 더한다. 그럴 때면 성원 아저씨는 더욱 신명을 내며 삿갓등을 이쪽저쪽으로 옮겨 가면서 보여주고 또 보여준다. 이러기를 하루에도 몇 번씩 하고 계시며, 또 무려 30년이나 이렇게 하셨다. 이쯤 되면 그 단조로운 반복을 마다않는 인내는 거의 영웅적이라고 할 만하다.

해마다 거르는 일 없이 서산 마애불을 찾다보니 나는 이제 성원 아저씨의 이야기를 외울 수 있게 되어 다른 답사객이 들어가도록 자리를 내준다는 구실로 밖에 있곤 했다. 그러다 재작년엔 성원 아저씨께 미안한 생각이 들어 나도 따라 들어갔다. 하루에 몇 번씩 설명하시는 분도 있는데 일 년에 한 번 듣기가 진력난다고 안 들어갈 수 있나 싶었다. 그랬는데 그날따라 성원 아저씨는 신들린 듯 청산유수로 설명하는 것이었다.

나는 오래전부터 뵌 분이기에 그냥 아저씨라고 불러왔지만 그날 성원 아저씨의 모습은 인생을 달관한 한 할아버지의 모습이었다. 그때부터 나는 그분을 성원 할아버지라고 부르게 됐다. 성원 할아버지는 마애불의 미소를 여러 각도로 보여준 다음 이렇게 말을 이었다.

"이 마애불의 미소는 아침저녁으로 다르고 계절에 따라 다르게 나타납니다. 아침에 보이는 미소는 밝은 가운데 평화로운 미소고, 저녁에 보이는 미소는 은은한 가운데 자비로운 미소입니다. 계절 중으로는 가을날의 미소가 가장 아름답습니다. 어느 시인은 '강냉이가 익걸랑 함께 와 자셔도 좋소'라고 읊었지만 강냉이술이 붉어질 때 마애

| **성원 할아버지** | 30여 년 마애불과 함께해온 성원 할아버지가 삿갓등으로 마애
불의 미소를 드러내 보이고 있다. 광선의 방향에 따라 미소가 달라진다.

불의 미소는 더욱 신비하게 보입니다. 그래서 일 년 중 가장 아름다
운 미소는 가을해가 서산을 넘어간 어둔 녘에 보이는 잔잔한 모습입
니다."

그 말을 듣는 순간 놀랍고도 기쁘고 신기한 마음에 내가 "할아버지!
금방 뭐라고 하셨어요?"라며 받아쓸 준비를 하자 성원 할아버지는 "아
녀, 아녀, 그건 내가 그냥 해본 소리여. 학자들이 한 말이 아녀"라며 한사

코 다시 말하기를 거절한다. 나는 인간의 깨달음이 말하지 않는 것과의 대화 속에서 도통하듯 이루어질 수 있음을 성원 할아버지의 모습에서 다시 본다. 그리고 성원 할아버지가 서산 마애불 미소의 변화에 붙인 설명, "아침에 보이는 미소는 밝은 가운데 평화로운 미소이고 저녁에 보이는 미소는 은은한 가운데 자비로운 미소"라는 표현은 이 불상에 보낸 가장 아름다운 찬사라고 생각하고 있다.

성원 할아버지의 자찬묘비명

내가 동생 내외와 함께 서산 마애불에 도착했을 땐 성원 할아버지가 계시지 않았다. 아마 추석 쉬러 가셨겠거니 생각하고 그날은 내가 대나무 장대를 잡고 성원 할아버지 하던 방식대로 마애불 미소의 변화를 연출해 보였다. 동생 내외는 물론이고 하나를 보아도 제대로 된, 감동적인 유물을 보고 싶다던 나의 아내도 진짜 크게 감동하여 좀처럼 자리를 뜨지 못했다.

성원 할아버지는 마애불이 바라보는 앞산 자락 양지바른 곳에 산신각을 모셔놓았다. 언젠가 내가 물으니 산이 좋아서 신령님께 감사하는 뜻으로 세웠다는 것이다. 나는 번번이 답사회원을 인솔하고 가는 바람에 그곳까지 가보지 못했는데 이번 기회에 산신각에 한번 올라가보았다. 벼랑을 타고 오르니 오솔길이 나오는데 길 한쪽엔 놀랍게도 성원 할아버지의 묘비가 아주 작은 까만 돌 위에 세워져 있었다.

여기 오고 가는 성원이 있노라고
실은 성원은 오고 감이 없노라고
병자 8월 11일생

나는 황망한 마음이 일어 바삐 내려가 관리소에 가보니 문이 굳게 닫혀 있었다. 다시 계곡 아래로 내려가 강댕이골 식당 주인에게 조심스럽게 성원 할아버지 어디 갔느냐고 물으니 태연하게 조금 전까지 있었다고 한다. 내친김에 이 집 명물인 어죽을 시켜놓고 할아버지 올 때를 기다렸다. 무엇에 홀린 것 같기도 했고 모든 게 믿기지 않았다. 왜 자찬묘비(自撰墓碑)를 세웠을까?

퇴계 선생이 미리 묘비에 사용할 글을 지었고, 다산 선생이 스스로 「자찬묘지명(自撰墓誌銘)」을 썼고, 삼불 선생이 생전에 유언장을 매번 갈아 썼다는 이야기는 알고 있었지만 산 사람이 자신의 묘비를 미리 세운 것은 처음 듣고 보는 일이다.

이윽고 성원 할아버지가 돌아오셨다. 나는 진짜 돌아가신 분을 다시 만나는 반가움으로 인사를 드리고 왜 비석을 세웠냐고 물으니 언제까지나 여기 있을 일이 아니라서 자신이 있었던 흔적을 만들어놓았다며 우물우물하는 것이다. 성원 할아버지가 이제 여기를 떠나 어디론가 갈 채비를 하는 줄로 알고 내가 자꾸 물으니 마침내 그는 속을 내놓았다.

성원 할아버지가 처음 마애불의 관리인을 자원했을 때는 무보수 관리인이었는데 1981년부터는 기능직 9급 공무원으로 임명을 받게 됐단다. 그래서 월급도 나오고 해서 먹고사는 문제는 해결이 됐는데 내년엔 정년이라는 것이다. 이것도 벼슬이라고 하겠다는 사람이 나서면 자리를 내줄 수밖에 없고 그렇게 되면 떠나는 수밖에 없으니 그동안 있었던 흔적을 비석에 새긴 것이란다. 그러면서도 "알아보니 일용직 고용인으로 해서 나를 계속 쓸 수두 있대나봐유"라며 일말의 희망을 말하는 것이다. 그러니까 서산 마애불을 떠난 자신은 죽은 것이나 마찬가지라고 생각하고 있었다. 나는 이 쓸쓸하고 기막힌 말을 듣고 성원 할아버지를 위안하는 마음으로 흰소리를 쳤다.

"할아버지, 염려 마세요. 저 마애불이 절대로 할아버질 그냥 보내질
않을 겁니다."

보원사터의 유적과 유물

서산 마애불에서 용현계곡을 타고 조금만 안으로 들어가면 계곡은
갑자기 조용해지고 시야는 넓어지면서 제법 넓은 논밭이 분지를 이룬
다. 거기가 서산 마애불의 큰집 격인 보원사가 있던 자리다.

보원사는 백제 때 창건되어 통일신라와 고려왕조를 거치면서 계속
중창되어 한때는 법인국사(法印國師) 같은 큰스님이 주석한 곳이었다.
그러다 조선시대 어느 땐가 폐사되어 건물들은 모두 사라지고 민가와
논밭 차지가 되었고 오직 인재지변, 천재지변에도 견딜 수 있는 석조물
들만이 남아 그 옛날의 자취와 영광을 말해주고 있다.

개울을 가운데 두고 앞쪽엔 절문과 승방이, 건너편엔 당탑(堂塔)과 승
탑(僧塔)이 있었던 듯 개울 이쪽엔 당간지주와 돌물확(石槽)이, 개울 저
쪽엔 오층석탑과 사리탑이 남아 있다.

비바람 속에 깨지고 마모되긴 했어도 그 남은 자취가 하나같이 명물
이어서 일찍부터 나라의 보물로 지정되었는데 통일신라 때 만든 당간지
주건 고려시대 때 만든 석탑과 물확이건 유물에서 풍기는 분위기와 멋
스러움에 백제의 숨결이 느껴진다. 미술사가들은 그것이 백제 지역에
나타난 지방적 특성이라며 주목하고 있다.

오층석탑은 고려시대 석탑 중 최고의 걸작으로 꼽힐 뿐만 아니라 감
은사탑 같은 중후한 안정감과 정림사탑 같은 경쾌한 상승감이 동시에

| **보원사터** | 정확한 창건 연대는 알 수 없지만 서산 마애불과 연관된 백제의 고찰로 생각되며 통일신라, 고려로 이어지는 많은 석조 유물들이 남아 있다. 당간지주, 오층석탑, 승탑과 비가 작은 내를 사이에 두고 줄지어 있다.

살아난 명품이다. 기단부 위층에 새겨진 팔부중상은 그 하나하나가 독립된 릴리프(relief, 돋을새김 조각)로서 손색이 없고 기단부 아래층에 새겨진 제각기 다른 동작의 열두 마리 사자상은 큰 볼거리다. 아래위로 튼실하게 짜여진 기단부 위의 오층 몸돌은 정림사탑에서 보여준 정연한 체감률도 일품이지만 마치 쟁반으로 떠받치듯, 두 손으로 공손히 올리듯 넓적한 굄돌을 하나 설정한 것이 이 탑의 유연한 멋을 자아내는 요체가 되었다. 이런 굄돌 받침의 형식은 보령 성주사터의 삼층석탑에서 처음 나타난 것으로 통일신라시대와 고려시대에 걸쳐 이 지역의 석탑에만 나타나는 백제계 석탑의 '라벨' 같은 것이다.

보원사터 승탑과 비는 고려 초의 고승으로 광종 때 왕사(王師)를 거쳐 국사가 된 법인스님 탄문(坦文)의 사리탑과 비석이다. 탑명은 보승탑(寶

乘塔)이며, 비문의 글은 김정언(金廷彦)이 짓고 글씨는 한윤(韓允)이 썼다. 유명한 스님에 유명한 문장가에 유명한 서예가의 자취가 여기 모두 모여 이 무언의 돌 속에는 인간과 사상과 예술이 그렇게 서려 있다. 일반적으로 고려 초에 만들어진 고승의 사리탑들은 고달사터 원종대사 혜진탑에서 보이듯 크고 장대하게 만드는 것이 하나의 추세였는데 이 법인국사 보승탑은 소담하고 얌전한 자태를 취하고 있다. 여기서도 역시 백제 미학의 여운을 느낄 수 있다. 비석을 받치고 있는 돌거북도 용맹스럽거나 사나워 보이는 고려 초의 유행을 벗어나 차라리 산양(山羊)의 자태로 귀염성이 있고, 꼬리를 꼬아서 돌린 폼은 아주 여유롭다. 그것도 백제의 여운이라면 여운일 것이다. 그런 마음과 눈으로 당간지주를 보면 매끄럽고 유려한 마감새에서 백제가 느껴지고, 돌물확은 어느 해인가 겨울에 물을 빼지 않아 얼어서 깨진 것이 안타까운데 안팎으로 아무런 장식이 없어도 형태미는 여지없는 백제 맛이다.

남아 있는 석물들만이 백제의 풍모를 보여주는 것이 아니었다. 여기서 나온 불상들은 더욱 그렇다. 보원사터는 1968년에 발굴 정비되었는데 그때 백제시대 금동여래입상이 하나 발견되어 지금은 국립부여박물관에 가면 볼 수 있다. 그 부처님의 갸름한 얼굴에도 서산 마애불과 마찬가지로 살이 복스럽게 올라 있어서 백제인의 미인관을 짐작게 한다.

그리고 여기서는 장대하고 수려한 철불(鐵佛) 한 분도 발굴되었다. 그것은 국립중앙박물관 진열실에 옮겨져 지금도 우리나라 철불을 대표하고 있다. 해외에서 '한국미술 5천년전' 같은 전람회가 열릴 때면 반드시 출품됐던 한국미술사의 간판스타 격인 철제여래좌상이다. 떡 벌어진 어

| 보원사터 오층석탑 | 부여 정림사터 오층석탑의 백제 전통과 통일신라시대 삼층석탑의 기단 형식이 결합된 고려시대의 대표적 석탑으로 안정감과 상승감이 빼어나다.

| **법인국사 보승탑과 비** | 전형적인 고려시대 팔각당 사리탑으로 형체가 조순해 보이고 비석은 받침과 지붕이 완전한 당대의 대표작이다.

깨에 당당한 체구와 준수한 얼굴, 잘 균형 잡힌 신체 등은 경주 석불사 석불이 철불로 변한 듯한 감동을 준다.

보원사터의 사계절

나는 보원사터를 유난히 좋아했다. 폐사지인데도 따뜻하게 느껴지는 것이 좋았고 전국의 어느 답사지보다도 여기처럼 산천의 자연과 농촌의 사계절을 체감할 수 있는 곳이 없기 때문에 더욱 좋아했다. 고향다운 고향이 없는 나로서는 차라리 향수 어린 고향 같다.

늦은 봄, 개울가에 망초꽃이 흐드러지게 필 때면 당간지주 옆 넓은 밭에는 항시 키 큰 호밀이 바람에 흐느꼈다. 소를 몰아 밭을 갈아 밀밭의 고랑이 작은 호(弧)를 그리며 휘어진 것이 더욱 운치를 자아내곤 했는데

| **보원사터 출토 철제여래좌상** | 완벽한 몸매의 균형과 유연한 옷주름의 표현이 돋보이는 이 불상은 우리나라의 대표적인 철불로 제작시기에 대해서는 8세기 설과 10세기 설로 나뉘고 있다.

장난기와 호기심에 밀밭으로 들어가면 몇 발자국 옮기지 않아도 거짓말처럼 밖이 보이지 않고 흙내음 풀내음이 진하게 다가왔다. 그때 나는 스코틀랜드 민요 「밀밭에서」에 등장하는 "밀밭에서 너와 내가 서로 만나면 키스를 한다 해서 누가 아나요"라는 노랫말의 리얼리티를 체감할 수 있었고, 그런 날이면 호밀밭 위로 종달새가 높이 날아가고 앞산에선 뻐꾸기가 참으로 아련하게 울곤 했다. 그러나 지금은 수지를 맞출 길 없는 밀농사는 사라져 돌아오지 않는 추억에만 남아 있다.

추석에 오면 보원사터 금당 자리에 있는 감나무와 은행나무 단풍이 그렇게 고울 수 없다. 단풍이야말로 무공해 단풍이 아름답다는 사실을 그때 알았다. 철을 놓쳐 늦가을 낙엽이 모두 진 녘에야 찾아올 때면 돌물확 언저리에 있던 옛 돌담집 빈터에 주인 잃고 서 있는 고욤나무의 서리 맞은 열매가 그렇게 달콤할 수 없다.

도회지 소년으로 자란 내가 소설 속에서나 나올 향토적 서정의 그림 같은 정경 속에 나를 내던지고, 내가 소년 시절로 되돌아가는 것을 허락해준 보원사터에서의 한순간은 어떤 기쁨과도 바꾸기 싫은, 잃어버린 향수의 쟁취이기도 했다.

보원사의 빈터에서

보원사터에 와서 다른 답사객을 만난 적은 거의 없다. 그래서 더욱 한적한 맛이 일어난다. 그런데 그 옛날 가을 답사 때 일이다. 늦가을의 마지막 정취를 기대하고 찾아왔건만 그해따라 된서리가 일찍 내려 단풍의 철은 일찍 끝나 있었다. 감나무, 은행나무의 앙상한 가지에 붙은 마지막 잎새들이 아침나절에 뿌리고 지나간 가을비에 흠씬 젖어 있는, 한량없이 쓸쓸한 날이었다. 보원사터에 다다르니 우리보다 먼저 온 스무 명 남짓한 답사객이 개울 건너 승탑 쪽으로 가고 있었다. 처량하다 못해 청승맞던 폐사지에 갑자기 생기가 돌았다. 우리도 앞서간 답사팀의 뒤를 쫓아 개울 건너 법인국사 보승탑에 다다르니 먼저 온 답사객은 뜻밖에도 초등학생들이었다. 같은 명승지를 찾아왔다는 동질감 때문이었을까, 아니면 황량한 폐사지에서 기대치 않은 답사객을 만났다는 의아스러움 때문이었을까. 그들은 우리를 물끄러미 바라보고 우리는 그들을 살피고 있었다.

그런 중 얼굴빛이 건강하게 그을린 한 장년의 남자분이 나를 알아보고 다가와 차양이 긴 약간 세련된 모자를 벗으면서 인사를 청해왔다. 서산 명지초등학교 5학년 담임교사인데 학생들과 추억 만들기를 하러 나왔다고 했다. 올 때 내포땅에 대해 쓴 나의 글을 학생들에게 복사해주었는데 이렇게 만나니 반갑다면서 이른바 '저자 직강'을 부탁하는 것이었다. 나는 초등학교 어린이들은 가르쳐본 일이 없다고 한사코 사양했지만 애들은 안 그렇다면서 청하고 또 청한다. 하도 부탁하는 것이 간절하고 정겨움까지 느껴져 나는 응하게 되었다.

마침 우리 답사팀에 초등학교 교사가 두 분이 있어 그분들께 나의 난처한 처지를 털어놓으니, 초등학생이라 의식하지 말고 평소 말하던 대로만 하면 아이들이 다 가려서 듣고 안다고 했다. 이런 코치를 받은 뒤 나는 드디어 난생처음으로 초등학생을 상대로 강의하게 되었다.

잔디밭에 옹기종기 모여 앉은 어린이들을 내려다보니 오히려 그들은 나를 올려다보는데 윤기, 물기 도는 해맑은 눈빛이 너무 고와서 기쁘고도 놀라웠다. 어떤 아이는 그 눈가에 생글생글 도는 미소가 서산 마애불 곁보살의 모습 같았고, 어떤 아이는 두 볼에 살이 도톰히 올라 복스럽게 생긴 것이 서산 마애불 부처님의 손자쯤 되어 보였다. 저 애가 크면 영락없이 저 본존불 닮았다는 소리를 들을 것이라는 생각이 들면서 백제인의 얼굴 모습은 바로 여기서 그릴 수 있다는 것을 새삼 느꼈다. 그런 생각을 하면서 나는 이 백제의 후예들에게 서서히 강의를 시작했다. "여기는 백제 때 세운 큰 절로 보원사라고 했고 나중에는 고란사라고도 했습니다. 백제 때……" 나의 이야기를 처음에는 호기심 있게 열심히 듣는 것 같더니 나도 모르게 설명이 전문적으로 흐르는 바람에 이야기의 줄거리를 놓친 아이들은 몸을 비틀며 뒤를 돌아보고, 한 애는 연방 풀을 쥐어뜯고, 한 애는 꼬챙이로 땅을 쑤시고, 한 애는 앞의 애 궁둥이를 발로 비비는 등 내 눈이 어지럽다. 그래도 또렷한 눈망울의 아이를 바라보면서 이야기를 계속했다. "여러분, 보원사가 그렇게 중요했다는 것은 서산땅이 중요했다는 뜻입니다. 지금 서산은 작은 지방도시지만 백제시대에는 오늘날의 부산에 해당하는 곳이었어요……"

학생들은 내 말 중간중간에 서산 소리가 나오면 귀를 쫑긋 세우다가 다른 낱말이 나오면 고개를 돌린다. 그러면서 서울 사람 주제에 서산 소리를 하는 것이 영역 침범이라고 느끼는 듯 보였다. 나는 권위를 찾기 위해 대화법을 꺼냈다.

"여러분, 여러분은 명지초등학교 학생이죠?"
"예!"
"명지초등학교는 대산면에 있지요?"
"………"

어럽쇼! 아무 대답이 없다. 분명히 대산면에 있다고 했는데. '예'라고 해야 내 권위가 서는데…… 나는 다시 물었다. "대산면에 있지요!" 그러나 역시 대답이 없었다. 그렇다고 '아니요'도 아니었다. 나는 눈망울이 또렷한 학생에게 슬며시 물어보았다.

"그러면 어디 있니?"
"대산읍에 있시유."

아뿔싸! 이런 낭패가 어디 있담. 당시로선 면에서 읍으로 된 지 석 달이 지난 때라고 했다. 그럼에도 대학교수라는 자가 무식하게 그것도 모르고 '무슨 실례의 말씀'을 했냐는 식이다. 그들의 침묵 속에는 그런 자존의 뜻이 서려 있었다.

신앙과 역사의 산물로서의 불상

우리 가족은 나의 그런 이야기를 들으면서 폐사지를 거닐고 있었다. 제수씨 원대로 한가한 전원의 정취를 맘껏 느끼겠노라며 오랫동안 보원사터에 있고 싶어 했다. 초가을 장난기 있는 보드라운 바람이 모자를 날리고 머리채를 흔들어놓으니 그것이 또 웃음을 자아내고 이쪽에서 저쪽으로 피해 다니며 사진을 찍게 한다. 나는 제수씨가 어려워 웃음조차 크게 내지 못하는데 아우는 버젓이 제 형수를 껴안고 다정하게 포즈를 취한다.

아우는 직장에 매여 살다 오랜만에 답사를 나오니 사는 맛도 맛이지만 궁금한 것이 꽤나 많았던 모양이다. 법인국사 사리탑 옆 금잔디에 앉아 오층석탑 너머 쪽빛 하늘을 바라보면서 깊은 생각에 잠긴 듯하더니 갑자기 무슨 용기를 내듯 물어본다.

"형, 옛날 사람들은 왜 그렇게 종교에 열중했어? 그리고 우리 종교는 왜 외래 종교에 밀렸어? 불교는 인도의 소산인데도 백제의 불교미술에 확고한 정체성이 있다고 할 수 있나?"

나는 동생의 이 물음에 내포된 여러 복합적인 질문을 다 간취하고 있다. 많은 사람들이, 특히 나중 질문은 국수주의자나 기독교인들이 곧잘 마음속에 품는 의문사항인 줄로 안다. 아우는 지금 형한테니까 단도직입적으로 물은 것이고 나는 형이니까 솔직히 대답했다. 나의 이야기가 길어질 기미를 눈치챘는지 내 아내는 먼 데를 보며 어디론가 슬며시 가려는데 제수씨가 동서 언니 팔을 끼고 다가와 함께 앉는다. 그 바람에 아내는 맘에 없는 사설을 들어야 했고 나는 일없이 존대로 말해야 했다.

"우리나라에도 고대국가 이전에는 민간신앙이 있었어요. 즉 샤먼의 전통 속에 살았지요. 부족국가 시절에는 살림 규모가 작아 그럴 수 있었지만 고대국가는 달랐어요. 이제는 샤먼의 힘으로 다스리기엔 나라가 커졌고 인구도 많아졌고 인지가 발달하게 된 것이지요. 모든 고대국가는 크게 세 가지 특징이 있었다고 해요. 첫째 영토의 확장, 둘째 강력한 행정·율령 체계, 셋째는 그것을 받쳐줄 종교였지요. 종교는 단지 죽음의 문제만 다룬 인생의 위안이 아니라 그 종교적 세계관을 통해 세계를 인식하고 사회 조직의 틀을 유지해주는 그런 이데올로기로서의 종교였어요. 그러니까 고대국가는 잘 짜인 이데올로기를 위해 좀더 발달한 종교를 갖기를 원했고 결국 동아시아에서 얻은 결론은 불교였어요.

중국은 자국이 낳은 훌륭한 종교가 있었지만 남북조 시대에 이민족이 지배하면서 불교로 바뀌었고 당나라 때는 오히려 이 이국의 종교를 더욱 발전시켰지요. 요컨대 그것을 수입해서 우리의 삶이 고양된다면 얼마든지 수입해서 쓰는 겁니다. 그것은 주체성의 상실이 아니라 오히려 문화적 포용력의 개방성이라고 해야 해요. 불교미술은 결코 이교도들의 신앙물이 아닙니다. 우리 조상들이 살아온 방식의 정직한 표정이고 사상의 산물이지요. 보십시오. 서양 중세의 문화는 기독교 문화입니다. 기독교적 세계관이 지배했고 기독교 건축과 조각이 발달했지요. 그런데 오늘날 어느 누구도 유럽의 중세 문화를 이스라엘의 아류라고 하지 않아요. 필요하면 얼마든지 갖다 쓰는 것이지요. 다만 맹목적 모방이었냐, 주체적 수용을 통한 재창조였냐가 중요한 것이지요. 백제의 미학은 그래서 빛나는 겁니다. 그들이 우리 고대국가의 세련된 고전미를 창출해냈거든요. 인도·중국·일본에선 볼 수 없는 화강암의 건축과 조각, 즉 석탑과 석불이 그 대표적 예인데 우리는 그중 석불의 아름다움을 답사한 것입니다. 저 잔잔한 '백제의 미소'에는 그런 뜻이 서려 있는 겁니다."

그리고 그날 우리는 이곳이 자랑하는 불야성의 덕산온천이 아니라 제수씨의 희망에 따라 철 지난 한적한 만리포해수욕장에 숙박지를 잡았다. 만리포에 갔으면 당연히 찾아가야 할 천리포수목원 구경은 다음날 아침 '해장 답사' 감으로 남겨두고 우리는 형제는 형제끼리, 동서는 동서끼리 밤바다를 거닐면서 서울이 어디더냐고 까맣게 잊어버리고 크리넥스 홑겹보다도 더 홀가분한 마음으로 하룻밤을 보냈다.

* 서산 마애불의 보호각은 통풍의 문제로 더 이상 둘 수 없어 2007년에 철거되었고, 성원 할아버지는 정년 뒤 몇해 더 근무하다 결국 자리를 떠나게 되었으며, 서해안고속도로가 개통되어 외지에서 들어가는 길이 아주 쉬워졌다.

산에, 언덕에 피어날지어이

백제의 왕도 부여 소읍

부여를 처음 방문하는 사람들이 한결같이 하는 말이 있다.

"세상에, 부여가 이렇게 작을 수 있어요?"
"아니, 부여가 여직껏 읍이었단 말예요?"
"아직도 관광호텔 하나 없나요?"

부여군 부여읍은 정말로 작다. 인구 2만 명이 채 안 되고 시가지라고
해야 사방 1킬로미터도 안되는 소읍(小邑)이다(2010년에야 규암에 리조트가
문을 열었고 백제문화테마파크가 조성되었다). 그래서 가람 이병기 선생도 「낙화
암」이라는 기행문에서 부여의 첫인상을 "이것이 과연 고도(古都) 부여

란 말인가라는 생각이 들었다"며 그 허망부터 말했다.(김동환 편『반도산하』, 삼천리사 1941)

부여에 얽힌 이런 허망은 어쩌면 우리 머릿속에 은연중 들어앉은 부여에 대한 환상 때문에 생기는 것인지도 모른다. 부여는 백제의 마지막 123년간의 도읍지로, 백제 문화를 찬란하게 꽃피웠다는 성왕, 위덕왕 시절 위업도 들은 바 있어서 고구려의 평양, 신라의 경주에 필적할 백제 왕도의 유적이 있으리라 기대해보게 된다. 최소한 공주 크기만할 것도 같다. 그러나 막상 부여에 당도해보면 왕도의 위용은커녕 조그만 시골 읍내의 고요한 풍광뿐이다.

'관능적이고 촉감적'이라는 육당의 부여 예찬

그러나 그분의 눈을 의심할 수 없는 가람 선생이나 육당 선생은 부여 답사를 허망하다고 말하지 않았다. 그들은 부여에서 느낀 그 허전함까지를 백제 답사의 한 묘미로 말할 수 있는 눈과 가슴이 있었다. 사실상 부여를 부여답게 답사하는 방법을 내가 배운 것은 바로 그런 구안자(具眼者)들의 길라잡이에서 힘입은 바가 컸다.

그중에서도 육당(六堂) 최남선(崔南善)이 「삼도고적순례(三都古蹟巡禮)」에서 보여준 부여를 향한 사랑의 예찬은 눈물겹다. 육당은 말년에 친일 행각으로 오욕의 종지부를 찍고 말았지만 전라도 절집을 찾아간 『심춘순례(尋春巡禮)』와 이 「삼도고적순례」는 우리나라 근대 기행문학의 백미이고 내가 쓰는 답사기의 원조 격인 희대의 명문이다. 이 글은 1938년 9월 1일부터 15일까지『매일신보』에 연재된 것인데 원래는 강연 내용을 받아쓴 글이라고 한다. 육당은 삼국의 도읍이 저마다 각별한 인상을 풍기고 있는데 그것은 지형에서 기인하는 바도 있고, 문화의 내용과 유물의 상황에서 말미암은 바도 있다면서 부여를 평양, 경주와 비교해 이렇게 논했다.

평양에를 가면 인자한 어머니의 품속에 드는 것 같고 경주에를 가면 친한 친구를 대한 것 같으며, 평양에서는 무엇인가 장쾌한 생각이 나고 경주에서는 저절로 화창한 기운이 듭니다. (…) 평양은 적막한 중에 번화가 드러나고 경주는 번화한 가운데 적막이 숨어 있는데, 백제의 부여는 때를 놓친(실시失時한) 미인같이, 그악스러운 운명에 부대끼다가 못다 한 천재자(天才者)같이, 대하면 딱하고 섧고 눈물조차 피어오릅니다. (…) 얌전하고 존존하고 또 아리땁기도 한 것이 부여입니다. 적막할 대로 적막하여 표리로 다 적막만 한 것이 부여입니다. (…) 거기에서는 평양과 같은 큰 시가를 보지 못하고 경주와 같은 풍부한 유물들을 대할 수 없음이 부여를 더욱 쓸쓸히 느끼게 합니다마는 부여의 지형으로부터 백제의 전역사를 연결하는 갖가지 사실 전체가 한 덩어리의 쓸쓸함, 곧 적막으로 우리의 눈과 마음에 비추임을 앙탈할 수 없습니다. 사탕은 달 것이요, 소금은 짤 것이요, 역사의 자취는 쓸쓸할 것이라고 값을 정한다면 이러한 의미에서 고적다운 고적은 아마도 우리 부여라 할 것입니다.

육당의 부여에 대한 사랑의 예찬은 이처럼 끊임없는 사설로 이어져 만약 삼도 고적을 심리적으로 나눈다면 고구려는 의지적이고, 신라는 이성적임에 반해 백제는 감정적이면서 더 나아가 관능적이고 촉감적인 고적의 주인이 될 것이라고 했다. 그래서 결국 "보드랍고 훗훗하고 정답고 알뜰한 맛은 부여 아닌 다른 옛 도읍에서는 도무지 얻어 맛볼 수 없는 것"이라고 찬미했다.

육당의 이런 부여론에 동의하든 안하든 우리는 부여에 가서 마주치는 무너진 나성(羅城)의 성벽이나 사라진 옛 절터의 주춧돌은 물론이고 부소산 산자락을 낮게 타고 오르는 허름한 흙담집과 울도 없는 뒤란에서 아무렇게나 자란 키 큰 옥수숫대를 보면서도 백제의 여운을 느낄 수 있을 것이다. 그러나 그게 어디 쉬운 일이겠는가. 그래서 부여는 역사의 이면을 더듬는 고급반 답사객의 차지고, 인생의 적막을 서서히 느끼면서 바야흐로 스산한 적조의 미를 겸허히 받아들일 수 있는 중년의 답사객에게나 제격인 곳이다. 그래서 웅혼한 의지의 산물과 인공(人工)의 공교로움 속에서 삶의 희망과 활기를 찾는 청·장년의 눈에 부여는 그저 밋밋하고 심심한 답사처이고 그 스산스러운 아름다움이라는 것도 그저 청승 아니면 궁상으로 비치기 십상일 뿐이다.

부여 답사의 시간 배정

부여에 가면 쉽게 구할 수 있는 고적안내지도나 관에서 발간한 관광안내책자를 보면 역사적 장소들이 많이 표시되어 있다. 그런 유적지들로 추정해보건대 옛 부여는 참으로 아름다웠던 듯하다. 부여의 도성 계획은 아주 정연한 단순성의 미학으로 이루어진 것이었다. 백제 사람들이 했으니 얼마나 멋있게 했겠는가. 부소산은 해발 106미터밖에 안 되는 낮은 산이지만 북쪽으로는 백마강이 흐르고 있고 남쪽으로는 들판이 전개되어 피란살이나 다름없던 공주 시절에 일찍부터 여기를 새 도읍지로 봐두었으나 국내 정세가 불안하여 미루다가 비로소 성왕이 천도하였다고, 역사학자들은 이렇게 사비성의 유래를 설명하고 있다.(유원재「웅진시대의 사비 경영」,『백제문화』24, 공주대학교 백제문화연구소 1995)

그 백마강을 천연의 참호로 삼고 부소산을 진산(鎭山)으로 하여 겹겹의 산성을 쌓고서, 남쪽 기슭에 왕궁이 자리 잡았다. 그러니까 지금 부소산성으로 들어가는 정문 일대가 왕궁지로 추정되는 곳이다.

여기를 기준으로 해서 남쪽으로 육좌평(六佐平, 백제 때 최고 관등에 속한 여섯 대신) 관가가 펼쳐지고, 그 남쪽으로는 정림사, 또 그 남쪽으로는 민가, 다시 남쪽으로는 궁남지(宮南池)가 자로 잰 듯 반듯하게 전개됐다. 그리고 부소산성에서 두 팔을 뻗어 부여 읍내를 끌어안는 형상으로 나성이 둘러져 있었으니 강과 산성과 집들이 어우러진 당시 부여는 참으로 아늑하면서도 질서 있는 도성이었음을 능히 짐작하겠다.

그러나 그 멋진 부여의 옛 모습을 그대로 보여주는 것은 거의 없다. 왕궁터는 사라진 지 오래고, 나성은 다 허물어져 끊어진 잔편을 찾기 바쁘고, 궁남지는 옛 연못의 3분의 1도 복원하지 못했다. 부여에 대한 답사객들의 허망과 당혹감은 바로 여기서 나온다. 그래도 마음만 바로 세운다면 부여에서 백제를 회상하며 백제의 미학을 배우고 백제의 숨결을 체득하기란 불가능하지 않다. 그것이 부여의 저력이며, 답사의 뜻이기도 하다.

부여 답사는 순서와 시간대를 적절히 배정하는 것이 아주 중요하다. 나는 수십 번의 시행착오 끝에 이제는 부여 답사의 일정표를 하나의 모범 답안으로 다음과 같이 제시하기에 이르렀다.

서울에서 출발하든 광주 혹은 대구에서 출발하든, 또 공주를 거쳐 오든 곧장 오든 오후 서너 시에는 부여 초입에 있는 능산리(陵山里) 고분군에 들르는 것으로 부여 답사를 시작해야 한다. 그래야 우리는 왕도에 들어가는 기분을 느끼게 되며, 거기에서 나성의 등줄기를 어깨너머로 바라보며 부여로 들어갈 때 곧 부여 입성(入城), 백제행을 실감케 된다.

능산리 다음 코스는 부소산성이다. 부소산 산책길을 거닐면서 영일루(迎日樓)에서 백화정(百花亭)까지 누정(樓亭)마다 오르면서 굽이치는 백마강 물줄기와 부여 읍내와 그 너머 산과 들판을 바라보면서 호젓한 부소산성을 맘껏 즐기고 숙소로 돌아온다. 만약 여름날 해가 길어 시간이 허락된다면 규암 선착장에서 유람선을 타고 백마강을 거슬러오르며 낙화암 지나 고란사 선착장에 내려 부소산성을 거닌다면 그 즐거움은 더욱 클 것이다. 저녁 식사 후에는 구드래 나루터로 산책 나와 구교(舊校) 제방길을 따라 걷기도 하고, 백마강 땅콩밭으로 내려가 달빛 어린 강물을 바라보기도 한다(지금은 땅콩밭에 코스모스가 장하게 피어난다). 이튿날 아침 일찍 산보 삼아 여유롭게 걸어 궁남지와 정림사 오층석탑을 답사하고 돌아와 식사를 한다. 부소산성은 저녁이 좋듯이 궁남지와 정림사탑은 아침 안개에 덮여 있을 때가 아름답다. 아침 식사 뒤에는 국립부여박물관에 진열된 백제의 유물을 한 시간이고 두 시간이고 차분히 감상한다. 그리고 부여를 빠져나가기 전에 백마강변의 나성 한쪽에 세워져 있는 불교전래사은비와 신동엽 시비를 보고 나서 임천의 대조사로 혹은 외산의 무량사로 향하는 것이다.

능산리 고분과 모형관의 무덤들

능산리에는 10여 기의 고분 중 7기를 정비하여 고분공원을 만들었는데 정말 멋지게 잘해놓았다. 20세기 인간도 이렇게 잘할 때가 있구나 싶을 정도로 잘해놓았다. 백제고분모형관을 능산리 고분군 산자락 반대편에 유적 자체를 방해하지 않고 세운 뜻부터 훌륭하다. 모형관 안에는 서울 가락동 제5호 돌방무덤, 영암 양계리의 독무덤, 부여 중정리의 화장무덤 등 종류별로 아홉 개의 무덤 내부를 해부하듯 재현해놓아 그 까다로운 백제의 분묘 구조를 한눈에 이해할 수 있게 해준다.

이뿐만 아니라 무덤의 구조는 그 자체로도 건축 작품 같기도 하고 설

| 능산리 고분군 | 사비시대 왕릉묘역으로 온화한 백제의 분위기가 잘 느껴진다. 여기와 인접한 곳에서 백제금동대향로가 발견되었다.

치미술 같기도 한 조형성을 지니고 있다. 나주 흥덕리의 특이한 돌방무덤은 쌍분(雙墳)의 구조도 신기하지만 측면의 돌쌓기가 아주 예쁘다. 또 부여 중정리 당산 무덤의 뼈단지들은 이승과 저승을 다시 한번 생각게 하는 실존적 의미까지 풍긴다. 그 가운데 누가 보아도 가장 멋있는 무덤은 공주 시목동(柿木洞) 돌방무덤이다. 그것은 시신의 집이 아니라 신전의 축소판인 듯 장중한 종교적 감정까지 일게 한다.

능산리 고분군은 예부터 왕릉이라 전해져왔고 또 사신무덤 같은 특수한 예를 볼 때 더욱 왕릉으로 추정케 된다. 그러나 그 모두 왕릉일 수는 없다. 왜냐하면 사비시대 백제의 왕은 모두 여섯 분인데 그중 무왕은 익산, 의자왕은 중국에 그 무덤이 있다고 추정되고 있으니 성왕, 위덕왕, 혜왕, 법왕 네 분이 여기에 해당되는 셈이다. 그렇다면 능산리는 왕가(王

家)의 묘역이거나 어느 왕, 아마도 위덕왕을 중심으로 하는 신하들의 딸린무덤[陪塚]이 된다. 아무튼 귀인의 무덤인 것은 틀림없다.

신라의 무덤에 비할 때 이 백제의 무덤들은 초라한 느낌을 줄 수도 있다. 그래서 부여 사람 중에는 "우리도 무덤에 흙을 들입다(많이) 갖다부어 경주처럼 우람하게 해야 관광객이 많이 올 것 아니어!"라고 천진한 주장을 펴는 분이 끊임없이 나온다. 그러나 인간의 이지가 발달할 대로 발달한 6,7세기 상황에서 크게 만든 무덤이 곧바로 발달된 문화를 의미하는 것은 아니다. 더욱이 당시는 고분미술시대를 지나 불교미술시대로 들어서면서 고분과 금관에 쏟은 정열을 사찰 사리장엄구에 바쳤다. 그들이 지녔던 권위에 예의를 다했으면 그것으로 무덤의 역할은 끝난 것이다. 그런 뜻에서 나는 백제의 무덤들이 훨씬 인간적이고 온화한 품성을 지녔다는 생각을 하고 있다.

능산리 고분군에 오면 나는 항시 한쪽 켠 솔밭을 따라 마냥 걷는다. 그리고 맨 위쪽 무덤까지 올라가 거기서 7기의 무덤들이 만들어낸 곡선을 그림 그리듯 따라가보기도 하고 그 너머 들판과 낮은 능선을 따라 시선을 옮겨보곤 한다. 그럴 때면 육당이 말한 "보드랍고 훗훗하고 정답고 알뜰한 맛"이라는 것은 꼭 이런 정취를 말하는 것 같았다.

능산리 고분군이 유명한 이유는 또 있다. 1993년 고분모형관이 있는 바로 옆 논에서 그 유명한 백제금동대향로가 출토되었다. 이 자리는 원래 절터로 전형적인 백제의 가람배치인 1탑 1금당식 구조인데 공방(工房)으로 추정되는 자리에서 이 향로가 발견됐다. 그리고 목탑 자리에서는 화강암으로 만든 사리감이 발견됐는데, 이 사리감에는 "백제 창왕(昌

| 백제금동대향로 | 백제 금속공예의 난숙함을 유감없이 보여주는 이 금동향로는 디테일이 아름다워 연판과 산봉우리마다 백 가지 도상이 조각되어 있다.

王, 즉 위덕왕) 13년(567)에 공주가 사리를 공양했다"는 내용의 글자가 써 있어서 이 절은 왕궁의 원당사찰, 말하자면 백제의 정릉사(定陵寺)였던 것으로 추정된다.

사비성의 실체는 '부여 나성'

능산리 절터 서쪽 산등성이에는 부여 나성의 한 자락이 남아 있어서 이 일대의 유적 가치가 더욱 높아진다. 나성은 백제의 수도 사비를 보호 하는 외곽성으로 우리가 사비성이라고 하는 것은 이 나성을 의미하는 것이다. 웅진에서 사비로 옮기는 538년을 전후하여 쌓은 성이 분명한 데, 진흙판을 떡시루 앉히듯 층층이 얹어쌓는 판축공법(版築工法)의 토 성이어서 오늘날에는 인력이 너무 많이 들어 옛 모습을 도저히 복원하 지 못한다. 몽촌토성처럼 보이는 바와 같이 성 외벽은 급경사를 이루게 하고 성벽 안쪽은 완만하게 다듬어서 말을 타고 달릴 수 있을 정도로 했 고, 곳곳에 초소가 있었다.

부소산성에서 시작해 산자락과 강줄기를 따라 사비 고을을 감싸안으 며 축조한 이 나성은 약 8킬로미터 정도 되는데, 그 동쪽으로 둘러쳐진 나성의 잔편이 지금 능산리 절터 옆에 완연히 남아 있다. 언젠가 때가 되면 나성과 절터와 고분모형관과 고분군을 한데 묶어 능산리 사적공원 을 만들게 될 것이고, 그때 가서 우리는 더 이상 부여에 대한 허망을 말 하지 않아도 좋을지 모른다.

우리가 부여 하면 듣고 배워서 알고 있는 것이 백마강, 낙화암, 부소 산, 고란사 등이다. 조금 주의 깊은 사람이면 학창시절에 정림사 오층석 탑과 능산리 고분군을 배운 것(사실은 외운 것)을 기억할 터이고 부여 나성 같은 유적은 거의 초면인 셈이다.

| **낙화암에서 본 백마강** | 부소산성의 누각과 정자들은 모두 이처럼 아름다운 한 폭의 강변 풍경화를 연출한다. 나는 그중에서 이 경치를 제일로 치고 있다.

　그래서 부여에 오면 우선 부소산에 올라 낙화암에서 삼천궁녀가 떨어졌다는 '거지 같은' 전설의 절벽과 백마강을 내려다보고, 고란사에 가서 고란초라도 봐야 부여에 다녀왔다 소리를 할 수 있을 것 같은 생각을 갖게 된다. 바로 이 점 때문에 부소산에 오르는 사람은 또다시 부여를 욕되게 말할지도 모른다. 엉겁결에 보는 낙화암은 그 스케일이 전설에 어림없고, 고란사는 초라한 암자로 절맛이 전혀 없으며, 부소산성이라는 것은 말이 산성이지 뒷동산 언덕에 지나지 않는 것이다. 한마디로 모든 게 잔망스러워서 무슨 전설과 역사를 여기다 갖다붙인 것이 가당치 않다는 생각이 절로 날 것이다.

　그러나 부소산은 결코 그렇게 조급한 마음으로 무슨 볼거리를 찾아오를 곳이 못 된다. 부소산성은 그냥 편한 마음으로 걷는 것만으로 족한 곳이다. 거기에서 별스런 의미를 찾을 것 없이 고목이 다 된 참나무와 잘생긴 소나무를 바라보면서 봄이면 새순의 싱그러움을 보고, 여름이면 짙푸른 녹음과 강바람을 끌어안고, 가을이면 오색 낙엽을 헤아리고, 겨울이면 나뭇가지에 얹힌 눈꽃을 보는 것으로 얼마든지 즐거울 수 있는 곳이다. 세상천지 어디에 이렇게 편안한 한두 시간 코스의 산책길이 있단 말인가.

그런 중 부소산이 정말로 아름답게 느껴지는 때가 따로 있다고 주장한 사람이 있었다. 지금은 어디로 갔는지 알 수 없지만, 한동안 사비루에 걸려 있던 한 현판의 시구에는 "늦가을, 비 오는 날, 저녁 무렵, 혼자서" 여기를 찾을 때에 비로소 부소산의 처연한 아름다움을 만끽할 것이라고 했다.

'의자왕은 죄가 없도다'

부소산은 부여의 진산이면서 동시에 국방상 최후의 방어진이 되므로 산 정상과 계곡에 흙과 돌로 성을 쌓아 보강하였다. 그것이 부소산성이며, 산성 안에서 군량미를 보관했던 군창(軍倉)터와 이를 지키던 군대 움막이 발견됐다. 그런데 이 산성은 꼭 군사적 목적만이 아니라 산성 남쪽 자락에 자리잡은 왕궁의 원림 구실을 한 듯 곳곳에 누정이 세워져 있다. 바로 이 누각과 정자는 부소산에서 내다보는 전망 좋은 곳을 택한 결과이다. 따라서 우리는 그 누정의 생김새를 유적이라고 살피기보다도 거기에 올라 그 자리에 쉼터를 세운 옛사람들의 안목과 서정을 기리면서 그 풍광을 즐기는 것만으로도 훌륭한 답사가 된다.

부소산성의 산책로는 여러 갈래가 있지만 정문으로 들어가서 영일루, 반월루, 사비루, 백화정, 낙화암, 고란사를 보고 나서 서복사터 옆문으로 나오는 길이 제일 좋다. 그 산책에서 일어나는 감흥과 감회야 제각기 다

를 것이니 내가 굳이 누정마다 사견과 사감(私感)을 일일이 말할 필요는
없을 것 같지만 그중 영일루 하나를 함께 가보고 싶다.

영일루는 본래 영월대(迎月臺)가 있던 곳으로 가람과 육당의 기행문
에만 해도 분명 '달맞이대'로 되어 있는데 어느 순간에 왜 '해맞이'로 바
뀌었는지 알 수 없다. 누대에 기문이 걸려 있어 읽어보니 그런 사연은
없고 쓸데없는 경위만 장황하게 늘어놓았다.

1919년 송월대터에 군수 김창수가 임천군의 객사 건물을 옮겨 짓
고 사자루라 일컬었으나 영일대에는 누각이 없이 반세기가 지나 전
임군수 권의직씨가 교육장 조남윤씨와 협력하여 구 홍산군 동헌 정
문인 집홍루의 건물을 이곳에 옮겨 지으려는 추진 도중에 권군수는
논산군수로 전임되고 불민한 몸이 뒤를 이어 준공을 보았으니 이로
써 이 사업은 완성되었다.

1964. 8. 부여군수 박욱래 적음

아무튼 지금의 영일루, 원래의 영월대를 옛사람들은 부소산 최고의 경
관이라고 상찬을 아끼지 않았다. 가람 선생은 그것을 이렇게 예찬했다.

영월대를 찾았다. 이 산의 가장 높은 곳이다. 좋은 전망대다. 이 산
을 강으로 두르고 봉으로 둘렀다. 그 봉들은 천연 꽃봉오리다. 현란한
꽃밭 속이다. 호암산, 망월산, 부소산, 백마강 할 것 없이 주위에 있는
멀고 가까운 산수들은 오로지 이곳을 두고 포진하고 있다. 나는 이윽
히 바라보다가 포근포근한 금잔디를 깔고 앉아 그 놀라운 영화와 향
락을 고요히 그려보았다.

그렇게 볼 때 비로소 부여가 보이는 것이다. 나는 차라리 가람의 이 글을 새겨 '군수 인수인계판' 같은 글 옆에 걸고 싶었다.

회고하자면 어느 여름 답사 때 부소산 영월대에서 맞은 '백마강 달밤'은 정말로 멋있었다. 그 황홀경에 문득 내 머릿속에 떠오르는 시구가 하나 있었다. 어느 옛 시인이 읊었다는 '강산여차호 무죄의자왕(江山如此好 無罪義慈王)'이다. 풀이하자면 '강산이 이토록 좋을지니 의자왕은 죄가 없도다'.

답사의 하이라이트는 정림사터 오층석탑

부여 답사에서 하이라이트는 아무래도 정림사터 오층석탑이라고 해야 할 것이다. 정림사탑은 멀리서 보면 아주 왜소해 보이지만 앞으로 다가갈수록 자못 웅장한 스케일도 느껴지고 저절로 멋지다는 탄성을 지르게 한다. 본래 회랑 안에 세워진 것이니 우리는 중문(中門)을 열고 들어온 위치에서 이 탑을 논해야 한다. 이 탑의 설계자가 요구하는 바로 그 자리에서 볼 때 정림사탑은 우아한 아름다움의 한 표본이 되는 것이다. 완만한 체감률과 높직한 1층 탑신부는 우리에게 준수한 자태를 탐미케 하며 부드러운 마감새는 그 고운 인상을 말하게 하는 것이다. 헌칠한 키에 늘씬한 몸매 그러나 단정한 몸가짐에 어딘지 지적인 분위기, 절대로 완력이나 난폭한 언행을 할 리 없는 착한 품성과 어진 눈빛, 조용한 걸음걸이에 따뜻한 눈인사를 보낼 것 같은 그런 인상의 석탑이다. 특히 아침 안개 속의 정림사탑은 엘리건트(elegant)하고, 노블(noble)하며, 그레이스풀(graceful)한 우아미의 화신이다.

만약에 안목 있는 미술사가에게 가장 백제적인 유물을 꼽으라고 주문한다면 서산 마애불, 금동미륵반가사유상, 산수문전(山水文塼) 등과 함께 이 정림사 오층석탑이 반드시 꼽힐 것이며, 나에게 말하라고 한다면 정림사 오층석탑이야말로 검소하지만 누추하지 않았다는 백제 미학의 상징적 유물이라고 답할 것이다. 극단적으로 말해서 100개의 유물과도 바꿀 수 없는 위대한 명작인 것이다. 이런 것을 일컬어 세속에서는 '백고가 불여(不如)일부'라고 했다. 풀이하면 '고고춤 백 번보다 부루스(블루스) 한 번이 더 낫다'는 뜻인데, 정림사탑은 폐허의 왕도 부여의 '부루스'이다.

정림사 오층석탑의 구조를 정확히 실측한 사람은 불국사와 석굴암을 측량한 요네다 미요지이고, 그 구조의 미학과 양식적 전후관계를 밝힌 분은 『조선탑파의 연구』를 저술한 우현 고유섭 선생이다.

우현 선생은, 우리나라 석탑의 시원 양식인 익산 미륵사탑은 목조탑파를 충실히 모방한 것으로 다만 재료를 돌로 한 목탑이라고 할 수 있다고 했다. 이에 반하여 정림사탑은 이제 목조탑파의 모습에서 멀어져 석탑이라는 독자적인 양식을 획득하는 단계로 들어선 기념비적 유물로 평가하면서 이 탑의 특색을 다음과 같이 설명하였다.

이 탑에 있어서 소재의 취급은 저 미륵사탑과는 판이하여 외용(外容)의 미는 소재 정리의 규율성과 더불어 율동의 미를 나타내고 (…) 각층의 수축성과 더불어 아주 운문적인 미를 갖고 있는 것이다. 소재 조합의 정제미뿐만 아니라 소재 자체의 세련미도 갖고 있어서 온갖 능각(稜角)이 삭제되어 (…) 매우 온화한 평탄면을 갖고 있다. 더욱이 지붕돌은 낙수면의 경사가 거의 완만하여 수평으로 뻗다가 전체 길이 10분의 1 되는 곳에서 약간의 반전을 나타내어 강력한 장력(張力)을 보이고 있다. 또 각 지붕돌 끝을 연결하는 이등변삼각형의 사선은 약 81도를 이루어 일본 법륭사 오층탑과 거의 같다. 곧 안정도의 미

를 볼 수 있다.

우현 선생의 이런 분석은 결국 정림사탑에서 느끼는 그 미감의 동인(動因)을 잡아내는 작업으로서 한국미술사 연구에서 최초로, 모범적으로 보여준 양식사적 해석이었다.

석굴암을 측량하면서 통일신라 때 사용한 자가 곡척(曲尺, 30.3센티미터)이 아니라 당척(唐尺, 29.7센티미터)이었음을 밝힌 요네다는 백제 때 사용한 자는 곡척이 아니라 고려척임을 또 밝혀냈다. 고려척은 고구려척의 준말로 동위척(東魏尺)이라고도 하는데, 일본 법륭사(法隆寺, 호류지) 등 아스카 시대의 여러 건축에 사용되었고 신라의 황룡사, 익산의 미륵사 등도 고려척을 사용한 결과다. 1고려척은 약 1.158척(35.15센티미터)이다.

고려척으로 측량한 결과, 요네다는 이 탑의 설계에서 기본 단위는 7척에 있었음을 알아낼 수 있었다. 1층 탑신 폭은 7척, 1층 총높이는 7척, 기단의 높이는 7척의 반인 3.5척이고 기단 지대석(址臺石) 폭은 7척의 1.5배인 10.5척이다. 그런 식으로 연관되는 수치를 요네다는 기하학적 도면으로 제시하기에 이르렀다. 그리고 요네다는 정림사탑의 아름다움의 요체가 체감률(遞減率)에 있는데 그것은 등비(等比) 급수 또는 등차(等差) 급수적 체감이 아니라 기저부 크기의 기본 되는 길이에서 발전하는 등할적(等割的) 구성으로 되어 있음을 밝혀냈다.

| 정림사터 오층석탑 | 우아한 백제미의 상징이 된 석탑이다. 1층은 성큼 올라서 있고 2층부터 5층까지는 알맞은 체감률을 지니고 있다.

신비로운 비례의 파괴

예를 들어 1층부터 5층까지 각층의 높이를 보면 층마다 10분의 1씩 줄어들어 결국 1층은 6.9척, 2층과 5층을 더한 것이 7척, 3층과 4층을 더한 것이 6.9척이 되므로 대략 7척과 맞아떨어진다. 또 1층부터 5층까지 탑신의 폭을 보아도 1층이 7척이고, 3층과 4층을 더한 것이 7척, 2층과 5층을 더한 것이 7.2척이므로 이 또한 대충 7척과 맞아떨어진다.

그런데 요네다는 모든 수치 관계가 대략적으로만 맞는다는 사실을 그대로 용인하고 그 정도의 차이는 여러 돌을 쌓기 때문에 수평고름을 하기 위하여 시공 때 상하면을 약간씩 다듬은 데서 생긴 오차로 보았다. 그러나 과연 그럴까? 나는 그렇지 않다고 생각한다. 그렇다면 왜 높이가 아닌 폭까지 그런 차이를 보였을까. 백제의 건축가들이 그런 식으로 대충 설계했을 리가 없다. 거기에는 그래야만 했던 이유와 깊은 뜻이 따로 있을 것이다.

요네다가 제시한 측량에 의하면 모든 수치에서 5층이 관계되면 반드시 다른 층보다 약간씩 커짐을 알 수 있다. 그러니까 5층은 4층까지의 체감률을 적용하지 않고 약간 크게 만들었기 때문에 요네다가 제시하는 치수들이 약간씩 빗나가고 있는 것이다. 나는 이 점을 이렇게 이해하고 있다. 5층이 약간 커야만 했던 이유는 도면상의 문제가 아니라 완성된 탑을 절집 마당에서 바라보는 입장에서 보았을 때 실제로 느끼는 체감률 때문이라 생각한다. 즉 5층이 약간 커야 보는 사람 입장에서는 비례가 맞다고 느낄 수 있다. 정림사탑의 설계자는 바로 이 점까지 고려하여 설계했던 것이다.

이 점은 고대국가 시절의 조각과 건축에 자주 나타나는 고대인의 체험 논리이다. 석굴암 본존불, 경주 남산 보리사 석불은 얼굴이 크게 되어 있다. 아이들 표현으로 짱구라고 할 정도로 눈에 두드러지게 머리를 크게 한 것은 아래에서 올려다볼 때의 비례감에 맞추었기 때문이다. 감은사탑은 2층과 3층의 탑신 높이가 똑같은 치수지만 탑 앞에서 보는 사람의 시각에서는 3층이 약간 작게 느껴지는 것과 같은 원리다. 그러니까도면상에서는 7:7.2로 나타나지만 실제 눈으로 볼 때는 7:7이 되는 것이다. 이 실제 체감에 적용될 비례를 위해 고대인들은 슬기롭게 도면상의 비례를 파기했다.

부여박물관 가이드라인

나는 부여 답사에서 국립부여박물관을 들르지 않으면 백제 답사가아니라 부여 지방 풍광 기행에 불과하다고 말한다. 부여 답사의 핵심은어쩌면 이 박물관 관람에 있다 해도 과언이 아니다. 국립부여박물관은종합박물관이 아니라 부여를 중심으로 한 백제 문화권 지방 박물관으로서 아주 특색 있게 꾸며져 있다. 그러니까 지상에서 사라져버린 백제의유산을 땅속에서 찾아 다시 지상에 복원한 것이 국립부여박물관이다.

선사실에 들어가면 이 지역 청동기 문화의 큰 특징인 '송국리형 문화'가 출토지별, 종류별로 세심하게 전시되어 있다. 여기에 전시된 청동유물들은 서울의 국립중앙박물관 못지않은 양과 질을 보여준다.

역사실에 들어가면 고분 출토 유물들이 전시되어 있는데 그중에서백제의 큰 항아리를 보는 것은 정말로 큰 기쁨이다. 그렇게 부드러운 질감과 우아한 곡선의 항아리를 만든 사람은 백제인밖에 없다. 그리고 산수문전에 나타난 그 세련된 조형미는 여기서 말로 다 설명하지 못한다. 산봉우리를 살짝 둥글리면서 윤곽선을 슬쩍 집어넣은 기교와, 구름과소나무를 문양으로 처리하면서도 생동감을 부여한 것은 거의 마술에 가

| **산수문전** | 안목 있는 미술사가라면 가장 백제적인 유물 중 하나로 산수문전을 꼽을 것이다. 그 세련된 조형미는 거의 마술에 가깝다.

깝다. 사실상 화려하지만 사치스럽지 않았다는 백제의 미학을 단 하나의 유물로 표현해보라고 할 때 여기에 표를 던지는 분이 많다.

불교미술실에서 우리는 백제 불상만이 갖는 여러 표정을 만나게 된다. 삼불 선생이 주장한 백제의 미소를 여기서 다시 만나게 된다. 군수리 절터에서 나온 석조여래좌상을 보면 고개를 6시 5분으로 갸우뚱하게 기울임으로써 그 친숙감이 절묘하게 살아나고 있다. 본래 좌상은 입상보다 권위적이기 쉽다. 그러나 약간 고개를 기울임으로써 근엄한 자세가 아니라 인간적 자태로 환원된 것이다. 이는 절대자의 친절성을 극대화하면서 그 인자한 모습을 담아내려는 조형 의지의 발로라 할 것이다.

또 규암리에서 출토된 금동보살입상을 보면 그 수려한 몸매와 맵시 있는 몸가짐, 귀엽고 복스러운 얼굴에서 당대의 미인, 말하자면 '미스 백제'를 보는 듯한 착각조차 일어난다. 뒷모습이 유난히 예쁜 이 보살상은

| 군수리 석조여래좌상 | 군수리에서 출토된 이 불상은 고개를 살짝 기울여 더욱 친근감이 감돈다.

한때 일본에 약탈될 뻔했다가 구사일생으로 살아남았는데(이구열 『한국문화재 수난사』) 보물로 지정되었다가 그 중요성을 인정받아 1997년 국보로 승격되었다.

그리고 나는 구아리 유적에서 나온 나한상(羅漢像)의 강렬한 인상을 잊지 못한다. 광대뼈와 골격이 또렷하여 그 표정이 확연히 살아 있는데 이 나한의 얼굴에 서린 고뇌의 빛깔은 모든 인간이 이따금 드러내고 마는 인간 실존의 비극적 표정의 하나라고 생각하고 있다.

그러나 불행하게도 우리가 지금 만나고 있는 불, 보살, 나한상이 모두 소품인지라 그 감동의 폭이 작다고 불만을 토로하는 이가 적지 않다. 그런 분들의 아쉬움을 한번에 달래주는 유물이 청양 본의리에서 출토된 테

| 규암리 금동관음보살입상 | 본래 불상과 보살상은 당시의 미인관을 반영하고 있는데, 특히 이 규암리 출토의 보살상은 어여쁜 맵시를 하고 있어서 미술사학도들은 '미스 백제'라고 부른다. 이 보살상은 특히 뒷모습도 아름답다.

라코타 불상 좌대다. 저 큰 좌대에 앉아 있을 불상은 어떤 모습이겠으며, 저 맵시 있게 반전된 연꽃에 어울릴 옷주름은 어떤 것일까를 생각하노라면 금세 보았던 백제의 불, 보살, 나한상 들이 열 배, 스무 배 크기의 영상으로 다가온다. 그런 가운데 백제의 숨결은 살아나고 백제의 미학은 고양된다.

그러나 꼭 크고 웅장해야 위대하다고 생각하는 것은 잘못된 가치관일 뿐만 아니라 거의 병적인 현상이다. '작은 것이 위대하다'는 격언도 있다. 그것을 소중현대(小中現大)라 한다. 즉 '작은 것 속에 큰 것이 다 들어가 있다'는 뜻이다. 이는 명나라의 문인화가인 동기창(董其昌)이 작은 화첩에 역대 명화 대작들을 축소하여 복사하듯 그려보고는 그 표장에 '소중현대'라고 적어서 유명한 말이 되었는데, 나는 지금 우리

| 나한상 | 테라코타로 제작된 이 나한상은 수도자의 처연한 아픔을 극명하게 표현해내고 있다. 백제 미술의 또 하나의 명작이다.

야말로 소중현대의 철학을 배워야 할 시점이라고 생각하며, 그것을 백제의 유물들이 시범적으로 보여주고 있음에 감사하고 싶다. 요컨대 백제의 미학은 '검이불루 화이불치'에 '소중현대'를 합치면 제격을 갖추게 된다고 믿는다.

백마강변의 신동엽 시비

부여를 떠날 때면 나는 몇 번의 예외는 있었지만 백제교를 건너기 바로 직전 백마강변 나성 한쪽에 조촐한 모습으로 세워진 불교전래사은비와 신동엽(申東曄) 시비에 꼭 들른다. 멀리서 보면 우람한 반공열사비에 눌려 존재조차 보이지 않지만 일본 민간단체에서 마음을 담아 감사한 사은비는 우리가 따뜻한 마음으로 받아들여도 좋을 감사의 뜻이 서려 있고, 친지와 유족이 뜻을 모아 세운 신동엽 시비에는 우리의 소망, 백

제의 혼이 서려 있어 거기를 차마 그냥 지나치지 못한다. 신동엽은 현대 한국문학사상 최고의 시인이자 부여가 낳은 최고의 시인이며 내 마음의 스승이시다.

나는 생전에 그분을 뵌 일이 없다. 신동엽이 세상을 떠난 1969년에 대학 3학년이었으니 뵐 처지도 아니었다. 그러나 그때 내게 현실과 역사의식을 가르쳐준 것은 신동엽이었다. 그 당시 나는 루쉰(魯迅)과 신동엽으로 내 의식을 키웠고 마음을 다스렸다.

나는 처음엔 신동엽 시 중에서 역사의식이 넘치는 「껍데기는 가라」와 「금강」을 좋아했고, 나중에는 현실성이 극대화된 「향아」 「종로 5가」를 좋아했다. 그리고 지금은 「산에 언덕에」 같은 맑은 서정의 노래를 더 좋아한다. 신동엽의 「산에 언덕에」에는 짙은 그리움이 있다. 어쩌면 우리들 모두가 찾고 찾아야 할 그런 대상에 대한 그리움이 넘쳐흐른다.

나는 우리나라 예술 속에서 그리움을 노래한 몇몇 대가를 알고 있다. 한 분은 김소월(金素月)이다. 그분의 시는 거의 다 그리움으로 가득하다는 느낌이다. 「초혼」 같은 시는 그리움에 지쳐 쓰러지는 모습까지 보여준다. 소월이 보여준 그리움이란 항시 이루어보지 못한 어떤 대상에 대한 애절한 동경의 그리움이었다.

이에 반하여 이중섭(李仲燮)의 그림은 잃어버린 행복에 대한 그리움으로 가득하다. 그는 멀리 떨어져 있는 아내와 아들을 만나고 싶은 그리움의 감정을 황혼녘에 울부짖는 「소」 「달과 까마귀」 「손」에 실었다. 그는 개인적으로 겪는 그리움의 고통을 보편적 가치로 전환하는 데 성공했고, 그래서 그의 그리움에서는 살점이 떨어지는 듯한 애절함이 느껴진다.

그러나 김소월과 이중섭의 그리움에는 치열한 현실의식이나 역사인식이 들어 있지 않다. 역사의 아픔과 그 아픔을 넘어서는 희망까지를 말

| 신동엽 시비 | 부여가 낳은 민족시인 신동엽의 시비는 백마강변 나성 한쪽에 세워져 있다. 여기에는 그의 명시 「산에 언덕에」가 새겨져 있다.

하는, 역사 앞에서의 그리움은 신동엽의 차지였다. 그의 「산에 언덕에」에는 그런 그리움의 감정이 남김없이 서려 있다. 지금도 백마강변 나성에 세워져 있는 신동엽 시비에는 이 「산에 언덕에」가 조용한 글씨체로 잔잔하게 새겨져 있다.

>그리운 그의 얼굴 다시 찾을 수 없어도
>화사한 그의 꽃
>산에 언덕에 피어날지어이.
>
>그리운 그의 노래 다시 들을 수 없어도
>맑은 그 숨결
>들에 숲속에 살아갈지어이.

(…)

그리운 그의 모습 다시 찾을 수 없어도
울고 간 그의 영혼
들에 언덕에 피어날지어이.

그런 그리움의 시인 신동엽, 부여에서 태어나서 숙명적으로 백제를
사랑하며 백제의 마음으로 살고 싶어했던 신동엽이 마음속에 그린 백
제는 과연 어떤 것일까? 만약 그런 것이 있다면 우리는 그것을 '회상의
백제행'의 마지막 여운으로 삼아도 좋지 않겠는가. 그의 장시 「금강」 제
23장은 다음과 같이 끝맺는다.

백제,
옛부터 이곳은 모여
썩는 곳,
망하고, 대신
거름을 남기는 곳,

금강,
옛부터 이곳은 모여
썩는 곳,
망하고, 대신
정신을 남기는 곳

* 2015년 부소산성과 나성, 능산리 고분군, 정림사지는 공주와 익산 일대의 백제 유적들과 함께 '백제역사유적지구'로 유네스코 세계문화유산에 등재되었다. 백제의 숨결을 증언하는 사적임을 인정받은 셈이다.
* 군수리 석조여래좌상은 오늘날 국립중앙박물관 불교조각실에서 소장 및 전시되고 있다.

종묘 예찬

조선왕조의 상징적 문화유산

인간이 자연계의 어떤 동물과도 다른 점은 자연을 개조하며 살아가면서 문화를 창조하고 있다는 사실이다. 인간이 만들어낸 문화는 정신 문화와 물질 문화 두 가지가 있는데 정신 문화는 무형유산으로 전하고, 물질 문화는 유형유산으로 남는다.

조선왕조 500년이 남긴 수많은 문화유산 중에서 종묘(宗廟)와 거기에서 행해지는 종묘제례(宗廟祭禮)는 유형, 무형 모두에서 왕조 문화를 대표한다. 유네스코 세계유산 등재가 모든 것을 다 말해주지는 않지만 종묘는 우리나라에서 처음으로 세계문화유산에 등재(1995)된 유형유산 중 하나이고, 종묘제례는 2001년 유네스코 세계무형유산에 제일 먼저 등재되었다. 이는 종묘가 조선왕조의 대표적 문화유산일 뿐만 아니라 인

| 종묘 정전 | 　종묘는 조선 역대 제왕과 왕비들의 혼을 모신 사당이다. 궁궐이 삶을 영위하는 공간이라면, 종묘는 죽음의 공간이자 영혼을 위한 공간으로 조선왕조의 신전이다.

류의 보편적 가치를 추구하는 유네스코의 국제적인 시각으로 볼 때도 형식과 내용 모두에서 위대한 문화유산임을 확인해준 셈이다.

종묘는 조선왕조 역대 제왕과 왕비들의 혼을 모신 사당이다. 궁궐이 삶을 영위하는 공간이라면 종묘는 죽음의 공간이자 영혼을 위한 공간이다. 일종의 신전이다. 세계 모든 민족은 제각기 어떤 형태로든 고유한 신전을 갖고 있고 그 신전들은 한결같이 성스러움의 건축적 표현이었다. 고대와 중세를 거치면서 동양에서는 불교의 사찰, 서양에서는 기독교의 교회당이 1천 년 이상 신전의 지위를 대신했지만 그 이전과 이후에도 여전히 신전은 존재했다. 이집트의 핫셉수트(Hatshepsut) 여왕의 장제전(葬祭殿), 그리스의 파르테논(Parthenon) 신전, 로마의 판테온(Pantheon), 중국의 천단(天壇, 톈탄), 일본의 이세신궁(伊勢神宮, 이세진구) 등이 대표적이고, 거기에 어깨를 나란히 하는 것이 조선왕조의 종묘이다.

종묘는 이처럼 문화유산의 보편성과 특수성, 전통성과 현대성, 민족성과 국제성 모두에서 조선왕조를 대표할 만한 문화유산이다. 국제적인 시각에서 보면 존재감이 더욱 두드러지지만 정작 우리 국민은 그 가치에 대해 깊이 이해하지 못하고 있다. 그것은 우리가 종묘의 문화유산적 가치를 인식한 지 얼마 안 되기 때문이다.

종묘의 재발견

우리가 종묘 건축에 눈을 뜬 지는 반세기도 안 된다. 전문가든 일반인이든 종묘를 직접 볼 수 있게 된 것은 1970년대 와서의 일이다. 조선시대에 종묘는 일반인 출입금지의 성역이었으니 논의거리가 아니며, 일제강점기에도 역시 마찬가지였다. 초기 고건축 연구를 주도한 세키노 다다시(關野貞) 등 일본인 미술사가들은 주로 사찰 건축에 집중했다. 조선왕조의 정통성을 없애기 위해 궁궐을 파괴하던 그들이 종묘에 주목할 리가 없었던 것이다.

해방 후 정인섭, 윤장섭, 주남철 등 한국인 건축사가들이 등장하여 우리 고건축의 실체를 파악하면서 비로소 한국건축사가 정립되었고 이분들에 의해 종묘의 가치가 점점 드러나기 시작했다. 그러나 이 선구적인 건축사가들은 편년사를 세우고 구조적 특징과 형식적 변화를 연구하는 데 집중하여 종묘 건축 자체가 가진 미학적 가치까지 적극 드러내지는 못했다.

그런 상태에서 종묘가 새롭게 조명된 것은 종묘제례가 다시 재현되어 일반에게 공개된 1971년부터였다. 김수근, 김중업 등 해방 후 제1세대 건축가들이 종묘에 주목하면서 오랜 침묵이 깨지기 시작했다. 특히 이들은 외국을 경험하고 모더니즘의 세례를 받은 건축가로서 민족적·애국적 관점에서 주목한 것이 아니라 종묘 건축의 미학적 함의에 놀라움과 경의를 표했다. 전통 건축물임에도 현대 건축의 관점에서 볼 때 더욱 감동적인, 거의 불가사의한 경지라고 예찬했다.

건축가 승효상의 고백

사적이라면 아주 사적인 이야기 같지만 건축가 승효상이 종묘 건축에서 받은 감동의 고백은 더욱 절절하다. 1970년대 말에 그는 나와 함께 김수근 선생의 '공간'에서 함께 일한 바 있는데, 선생 사후 건축사무소 공간의 운영을 맡아 일하다가 1990년에 15년 만에 해방되어 비로소 자신의 건축을 찾아가기 시작했다. 어느덧 나이 마흔을 바라보게 된 이 중년의 건축가는 그 시절 2개의 건축에서 자신의 길을 찾았다고 그의 저서 『오래된 것들은 다 아름답다』(컬처그라피 2012)에서 고백했다. 하나는 루이스 칸(Louis Kahn)이 설계한 소크(Salk) 연구소였고 또 하나는 종묘였다.

종묘 정전은 우선 그 크기가 압권이다. 동서로 117미터 남북으로 80미터의 담장을 두른 이 정전은 예상을 깬 그 길이가 주는 장중한 자태가 보는 이들을 압도한다. 정문인 남쪽의 신문(神門)을 들어서면 한눈에 들어오지 않는 길이의 기와지붕이 지면을 깊게 누르며 중력에 저항하고 있다. 지붕 밑의 깊고 짙은 그림자와 붉은색 열주는 이곳이 무한의 세계라는 듯 방문객을 빨아들인다. 일순 방문객은 그 위엄에 가득 찬 모습에 침묵하지 않을 도리가 없게 된다. (⋯)

(외국인들이 종묘를 보고 감동한 것은) 파르테논 같은 외관의 장중함이었을 게다. 그러나 종묘 정전의 본질은 정전 자체의 시각적 아름다움에 있지 않다. 바로 정전 앞의 비운 공간이 주는 비물질의 아름다움에 있다. 굳이 비교하자면 가없이 넓은 사막의 고요나 천지창조 전의 침묵과 비교해야 한다.

그렇다. 가로 109미터 세로 69미터의 월대(月臺)라고 불리는 이 공간은 비움 자체이며 절대적 공간이다. 1미터 남짓하지만 이 지대는 그 사방이 주변 지면에서 올리어진 까닭에 이미 세속을 떠났으며, 담장 너머 주변은 울창한 수목으로 뒤덮여 있어 대조적으로 이 지역을 완벽히 비워진 곳으로 인식하게 한다. 마치 진공의 상태에 있다.

제관이 제례를 올리기 위한 가운데 길의 표정은 우리를 피안의 세계로 이끄는 듯하며, 불규칙하지만 정돈된 바닥 박석들은 마치 땅에 새긴 신의 지문처럼 보인다. 도무지 일상의 공간이 아니며 현대 도시가 목표하는 기능적 건축이 아닌 것이다. 그래서 물신주의와는 반대의 편에 있으며 천민주의와는 담을 쌓고 있다. 바로 영혼의 공간이며

| 승효상이 본 월대 | 건축가 승효상은 종묘의 박석을 두고 "불규칙하지만 정돈된 바닥 박석들은 마치 땅에 새긴 신의 지문처럼 보인다"라고 찬탄해 마지않았다. 사진은 승효상이 촬영한 월대의 박석이다.

우리 자신을 영원히 질문하게 하는 본질적 공간이다.

이처럼 건축가가 건축을 보는 눈은 미술사가가 보지 못한 건축 본질에 관한 것을 건드린다. 미술사를 공부하면서 내가 절감하게 된 것 중하나는 평범한 작품은 그 작품의 유래를 따지게 하지만, 명작은 거기서받은 감동의 근원이 무엇인가 하는, 예술 본질의 물음에로 이끈다는 사실이다.

| **정전 앞 월대** | 신문 앞에서 정전을 바라보면 넓은 월대가 보는 이의 가슴 높이에서 전개된다. 이 월대가 있음으로 해서 종묘 정전 영역은 더욱 고요한 침묵의 공간을 연출한다.

프랭크 게리의 종묘 참관

종묘에 대한 예찬은 한국 건축가에 국한된 것이 아니었다. 외국의 안목 있는 건축가들도 전 세계 어디에서도 볼 수 없는 이 건축물에 놀라움과 함께 저마다의 찬사를 아끼지 않았다. 일찍이 일본 건축계의 거장이었던 시라이 세이이치(白井晟一, 1905~83)는 1970년대에 이 종묘를 보고 "서양에 파르테논 신전이 있다면 동양엔 종묘가 있다"라고까지 극찬한 바 있다. 이는 이후 많은 일본의 건축가와 건축학자가 종묘를 방문하는 계기가 되었다.

삼성미술관 리움을 설계한 렘 콜하스(Rem Koolhaas), 마리오 보타(Mario Botta), 장 누벨(Jean Nouvel), 뮤지엄 산과 본태박물관의 안도 다

다오(安藤忠雄), 동대문디자인플라자(DDP)의 자하 하디드(Zaha Hadid) 등이 그들이다. 그중 렘 콜하스나 안도 다다오처럼 미니멀하고 절제된 단순미를 추구한 건축가들이 종묘를 보고 감탄한 것은 충분히 이해하고도 남음이 있다.

그런데 파격에서 타의 추종을 불허하는 건축가 프랭크 게리(Frank Gehry)가 종묘를 다녀간 이야기는 우리에게 참으로 많은 것을 느끼게 해준다. 게리는 스페인 빌바오의 구겐하임 미술관에서 보이듯 스테인리스스틸과 티타늄 같은 금속재료를 즐겨 사용하고 사각의 틀을 벗어난 독특한 형태미를 구사하여 때로 악명을 사기도 했다.

1997년 게리가 한국을 방문한 적이 있다. 당시 삼성은 창덕궁 맞은편 운니동에 삼성미술관을 지을 계획으로 프랭크 게리와 아이 엠 페이(I. M. Pei) 두 사람에게 설계를 의뢰하여 최종적으로 게리의 안을 따르기로 결정했다. 그러나 IMF 구제금융 사태로 이 계획이 무산되고 삼성미술관은 훗날 오늘의 한남동 리움으로 탄생하게 되었다. 2007년에는 통영시에서 프랭크 게리에게 윤이상 음악당의 설계를 의뢰한 바 있는데 이 또한 계획이 무산되어 그는 아직 한국에 자기 작품을 남기지 못하고 있다.

그런 프랭크 게리가 2012년 9월 로스앤젤레스에서 운영 중인 건축사무소의 50주년을 기념해 부인과 두 아들 내외와 함께 15년 만에 한국을 찾았다. 종묘를 다시 한번 보고 싶어 한국으로 가족여행을 온 것이다. 그때 게리는 가족들에게 "이번 여행에서 다른 일정은 다 빠져도 좋은데 종묘 참관만은 반드시 우리 가족 모두 참석했으면 한다"고 재삼 당부했다고 한다.

프랭크 게리가 왜 다시 종묘를 보고 싶어했는지, 그리고 무엇을 느끼고 무어라 말했는지 궁금하지 않을 수 없다. 마침 당시 게리와 동행했던 기자가 쓴 글이 『S매거진』 9월 16일자에 실려 있어 그 기사를 따라가본다.

"한국인은 이 건물에 감사해야 한다"

2012년 9월 6일 오전 8시 50분, 게리 가족은 종묘에 도착하여 안내를 받았다. 게리는 안내하러 나온 직원에게 곧장 정전으로 가겠다며 부인의 손을 꼭 잡고 휘적휘적 발걸음을 옮겼다. 신문인 남문에 당도하여 정전의 기다란 맞배지붕이 시야를 완전히 압도하는 순간 그는 문득 멈추어 서서 마음을 추스르는 듯, 기도하는 듯 합장을 하고 머리를 숙였다. 그러고는 아주 천천히 고개를 들었다. 종묘를 감싼 공기 한 모금조차 깊게 음미하는 듯했다. 이윽고 그가 말문을 열었다.

"15년 만에 보아도 감동은 여전하군."

소감을 묻는 질문에 그는 조용히 대답했다.

"정말 아름답지 않은가. 아름다운 것은 말로 설명할 수 없다. 마치 아름다운 여성이 왜 아름다운지 이유를 대기 어려운 것처럼. 이곳에 들어서는 순간 누구나 그것을 다 느낄 텐데."

신문에서 박석이 촘촘하게 깔려 있는 월대로 올라가는 계단도 그는 성큼 내딛지 않았다. 안내원이 "올라가시겠습니까?"라고 묻자 그는 "아니, 아직은"이라고 답했다. 그러면서 큰며느리에게 말했다.

"이 아래 공간과 위의 공간은 전혀 다른 곳이란다. 그 차이를 생각하면서 즐기렴."

동양의 목조건물 중 가장 길다는 정전을 보면서 그는 "민주적"이라고 했다. 똑같이 생긴 정교한 공간이 나란히 이어지는 모습에서 권위적이지 않고 무한한 우주가 느껴진다는 것이다. 그러면서 이렇게 덧붙였다.

"이같이 장엄한 공간은 세계 어디서도 찾기 힘들다. 비슷한 느낌을 받았던 곳을 굳이 말하라면 파르테논 신전 정도일까?"

그리고 또 말을 이어갔다.

"흥미로운 것은 이것이 미니멀리즘이 아니라는 사실이다. 심플하고 스트롱하지만 미니멀리즘이 아니다. 간단한 것을 미니멀리즘이라고 많은 사람이 오해하는데, 미니멀리즘은 감정을 배제한 것이다. 하지만 이것에서는 살아 있는 느낌이 든다. 당시 이것을 만든 사람들의 감성과 열정이 느껴지지 않는가."

월대를 지나 왕이 출입했던 동쪽 문으로 나아가 거기에서 정전을 바라보며 그는 자신의 사무실에서 건축가로 일하고 있는 둘째 아들 샘에게 말했다.

"이 문의 스타일을 새로 짓는 집에 적용해보는 게 어떻겠니?"

그때 일본인 관광객 수십 명이 우르르 들어왔다. 그는 15년 전 처음 왔을 때는 이곳을 구경하는 사람이 거의 없었다며 이렇게 말했다.

"한국 사람들은 이런 건물이 있다는 것을 감사해야 한다. 자기만의 문

| 정전 앞에 선 프랭크 게리 | 파격적인 건축으로 이름 높은 프랭크 게리는 단순하면서 장엄한 종묘 정전 앞에서 조용히 이 건축의 미학을 음미하고 있다.

화를 이해하고 존경하는 것은 참으로 중요하다."

관람을 마치고 나오는 길에 게리 일행은 종묘 신실을 재현해놓은 공간과 종묘제례 DVD를 10여 분간 관람했다. 안내원이 게리에게 매년 5월 첫째 일요일 여기에서 종묘제례가 열린다고 하니 이렇게 물었다.

"그때 오면 나도 볼 수 있습니까?"

역시 대가는 명작을 그렇게 바로 알아보았다. 게리의 건축과 종묘는 정반대의 세계이다. 형태에서는 복잡한 것과 단순한 것, 재료에서는 금속과 목재, 지역적으로는 서양과 동양, 시간적으로는 현대와 전통, 어느 모로 보나 양극을 달린다. 그러나 아무리 시대와 나라와 양식이 달라도 대가는 대가끼리, 명작은 명작끼리 그렇게 통하는 바가 있다.

종묘와 사직

종묘는 조선왕조 역대 왕과 왕비의 혼을 모신 사당으로 일종의 신전이다. 유교에서는 인간이 죽으면 혼(魂)과 백(魄)으로 분리되어 혼은 하늘로 올라가고 백은 땅으로 돌아간다고 생각한다. 그래서 무덤[墓]을 만들어 백을 모시고 사당[廟]을 지어 혼을 섬긴다. 후손들은 사당에 신주(神主)를 모시고 제례를 올리며 자신의 실존적 뿌리를 확인하고 삶의 버팀목으로 삼는다. 역대 임금의 신주를 모신 종묘는 곧 왕이 왕일 수 있는 근거였다.

이 땅에 유교가 들어온 이래 통일신라와 고려시대에도 종묘가 세워졌다. 그러나 유교를 국가의 이데올로기로 삼은 조선의 종묘는 그것들과 차원을 달리했다. 조선왕조는 정치, 사회, 문화의 모든 규범을 유교 경전에 따라 조직했다. 유교 경전의 하나인 『주례(周禮)』의 「고공기(考工記)」에서는 도읍(궁궐)의 왼쪽에 종묘, 오른쪽에 사직(社稷)을 세우라고 했다. 이를 '좌묘우사(左廟右社)'라 한다.

사직에서 사(社)는 토지의 신, 직(稷)은 곡식의 신을 말한다. 즉 백성(인간)들의 생존 토대를 관장하는 신을 받들어 모신 것이다. 한편 종묘는 왕의 선조들을 모신 사당을 말한다. 그래서 옛 임금들이 나라에 혼란이 닥치면 "종묘와 사직을 보존하고…" "종사(宗社)를 어찌하려고…"라며 위기감을 표하곤 했던 것이다. 좌묘우사에서 왼쪽이 더 상위의 개념이니 그중 종묘를 더 중요시했음을 알 수 있다.

새 국가 건설에서 종묘가 얼마나 중요한 상징성을 가지는가는 태조 3년(1394) 11월 3일 도평의사사(都評議使司)에서 임금에게 올린 『조선왕조실록』 기록에 잘 나타나 있다.

종묘는 조종(祖宗, 임금의 조상)을 봉안하여 효성과 공경을 높이는 것이요, 궁궐은 (국가의) 존엄성을 보이고 정령(政令, 정치와 행정)을 내는 것이며, 성곽(城郭)은 안팎을 엄하게 하고 나라를 굳게 지키려는 것으로, 이 (세 가지는) 모두 나라를 가진 사람들이 제일 먼저 해야 하는 것입니다. 삼가 바라옵건대, 전하께서는 천명(天命)을 받아 국통(國統)을 개시하고 여론을 따라 한양으로 서울을 정했으니, 만세에 한없는 왕업의 기초는 실로 여기에서부터 시작되는 것입니다.

건국 초의 종묘 건설

이성계가 역성(易姓)혁명에 성공하여 조선의 건국을 선포한 날은 1392년 음력 7월 17일이었다. 제헌절은 바로 이 날짜에서 유래한 것이다. 새 국가 조선에선 종묘와 사직부터 세워야 했다. 제후국의 종묘에는 5대조를 모시게 되어 있다. 그 때문에 태조는 종묘를 세우기 위하여 즉위 11일 만인 7월 28일, 자신의 고조, 증조, 할아버지, 아버지를 차례로 목조(穆祖)·익조(翼祖)·도조(度祖)·환조(桓祖)로 추존하고, 비(妃)들에게도 각각 존호를 올렸다. 그리고 우선 개성에 있는 고려왕조의 종묘에 신주를 모셨다. 새 도읍을 건설하면 그곳에 종묘와 사직단을 제대로 세우고 옮길 작정이었다.

그러나 막상 새 도읍지를 정하는 것은 쉽지 않았다. 계룡산에 신도읍 건설을 착수하다가 중단하기도 했고, 무악산 남쪽이 물망에 올라 검토도 해보았지만 결국 재위 3년(1394) 8월에 한양을 새 도읍지로 결정했다. 태조는 곧바로 정도전을 한양에 파견하여 도시 건설을 관장하게 하고, 9월 1일에는 신도읍 조성 임시본부인 '신도 궁궐 조성 도감(新都宮闕造成都監)'을 설치했다.

막중한 임무를 부여받은 정도전은 3개월 뒤인 12월 초에 왕궁 건축은 물론 도로와 시장에 이르는 신도읍의 기본 설계를 완성하고 종묘, 궁궐, 도성 순으로 건설한다는 계획을 세웠다. 놀랍게도 불과 3개월이라는 짧은 시간에 서울 건설의 마스터플랜을 완성한 것이다.

더욱 놀라운 것은 12월 3일 종묘의 터파기 고유제를 지내고 약 10개월 뒤인 1395년(태조 4년) 9월에 공사를 완료했다는 사실이다. 종묘가 완성되자 태조는 지체 없이 그해 10월, 4대조 이하 선조들의 신주를 개성에서 옮겨와 봉안했다. 이것이 조선왕조 종묘의 시작이다. 종묘 터파기 다음날인 12월 4일에 경복궁의 개토제(開土祭, 공사를 시작하기 전 토지신에게 올리는 제사)를 열었고, 태조가 정식으로 경복궁에 입주한 것은 종묘 완공 3개월 뒤인 1395년 12월 28일이었다. 모든 것이 종묘가 경복궁보다 앞서 이루어졌다.

이렇게 건립된 종묘는 다섯 분의 신주를 모실 수 있는 신실 5칸에 동서 양쪽에 익실(翼室, 날개처럼 붙어 있는 칸)이 달린 7칸 건물이었다. 이것이 종묘의 최초 형태였다.

태종의 건축적 업적

현재 종묘는 19칸의 정전과 16칸의 영녕전, 공신각과 칠사당 그리고 제례를 위한 여러 부속 건물로 구성되어 있지만 애초에는 정전 하나뿐이었고 그것이 곧 종묘였다. 규모도 7칸으로 작았다. 정전이 지금처럼

| 위에서 내려다본 정전의 풍경 | 종묘를 부감법으로 내려다보면 서울 한가운데 있으면서도 자연 속에 파묻혀 있는 자리앉음새가 확연히 드러난다. 과연 신전이 들어설 만한 곳이라는 감탄이 나온다.

장대한 규모로 확장되고 영녕전이라는 별묘까지 건립된 것은 조선왕조 500년의 긴 역사가 낳은 결과였다.

종묘가 창건된 지 15년 후, 태종은 디자인과 구조를 완전히 바꾸며 종묘의 면모를 일신했다. 태종은 일(一) 자 형태의 긴 건물 양끝에 월랑(月

廊)을 달아 짧은 ㄷ자 형태로 만들었다. 월랑이 달림으로써 종묘는 사당으로서 경건함을 얻고 건축적 완결성을 갖출 수 있었다.

아주 간단한 것 같아도 이 월랑이 있고 없고의 차이는 실로 엄청나다. 바티칸의 산피에트로대성당의 경우 오늘의 모습에 이르기까지 10여 명의 건축가가 관여했다. 16세기 르네상스 시대에 현상 공모에 당선된 브라만테의 설계안에 따라 착공되었고, 미켈란젤로가 이를 보완했다. 이후 17세기 바로크 시대에 베르니니가 건물 양끝에 콜로네이드라는 긴 곡선 월랑을 달아 지금처럼 완성한 것이다. 산피에트로대성당이든 우리의 종묘든 이 월랑이 있음으로 해서 두 팔을 벌려 가슴으로 품어 안는 너그러운 어머니의 품이나 두 손을 앞으로 내민 절대자의 모습과 같은 느낌을 준다.

조선의 태종은 우리나라 역대 임금 중 통일신라 경덕왕과 함께 치세 중 건축에 가장 심혈을 기울인 왕이다. 경덕왕은 경주에 불국사와 석굴암을 세웠고, 태종은 창덕궁을 건립하고 경복궁에 경회루를 조성했으며 종묘의 형식을 완성했으니 두 분이 우리 문화유산 창조에 이룬 공은 실로 크고도 크다.

특히 태종은 건축에 높은 식견과 안목을 갖고 있었다. 그는 미천한 신분의 박자청을 공조판서에까지 등용해 수도 한양의 건설 공사를 주도하게 하였으며, 신하들이 박자청의 무리한 공사 진행을 성토할 때에도 그를 끝까지 보호해주었다. 창덕궁 인정문 밖 행랑이 잘못 시공되었을 때는 그를 하옥시키기도 했지만 이내 다시 풀어주었다.

태종의 건축적 안목은 종묘 건물에 월랑을 단 것에 그치지 않는다. 태종은 종묘에 경건하고 아늑한 기운이 깃들게 하기 위해 종묘 앞에 가산(假山)을 조성했다. 그 당시에 이처럼 건축 공간에 주변 환경까지 끌어들였다는 것은 놀라운 일이다.

오늘날 종묘 앞은 세운상가와 광장시장이 자리잡은 평지이지만 본래는 '배오개'라고 해서 배나무가 많은 고개, 혹은 큰 배나무가 있던 고개였다. 태종이 가산으로 조성한 배오개가 장터로 변하더니 근대 들어 평평하게 닦이면서 광장시장이 되었다. 여담이지만 간송(澗松) 전형필(全

鍪粥) 집안은 이 배오개 시장의 거상(巨商)이었다. 지금 종묘 앞은 이렇게 많이 변했지만 종묘 남쪽 청계천과 만나는 곳에는 배오개 다리가 있어 그 옛날을 아련히 증언하고 있다.

영녕전의 건설

종묘에 영녕전이라는 별묘를 건립한 이도 태종이었다. 본래 종묘 사당의 5칸 신실(神室)은 태조와 태조의 선조인 목조·익조·도조·환조 다섯 분의 신위로 모두 차 있었다. 그런데 세종 원년(1419)에 정종이 승하하면서 종묘의 체제와 운영에 관한 논의가 일어났다.

원칙대로라면 맨 윗자리에 있는 목조의 신위가 종묘에서 나오고 정

| 증축을 거듭한 영녕전 | 왕조가 이어지면서 신주를 모실 분이 늘어나 정전과 영녕전을 계속 증축할 수밖에 없었다. 헌종 2년에 마지막으로 영녕전을 증축하여 현재의 규모인 16칸을 갖추었다.

종의 신위가 맨 아랫자리로 들어가야 한다. 이를 조천(祧遷)이라고 한다. 그러면 목조의 신주를 어떻게 해야 할 것인가? 원칙대로 하자면 땅에 묻어야 한다. 이를 매안(埋安)이라고 한다.

당시 상왕으로 물러나 있던 태종은 여태껏 모시던 조상의 신주를 영원히 없애는 것은 인정상 차마 할 수 없는 일이라며 다른 대책을 마련해보라고 예조에 명했다. 이에 예조에서는 별도의 연구팀을 만들어 방안을 찾기 시작했다. 그때도 지금처럼 새로운 상황에 대처하기 위해 태스크포스(Task Force)팀을 만들어 역사적 사례나 논리적 근거가 있는지 면밀히 검토했던 것이다.

그 결과 송(宋)나라 태조가 4대조를 별묘에 봉사한 예가 있음을 들어 목조의 신주를 별묘에 모시는 안을 마련했다. 이후 예조는 다시 문무 2품 이상의 주요 대신들과의 논의를 거쳐 별묘를 세우되 따로 공사를

| **영녕전의 측면** | 영녕전에는 좌우로 날개를 단 듯한 월랑이 있어 신전으로서의 권위와 품위를 지닐 수 있었다.

벌일 필요 없이 한양 서북쪽에 있는 장생전(長生殿)을 별묘로 삼기로 합의했다. 예조에서 정리된 안을 태종에게 보고하자 태종은 별묘에 모시되 건물을 새로 지으라며 다음과 같은 비답을 내렸다.

조종(祖宗)을 위한다면서 토목공사를 어렵게 여겨 옛 전각을 사용한다는 것은 예의가 아니니, 마땅히 옛날의 제도를 따라서 대실(大室, 정전)의 서쪽에 별묘를 세우라. 별묘의 이름은 마땅히 영녕전(永寧殿)으로 하라. 그 뜻은 조종과 자손이 함께 편안하다는 뜻이다. (『조선왕조실록』 세종 3년(1421) 7월 18일자)

이리하여 영녕전이 새로 건립되었고 그 규모는 다음번에 조천될 태조의 선조 모두의 신주를 위하여 신실을 4칸으로 만들고 양옆에 익실을

1칸씩 붙인 6칸 건물이 되었다. 영녕전이 완공되자 그해 11월 목조의 신위를 영녕전으로 옮겨 모시고, 정전에는 제1실부터 제5실까지 익조·도조·환조·태조·정종 순서로 차례대로 신주를 모셨다. 이리하여 사당 곁에 별묘로 영녕전이 세워졌고, 본래의 사당은 정전이라 부르게 되었다.

불천위 제도와 종묘의 증축

조선왕조가 건국된 지 150여 년이 흘러 13대 명종 대에 이르면서 종묘는 한차례 증축이 불가피해졌다. 5대 봉사를 한다는 것은 그 윗대 조상의 신주는 땅에 매장하여 안치하고 더 이상 제를 지내지 않는 것을 말한다. 그러나 예외로 불천위(不遷位) 제도라는 것이 있다.

불천위 제도란 공덕이 많은 임금의 신위는 변함없이 계속 모신다는 뜻으로, 신위를 옮기지 않는다고 해서 불천위라고 한다. 태조는 무조건 불천위였고 태종과 세종도 불천위로 모셔졌다. 그리하여 불천위인 태조·태종·세종 세 분과 뒤를 이은 세조·덕종·예종·성종 등 일곱 분의 신위가 모셔져 7칸 신실이 모두 다 찼다.

그리고 문종의 신위는 서쪽 익실에 모셔져 있으니 중종의 신위를 모실 곳은 동쪽 익실밖에 없었다. 그런데다가 인종의 신위를 모실 것이 예고된 상태였고 또 명종까지 모실 것을 생각하면 최소한 4개의 신실이 더 필요했다. 이에 명종은 정전을 4칸 더 늘려 모두 11칸으로 확장했다. 이것이 1592년 임진왜란으로 불타기 전 종묘의 상황이었다.

전란이 끝나고 불타버린 종묘를 복원하면서 정전은 신실 11칸의 옛

| **영녕전의 열주** | 정전과 영녕전의 건물을 측면에서 보면 열주의 행렬이 장관으로 펼쳐진다. 신전으로서 종묘의 엄숙함을 보여주는 상징적인 장면이다.

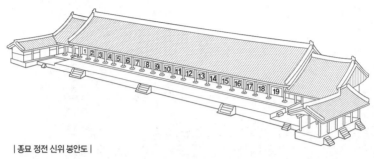

| 종묘 정전 신위 봉안도 |

1	태조고황제 | 신의고황후 | 신덕고황후	11	숙종대왕 | 인경왕후 | 인현왕후 | 인원왕후
2	태종대왕 | 원경왕후	12	영조대왕 | 정성왕후 | 정순왕후
3	세종대왕 | 소헌왕후	13	정조선황제 | 효의선황후
4	세조대왕 | 정희왕후	14	순조숙황제 | 순원숙황후
5	성종대왕 | 공혜왕후 | 정현왕후	15	문조익황제 | 신정익황후
6	중종대왕 | 단경왕후 | 장경왕후 | 문정왕후	16	헌종성황제 | 효현성황후 | 효정성황후
7	선조대왕 | 의인왕후 | 인목왕후	17	철종장황제 | 철인장황후
8	인조대왕 | 인렬왕후 | 장렬왕후	18	고종태황제 | 명성태황후
9	효종대왕 | 인선왕후	19	순종효황제 | 순명효황후 | 순정효황후
10	현종대왕 | 명성왕후		

모습 그대로 재건되었다. 선조 41년(1608) 1월에 공사를 시작하여 다섯 달 뒤 완공되었는데 이때는 광해군이 즉위한 후였다. 6칸이던 영녕전은 10칸 규모로 중건되었다. 영녕전의 가운데 4칸에는 태조의 선조들을 모셨고 양옆 신실에는 정전에 모시지 못한 임금들의 신위를 모셨다.

이렇게 되자 모든 임금과 왕비의 신위를 정전 아니면 영녕전에 모시는 전통이 생겼다. 왕조가 이어지면서 정전과 영녕전을 계속 증축하지 않을 수 없었다. 현종 8년(1667)에는 영녕전 좌우에 익실 1칸씩을 증축했고, 영조 2년(1726)에는 정전 4칸을 증축했다. 헌종 2년(1836)에는 정전 4칸을 더하여 19칸으로 증축했고 영녕전은 좌우 익실을 각각 2칸씩 증축하여 현재의 규모인 16칸을 갖추어 훗날을 대비하여 신실에 여유를

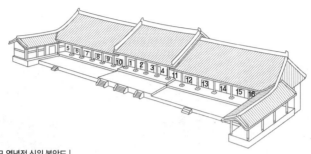

| 종묘 영녕전 신위 봉안도 |

#		#	
1	목조대왕 | 효공왕후	9	예종대왕 | 장순왕후 | 안순왕후
2	익조대왕 | 정숙왕후	10	인종대왕 | 인성왕후
3	도조대왕 | 경순왕후	11	명종대왕 | 인순왕후
4	환조대왕 | 의혜왕후	12	원종대왕 | 인헌왕후
5	정종대왕 | 정안왕후	13	경종대왕 | 단의왕후 | 선의왕후
6	문종대왕 | 현덕왕후	14	진종소황제 | 효순소황후
7	단종대왕 | 정순왕후	15	장조의황제 | 헌경의황후
8	덕종대왕 | 소혜왕후	16	의민황태자 | 의민태자비

두었다. 여기까지가 종묘의 마지막 증축이었다.

흥미로운 것은 헌종 대의 증축이 마치 왕조의 마지막을 예상이라도 한 것처럼 맞아떨어졌다는 사실이다. 조선왕조의 종말과 함께 정전과 영녕전의 신실이 모두 채워지고 더 이상의 빈 공간이 없어졌다. 정전의 마지막 신실인 제19실에는 순종을 모셨고, 영녕전의 마지막 칸에는 영친왕을 모시면서 16개 신실이 다 찼다. 그러고는 더 모실 신위도 빈 신실도 없었으니 왕조의 종말은 거의 운명적인 것이었다.

이리하여 현재 정전에는 19분의 왕(왕비까지 49위)을 모셨고, 영녕전에는 16분의 왕(왕비까지 34위)을 모셨다. 조선의 역대 임금은 우리가 알고 있는 "태정태세문단세…" 대로 27명이지만 35명의 왕이 모셔진 것은 태

| 공신당 | 공신당에는 각 임금마다 적게는 2명, 많게는 7명의 근신이 배향되어 모두 83명의 신주가 모셔져 있다. 종묘의 공신당에 배향되었다는 것은 엄청난 명예이고 가문의 영광이지만 그 인물 선정을 둘러싼 이론이 많다.

조의 선조 네 분, 사도세자(장조), 효명세자(익종)처럼 나중에 왕으로 추존된 분이 열 분이나 되기 때문이다. 왕후의 수가 왕보다 더 많은 것은 원비의 뒤를 이은 계비도 함께 모셨기 때문이다.

역사책에 자주 등장하는 왕은 대개 정전에 모셔졌고, 태조의 4대조와 재위 기간이 짧은 분, 나중에 추존된 분은 영녕전에 모셔졌다. 다만 효명세자만은 대한제국 시절에 '문조익황제(文祖翼皇帝)'로 추존되어 정전에 모셔졌고 연산군과 광해군의 신주는 끝내 종묘에 들어오지 못했다. 신위의 배치는 이처럼 복잡하여 별표로 설명을 대신한다.

| **공신당 내부** | 공신당 내부에는 각 임금마다 배향 대신의 신위가 여러 칸으로 나뉘어 모셔져 있어 자못 엄숙한 분위기를 자아낸다.

공신당과 칠사당

종묘의 정전 담장 안에는 각 임금의 공신을 모신 공신당(功臣堂)과 천지자연을 관장하는 일곱 신을 모신 칠사당(七祀堂)이 배치되어 있다. 이는 종교 건축에서 권속(眷屬)에 해당하는 것이다. 불교에서 부처님을 중심으로 협시보살, 사천왕, 십대제자와 나한 등이 배속된 것, 기독교에서 열두제자와 성현을 모신 것과 같은 개념으로 임금의 치세를 도와준 공신과 천지자연의 귀신들에게도 함께 제를 올린 것이다. 한 공간에 있지만 이것들 사이에도 엄격한 위계가 있어서 칠사당과 공신당은 월대 아래 별도의 작은 건물에 모셔져 있다.

| 칠사당 | 칠사당은 천지자연을 관장하는 일곱 신을 모시는 사당이다. 유교 공간이면서도 토속신을 끌어안아 모신 것이 이채롭다.

공신당에는 모두 83명의 대신이 배향되어 있다. 각 임금마다 많게는 7명, 적게는 2명이다. 종묘의 공신당에 배향되었다는 것은 엄청난 명예이고 가문의 영광이다.

그러나 공신으로 선정된 인물의 면면이 우리의 역사적 상식과 맞지 않는 경우가 많다. 내가 여기서 83명 공신의 인물평을 할 여유도 실력도 없지만 이를 잘못 말했다가는 각 문중으로부터 엄한 질타와 항의를 받을 것이 뻔하여 있는 사실만 간략히 전한다.

임진왜란 전만 해도 공신당에 배향된 사람들 중에는 태조의 조준, 태종의 하륜, 세종의 황희, 세조의 한명회, 선조의 퇴계와 율곡 등 역사에 큰 족적을 남겼거나 위인으로 꼽히는 이들의 이름이 많았다. 그러나 후

| **칠사당 내부** | 칠사당의 내부에는 붉은색의 커튼이 드리워져 있는데 창을 통해 들어오는 광선으로 인해 더욱 신령스런 분위기가 있다.

대로 들어오면 인명사전을 찾아보기 전에는 알기 어려운 낯선 인물들이 많다. 당연히 있을 만한 선조 대의 서애 류성룡, 영조 대의 지수재 유척기, 정조 대의 번암 채제공 같은 명재상의 이름은 보이지 않는다. 이때부터는 이순신 같은 무신의 이름도 찾기 어렵다. 공신당에 배향된 인물 중 역사책에서 들어본 인물이 몇이나 있는지 꼽아보면 내가 왜 이런 말을 하는지 이해할 것이다.

　공신의 선정은 어떻게 해도 말이 많을 수밖에 없다. 대한민국 역대 대통령의 기념관에 함께 할 인사를 대여섯 명으로 압축해 선정하라면 그 과정이 얼마나 복잡할 것이며 선정하는 사람의 사견이 얼마나 많이 들어가겠는가. 공신으로 누구를 모실 것인가는 후대에 결정하는데 조선 후기에 붕당으로 인한 정파적 파워게임이 작용하면서 이런 결과가 나온 것이다. 우암 송시열이 효종 대의 공신으로 배향된 것도 100년 뒤 노론 세력이 막강해지면서 추가로 들어갔기 때문이었다.

이처럼 하나의 제도가 후대로 가면서 원래의 좋은 취지마저 잃어버리는 것을 말폐현상이라고 한다. 말폐현상이 나타나면 그 사회는 머지않아 종말을 고하고 마는 법이다. 성균관 대성전에 모신 동국성현 18명의 인물 선정이 일반인들의 관심에서 멀어져버린 것도 후대로 가면서 정파적 이해가 개입되어 말폐현상을 보였기 때문이다.

종묘 공신당에 배향되었다는 것은 역사적으로 엄청난 평가를 받은 것임에도 불구하고 오늘날 여기에 관심을 갖고 그 공신들의 공적을 밝히는 역사학자는 거의 없다. 공신으로 선정된 인물에 대해 잘 모르면 내 역사 상식이 모자란다고 반성해야 옳은데 사람들은 오히려 선정이 잘못되었다며 공신당의 권위를 무시하고 나오니 말폐현상의 결과가 그저 안타까울 뿐이다.

칠사당에 모신 일곱 신은 우리에게 매우 낯설다. 칠사란 궁중을 지키는 민간 토속신앙의 귀신들로 사명(司命), 사호(司戶), 사조(司竈), 중류(中霤), 국문(國門), 공려(公厲), 국행(國行) 등이다. 사명은 인간의 운명, 사호는 인간이 거주하는 집, 사조는 부엌의 음식, 중류는 지붕, 국문은 나라의 성문, 공려는 상벌, 국행은 여행을 관장한다. 그러니 칠사 토착신들의 도움을 받지 않고는 세상을 잘 다스리기 힘들 것이다.

생각하기 따라서는 유교를 국가 이데올로기로 삼으면서 민간의 토착신들을 종묘에 함께 모신 것이 의아할 수도 있겠다. 그러나 유교사상이 토속신앙을 받아들인 것은 불교에서 힌두교의 인드라와 브라만 신을 받아들여 제석천과 범천으로 모신 것이나 우리나라 사찰에 산신각, 칠성각이 있는 것과 같은 개념이라 볼 수 있다.

| 종묘 건축의 미학 | 100미터가 넘는 맞배지붕이 20개의 둥근 기둥에 의지하여 대지에 낮게 내려앉아 불가사의할 정도로 침묵이 감도는 공간을 보여준다는 점에 정전 건축미의 핵심이 있다.

종묘 건축의 비밀

19세기 말, 20세기 초 조선을 방문한 이방인들은 한양의 첫인상에 대해 말하면서 한결같이 사찰이나 교회당 같은 종교 건물이 없어 신기하다고 했는데, 이는 유교국가를 처음 보았기 때문에 나온 일성이었다. 조선의 신전으로 종묘가 있다는 사실을 몰랐던 것이다.

종묘는 조선왕조 500년의 정신과 혼을 담은 신전이다. 그 신전을 어떻게 건축적으로 구현할 것인가는 전적으로 조선인의 정신과 마음 그리고 문화력에서 나온다. 신실 내부를 어떻게 꾸몄는가는 나중에 자세히 살펴보겠지만, 우선 그 외형만 보더라도 지구상에 전례를 찾을 수 없는 거룩하고 경건한 공간의 창출이다.

| **종묘의 낮은 담장** | 종묘의 담장은 예상과 달리 아주 낮다. 밖에서 보면 담장 지붕 너머로 건물의 지붕이 드러나고, 안에서 밖을 보면 담장 지붕 너머로 열린 공간이 펼쳐진다.

　많은 현대 건축가가 찬사를 보내듯 신을 모시는 경건함에 모든 건축적 배려가 들어가 있다. 100미터가 넘는 맞배지붕이 20개의 둥근 기둥에 의지하여 대지에 낮게 내려앉아 있다는 사실이 정전 건축미의 핵심이다. 그 단순성에서 나오는 장중한 아름다움은 곧 공경하는 마음인 경(敬)의 건축적 표현이다.

　이 단순한 구조에 아주 간단한 치장으로 동서 양끝을 짧은 월랑으로 마감하여 하나의 건축으로서 완결성을 갖추었다. 그로 인해 정전 건물은 보는 이를 품에 끌어안는 듯한 인상을 주고, 이는 이 건축에 친근함을 가져다준다. 동서 월랑의 구조는 대칭이 아니다. 하나는 열린 공간이고 하나는 막힌 공간이다. 같으면서도 다르다.

　나는 이것이 우리나라 건축에 보이는 '비대칭의 대칭'의 미학이라고 생각한다. 불국사 대웅전 앞마당의 석가탑과 다보탑이 그렇고, 조선 왕릉에서 수복방과 수라간 건물이 그렇고, 능묘의 망주석 다람쥐가 하나는 올라가고 하나는 내려가는 것도 그렇다. 평면으로 보면 대칭이지만 입면으로 보면 비대칭을 이룬다. 단순함이 주는 경직됨이나 지루함이 아니라 다양함의 통일로 나아가게 한 것이다. 조선백자 달항아리가 기하학적 원이 아니라 둥그스름한 형태로 더 큰 아름다움을 자아내는 것과 같은 비정형의 멋이 서린 조선의 미학이다.

정전의 공간에는 담장과 대문, 제례를 지내기 위한 넓은 월대, 그리고 공신당과 칠사당밖에 없다. 이 딸림 건물도 정전이라는 신전의 경건함을 해치지 않고 오히려 북돋고 있다.

세상의 모든 신전에는 본전의 권위를 위한 건축적 장치가 있다. 대표적인 것이 회랑이다. 종묘의 정전과 영녕전 가장자리에는 회랑 대신 담장이 정연히 둘러져 있다. 그런데 이 담은 특별한 치장도 없이 아주 낮게 둘러 있어 조용히 정전을 거룩하게 만들고 있다. 정전에서 내다보면 담의 지붕이 거의 발아래 있는 것처럼 느껴진다.

공신당과 칠사당 또한 월대 아래 담장에 바짝 붙어 낮게 배치되어 있다. 자기 표정을 갖지 않고 함께 있음으로써 그 기능을 다할 뿐이다. 그러나 이 공신당과 칠사당이 있음으로 해서 정전 건물은 외롭지 않고 더욱 거룩해 보인다.

그리고 이 모든 것을 정전 앞의 넓은 월대가 아우른다. 네모난 박석으로 조각보를 맞추듯 이어진 월대는 제례를 지내기 위한 공간인데 그 넓이보다 높이가 절묘한 건축적 효과를 자아낸다.

신문에 들어서면 월대는 같은 지표에서 시작하는 것이 아니라 약간의 간격을 두고 우리 가슴 높이에서 전개된다. 그 높이가 주는 경건함과 고요함이 정전의 건축적 아름다움을 경건함과 고요함으로 이끌어준다.

| **공신당과 칠사당** | 월대 아래 담장에 공신당과 칠사당이 낮게 배치되어 있어 정전 건물은 외롭지 않고 더욱 거룩해 보인다. 종묘를 종묘답게 담아낸 최초의 사진작가 임응식의 『한국의 고건축』(1977) 3권 '종묘편'에 실린 사진이다.

자칫하면 위압적일 수 있을 법도 한데 종묘 정전의 월대는 전혀 그런 느낌을 주지 않는다. 지루한 평면일 수도 있는데 검은 전돌로 인도되는 신로(神路)가 정전 건물 돌계단까지 이어져 있어 공간에 깊이감을 주면서 우리 마음을 영혼의 세계로 인도한다. 이것이 종묘 정전 건축의 구조이다.

그래서 종묘 정전 앞에 서면 누구나 경건함과 신비감을 갖게 되고 건축으로 이처럼 정밀(靜謐)의 공간을 창조했다는 것이 거의 기적에 가깝다는 찬사를 보내게 된다. 종묘야말로 조선왕조 500년이 창출한 가장 대표적인 유형 문화유산이다.

내가 늘 종묘를 예찬하니까 우리 답사회의 한 40대 여성 디자이너는 종묘를 한번 다녀오고는 내게 이런 문자 메시지를 보내왔다. 비 오는 아침이었다고 한다.

"맞아요. 고요한 침묵 속 웅장함, 비어 있지만 뭔가 꽉 찬 듯한 느낌, 모든 것이 일순간에 정지된 것 같았습니다. 모든 것이 사라진 듯했습니다. 소리도 풍경도 다 사라지고 종묘만 남더군요. 진공상태에서 내가 얼음이 된 느낌이었어요. 참으로 놀라운 종묘입니다."

그런 종묘가 우리를 맞이하기 위해 기다리고 있다.

인간적 체취가 살아 있는 궁궐

서울의 상징, '5대 궁궐'

우리는 아직도 대한민국 수도 서울의 문화유산이 가진 매력을 이방인들에게 설득력 있게 전달하지 못하는 것 같다. 내수용일 때는 애국심에 호소할 수 있지만 수출용에서는 오로지 뛰어난 품질과 멋진 디자인, 홍보 전략으로 승부를 걸어야 한다. 그러니 중요한 것은 이런저런 설명이 아니라 임팩트 있는 캐치프레이즈 한 구절이다.

이를테면 동아시아의 역사도시 중 일본의 교토(京都)는 '사찰의 도시'로, 중국의 소주(蘇州, 쑤저우)는 '정원의 도시'로 명성이 높다. 교토는 유네스코 세계유산에 14개의 사찰과 3개의 신사를 묶어서 등재했고, 중국의 소주는 9개의 정원을 동시에 등재하여 확고한 도시 이미지를 구축했다.

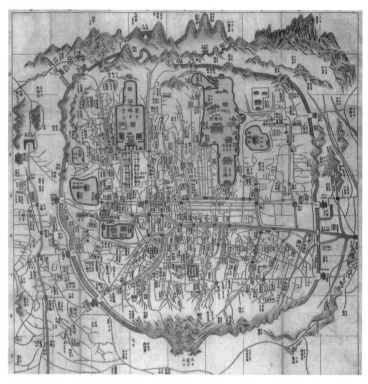

| **한양의 5대 궁궐** | 서울에 5개의 궁궐이 생기게 된 내력에는 조선왕조 500년 역사의 빛과 그림자가 서려 있다.

　이런 관점에서 본다면, 서울은 '궁궐의 도시'다. 세계 어느 나라든 한 시대의 수도였던 왕도(王都)의 상징물은 궁궐이다. 그리고 조선 500년 의 수도였던 서울에는 경복궁·창덕궁·창경궁·덕수궁·경희궁 등 자그마 치 5개의 궁궐이 있다.

　세계 어느 역사도시에도 한 도성 안에 법궁이 5개나 있는 곳은 없다. 서양에 팰리스(palace), 팔레(palais)라는 이름이 붙은 건물이 많다지만 이는 왕이 통치하는 궁궐이 아니라 왕가의 집인 경우가 많다. 서울의 운

현궁·남별궁·연희궁·육상궁·경모궁 등과 비슷한 곳들이다.

문화재청장 재직 시절 덴마크 여왕, 스웨덴 국왕, 중국의 원자바오 총리가 방한했다. 이들은 모두 창덕궁과 경복궁을 참관하면서 서울 시내에 이런 고궁이 5개나 있다는 사실에 놀라움을 표하며 그 내력에 대해 묻곤 했다.

서울의 궁궐 중 창덕궁은 1997년 우리나라 궁궐 가운데 처음으로 유네스코 세계유산에 등재되었다. 그러나 진즉 이런 생각을 했다면! 그때 서울의 5대 궁궐을 한꺼번에 등재했어야 했다는 아쉬움과 후회가 일어난다. 사실 지금도 늦지 않았다. 유네스코 세계유산 규정엔 '영역의 확대'라는 것이 있다. 아니면 개별 추가 등재로 서울의 5대 궁궐을 모두 등재하도록 노력해볼 만하다. 개인적으론 그냥 '궁궐의 도시'보다는 '5대 궁궐의 도시'라고 하는 편이 훨씬 더 매력적으로 다가온다. 그러기 위해서는 우선 우리부터 서울의 5대 궁궐에 대해 더 잘 알아야 하고 이를 마음으로 동의하며 자랑할 수 있어야 한다. 그중에서도 조선 궁궐의 멋을 한껏 자랑할 수 있는 것은 역시 창덕궁이다.

왕자의 난과 창덕궁 창건 과정

서울의 5대 궁궐 중 으뜸은 역시 국초와 왕조 말기의 법궁이었던 경복궁이라는 데 아무 이론이 없을 것이다. 그런데 조선의 역대 임금들은 경복궁보다 창덕궁을 더 좋아하여 여기에 기거하기를 원했고 실제로 더 많이 살았다. 임진왜란으로 두 궁궐이 모두 소실되었을 때도 경복궁이 아니라 창덕궁을 먼저 복원했다. 오늘날 외국인 관광객들도 경복궁보다 창덕궁을 훨씬 더 좋아한다. 그 이유가 무엇일까?

경복궁보다 창덕궁에서 더 편안함을 느낄 수 있기 때문이다. 경복궁이 권위적이라면 창덕궁은 인간적인 분위기가 짙다. 창덕궁이 경복궁과 이렇게 차별화된 건축 양식을 갖게 된 이유는 그 창건 과정에 잘 드러나 있다.

1392년 개국한 조선은 한창 국가의 틀을 다져가던 중 왕위 계승을 둘러싼 왕자들과 개국공신들의 갈등을 맞았다. 태조에게는 8명의 왕자가 있었다. 무명 장수 시절에 고향에서 처로 맞이한 한씨(신의왕후)와의 사이에서 방우(芳雨)·방과(芳果)·방의(芳毅)·방간(芳幹)·방원(芳遠)·방연(芳衍) 6남을 두었고, 개경에서 새 아내로 맞이하여 조선 개국에 막대한 내조를 했던 강씨(신덕왕후)와의 사이에서 방번(芳蕃)·방석(芳碩) 2남을 두었는데, 강씨가 정비가 되는 바람에 세자 책봉에서 정도전을 비롯한 개국공신들은 막내인 강씨 소생의 방석을 후계자로 꼽았다. 이 과정에서 한씨 소생 왕자들이 소외되었을 뿐만 아니라 대신들의 권력이 강화되고 왕권이 약화되었다. 이에 다섯째 방원이 세자로 책봉된 방석과 정도전을 살해하는 난을 일으켰다. 이것이 태조 7년(1398)의 제1차 왕자의 난이다.

정권을 거머쥔 이방원은 큰형이 죽고 사실상 첫째 역할을 하던 둘째 형 방과를 왕(정종)으로 추대하고 실권을 쥐었다. 유약한 성격의 정종은 무섭기도 하여 서울의 지세가 좋지 않다며 수도를 다시 개성으로 옮겼다. 그런데 정종 2년(1400)에 또 후계자 선정을 두고 알력이 일어났다. 정종에게는 정비 소생이 없어 한씨 소생의 방간과 방원이 후계자의 지위를 놓고 무력충돌을 벌였다. 결국 이방원이 이겨 세자로 책봉되었고 그해 11월 방원은 마침내 왕위를 물려받아 태종이 되었다.

왕위에 오른 태종은 재위 5년(1405) 다시 한양으로 천도하기 위해 새로 창덕궁을 짓기로 마음먹었다. 이때 대신들은 경복궁을 그대로 사용하자며 창덕궁 건립을 반대했으나 태종은 끝내 받아들이지 않고 강행했

다. 그때 그렇게 무리해서 창덕궁을 건립하고자 했던 속내를, 태종은 훗날 신하들 앞에서 이렇게 털어놓았다.

내가 태조께서 개창하신 뜻을 알고, 또 풍수지리의 설이라는 것에 괴이한 점이 있는 것도 알기는 하지만, 술자(術者)가 '경복궁은 음양의 형세에 합하지 않는다'고 하는 것을 들은 이상 의심이 없을 수 없었다. 또 무인년(1398) 집안의 일(제1차 왕자의 난)은 내가 경들에게 말하기 부끄러운 일이다. 어찌 차마 이곳에 거처할 수 있겠는가?

창덕궁을 새로 지어 환도했으면서도 태종은 경복궁을 수리하고 관리하는 일을 게을리하지 않았다. 그뿐만 아니라 박자청(朴子青)에게 경복궁에 경회루라는 전무후무한 2층 누각의 화려한 대연회장을 짓게 하여 재위 12년(1412)에 완공했다. 이에 대신들이 두 궁궐을 유지하는 것은 국가적 낭비라고 진언하자 태종은 이렇게 대답했다.

> 내가 어찌 경복궁을 헛것으로 만들고 쓰지 않겠는가? (…) 조정의 사신이 오는 것과 성절(聖節, 성인이나 임금의 생일)의 조하(朝賀, 경축하고 조문함)하는 일 같은 것은 반드시 이 경복궁에서 하기 위해서 때로 기와를 수리하여 기울고 무너지지 않게 하는 것이다. (『조선왕조실록』 태종 11년(1411) 10월 4일자)

태종의 뜻인즉 국가적 의전과 의례는 경복궁에서 치르고, 창덕궁은 일상 정무를 보고 기거하는 곳으로 삼겠다는 것이었다. 결론적으로 창덕궁은 경복궁이 있다는 전제하에 지은 것이 된다.

돌이켜보건대 경복궁이 창건된 것은 태조 4년(1395)이고 창덕궁이 창건된 것은 태종 5년(1405)이었다. 조선 개국 후 10년 사이에 전혀 다른 성격으로 지어진 두 궁궐은 피비린내 나는 정치적 비극의 소산이었지만 결국 우리 문화유산의 큰 자산이 되었다. 당시 이 엄청난 두 차례의 대역사(大役事)에 동원되어 말할 수 없는 고생을 했던 조상들에게는 미안하지만 당신들의 희생이 헛된 것만은 아니었다는 위로의 말씀을 드리고 싶다.

창덕궁의 원래 모습과 〈동궐도〉

지난 2005년은 창덕궁 창건 600주년을 맞이하는 해였다. 그 600년

중 언제가 원래 창덕궁의 모습이었다고는 말할 수 없다. 태종 당시 창덕궁의 마스터플랜이 어떠했는지는 알려져 있지 않고 현재의 창덕궁은 임진왜란 후 중건된 뒤 400여 년간 증축과 소실, 재건과 화재, 일제의 파괴와 해방 후의 복원을 거쳐 오늘에 이른 것이다.

그리고 창덕궁엔 역대 왕들이 조성한 후원(後苑)이 있다. 금원(禁苑)이라고도 불린 이 후원에는 인조 때 조성된 옥류천, 정조 때 세워진 부용정과 규장각, 순조 때 상류층 양반 가옥을 그대로 구현한 연경당 등이 있고, 내전 한쪽에는 헌종이 생활공간으로 양반집 사랑채를 본떠 지은 낙선재가 있다.

창덕궁의 전성기는 아무래도 19세기 초, 순조 때였던 것 같다. 순조 연간에 창덕궁과 창경궁의 모습을 그린 〈동궐도(東闕圖)〉〈국보 제249호)를 보면 말로만 들어온 구중궁궐이 장대하게 펼쳐진다. 원래 16권의 화첩으로 만들어진 〈동궐도〉는 천·지·인(天地人) 3부가 제작되었을 것으로 추정되는데, 현재는 그중 2부가 남아 고려대에는 화첩 그대로, 동아대에는 16폭 병풍으로 꾸며져 전하고 있다. 높이 2.7미터, 폭 5.8미터의 대작인 이 〈동궐도〉를 누가 무슨 목적으로 그렸는지에 대한 기록은 전혀 남아 있지 않다. 다만 1828년에 세워진 창덕궁 연경당과 1830년에 화재로 소실된 창경궁의 환경전, 함허정 등이 그려져 있는 것으로 보아 그 사이인 순조 말년에 제작되었다는 사실만은 분명히 알 수 있다.

동궐이라 불리던 창덕궁과 창경궁은 조선의 멸망으로 이왕가(李王家)의 집안 유산으로 전락하고 말았다. 더 이상 궁궐이 아니라 그저 왕손들이 거처하는 곳이 되면서 사용하지 않는 건물들이 폐가가 되어 하나둘씩 헐려나갔다. 〈동궐도〉를 기준으로 볼 때 현재 남아 있는 건물은 전체의 5분의 1 정도밖에 안 된다.

일제는 왕가의 전통을 지우기 위하여 창경궁을 동궐에서 분리하여

| 〈동궐도〉 | 창덕궁과 창경궁의 모습을 1830년 무렵에 그린 〈동궐도(東闕圖)〉(국보 제249호)를 보면 말로만 들어온 구중궁궐이 장대하게 펼쳐진다. 원래 16권의 화첩으로 만들어진 〈동궐도〉는 현재 그중 2부가 남아 고려대는 화첩 그대로, 동아대는 16폭 병풍으로 꾸며진 것을 소장하고 있다.

동물원·식물원으로 만들고 이름을 창경원이라 바꾸었다. 창덕궁도 후원만 강조하여 관리소 이름을 비원청(祕苑廳)이라고 했다. 이로 인해 두 궁궐은 창덕궁과 창경궁이라는 이름 대신 오랫동안 창경원, 비원이라고

386

불렸다. 내가 어렸을 때만 해도 창덕궁, 창경궁이라는 이름은 들어보지
도 못했고, 국민학교 때는 창경원과 비원으로 소풍을 갔다.

일제강점기에 창덕궁 앞 동네 이름을 지으면서도 남쪽은 비원의 남쪽이라 원남동이라 하고 서쪽은 원서동이라 했다. 지금도 창덕궁 부근에는 '비원칼국수' '비원떡집' 같은 이름이 남아 있다. 그래서 나이 든 택시 기사에게 창덕궁으로 가자고 할 때면 발음이 비슷한 창경궁과 구분하느라 "비원 말이죠"라고 재확인하기도 한다.

비원은 일제가 비하하여 붙인 명칭이니 원래의 이름으로 부르자는 주장이 일어나 공식 명칭은 다시 창덕궁이 되었다. 창덕궁을 비원이라고 부르는 것은 당치 않지만, 창덕궁의 정원은 후원, 금원과 함께 비원이라고도 불렸으니 '창덕궁 비원'이라는 표현은 얼마든지 가능하다.

돈화문 월대에서 종소리를 기대하며

창덕궁을 제대로 답사할 양이면 창덕궁의 정문인 돈화문 앞 월대(月臺)에서 시작해야 한다. 궁궐의 모든 주요 건물 앞에는 지표에서 높직이 올려쌓은 평편한 대가 있는데 이를 월대라 한다. 달 월(月) 자에 받침 대(臺) 자를 썼으니 그곳에 서면 달빛이 스포트라이트를 비춘 듯 하늘이 열린다는 뜻일 것이다. 언어의 묘미가 물씬 풍기는데 중국에서는 기차역 플랫폼을 월대라 부른다.

이 월대는 건물에 말할 수 없는 품위와 권위를 부여해준다. 월대가 있고 없고에 엄청난 차이가 있다. 같은 궁궐의 대문이지만 창경궁의 홍화문이 크게 주목받지 못하는 이유도 월대가 아주 좁아서 없는 것과 마찬가지이기 때문이다. 건물에 월대가 없다는 것은 요즘으로 치면 영화제에 레드카펫이 없는 것과 같다. 임금과 왕비의 공간인 창덕궁 대조전 건물 앞의 월대를 보면 월대라는 공간의 뜻을 금방 느낄 수 있을 것이다.

월대의 크기는 건물의 규모와 성격에 따라 다른데 창덕궁의 정문인 돈화문 앞 월대는 길이 18미터, 폭 25미터, 높이 1미터로 제법 크고, 옆

| 돈화문 | 창덕궁의 정문은 돈화문이다. 돈화문 앞 월대는 제법 크고, 옆면이 잘 다듬어진 장대석으로 둘려 있어 번듯하다.

면이 잘 다듬어진 장대석으로 둘려 있어 번듯하다. 오늘날 월대로 오르는 돌계단이 도로변에 거의 맞닿아 있어서 광화문처럼 멀찍이서 월대 위로 의젓이 서 있는 돈화문의 자태를 볼 수 없고 계단 바로 밑에서 간신히 올려다봐야 한다는 점이 아쉬울 뿐이다. 그러나 이나마도 1995년에 복원된 것으로, 20여 년 전까지만 해도 월대가 땅에 묻혀 있어 돈화문 돌계단 앞까지 아스팔트가 이어져 있었다.

돈화문 앞 월대가 땅에 묻히게 된 것은 1907년 순종황제가 창덕궁으로 거처를 옮기면서 새로 마련한 캐딜락 자동차가 내전까지 들어올 수 있도록 월대를 흙으로 덮어버렸기 때문이다. 그후 1932년 일제가 창덕궁과 종묘 사이를 가로질러 원남동으로 넘어가는 길을 돈화문 앞으로 내면서 광장으로서 월대의 옛 모습을 다시는 찾을 수 없게 되었다. 한편 미국 제너럴모터스사에서 제작한 순종황제의 어차는 현재 국립고궁박

| 돈화문에서 진선문 가는 길 | 돈화문을 통해 창덕궁으로 들어와 진선문 쪽으로 가자면 경복궁에서 느껴지는 긴장 감 대신 편안함과 인간적 체취가 물씬 풍긴다.

물관에 전시되어 있다.

본래 돈화문 앞 월대는 광장의 무대이기도 했다. 유시(諭示) 또는 윤음(綸音)의 형태로 대국민 성명을 공표할 때면 주무 대신이 월대에서 낭독했다. 과거시험 합격자의 방(榜)이 여기에 걸렸고, 중국 사신을 위한 축하 공연으로 산대놀이가 벌어지기도 했다. 기근이 심할 때 백성들에게 곡식을 나누어주는 행사도 월대에서 했다. 이처럼 월대는 공식적인 행사의 장이었고 왕과 신하가 백성들과 소통하는 마당이었다.

창덕궁 돈화문 문루에는 경복궁 광화문과 마찬가지로 종과 북이 걸려 있어 매일 정오마다 종소리, 북소리가 울려퍼졌다. 창덕궁에 처음 종이 걸린 것은 태종 13년(1413)으로, 정오 외에도 밤 10시에 통행금지를 알리기 위해 종을 28번 울리는 인정(人定)이 있었고, 새벽 4시엔 통행금지 해제를 알리는 북을 33번 쳤다고 한다.

| **창덕궁의 가을 단풍** | 금천 좌우로는 물길 따라 늘어선 갯버들과 알맞게 큰 단풍나무가 철마다 다른 빛으로 우리를 맞이한다.

나는 이 종소리와 북소리를 다시 살려내야 돈화문·광화문이 살아나고 창덕궁·경복궁이 생기를 얻을 수 있다고 생각한다. 유럽의 중세도시를 답사하면서 관광객들이 정오를 알리는 종소리를 듣기 위해 시청 앞 종루로 몰려가는 것을 여러 번 보았고, 이것이 참으로 즐거운 관광 콘텐츠라고 생각해왔다.

내가 이런 이야기를 하면 그 좋은 아이디어가 있으면서 문화재청장으로 있을 때 왜 안 했느냐고 핀잔을 받기도 하지만, 청장이라고 마음먹은 일을 다 할 수 있는 것은 아니다. 문화재위원회의 심의, 예산 당국의 승인, 국회의 예산안 통과라는 긴 절차와 협의가 필요하다. 그러면 지금이라도 건의해서 실행에 옮겨야 하지 않느냐고 다그치는 분도 있는데, 나도 마음 같아선 에밀레종 소리를 녹음한 테이프라도 틀고 싶은 심정이다. 그러나 흘러간 물은 물레방아를 돌리지 못하는 법이다.

| 창덕궁의 궐내각사 | 창덕궁 안은 정원 같은 편안한 느낌을 주기도 하지만 나무들 너머로 보이는 전각들이 궁궐임을 확실히 느끼게 한다.

돈화문과 진선문 사이의 빈 공간

창덕궁은 경복궁과 마찬가지로 3문 3조의 기본 틀을 유지하지만 공간 구성이 사뭇 다르다. 궁궐의 3문은 곧 정전에 이르는 3개의 대문으로, 경복궁의 경우 광화문, 흥례문, 근정문을 거쳐 근정전에 이르는 건물이 남북 일직선상에 좌우대칭으로 배치되어 정연한 구성을 보여준다.

이에 반해 창덕궁은 돈화문, 진선문, 인정문을 거쳐 인정전으로 이어지는 동선이 ㄱ자, ㄴ자로 꺾여 있다. 그래서 돈화문을 통해 창덕궁으로 들어와 진선문 쪽으로 가자면 경복궁처럼 동선이 주는 긴장감이 없어 편안함을 느끼게 된다. 경복궁을 세울 때만 하더라도 『주례』「고공기」의 원칙을 충실히 따랐지만, 그로부터 10년 뒤에 창덕궁을 창건하면서는 인간적이면서 자연스럽게 원칙을 적절히 변용했기 때문이다.

월대에서 돈화문을 향해 곧장 걸으면 넓은 문 사이로 멀리 북악산 매봉이 아련히 시야에 들어온다. 정겨운 마음으로 대문에 들어서면 가슴을 열어주는 넓은 마당이 나온다. 분명히 궁궐 안에 들어왔는데도 궁궐에 들어가기 전 서비스 공간에 들어선 기분이다. 당연히 보여야 할 진선문 대신 넓게 퍼져 있는 고목들 너머로 부속 건물들의 담장이 빈 공간을 감싸고 있다.

정면으로는 우람하게 자란 느티나무와 은행나무 너머로 홍문관을 비롯한 궐내각사 건물들이 어렴풋이 비켜 보이고, 왼쪽으로는 수문장들이 근무하는 긴 행각이 서쪽 대문인 금호문까지 이어져 있다. 오른쪽에는 북악산 매봉에서 돈화문 쪽으로 금천(禁川)이 흘러내리고 개울을 가로지른 금천교와 그 너머 진선문이 비스듬히 보인다.

금천 좌우로는 물길 따라 늘어선 갯버들과 알맞게 큰 단풍나무가 철마다 다른 빛으로 우리를 맞이하며, 개울 건너편에는 해묵은 회화나무 여러 그루가 품 넓게 자리잡고 있어 육중한 내병조 건물들이 통째로 드러나지 않도록 가려준다. 그리하여 이곳에 서면 가지런하게 꾸며진 온화한 공원에 들어온 듯한 기분이 든다.

사실 이것이 우리나라 조원(造園)의 중요한 특색이다. 자연 그대로의 모습을 살려 나무들이 본래 그 자리에 있었던 듯한 느낌을 주고 인공적 자취를 남기지 않는다. 꾸미긴 꾸몄는데 꾸민 태를 내지 않는다. 있어도 있는 태를 내지 않아 창덕궁을 답사하고서도 이 공간이 특별히 기억에 남지 않을지 모르지만, 이런 편안한 공간을 여느 궁궐에서나 만날 수 있는 것은 아니다. 바로 이런 점 때문에 창덕궁에서 인간적 체취가 물씬 풍긴다고 하는 것이다.

금천 좌우의 여덟 그루 회화나무로 말할 것 같으면 천연기념물 제472호로 지정된 고목들이다. 궁궐 안에 회화나무를 심는 것은 『주례』에

| **내병조 건물** | 궁궐 안에 근무하던 병조 관리의 출장소 같은 곳이다. 궁궐 안에 있는 병조라고 해서 내병조라 부른다.

도 나와 있는 궁궐 조원의 법칙이다. 회화나무는 느티나무와 함께 한자로 괴목(槐木)이라 쓴다. 주나라 때 삼공(三公, 세 정승)이 괴목 아래에서 나랏일을 논했다는 고사에서 회화나무 괴(槐) 자에 '삼공' 또는 '삼공의 자리'라는 뜻이 더해졌다. 이런 상징성 외에도 회화나무는 생기기도 늠름하게 잘생겼고, 낙엽의 색조가 갈색으로 차분하며 수명도 길어 궁궐의 품위를 잘 지켜준다.

이 나무들을 볼 때마다 나는 우리나라의 수많은 기차역 광장을 텅 비워놓거나 복잡한 조형물로 채우지 말고 느티나무나 회화나무를 모아 심으면 얼마나 좋을까 생각해보곤 한다.

| 궐내각사 내부 | 근래 궐내각사 건물이 복원되면서 창덕궁이 궁궐의 면모를 더 갖추게 되었다.

내병조와 '찬수개화'

회화나무와 금천으로 이루어진 공간이 편안한 정원 같은 느낌을 주면서도 여기가 궁궐 안이라는 것을 명확히 알 수 있는 것은 나무들 너머로 보이는 궁궐 건물들 때문이다. 정면으로는 내각(內閣, 규장각), 옥당(玉堂, 홍문관) 등이 있었던 궐내각사가 보이고 금천 건너편에는 내병조(內兵曹)가 근무하던 건물이 있다. 궁궐 안에 있는 병조(국방부)이기 때문에 내병조라고 불렸다.

궐내각사와 내병조 건물이 있고 없고의 차이는 엄청 크다. 창덕궁을 비원이라고 불렀던 시절엔 이 두 건물이 없었고 빈터 너머 인정전이 훤히 들여다보였다. 근래 들어 이 두 건물이 복원됨으로써 창덕궁이 궁궐

다운 면모를 갖추게 된 것이다. 하지만 아직까지도 창덕궁 건물을 어디까지 복원할지가 확정되지 않았다. 아마도 당분간 현 상태로 가지 않을까 생각한다.

창덕궁을 200년 전 모습으로 복원하는 것은 그리 어렵지 않다. 〈동궐도〉라는 너무도 정교한 실경도가 남아 있기 때문이다. 다만 그 많은 건물을 복원해서 어떻게 관리할 것인가가 큰 문제이다. 목조건물은 사람이 살면서 돌보지 않으면 3년 안에 폐가가 되고 만다.

그래서 내병조 건물은 현재 창덕궁 관리소 사무실로 사용하면서 보존하고 있다. 이를 위해 전기와 통신, 상수도 시설 등이 가설되었고 사무와 숙직 공간도 만들어 직원들이 간단한 취사도 할 수 있도록 하였다. 그런데 이런 사정을 이해하지 못한 언론에서 창덕궁 안에 화재 위험 시설을 두었다고 대대적으로 비방 보도를 한 적이 있다. 문화재청으로서는 억울하게 누명을 쓴 것이다. 그러나 누명을 쓴 사실 자체보다 국민들이 아직도 이를 공무원들의 무책임한 행동으로 이해하고 있다는 것이 더 억울하다.

그러면 조선시대 내병조에서는 불을 때지 않았을까? 천만의 말씀이다. 불을 땐 정도가 아니라 의도적으로 불을 피우는 행사를 계절이 바뀔 때마다 행했다. 이를 '찬수개화(鑽燧改火)'라 한다.

현대사회에서 24절기는 큰 의미가 없지만 자연과 긴밀히 호흡을 맞추며 살았던 조선시대에는 바야흐로 계절이 바뀌는 입춘·입하·입추·입동마다 불씨를 바꾸는 '개화'라는 의식이 있었다. 옛 가정에서는 부엌의 불씨는 절대로 꺼뜨려서는 안 됐다. 하지만 불씨를 오래 두고 바꾸지 않으면 불꽃에 양기(陽氣)가 넘쳐 돌림병의 원인이 될 수 있다고 믿었기 때문에 절기마다 바꾸어주었다. 이를 개화라 했는데, 나라에서 직접 지핀 국화(國火)를 각 가정까지 내려보내 새 불씨로 삼게 했다.

태종 6년(1406)에 시행된 개화령은 성종 2년(1471)에 더욱 강화되어 궁궐의 내병조에서 만든 새 불씨를 한성부와 각 고을에 내려 집집마다 나누어주게 했으며 이를 어기는 자에게는 벌을 주었다.

나무를 비벼 새 불씨를 만드는 것을 일러 찬수(鑽燧)라 했다. 이때 쓰는 나무의 종류는 음양오행의 원리에 맞추어 계절마다 달리했다. 이를테면 봄에는 푸른빛을 띠는 버드나무 판에 구멍을 내고 느릅나무 막대기로 비벼 불씨를 일으켰다.

형식에 치우친 번거로운 일로 비칠지 모르나 찬수개화는 자연의 섭리를 국가가 앞장서서 받들고, 백성으로 하여금 대자연의 변화에 순응하며 살아야 한다는 삶의 조건을 확인시켜주는 행사였다. 절기가 바뀌었음을 생활 속에서 실감케 하는 치국과 위민(爲民)의 의식이었던 것이다. 창덕궁 내병조는 바로 이 찬수개화를 했던 곳이다.

금천교를 건너며

돈화문 안쪽 빈 마당엔 원래 어도가 깔려 있었다. 순종의 자동차가 궐 내로 들어오면서 없어졌지만 어도를 복원해야 궁궐의 동선이 명확해지고 공간의 의미도 살아난다. 어도는 금천을 가로지른 금천교에서 직각으로 꺾여 다리 건너 진선문까지 이어진다. 그리고 진선문 안으로 깊숙이 들어와 다시 왼쪽으로 꺾으면 인정문 너머 인정전에 다다르게 된다. 돈화문에서 인정전에 이르는 길은 이처럼 ㄱ자로 꺾였다가 다시 ㄴ자로 꺾이는 동선이다. 바로 이 점이 창덕궁 궁궐 배치의 특징이자 매력이다.

일직선으로 놓인 것이 아니라 동선이 계속 꺾이면서 공간이 자잘하게 분할되어 여러 개의 블록을 이룬다. 그래서 경복궁은 장중한 궁궐 의식과 어울리는 반면 창덕궁에서는 임금과 신하들의 생활이 그려진다.

| 금천교 | 창덕궁 금천을 가로지른 금천교는 한양 건설을 도맡았던 전설적인 토목·건설 기술자 박자청이 설계·시공한 명작이다.

창덕궁이 경복궁보다 더 삶의 체취가 느껴지는 것은 이 때문이다.

궁궐에는 반드시 금천이라는 냇물이 흐르도록 되어 있다. 경복궁에는 홍례문과 근정문 사이를 가로지르는 인공적인 물길을 만들었지만, 창덕궁의 금천은 북악산 줄기의 매봉에서 돈화문 쪽으로 흘러내리는 자연 계류이며, 장대석으로 호안석축(강변의 흙이 무너지는 것을 막기 위해 돌로 쌓은 축대)을 둘러 궁궐답게 말끔히 정돈했다. 〈동궐도〉 그림을 보면 냇물이 장하게 흘러가는 모습이 그려져 있다. 그러나 현대로 오면서 물길이 바뀌고 지하수가 고갈되어 비가 올 때만 금천 역할을 할 뿐 대개는 맨바닥을 드러내는 마른 내(乾川)가 되고 말았다.

금천을 가로지른 다리를 금천교라고 하는데, 창덕궁 금천교는 한양 신도읍 건설을 도맡았던 전설적인 토목·건설 기술자 박자청이 설계·시

| 금천교 돌짐승 조각들 | 금천교 양쪽 기둥엔 네 마리의 동물이 조각되어 있는데 어떤 동물도 마주치기만 하면 도망치고 만다는 전설 속 백수의 왕인 산예(1, 2번)다. 금천교를 받치고 있는 쌍무지개 아치를 보면 북쪽엔 돌거북(3번)이, 남쪽엔 홍예 사이의 부재에는 귀면(4번)이 조각되어 있다.

공한 명작이다. 박자청에 대해서는『나의 문화유산답사기』제6권의 경복궁편에서 상세히 소개한 바 있는데, 당시 그가 노비 출신으로 공조판서에 오른 인물이라는 속설을 그대로 전했다. 그러나 뒷날『조선 초기 신분제 연구』(을유문화사 1987)를 펴낸 유승원 교수에게 문의한 결과, 그가 노비 출신이라는 근거는 없고, 다만 그 이력을 보아 그가 뛰어난 재주로 한미한 출신에서 판서까지 오른 인물인 것은 맞다는 해석을 들었다. 이 자리를 빌려 정정한다.

금천교는 상판을 약간 둥그스름하게 다듬은 쌍무지개 다리다. 난간엔 연꽃 봉오리가, 양쪽 기둥엔 네 마리의 동물이 조각되어 있는데 이는 어떤 동물도 마주치기만 하면 도망치고 만다는 전설 속 백수(百獸)의 왕인 산예(狻猊)다. 상상의 동물인 산예는 대개 사자 모양으로 표현된다. 그래

서 고려청자 '산예 출향(出香)'을 흔히 '청자 사자모양 뚜껑 향로'라고 번역하기도 한다.

창덕궁 금천교의 산예 조각에는 유머가 넘친다. 경복궁 금천의 천록 조각처럼 위엄 있는 모습이 아니라 개구쟁이같이 재미있는 표정을 하고 있어 민예조각을 보는 듯 친숙하다. 대단히 파격적인데 이를테면 의관을 단정하게 갖춘 양반이 모자를 삐뚜름하게 쓰고 머쓱하게 웃고 있는 것 같은 해학이 느껴진다.

금천교를 받치고 있는 쌍무지개 아치를 보면 북쪽엔 돌거북 조각이, 남쪽엔 앞발을 곧추세우고 정면을 응시하는 석수 한 마리가 조각되어 있다. 무슨 동물을 조각한 것인지 확실히는 알 수 없지만 앉은 자세와 생김새로 보아 이 역시 산예가 아닐까 생각한다.

이 금천교를 넘어서면 바로 앞에 진선문이 보이는데 나는 이 다리를

| **진선문 안쪽** | 진선문에서 숙장문을 바라보면 왼쪽엔 인정문과 인정전이 있고 오른쪽으로는 긴 회랑이 펼쳐진다. 이 회랑 자리에는 본래 오늘날로 치면 경호실인 호위청과 총무과인 상서원이 있었다.

건널 때마다 숙제를 하지 않고 학교에 가는 학생처럼 괴롭다. 많은 관광객들이 별 생각 없이 진선문을 통과하여 어도를 따라가다가 인정문 앞에서 방향을 틀어 인정문으로 들어가지만, 내게는 삐뚜름히 놓인 금천교가 궁궐의 정연함을 망가뜨려놓은 것이 여간 거슬리는 게 아니다. 어느 때인가 금천교를 복원하면서 진선문과 일직선을 이루게 하는 대신 금천과 직각이 되게 했기 때문에 나온 실수였다. 〈동궐도〉나 『조선고적도보』에 실린 1902년 무렵 사진을 보면 현재의 금천교는 잘못 복원된 것이 분명하다. 사실 금천교는 지금처럼 개울과 직각으로 놓인 것보다 원래대로 비스듬히 가로지르는 것이 훨씬 더 멋있었을 것이다.

　이것을 알면서도 바로잡지 못한 것은 금천교를 해체할 경우 여기 사용된 돌의 70퍼센트를 새 돌로 교체해야 하기 때문이다. 다리를 보존하려면 그대로 두어야 하고, 동선을 맞추자면 헐어야 한다. 그 비용도 만

만치 않다. 그래도 나는 돈화문에서 금천교를 거쳐 진선문에 이르는 마당의 어도를 복원하고 다리를 제자리에 놓는 것이 맞다고 보는데 반대 의견도 적지 않다. 만약 어도가 복원되면 잘못 놓인 다리의 모습이 더욱 확연히 드러날 테니 그때는 어떻게 할 것인가. 한번 잘못한 복원은 이처럼 두고두고 골칫거리가 된다.

인정전 앞에서

이리하여 궁궐 전체의 중심 건물이자 창덕궁의 하이라이트인 인정전 앞에 서면 비로소 궁궐에 들어와 있음을 실감하게 된다. 인정전은 정면 5칸의 중층 팔작지붕으로, 품위 있고 듬직하고 잘생겼다. 낮은 듯 높게 쌓은 석축 위에 올라앉아 있어 대지에 내려앉은 안정감이 있다. 경복궁

| **인정전** | 정면 5칸의 중층 팔작지붕으로, 품위 있고 듬직하고 잘생겼다. 낮은 듯 높게 쌓은 석축 위에 올라앉아 있어 대지에 내려앉은 안정감이 있다.

근정전은 3단의 석축 위에 난간석이 둘려 있으나 창덕궁 인정전은 월대가 2단으로 되어 있고 건물의 크기도 약간 작아 검박하지만 궁궐의 품위는 잃지 않고 있다.

인정전은 몇 차례의 크고 작은 화재를 겪었다. 현재의 건물은 순조 3년(1803)의 화재로 불탄 것을 이듬해 12월에 중건한 것이다. 역사건축기술연구소에서 펴낸 『우리 궁궐을 아는 사전』(돌베개 2015)에는 이때의 일과 그후의 변화가 아주 세밀히 고증되어 있는데, 무엇보다 공사를 담당한 장인의 이름과 이력을 밝혀낸 것이 값진 성과다.

당시 이 일을 맡았던 도편수는 어영청의 별무사로 있던 김재명이고 공사를 총괄한 목수 부편수는 강원도 회양에서 온 윤사범이었다. 이 가운데 윤사범은 1794년 수원 화성 축성 때 굉흡이라는 승려 목수와 함께 와서, 윤사범은 팔달문을 짓고 굉흡은 장안문을 지었다고 한다. 인정전

| 인정전 내부의 용상 | 일제강점기 근대식 알현소로 개조되었던 인정전은 현재 복원되어 용상의 단을 높여 세웠으나, 마룻바닥은 그대로 두어 상처의 흔적을 남겼다.

은 이 두 건물과 똑같은 중층 다포식 건물로 그 구조가 복잡했기 때문에 비슷한 건물을 지어본 윤사범이 다시 차출된 듯하다. 그래서인지 수원 팔달문과 창덕궁 인정전은 많이 닮았다. 이렇게 해서 우리는 문화유산의 창조에 앞장선 위대한 장인의 이름을 기억하게 되었다. 인정전 현판은 중건 당시 예조판서였던 서영보(徐榮輔, 1759~1816)의 글씨다.

인정전 내부는 세월의 흐름 속에 많은 변화를 겪었다. 실내를 들여다

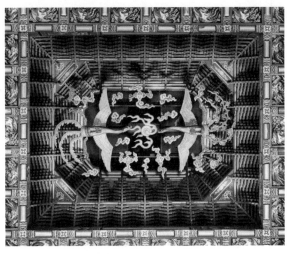

| **인정전 천장** | 천장엔 왕의 공간임을 상징하는 봉황 한 쌍이 조각되어 있다. 그 조각 솜씨가 대단히 뛰어나고 채색이 매우 아름답다.

보면 바닥에 깔린 마루가 눈에 띌 것이다. 이는 일제강점기에 생긴 변화였다. 1907년 일제의 내정간섭이 본격화되어 고종은 덕수궁에 머물고 순종이 창덕궁으로 옮겨왔을 때 통감부 주관 아래 인정전이 대대적으로 개조되었다. 당시 이를 담당한 기술자들은 모두 일본인이었다.

1908년 봄부터 1년에 걸친 공사로 일제는 국가 의례의 상징적 건물인 인정전을 근대식 알현소로 바꿔버렸다. 바닥엔 마루를 깔고, 여러 단 위에 높이 올라앉아 있던 어좌를 철거하고 낮은 단 하나만 남겼으며, 조선 임금의 상징인 일월오봉병을 봉황도 병풍으로 바꿨다. 창문에 유리를 달고 서양식 커튼도 설치했다. 또 앞마당에 깔린 박석을 걷어내고 잔디를 입혔다. 정조 때 설치한 품계석도 모두 철거했다. 이리하여 조선왕조 법궁의 정전이던 인정전 내부의 모습은 사라져버렸다.

1990년대 들어와 이를 지금의 모습으로 복원하면서 용상의 단을 높

이고 박석도 새로 깔았다. 그러나 마루는 철거하지 않았다. 그것이 보기
좋아서가 아니라 그런 변화를 겪었다는 흔적을 남겨둔 것이다.

이때 궁궐 마당의 포장재로 사용하던 넓고 자연스런 박석을 구하지
못하여 일률적으로 네모나게 다듬은 화강석을 깔아 경복궁 근정전의 전
정(殿庭) 같은 멋을 보여주지 못해 아쉽기만 하다. 〈동궐도〉 그림에도 나
와 있듯이 박석의 자연스런 기하학 무늬가 있어야 인정전이 돋보일 텐
데 말이다. 궁궐에 사용하던 박석을 강화도 석모도에서 다시 채취할 수
있게 된 것은 2007년 광화문 월대 복원 때부터의 일이다.

궁궐 건축의 미학

후원의 아름다움 때문에 창덕궁 전각에서 느끼는 아름다움과 감동은
많이 지워진다. 그러나 가만히 생각해보면 인정전을 비롯하여 발길을
옮겨가며 만나는 선정전, 희정당, 대조전 등 창덕궁의 각 건물들은 궁궐
건축 미학의 다양성을 유감없이 보여준다.

어느 나라 어느 시대건 왕이 기거하는 공간으로서 궁궐은 그 시대의
문화 능력을 대표한다. 정조대왕은 『궁궐지(宮闕志)』에서 궁궐이 장엄해
야 하는 이유를 다음과 같이 말했다.

대체로 궁궐이란 임금이 거처하면서 정치를 하는 곳이다. 사방에
서 우러러 바라보고 신하와 백성이 둘러 향하는 곳이므로 부득불 그
제도를 장엄하게 하여 존엄함을 보여야 하며 그 이름을 아름답게 하
여 경계하고 송축하는 뜻을 부치는 것이다. (절대로) 그 거처를 호사스
럽게 하고 외관을 화려하게 하기 위한 것이 아니다.

| **창덕궁 궁궐 건축의 미학** | 후원의 아름다움에 가려 종종 그 건축적 가치가 지워지곤 하는 창덕궁은 '검이불루 화이불치(儉而不陋 華而不侈)'의 미학을 구현해놓은 대표적인 궁궐이다.

  그러나 조선의 궁궐은 외국의 예에 비해 소박한 편으로 결코 화려하지 않다. 백성들이 보아 장엄함을 느낄 수 있는, 딱 그 정도의 화려함이라고나 할까. 그 이유는 조선 건국의 이데올로기를 제시하고 한양의 도시 설계와 경복궁 건립을 주도한 정도전의 『조선경국전(朝鮮經國典)』에서 찾을 수 있다.

  궁원(宮苑) 제도가 사치하면 반드시 백성을 수고롭게 하고 재정을 손상시키는 지경에 이르게 될 것이고, 누추하면 조정에 대한 존엄을 보여줄 수 없게 될 것이다. 검소하면서도 누추한 데 이르지 않고, 화려하면서도 사치스러운 데 이르지 않도록 하는 것이 아름다운 것이다. 검소란 덕에서 비롯되고 사치란 악의 근원이니 사치스럽게 하는 것보다는 차라리 검소해야 할 것이다.

궁궐 건축에 대한 정도전의 이런 정신은 삼국시대부터 내려오던 우리 궁궐의 미학이다. 일찍이 김부식은 『삼국사기』「백제본기」온조왕 15년(기원전 4)조에서 백제의 궁궐 건축에 대해 다음과 같이 말한 바 있다.

새로 궁궐을 지었는데 검소하지만 누추하지 않았고, 화려하지만 사치스럽지 않았다. 新作宮室 儉而不陋 華而不侈

그러고 보면 '검이불루 화이불치(儉而不陋 華而不侈)'의 아름다움은 궁궐 건축에 국한된 것이 아니라 백제의 미학이자 조선왕조의 미학이며 한국인의 미학이다. 조선시대 선비 문화를 상징하는 사랑방 가구를 설명하는 데 '검이불루'보다 더 적절한 표현이 없고, 규방 문화를 상징하는 여인네의 장신구를 설명하는 데 '화이불치'보다 더 좋은 표현이 없다. 모름지기 우리의 DNA 속에 들어 있는 이 아름다움은 오늘날에도 계속 계승하고 발전시켜 일상에서 간직해야 할 자랑스러운 한국인의 미학이다.

| '검이불루 화이불치' | 한 미장원이 내건 입간판에 '검이불루 화이불치, 최고의 미용실'이라고 쓰여 있다.

나는 이 '검이불루 화이불치'의 미학을 기회가 있을 때마다 외쳤다. 『나의 문화유산답사기』 3권 몽촌토성 답사 때부터 말하기 시작하여 『안목』(눌와 2017)의 건축편에서는 이런 이야기도 전했다.

어느 세밑에 있었던 이야기다. 명절 때만 되면 목욕탕에 갔던 추억이 일어나 아랫동네 사우나에 가다가 큰길가에 있는 미장원 앞에서 한자와 한글이 병기된 입간판을 보았다. 잠시 발을 멈추고 읽어보니 "儉而不陋(검소하지만 누추하지 않고) 華而不侈(화려하지만 사치스럽지 않다) 최고의 미용실!" 이렇게 쓰여 있었다.

놀랍고도 기쁜 마음이 그지없었다. 이처럼 면면히 이어온 아름다운 미학을 기조로 우리 시대의 문화를 창조해 나아갈 일이다. 그래야 먼 훗날 후손들이 '그네들의 문화유산답사기'에서 우리 시대의 삶을 존경하고 그리워할 것이 아닌가.

수록 글 원문 출처

1부 사랑하면 알게 된다

영암 도갑사·강진 무위사
남도답사 일번지 — 강진·해남1 「아름다운 월출산과 남도의 봄」
*『나의 문화유산답사기』 1권 수록 〔1992.4~6. 집필/2011.5. 수정〕

안동 병산서원
북부 경북 순례2 — 안동·풍산 「니, 간고등어 머어봤나」
북부 경북 순례3 — 하회·예안 「형님, 음복까지는 제사요!」
*『나의 문화유산답사기』 3권 수록 〔1997.3. 집필/2011.5. 수정〕

담양 소쇄원·옛 정자와 원림
담양 소쇄원 「자연과 인공의 행복한 조화」
담양의 옛 정자와 원림 「자미탄의 옛 정자를 찾아서」
*『나의 문화유산답사기』 1권 수록 〔1992.3~4. 집필/2011.5. 수정〕

청풍 한벽루
청풍 한벽루 「누각 하나 있음에 청풍이 살아 있다」
*『나의 문화유산답사기』 8권 수록 〔2015.9. 집필〕

아우라지강 정선아리랑·정선 정암사
아우라지강의 회상 — 평창·정선2 「세 겹 하늘 밑을 돌아가는 길」
*『나의 문화유산답사기』 2권 수록 〔1994.7. 집필/2011.5. 수정〕

설악산 진전사터·선림원터

관동지방의 폐사지 「하늘 아래 끝동네」

* 『나의 문화유산답사기』 1권 수록 〔1992.2. 집필/2011.5. 수정〕

한라산 영실

한라산 윗세오름 등반기 — 영실 「진달랩니까, 철쭉입니까」

* 『나의 문화유산답사기』 7권 수록 〔2012.9. 집필〕

2부 검이불루 화이불치

영주 부석사

영주 부석사 「사무치는 마음으로 가고 또 가고」

* 『나의 문화유산답사기』 2권 수록 〔1994.7. 집필/2011.5. 수정〕

경주 대왕암·감은사터

경주2 「아! 감은사, 감은사탑이여!」

* 『나의 문화유산답사기』 1권 수록 〔1991.9. 집필/2011.5. 수정〕

경주 불국사

경주 불국사1 「불국사 안마당에는 꽃밭이 없습니다」

* 『나의 문화유산답사기』 3권 수록 〔1997.6. 집필/2011.5. 수정〕

서산 마애불

서산마애불 「저 잔잔한 미소에 어린 뜻은」

* 『나의 문화유산답사기』 3권 수록 〔1996.10. 집필/2011.5. 수정〕

부여 능산리 고분군·정림사터

회상의 백제행3 ─ 부여 「산에, 언덕에 피어날지어이」

* 『나의 문화유산답사기』 3권 수록〔1996.12. 집필/2011.5. 수정〕

서울 종묘

종묘 「종묘 예찬」

* 『나의 문화유산답사기』 9권 수록 〔2017.8. 집필〕

서울 창덕궁

돈화문에서 인정전까지 「인간적 체취가 살아 있는 궁궐」

* 『나의 문화유산답사기』 9권 수록 〔2017.8. 집필〕

이미지 출처

사진 제공

국립고궁박물관	407면
김대벽	202(1번), 276, 277, 279면
김복영(경북기록문화연구소)	32면
김성철	19, 23, 28, 38, 56, 63, 66, 70, 74, 76, 111, 129~32, 152, 154, 202(2번, 3번), 205, 212, 217, 239~40, 243~44, 252, 293, 303~304, 306, 321면
김혜정	171면
김효형	223면
문화재청	224, 257, 366~67, 383, 392, 398, 400, 402~405면
서헌강	358~59면
승효상	349면
옥산장	118면
이승준	289면
임응식(임응식아카이브)	376면
정선군	120면
제주특별자치도	172, 180, 194면
제천시	84, 98~99면
종묘제례보존회	365, 368~71면
중앙일보	354면
차윤정	268~69면
한국관광공사	81, 89, 105면(1번)

유물 소장처

고려대학교 박물관	386~67면
교토 고산사	218면
교토박물관	220면
교토 지은원	21면

국립경주박물관	251면
국립부여박물관	323, 334, 336~37면
국립중앙박물관	250, 307, 335면
국립춘천박물관	87면
국민대학교 명원박물관	102면
규장각	380면
성균관대학교 박물관	162면

*위 출처 외의 사진은 저자 유홍준이 촬영한 것이다.

『나의 문화유산답사기』 국내편(전12권) 총목차

나의 문화유산답사기3 ─ 말하지 않는 것과의 대화
초판 1997.7.15. | 개정판 2011.5.11.

나의 문화유산답사기4 ─ 평양의 날은 개었습니다
초판 2011.5.11.
제1부 평양 대동강

제2부 고인돌에서 현대미술까지

아는 만큼 보인다
한 권으로 읽는 나의 문화유산답사기

초판 1쇄 발행 2023년 6월 9일
초판 8쇄 발행 2025년 1월 3일

지은이 / 유홍준
펴낸이 / 염종선
책임편집 / 김새롬
조판 / 박아경
펴낸곳 / (주)창비
등록 / 1986년 8월 5일 제85호
주소 / 10881 경기도 파주시 회동길 184
전화 / 031-955-3333
팩시밀리 / 영업 031-955-3399 편집 031-955-3400
홈페이지 / www.changbi.com
전자우편 / nonfic@changbi.com

© 유홍준 2023
ISBN 978-89-364-7938-1 03810